La guerre des fesses de don Emmanuel

DU MÊME AUTEUR
AUX ÉDITIONS STOCK

Señor Vivo et le baron de la coca.
La calamiteuse progéniture du cardinal Guzman.

L A   B I B L I O T H È Q U E   C O S M O P O L I T E

Louis de Bernières

La guerre des fesses de don Emmanuel

TRADUIT DE L'ANGLAIS
PAR FRÉDÉRIQUE NATHAN

S T O C K

TITRE ORIGINAL

« The war of Don Emmanuel's
nether parts »
(Secker & Warburg, Londres)

1

L'heure de gloire du Capitan Rodrigo Figueras

La semaine avait été favorable au Capitan Rodrigo Jose Figueras. Lundi, avec sa section il avait intercepté un camion chargé de marijuana sur la route de Chiriguana à Valledupar, et il avait obligé le paysan qui conduisait à se garer près d'un pont. Conformément à la procédure habituelle, il confisqua le camion et son chargement ; sur ce, le chauffeur, selon la coutume, proposa de « payer l'amende » à la place, c'est-à-dire de racheter la marchandise. Il tendit au Capitan l'une des liasses qu'il transportait à cet effet, à raison d'une par barrage routier. Le Capitan tira une balle dans la tête de l'homme et procéda à la libération complète du camion, de son chargement et de nombreux milliers de pesos. Le lieutenant rédigea un bref rapport sur le chauffeur — « abattu alors qu'il tentait de se soustraire à son arrestation » —, qu'il mit sous enveloppe avec sa carte d'identité ; pendant ce temps, le Capitan partit avec le camion et la Jeep pour la ferme équipée d'une piste d'atterrissage et vendit la marijuana au gringo propriétaire de l'avion, ce qui lui rapporta beaucoup d'autres billets de mille, puis il vendit le camion pour presque rien à un fermier blanc qui pouvait se procurer des papiers, et rentra en Jeep au campement de la section au bord du fleuve. Il offrit généreusement quelques milliers de pesos à chacun de ses hommes et envoya le caporal au village le plus proche acheter, à ses frais, une caisse d'aguardiente et de ron cana, avec ordre de revenir accompagné d'un échantillon de putains de douze à quarante ans, de formes et de tailles variées, histoire de satisfaire tous les goûts ; les hommes du village durent se passer de ces dames pendant une semaine. Le Capitan, âgé de trente-cinq ans, avait une femme et cinq enfants qui vivaient sur un certain pied à Santa Marta en son absence. Son ventre poilu entrouvrait sa chemise aux boutonnières, il avait la lèvre épaisse et l'œil lubrique, et ses cheveux demeuraient plaqués sur son crâne par le poids de leur graisse. Entraîné au Panama par l'armée américaine et aux frais des États-Unis, il peignait une petite marque blanche sur la porte de sa Jeep en souvenir de chaque putain qui y était entrée.

Misael se réveilla à l'aube, comme chaque jour. Il ranima les braises en jetant par-dessus des tiges de maïs séchées afin de se préparer du café fort avec les bocadillos du petit déjeuner, avant de partir au travail avec sa machette. C'était un homme grand et grisonnant, à l'œil noir et au tempérament joyeux ; le muscle du labeur lui avait sculpté un corps d'idéal grec. Tous les paysans métis et mulâtres étaient taillés sur le même modèle, avec des corps parfaits ; mais leur vieillesse durait peu, et c'était une beauté chèrement payée d'une vie de privations.

Misael examina son petit garçon, qui avait été horriblement défiguré en tombant dans le feu lorsqu'il était bébé, et décida de ne pas l'éveiller, non plus que sa femme. Des fentes lumineuses commençaient à filtrer à travers sa hutte. Il décocha un coup de pied amical au poulet qui franchissait d'un pas ridiculement compassé le seuil sans porte. Le poulet gloussa avec indignation puis se détourna pour lancer en vain des coups de becs furieux en direction d'un cafard, pendant que Misael vérifiait que ses chaussures ne contenaient ni scorpions ni araignées, et s'assurait qu'il n'y avait pas de serpent-corail dans le toit de branchages. Satisfait par les résultats de son inspection, il prit sa machette et descendit vers le fleuve pour aiguiser l'instrument sur une pierre afin de couper les bananes, de défricher le champ de maïs et de châtrer le mulet. Il devait accomplir ces tâches avant qu'il ne fasse trop chaud pour travailler.

Il cracha par terre et, en marchant vers l'hacienda, lança des malédictions aux vautours perchés le long des arbres. Puis il se signa et, pour faire bonne mesure, marmonna un secreto contre le mal, que sa mère lui avait appris dans un langage qu'il ne comprenait pas.

★

Le Profesor Luis regarda les enfants assis par terre devant lui. Le plus âgé avait quatorze ans et le plus jeune quatre ; il leur enseignait tout ce qu'il savait, et beaucoup de choses qu'il n'avait même pas conscience de savoir avant de les leur enseigner. Il venait d'une bonne famille de Medellin qu'il haïssait franchement et qu'il avait fuie à l'âge de dix-sept ans. Il était à présent fiancé à Farides, qui travaillait comme cuisinière pour le couple de Français, Françoise et Antoine Le Moing, à leur estancia. Ce qui ne lui était pas payé en pesos, il le recevait en gratitude et en affection de la part des enfants et de leurs familles, qui savaient que l'éducation était le seul moyen de s'élever. Toutes les filles de la campagne environnante voulaient l'épouser pour avoir des enfants intelligents. Quand le prêtre fatigué passait, une fois tous les deux ans environ, marier ceux qui cohabitaient déjà depuis des années, ou célébrer l'office funèbre de ceux qui avaient achevé de se décomposer depuis sa dernière visite, il se rendait également chez le Profesor Luis. Ils parlaient de Camillo Torres, d'Oscar Romero, de Jose Marti et de l'oligarchie ; puis le prêtre s'en allait à dos de mulet vers la prochaine étape de sa vaste paroisse, fermant les yeux sur les ventes de contraceptifs chez le marchand d'alcools et de machettes, et demeurant courtois envers les brujos, les magiciens qui savaient guérir le bétail et invoquer les esprits.

Le Profesor Luis observa les vautours dans les arbres et donna au plus âgé des garçons la mission d'en abattre un, ainsi qu'un iguane, parce que ce jour-là il y avait leçon de biologie. On entendit une détonation aiguë et une abominable cacophonie. Le garçon revint, à peine capable de porter le répugnant animal ; il repartit en quête d'un iguane. Le Profesor désigna les parasites nichés dans les plumes, et on parla des parasites en général. Il éviscéra l'oiseau et expliqua soigneusement, voici le foie, il ne faut pas boire trop sinon le vôtre enflera et vous mourrez. Voici les reins, buvez de l'eau pure. Voilà les poumons, ne fumez pas. Il leur montra comment les serres se ferment automatiquement quand on appuie dessus. Il coupa les deux ailes, pluma la queue, prit deux morceaux de bois et ils fabriquèrent un planeur, ce qui permit à Luis d'expliquer les principes du vol.

Le garçon revint avec un grand lézard vert. A l'aide d'une vieille batterie de voiture et de deux fils de cuivre, ils découvrirent, en suivant les convulsions de l'animal, le trajet des nerfs dont ils dessinèrent le diagramme en grand sur la poussière.

A la fin de la journée, le Profesor Luis jeta les restes du vautour aux vautours et rôtit l'iguane à la broche sur des braises. C'était moins cher et meilleur que du poulet. Farides vint à la porte de sa cabane et lui dit : « Querido, il faut que tu saches que ça porte malheur de tuer un vautour. »

Consuelo la putain ne se réjouissait pas à la perspective du vendredi soir. Elle se sentait écœurée par l'alcool, et elle avait le ventre comme du verre pilé : elle avait dû satisfaire tous les hommes qui allaient en temps normal avec les autres putains parties dans la Jeep. Elle pensa à vendredi soir et s'exclama : « Mierda ! » Elle ne pourrait pas se reposer vendredi soir parce que c'était une bonne putain qui avait le sens du service public et, de surcroît, c'était le soir le plus lucratif, mis à part les jours fériés. Elle pensa que tous les campesinos employés par les fermiers gringos arriveraient à dos de mulet. Qu'ils se soûleraient, qu'il y aurait les bagarres habituelles à la machette, et que quelqu'un y perdrait le bras. Que les deux rangées de puterias bordant la rue de chaque côté seraient remplies par des files d'hommes qui se soûleraient d'autant plus en attendant, et qu'elle-même devrait se soûler aussi pour supporter l'épreuve. Et merde ; elle était la seule personne du village, excepté les autres putains et les employés de don Emmanuel, à avoir pu s'offrir un sol en béton. Putain à douze ans, une tripotée d'enfants, un sol en béton à vingt ans. C'est la belle vie, sans ordre à recevoir d'aucun homme — sauf compensation équitable.

Le petit de trois ans, le fils de Dolores la putain, avait besoin de lait. Consuelo l'allaita, parce qu'il n'y avait pas de nourriture disponible, et le nino aimait ça ; d'ailleurs, toutes les putains allaitaient mutuellement leurs enfants. Ils formaient une vaste et heureuse famille dotée de milliers de généreux pères, et chaque jeudi don Emmanuel vous emmenait en Land-Rover à la clinique de Chiriguana faire une analyse de sang pour ne contaminer personne.

Consuelo regarda les vautours avec indifférence et rentra

se défriser les cheveux. Plus on avait l'air espagnol, et moins d'une négresse, plus les hommes étaient généreux. Elle trouvait ça parfaitement normal.

Bien que la mère d'Hectoro fût une Indienne arahuacax de la Sierra Nevada, il ressemblait à un conquistador et, en conséquence, il possédait trois épouses qui habitaient des huttes de boue séchée situées à six kilomètres les unes des autres, aux sommets d'un triangle équilatéral, de façon à éviter toute rencontre et toute bagarre : elles étaient jalouses.

Hectoro était un homme intelligent et intolérant qui avait un point de vue très simple sur l'existence. Un homme a besoin de femmes — il en avait trois ; il a besoin d'argent — il était contremaître à l'hacienda du gringo ; il a besoin de prestige — il avait un mulet à lui, un revolver dans un étui, et des bombachos en cuir. Il était capable de prendre un bœuf au lasso avec une précision infaillible, et sa charpente noueuse tenait l'alcool comme nulle autre. Le médecin lui avait dit qu'il mourrait d'insuffisance hépatique à force de boire, et il avait effectivement le teint jaune ; mais, orgueilleux et emporté, il menaça de tuer le médecin qui lui proposa en fin de compte un diagnostic moins désagréable.

Hectoro était si fier qu'il adressait rarement la parole à ses semblables ; à vrai dire, il méprisait ouvertement tout le monde, en particulier les gringos pour lesquels il travaillait. Ces derniers le respectaient et lui confiaient toutes les responsabilités. Ils fermèrent les yeux lorsqu'il faillit assassiner un voleur de bétail en lui tirant dans l'aine. « Nom d'un chien, dit-il, j'ai transformé un fils de pute en femme et je lui ai trouvé un boulot au bordel. Que personne ne m'accuse de ne pas être généreux. » Même ceux qui le détestaient riaient et lui payaient à boire ; on le regardait avec la terreur qu'inspire un homme qui règne sur la mort et qui ne craint pas de risquer sa vie si le jeu en vaut la chandelle, qu'il s'agisse d'une femme, d'un mulet ou d'une insulte. Il portait un gant noir à la main gauche, celle de la bride. Dans sa bouche couvait toujours un puro, le frais cigare local, et il plissait les yeux pour se protéger du soleil, de la fumée, du danger, des vautours. Il alla voir si aucun bœuf n'était mort.

A cinquante ans, Pedro le chasseur était un homme anormalement vieux. Il vivait seul dans la brousse au bord d'un étang d'eau claire, avec ses dix chiens de chasse bâtards soigneusement dressés. Il était fort et agile, et pouvait traquer infatigablement sa proie des jours durant, sans dormir et sans relâcher sa concentration. Il marchait si vite qu'il n'avait aucunement besoin de cheval, et chacun sait que les chevaux ne mangent que de la bonne herbe.

Pedro était capable de piéger n'importe quel animal. Il savait attraper les caïmans et les laissait grandir dans son étang, en les nourrissant d'abats, jusqu'à ce qu'ils atteignent une taille énorme ; il vendait alors leur peau en échange de quelques pesos, pour qu'à New York une femme puisse acheter mille dollars un sac en crocodile. Il était capable d'attraper un boa constrictor avec un bâton fourchu, et le gardait jusqu'à ce que quelqu'un en ait besoin pour des pratiques magiques. Il savait extraire le venin du serpent-corail qu'on utilisait à petite dose comme aphrodisiaque, et à forte dose comme poison mortel. Il savait rester debout dans le fleuve, une lanterne à la main, et harponner des poissons à la chair plus délicate que la truite et deux fois plus gros. Il connaissait enfin les secretos qu'il fallait murmurer à l'oreille d'une vache pour faire disparaître ses ulcères.

Ce jour-là, il était à la fois en deuil et en liesse. Deux

semaines durant, il avait jalonné la piste du « tigre », le jaguar solitaire qui avait tué deux ânes sans les manger. Le gringo l'avait payé cinq cents pesos pour qu'il lui en rapporte la peau. Il s'était mis en route avec ses chiens, muni de son mousquet espagnol. Les chiens encerclèrent le jaguar sous un escarpement ; Pedro l'abattit proprement d'une balle dans l'œil afin de laisser la peau intacte, qu'il vendit au gringo pour cinq cents pesos. C'était un énorme chat qui s'était défendu vaillamment. Pedro fêta son succès et pleura le bel et rare animal ainsi que les deux chiens de chasse qu'il avait tués.

Dans l'hacienda, le gringo vida un verre de Glenfiddich et se tourna vers sa triste épouse aux lèvres pincées.

« J'en tirerai une fortune au marché noir.

— Tu n'aurais pas dû faire ça », répondit-elle.

Ce fut vendredi en début de soirée que le Capitan Rodrigo Jose Figueras fit son apparition, escorté de plusieurs Jeeps transportant les putains et les hommes de la section, les hommes pour jouer les brutes et les fanfarons, les putains pour exercer leur commerce. Personne n'aimait les soldats. Certains affirmaient qu'ils n'iraient pas avec une putain qui avait eu un soldat en elle. « Ils sont pires que les gringos, parce qu'ils essaient d'être des gringos alors qu'ils n'en sont pas. Je leur crache dessus. »

La température fraîchissant et l'alcool montant, la tension diminua. Des centaines de paysans arrivaient à dos de mulet, s'éloignant de leurs femmes, du travail, de la pauvreté, pour oublier leur lot et faire un peu la fête. Les soldats cessèrent presque d'être des soldats, et Figueras lui-même était sur le point d'oublier qu'il était allé aux États-Unis et qu'il n'avait jamais vraiment aimé qui que ce fût.

Mais vers minuit, alors que Consuelo était déjà complètement épuisée et son plancher de béton couvert de mégots et de crachats, le Capitan Rodrigo Figueras commença à s'ennuyer et décida de regagner sa tente au bord du fleuve. Il envoya le lieutenant et le caporal à la recherche de ses hommes, qui jurèrent tandis qu'on les arrachait aux bordels et aux bouteilles. Après les avoir rassemblés en file dans la rue poussiéreuse, le Capitan s'assura qu'il y en avait vingt-cinq et leur ordonna de rejoindre leurs Jeeps.

Appuyé contre la voiture de tête, le Profesor Luis, vingt-deux ans, l'homme le plus doux au monde, embrassait tendrement Farides, dix-sept ans, la plus jolie fille du voisinage.

Figueras s'interposa brutalement entre eux et poussa son visage mal rasé contre celui de Luis.

« Eh bien », et les postillons éclaboussèrent la chemise de Luis, « eh bien, fils de pute paysanne, tu crois que tu peux peloter ta putain contre la propriété du gouvernement. Tu crois sans doute que tu peux espionner ma Jeep.

— Ne soyez pas ridicule, répliqua Luis, des étincelles dans les yeux. Je n'avais pas de mauvaises intentions, et ce n'est pas une putain. Elle est vierge, et c'est ma fiancée.

— Est-ce que tu l'épouserais... », le Capitan toussa et cracha, puis fut obligé de reculer d'un pas pour retrouver l'équilibre, « si elle n'était pas vierge et tapinée par vingt-cinq hommes ? »

Les soldats se regardèrent avec un sourire nerveux, ne sachant pas s'ils devaient se montrer horrifiés ou ravis.

Le Profesor Luis, malgré son envie de se dérober, rétorqua : « Je la défendrai jusqu'à la mort. J'irai à la police. »

Figueras se tourna vers le caporal : « Montre-lui qui est la police. »

Le Profesor Luis s'écroula sous le coup de crosse qui lui enfonça la nuque. Farides tomba à quatre pattes en gémissant. Le Capitan se pencha et la redressa brutalement en la tirant par les cheveux. « Dis-nous que tu es une petite putain et nous ne nous sentirons pas obligés de faire en sorte que ce soit vrai. »

Une pute est une pute, avec un honneur de pute. Farides était une vierge avec un honneur de vierge. Il s'agit d'honneur dans les deux cas ; mais d'honneurs distincts, qui ne doivent pas être confondus. Farides roula des yeux exorbités quand le Capitan se mit à lui caresser la poitrine. Elle ressentit un besoin pressant de vomir, ses genoux tremblaient. Elle n'en répondit pas moins : « Je ne suis pas une putain. Je suis la fiancée de don Luis le Profesor. »

« Emmenez la petite putain à l'école et préparez-la », ordonna le Capitan. Ils la traînèrent, hurlant et gesticulant, et commencèrent à déchirer ses vêtements. Ils la jetèrent sur le bureau et l'attachèrent, tandis qu'elle pleurait et suppliait, et que le Capitan, terminant sa cigarette, pensait à peindre une nouvelle marque sur sa Jeep.

Il était sur le point d'écraser le mégot sous son pied quand, sur le seuil, apparurent Pedro armé de son mousquet espagnol, Hectoro de son revolver, et Consuelo la putain d'une machette.

« Capitan », proféra Hectoro, en détachant chaque mot, « si vous ne relâchez pas la fille et ne quittez pas le village immédiatement, votre cadavre sera jeté en pâture au caïman de Pedro dans son étang, et vos hommes pourront annoncer que le fils puant d'une truie vérolée a cessé son service auprès de lui-même, des Yankees et d'un simulacre de gouvernement ! »

La sueur perla le long des tempes du Capitan Rodrigo Figueras et une tache sombre s'étala sur sa chemise militaire, des aisselles jusqu'au dos. Il jeta un regard de défi à Hectoro, mais sa lèvre inférieure tremblait. « Vamos ! » lança-t-il à ses hommes, et ils sortirent à la queue leu leu, s'excusant presque. Farides se tourna sur le côté et gémit jusqu'à l'arrivée de Consuelo la putain, qui étendit une couverture sur elle et lui murmura des paroles de consolation.

Les Jeeps foncèrent en rugissant dans la nuit, soulevant un panache de poussière parmi les poulets égaillés. Une poignée de gens indignés se rassembla dans la rue. Farides sortit, tremblante, drapée dans sa couverture. Elle embrassa timidement Hectoro et Pedro sur la joue, puis s'agenouilla et prit la tête du Profesor Luis dans ses mains. Quelqu'un partit chercher de l'eau.

Un kilomètre plus loin, sur la route, le Capitan Rodrigo Figueras donnait à son chauffeur l'ordre de s'arrêter. Il sortit quelque chose d'une boîte à l'arrière de la Jeep. Comme les gringos l'y avaient entraîné au Panama, il rebroussa chemin tête baissée, rapidement et sans bruit, le long de la piste. Il contourna les huttes par un champ de maïs et ressortit entre deux des habitations situées à proximité du groupe. Il dégoupilla la grenade et l'envoya tournoyer dans la foule avant de repartir furtivement.

Trois jours plus tard, la radio nationale diffusa ce bulletin :

« Il y a trois jours, près d'Asuncion, à Cesar, une unité de troupes gouvernementales a surpris un groupe d'insurgés communistes ; cinq d'entre eux ont été tués et vingt blessés au cours d'un bref engagement. Aucun soldat n'a été tué, et le Capitan Rodrigo Figueras a été promu comandante et proposé pour une décoration. Le général Carlo Maria Fuerte, commandant militaire de la région, a déclaré ce matin au cours d'une interview que lui et toutes les unités servant sous ses ordres étaient profondément engagés, et continueraient à l'être, dans le combat contre la conspiration communiste menée par Cuba dans le but de terroriser les hommes de ce pays et de saper leurs libertés. »

Louis de Bernières

Ce fut la même nuit que Federico, le garçon de quatorze ans qui avait abattu le vautour pour le Profesor Luis, sortit de son hamac à deux heures du matin, vola le fusil de son père avec deux boîtes de cartouches et disparut dans des collines qui n'appartenaient pas tout à fait à son pays, ni au voisin.

2

Où dona Constanza Evans décide de sauver la piscine de l'assèchement

Dona Constanza Evans était sortie de ses draps de soie à dix heures, au moment où l'air conditionné finissait par perdre sa bataille quotidienne contre la chaleur et l'humidité du matin équatorial. Elle prit une douche fraîche, à l'eau de sa propre station d'épuration, et s'essuya devant la glace. Elle possédait le don des femmes trop gâtées, celui de pouvoir suivre simultanément plusieurs associations d'idées incohérentes et de leur attribuer à toutes une importance incalculable. Elle inspectait donc son corps de quarante ans, conformément à une habitude acquise depuis la puberté, et pensait aux récents exploits de l'armée dans le village, au cours desquels son palefrenier avait été tué par un éclat de grenade. Elle songeait également au problème de la piscine, qui perdait la moitié de son eau, verdissait à force d'être envahie par les algues et se remplissait à chaque saison sèche de grenouilles reconnaissantes.

« Je ne vois pas comment j'arriverais à faire de l'exercice dans une piscine pareille », se dit-elle en soulevant un sein dodu mais peu avenant, dans le but de se sécher en dessous. « Il y a longtemps que je n'ai pas vu mon nombril dégagé de cette horrible graisse — voilà le prix des enfants, et ils ne vous font pas grand bien à la naissance ni après. »

Elle se tamponna le visage et s'arrêta brusquement : « La prochaine fois que je vais aux États-Unis, je me renseignerai sur les opérations et je pourrai être aussi jeune que je voudrai. Je ne savais pas que Juanito était communiste. Je me demande si mes deux enfants m'ont élargi le bassin — c'est peut-être pour ça que Hugh ne me réclame plus l'exercice de ses droits le soir. Pourtant, si l'armée dit qu'il était communiste, il devait l'être, et il méritait d'être tué comme il l'a été. Hugh a pris une femme, ça ne fait aucun doute — probablement une putain campesina, ce sont toutes des salopes. Après tout, l'armée est entraînée par les Yankees, elle connaît son métier, ça ne fait aucun doute. Je suis sûre que la peau de mes cuisses est en train d'épaissir. Je devrais prendre un amant campesino, de préférence un grand nègre luisant et musclé, ou un métis, pour voir la réaction de Hugh ! La piscine est une véritable abomination ; on pourrait mourir du choléra comme Tchaïkovski. Juanito aurait pu être un amant superbe, à en juger par la façon dont il caressait les chevaux. Un homme qui sait s'y prendre avec les chevaux sait s'y prendre avec les femmes, à ce qu'on dit. C'était peut-être Beethoven. » Elle écarta les jambes et s'essuya avec plus d'application qu'elle n'en avait l'intention. « Par la Sainte Vierge, il faut que je fasse attention ou je vais brûler ! Je dois trouver un autre palefrenier. La vie est une succession d'obstacles, il semble que nous ne soyons pas nés pour être heureux sur cette terre. Je me demande si c'était le typhus. J'ai entendu dire que la combustion spontanée existait. Il faudrait avoir un homme ou une jeune fille avec un seau d'eau à proximité. On dit que l'éclat a traversé la tempe de Juanito et détruit la cervelle à l'intérieur du crâne. » Elle posa un pied menu sur la chaise d'acajou afin d'essuyer les interstices entre les orteils, leva la tête pour regarder par la fenêtre (qui était en fait une belle moustiquaire, car les Evans eux-mêmes n'étaient pas assez stupides pour avoir des vitres dans un tel climat), et admira la centaine de chevaux à pedigree de diverses variétés qui broutaient dans le champ. Elle essayait de retrouver son plus beau palomino quand il lui vint à l'esprit qu'elle pouvait détourner la Mula. « Je creuserai un canal vers la station d'épuration à partir de la rivière, et j'installerai une espèce de porte qui s'abaissera dans l'eau pour qu'elle s'écoule dans le canal au moment opportun. Qui plus est, je n'en parlerai pas à Hugh, sinon il inventera une raison pour m'en empêcher. Je prétendrai que c'est son cadeau d'anniversaire, et comme ça, quand j'irai à New York, je n'aurai pas à dépenser mon argent de poche pour lui en faire un. »

Dona Constanza se fit une moue séductrice dans le miroir et pensa soudain à Juanito. Un pincement de tristesse et de regret lui parcourut le fond des yeux et le cœur. Elle se redressa et aspira profondément ; les traces de la jeune fille de seize ans qu'elle avait été s'effacèrent de son visage tandis qu'un manteau de froide dignité se posait sur elle. Lorsqu'elle se fut habillée, ce fut une aristocrate espagnole jusqu'au bout des ongles qui sortit prendre son petit déjeuner.

Il n'existait dans ce pays, comme dans tous ces pays troublés, que quatre catégories sociales repérables. Au bas de l'échelle se trouvaient les quatorze millions de nègres qui descendaient directement des treize cents esclaves importés par les conquistadors pour construire la forteresse géante de Nueva Sevilla, après qu'on eut découvert que les Indiens faisaient des esclaves très médiocres. Ils ne renonçaient pas à leurs dieux et aimaient mieux se laisser affamer que de subir un affront. Les nègres, en revanche, étant originaires de différentes régions d'Afrique occidentale, n'avaient pas de langue commune ; il était par conséquent aisé, en les abusant et en les brutalisant, de les convertir à la chrétienté. Après tout, la promesse d'un paradis futur console de l'enfer présent, et leur irrépressible humour, leur stoïcisme, associés à une stature et à une constitution superbes, leur permettaient d'abattre un travail prodigieux sous le fouet et le fer. Quand la forteresse fut achevée, ses donjons bien remplis de pirates anglais munis de patentes royales de la reine Elisabeth, les esclaves furent libérés et abandonnés à leur sort. De ces humbles commencements, ils finirent par se transformer en campesinos, indispensables pourvoyeurs de nourriture pour la nation entière. Ils formaient ainsi le groupe le plus pauvre et le plus méprisé, y compris par eux-mêmes. Ceux qui émigrèrent dans les favelas, les barrios et les innombrables bidonvilles furent conduits par la pauvreté au vol, à l'extorsion, à la prostitution, à la violence et à l'alcoolisme, et pour cette raison encore plus massivement insultés que leurs frères paysans.

Dans un monde presque totalement coupé des autres classes évoluaient les Indiens. La moitié d'entre eux, les Incas, vivaient à peu près exclusivement à des altitudes supérieures à deux mille mètres. Ils pensaient, à juste titre, que personne ou presque ne prendrait la peine de venir les chercher à pareille hauteur. Ils vivaient donc paisiblement dans leurs huttes d'herbe construites avec soin, s'occupaient de leurs cultures en terrasses, mâchaient des feuilles de coca, révéraient Pachacamac, et ne redescendaient vers les plaines que pour vendre des mochilas (leurs sacs à bandoulière, très commodes et merveilleusement décorés) et des pommes de terre. Quand vous aperceviez un mulet particulièrement beau, il était toujours accompagné d'un Indien particulièrement beau, habillé d'une tunique blanche et coiffé d'un chapeau blanc arrondi, posé à la verticale sur une chevelure noire et luisante. Ce n'étaient pas tant leurs traits mongols qui impressionnaient, que leurs sandales confectionnées avec des pneus et la phénoménale musculature de leurs mollets. La plupart d'entre eux portaient des mousquets en parfait état de marche pris aux Espagnols des siècles auparavant ; grâce à cela, et aussi parce qu'on croyait tous les Indiens syphilitiques, on les laissait en paix. Le gouvernement, ayant confusément conscience qu'ils constituaient une espèce de monument national, avait affecté à leur protection et à leur sauvegarde des fonctionnaires qui, heureusement, ne faisaient rien pour justifier leur salaire. Ce noble peuple continuait donc à vivre dans une tranquillité que ne troublaient que les accidents (qui n'étaient pas rares) d'hélicoptères de l'armée, les visites inoffensives et pratiquement inaperçues d'anthropologues timides d'Oxford et de Cambridge, et les hordes d'alpinistes aux nez pelés, atteints de diarrhée, qui provenaient pour l'essentiel — fait peut-être assez étrange — de Grande-Bretagne. Nul ne devra être surpris si, dans deux mille ans, on continue à trouver à plus de deux cent mille centimètres d'altitude, dans la Sierra Nevada de Santa Margarita, des Acahuatecs et des Arahuacax suçant des feuilles de coca pilées avec des coquilles d'escargot ; car c'est un peuple qui connaît pour l'avoir payé de son sang les prodigieux inconvénients d'une histoire mouvementée.

L'autre moitié de la population indienne occupait la jungle au bas des contreforts et, bien qu'on passât progressivement d'une population à l'autre, elles étaient d'apparence et de mode de vie bien différents.

Légèrement au-dessus des nègres, mais pas dans sa totalité, se situait la classe des métis et des mulâtres. Ceux-ci, issus de divers brassages de races, avaient peut-être le physique le plus étonnant du pays : alors qu'ils possédaient tous le nez épaté et la chevelure crépue des nègres, ils avaient parfois les cheveux blonds ou roux, les yeux bleus, verts ou ambre. Leur peau était d'un jaune pâle, et la plupart des visages s'ornaient d'un ou deux grains de beauté marron foncé. Certains d'entre eux devaient peut-être leur teint cireux aux nombreuses préparations destinées à blanchir la peau qu'on trouvait dans le commerce : dans les pays où le pouvoir n'est pas aux mains de la majorité, les masses adoptent invariablement les snobismes et les préjugés des dirigeants, comme pour dire : « Regardez, je ne fais pas partie des opprimés ; moi aussi, je suis supérieur. » La classe des métis avait donné naissance à une petite bourgeoisie embryonnaire qui vivait dans les banlieues des grandes villes et achetait des télévisions qui ne captaient que les lueurs indistinctes des émetteurs de la capitale. Le signal commençait par rebondir de sommet en sommet sur des centaines de kilomètres, provoquant la neutralisation des longueurs d'onde par leurs propres interférences, et parvenait à des postes branchés sur cent à trois cents volts, selon les caprices du système électrique public ou des générateurs privés. Le soir, en descendant les rues de Valledupar, on apercevait, à travers les fenêtres, des familles métis en train de scruter intensément un carré lumineux de lignes bondissantes et bourdonnantes, comme s'ils interprétaient des runes ou un vol d'oiseaux. Quand, par une bizarrerie des conditions atmosphériques, une image apparaissait, ou une phrase devenait audible, il s'ensuivait une minute de discussion animée et de commentaires de la part de la famille ; la mère et la sœur aînée sortaient de la cuisine puis la réintégraient, laissant de nouveau les autres au spectacle hypnotique des traces brouillées et indéchiffrables de vieux films de cow-boys, des *Flintstones*, des idioties américaines habituelles, et des publicités pour décolorants de peau.

Les mulâtres claires fournissaient les prostituées les plus industrieuses du pays, parce que c'étaient les plus prisées : d'un point de vue de Blanc, elles étaient suffisamment noires pour être exotiques et pour rendre les rapports sexuels osés sans être trop choquants. D'un point de vue de Noir, elles étaient suffisamment blanches pour être exotiques et qu'il soit plutôt flatteur d'avoir des rapports sexuels avec elles. Aux yeux des métis, les mulâtresses étaient évidemment parfaitement banales : aussi fréquentaient-ils les bordels noirs, qui étaient suffisamment exotiques et osés pour que leurs visites fussent satisfaisantes. Il n'existait pas de prostituées blanches, mais si tel avait été le cas, elles auraient connu un succès, une fatigue et une richesse immenses ; nombre de Noirs et de métis se seraient à coup sûr piétinés à mort dans la ruée du samedi soir.

A la réflexion, l'affirmation selon laquelle il n'y avait pas de putains blanches se révèle légèrement trompeuse. Il me reste en effet à évoquer l'aristocratie espagnole qui constituait l'oligarchie, et dont les filles poursuivaient un unique but : épouser l'homme le plus riche qu'elles pourraient dénicher afin de vivre l'existence la plus oisive et la plus sotte possible. Ces vertueuses dames n'accordaient bien entendu à leurs maris gâteaux que le strict minimum de faveurs en échange de leur argent, ce qui conduisait ces derniers dans les bras de femmes un peu moins chastes, moins vertueuses et moins intouchables. Il serait impossible de décrire les multiples et redoutables maladies que les femmes de riches étaient capables de feindre. Elles languissaient pour la plupart dans un ennui excessivement raffiné, qu'elles ne soulageaient que par la lecture attentive et répétée d'ouvrages romanesques et hardis, achetés par le truchement des bonnes à des boutiquiers gras, suants et chauves qui se donnaient des airs d'hommes de lettres. Ces dames vivaient loin de tout ce qui rend le monde intéressant et excitant, et recherchaient leur compagnie mutuelle comme si elles y étaient poussées par la force de gravitation, dans le but de créer des rumeurs et de propager des ragots qui se terminaient presque toujours mal : les maris naïfs se voyaient obligés de défendre l'honneur de la famille pour des affronts et des fables grâce auxquels les avocats s'enrichissaient, et qui pouvaient aller jusqu'à provoquer des assassinats par des professionnels fort bien rémunérés surnommés les jaguncos.

L'oligarchie était un vaste réseau de propriétaires terriens immensément riches, descendant des conquistadors, ces barbares voleurs et analphabètes qui avaient détruit une civilisation au nom de Jésus, de la Vierge, des rois catholiques et de l'or. Ils s'étaient de la sorte assuré une perpétuelle sinécure au paradis pour leurs âmes immortelles, et une éternelle admiration de la part de générations d'écoliers auxquels on enseignait l'histoire de leurs superbes et audacieux exploits contre les sauvages païens dont les villes et les monuments phénoménaux pouvaient encore être admirés aujourd'hui (en ruine).

Les membres de l'oligarchie étaient bien entendu liés les uns aux autres par le mariage et l'intérêt — plus que jamais aujourd'hui, après la Violencia. Pendant cette période, qui avait duré dix ans, deux factions avaient mené l'une contre l'autre une campagne de violence d'une intensité inouïe ; trois cent mille personnes, peut-être, y avaient péri aux mains des jaguncos et des guérilleros, qui avaient accumulé tant d'argent qu'il en était résulté une redistribution des richesses presque substantielle.

L'oligarchie se divisait en libéraux et en conservateurs, unis dans la terreur du communisme après le succès de la révolution cubaine, d'autant plus que beaucoup d'entre eux avaient eu des intérêts dans les bordels et les casinos de La Havane ; d'autres avaient eu des intérêts dans les compagnies pharmaceutiques qui produisaient les médicaments destinés à soigner les maladies propagées par les premiers, et certains fournissaient des armes pour les gangs qui s'affrontaient dans le but de contrôler les seconds. Cependant, libéraux et conservateurs divergeaient sur les moyens de combattre la diffusion de convictions épouvantables telles que l' « égalité », le « juste salaire », et la « démocratie ». Les conservateurs pensaient qu'il fallait adopter la manière forte ; cela signifiait se montrer brusque avec ses campesinos, les maintenir dans l'ignorance et les payer au salaire fixe de cent cinquante pesos par semaine. De leur côté, les libéraux pensaient qu'il fallait être cordial avec ses campesinos, leur apprendre à lire des bouts de papier délivrant des instructions et les payer au salaire fixe de cent cinquante pesos par semaine. Ils espéraient que les paysans seraient alors trop heureux pour songer à être communistes. La situation devint infiniment confuse en raison de l'habitude qu'avaient les conservateurs de qualifier les libéraux de « communistes ».

En fin de compte, à la suite d'un héroïque compromis historique, la démocratie fut rétablie grâce à l'abolition des élections, et les deux partis s'accordèrent pour diriger le pays à tour de rôle tous les quatre ans. La Violencia s'en trouva remise à une date indéterminée.

Quand la paix régna de nouveau, l'oligarchie revint à ses anciennes préoccupations : nommer ses aînés aux plus hauts postes de l'État, ses cadets au sommet de la hiérarchie ecclésiastique, et le restant au commandement des forces armées. Entre-temps, quelques paysans faillirent devenir communistes sans avoir jamais entendu le mot.

Dona Constanza Evans, avec qui notre digression a commencé et avec qui elle se termine à présent, était une conservatrice : elle descendait en ligne directe, comme tous les aristocrates, d'un barbare particulièrement prospère et brutal. Son mari, don Hugh Evans, descendait en fait d'un spéculateur gallois du XIXe siècle, et il conservait officiellement la citoyenneté britannique. Ses deux fils faisaient par conséquent leurs études à Harrow, où ils se musclaient passablement les mollets et devenaient extrêmement anglophiles — victimes de l'illusion, semble-t-il, que les Harroviens sont représentatifs du peuple anglais. Ils se sentaient naturellement très à l'aise parmi des gens aussi civilisés.

Dona Constanza fit demander son contremaître pour lui donner l'ordre de creuser un canal, et envoya le message suivant au Profesor Luis : « Est-ce Tchaïkovski ou Beethoven qui est mort du typhus ou du choléra ? »

3

Où le geste romantique de Federico entraîne de plus amples conséquences

Quand Federico s'éloigna furtivement de la maison d'adobe de son père en emportant le fusil et les deux boîtes de cartouches, on ne peut pas dire que ce fut avec un projet précis ni avec des idées claires sur la façon dont il s'y prendrait pour le réaliser. De fait, il n'avait en tête qu'une sorte de stupeur scandalisée et la résolution inébranlable d'accomplir une action spectaculaire en guise de vengeance. Il avait souvent vu des effusions de sang dans sa courte vie, mais ce à quoi il avait assisté dans le village n'était pas du même acabit que les bagarres à la machette provoquées par une femme ou une insulte, les atroces amputations de membres à la suite d'une morsure de serpent, ni même l'incompréhensible agonie de sa mère lors de la naissance de Francesca, qu'il avait suivie d'un coin de la hutte avec un sentiment de terreur désespérée. C'était différent parce que la violence et la souffrance dont il avait été témoin jusque-là ne semblaient pas gratuites ; elles étaient regrettables mais jamais perfides, et il n'en avait pas été choqué. Le carnage qui avait accompagné le petit exploit du Capitan Rodrigo Figueras et l'hystérie qui lui avait succédé ranimèrent la sensation de colère et d'écœurement moral dont Federico n'avait encore éprouvé qu'un faible avant-goût, lorsque le Profesor Luis l'avait réprimandé pour quelque chose qu'il n'avait pas fait. De plus, le campesino a un sens de l'honneur extrêmement rigide ; c'est le bien le plus précieux et le plus prisé de ceux qui ne possèdent à peu près rien, la voix publique et intime qui doit être obéie sans condition, par-delà le sens commun et la mort. C'est l'honneur qui obligera un homme à passer trente ans sans adresser la parole à son frère préféré ou à son fils à cause d'un affront, à crever de faim pendant un an pour payer une dette ou tenir une promesse. C'est l'honneur qui poussera les hommes aux extrémités les plus vaines, les plus héroïques et les plus stupides, par bravade ou par machisme — on dirait qu'ils ignorent encore que l'époque de Tirant lo Blanc et de don Quichotte est dépassée depuis longtemps. Cette sorte d'honneur est à l'usage exclusif des mâles. Les femmes de ces contrées ont un code d'honneur infiniment tempéré par la compassion, l'humour et le bon sens, totalement étranger aux absolus dogmatiques et irrationnels du mâle qui l'incitent à des actes de bravoure stupéfiants, ou à des prouesses affligeantes marquées au coin d'une insondable folie. Les deux étant parfois inextricablement mêlés, l'on ne sait s'il faut pleurer de désespoir ou d'admiration. Le Capitan Figueras, par exemple, avait probablement jeté sa grenade pour venger son honneur blessé, car il avait été humilié au dernier degré par un chasseur armé d'un mousquet, un homme semblable à un conquistador muni d'un revolver, et une putain pourvue d'une machette.

De son côté, Federico avait perdu son oncle Juanito, il avait vu son professeur s'écrouler sous les coups de crosse d'un gros officier répugnant, sa cousine Farides presque violée, et son propre chien avait été si gravement mutilé que Sergio, son père, avait dû l'abattre d'une balle entre les yeux, avec le fusil qu'il emportait à présent comme un bébé kidnappé. C'est pourquoi Federico avait une raison tout à fait personnelle de souhaiter la mort du Capitan, membre de l'armée, laquelle était au service de l'État. On peut sans doute affirmer qu'en définitive ce ne sont pas les idéaux ni les théories économiques qui poussent les campesinos à devenir révolutionnaires, mais un profond sentiment de dignité offensée. Même si ce n'est pas le cas général, c'était certainement celui de Federico, qui n'apprendrait à haïr l'armée entière, l'État, et les États-Unis qui les appuyaient, que bien après avoir fui dans les collines pour y vivre en sauvage et ruminer son plan de vengeance, savourant d'avance sa satisfaction.

Il en était encore à la révolution individuelle et baignait dans une mélasse d'impossibilités romantiques. Il ne lui était jamais venu à l'esprit qu'il ne pouvait pas tuer tous les officiers pour être sûr d'avoir Figueras ; il n'avait pas pensé non plus que la pauvreté anarchique et joyeuse de la vie de village, les yeux vifs de Francesca, ou le rassemblement des bœufs ceibu à l'heure du marché lui manqueraient. Il se voyait en ange de la mort héroïque et vengeur, pas en petit garçon errant avec un fusil qui lui meurtrirait l'épaule chaque fois qu'il s'en servirait, sans rien d'autre qu'une mochila remplie de bocadillos enveloppés de feuilles de palmier, de trois avocats et de deux boîtes de cartouches.

Quand l'aube eut lancé le soleil rouge sur les montagnes, Federico était d'humeur plus humble qu'à deux heures du matin. Il avait, il est vrai, dépassé l'hacienda du gringo à l'avion de plusieurs kilomètres et se trouvait déjà près de la jungle, devant les contreforts de la Cordillère. A cet endroit, la terre se partage entre des parcelles de verdure luxuriante et des déserts de pierre d'où surgissent les colonnes lunaires des termites ; le moindre sifflement ou le moindre bruissement d'animal sur ses pas le faisaient sursauter. Il bondissait et suait de peur chaque fois qu'il se retrouvait face à face avec l'énorme silhouette d'un bœuf ou d'un rocher, et croyait apercevoir à chaque éclair de lune sur son chemin un serpent-corail dressé pour l'attaque. De surcroît, la courroie du fusil lui creusait une plaie à l'épaule et le chargeur le frappait constamment au même endroit au-dessus des reins quand il trébuchait dans l'obscurité. Le Lee Enfield semblait s'alourdir, mais Federico s'y cramponnait obstinément ; lorsqu'il y voyait assez clair, il s'asseyait sur un rocher, et caressait son fût et sa crosse avec une tendresse et une exaltation fort peu éloignées de celles qu'il s'était imaginé devoir éprouver en caressant une femme pour la première fois.

Il posa le fusil de côté et plongea le bras dans sa mochila pour en extraire les bocadillos, dont la douceur et la saveur de goyave balayaient ses terreurs nocturnes comme une main de mère. Il enveloppa soigneusement le restant dans la feuille de palme et chercha autour de lui un endroit protégé du soleil pour quelques heures. Il s'endormit au milieu des pierres à l'ombre du rocher, en rêvant à son chien mutilé et aux poils ignobles qui recouvraient le ventre du Capitan Figueras, saillant entre les boutonnières de sa chemise.

Quand il s'éveilla à midi, ce fut pour deux raisons : d'abord parce que le soleil s'était déplacé au-dessus du rocher et tapait au point de le faire rêver qu'il était transformé en cendres ; ensuite parce qu'un chevreau mâchouillait la jambe de son pantalon. Lorsqu'il ouvrit les yeux et les plongea dans ceux de l'animal, sa première pensée fut que le diable était venu le chercher. L'iris jaune et la fente rectangulaire de la pupille d'un jeune bouc présentent en effet quelque chose d'étranger et d'impersonnel qui est terrifiant. Le chevreau s'esquiva à quelques mètres. Federico le regarda quelques instants avant de décider de le tuer pour le manger. Tremblant d'excitation mais aussi de culpabilité, il se dressa, fit fermement glisser la culasse d'avant en arrière, et leva le fusil à la hauteur de son épaule. Il chancela sous le choc du 303, en proie à une douleur atroce qui suggérait une clavicule brisée, et plongea en avant pour retrouver son équilibre. Il se sentit curieusement soulagé en voyant qu'il avait manqué le chevreau, si proche pourtant, et que celui-ci, à l'abri d'un citronnier, le contemplait avec une sorte d'étonnement comique. Il était en train de se demander si son épaule pourrait supporter une seconde tentative et de réarmer le fusil, quand une voix ironique proféra derrière lui « Buena' dia', senor. »

Il se retourna brusquement, fit pivoter le fusil contre sa hanche dans une parodie affolée du mouvement abondamment reproduit dans les films de cow-boys, et se trouva face à face avec un très grand campesino au teint basané qui, un long gourdin à la main, fumait un puro. L'homme cracha, regarda calmement autour de lui, et lui dit : « Je suppose que ça t'amuse de tirer sans raison sur les bêtes des autres. » Federico le regarda à son tour, confus, et expliqua : « Je ne savais pas que c'était votre chevreau, senor.

— Tous les chevreaux appartiennent à quelqu'un.

— Oui, senor, je suis vraiment désolé, senor. »

Le campesino tapota l'extrémité du fusil avec son gourdin. « Tu devrais peut-être braquer ça ailleurs. Je suis plus gros que les chevreaux et pas aussi facile à manquer. »

Federico abaissa le fusil et se mit à reculer, en se demandant s'il le ferait dignement ou s'il allait détaler, mais le paysan ajouta : « Je crois que tu devrais me donner le fusil. En compensation d'avoir tiré sur ma bête.

— Le fusil n'est pas à moi, je ne peux pas le donner, répondit le garçon, dérouté. Il est à mon père, et je n'ai pas tué le chevreau.

— Ah ! riposta le paysan. Le curé dit qu'une mauvaise intention ne vaut pas mieux qu'une mauvaise action. Tu dois donc me donner le fusil.

— Mais il est à mon père !

— Tu es sous la responsabilité de ton père. Pour m'épargner la peine d'aller le trouver, je vais prendre le fusil directement. C'est un fusil très enviable, à ce que je vois, et je l'aurai. » Il s'avança pour s'emparer de l'arme.

Federico sentit la panique lui remonter de l'estomac à la gorge. Un torrent de sueur salée coula brusquement de son front, et brouilla ses yeux inondés.

« Non ! » cria-t-il, en écartant le fusil. Le paysan gifla le garçon sur la tempe et profita de sa déconfiture pour tirer fortement sur l'extrémité de l'arme.

Ce qu'il ne savait pas, et qu'il n'avait même pas envisagé dans son impatience de voler le fusil, c'est que l'index du garçon avait amorcé un mouvement de pression sur la détente ; il y eut encore une explosion retentissante lorsque le paysan attira brusquement le fusil vers lui. La balle lui traversa le sternum, et lui fracassa deux vertèbres au passage avant de ressortir par-derrière. Une expression d'étonnement passa sur le visage de l'homme agonisant quand il culbuta, tandis que Federico, paralysé par le choc, tombait sur les genoux, secoué de vomissements. Puis il se mit à pleurer et à se balancer d'arrière en avant, les mains sur le visage, et geignit comme son chien mutilé.

Quand Federico osa lever les yeux au milieu de ses larmes, il vit qu'une tache sombre s'étalait sur la chemise du paysan, que ses yeux troubles étaient devenus vitreux et qu'un filet de sang s'écoulait doucement des coins de sa bouche. Le corps semblait déjà déserté, et le puro continuait à fumer dans les pierres comme si rien de très important ne s'était passé. Federico n'avait pas besoin de regarder pour savoir que l'homme était bien mort et qu'il en était responsable. Il s'assit contre le rocher, transi, et, dans un geste de respect surprenant mais approprié, fuma le cigare du mort jusqu'au bout, exactement comme l'homme l'aurait fait. Federico ne devait pas cesser de trembler et d'avoir des haut-le-cœur pendant deux jours. Ensuite, il se contenta de trembler ; c'était sa deuxième rencontre avec la mort inutile en deux jours.

Federico entassa des pierres autour du corps, mais il ne pouvait supporter de voir les yeux révulsés de l'homme chaque fois qu'il s'approchait, ni les mouches qui s'étaient déjà rassemblées pour pondre leurs œufs, ni le défilé de fourmis qui avaient surgi de nulle part et rampaient en un flux noir et unanime le long de ses joues, dans ses yeux et dans sa bouche ouverte.

Un croassement guttural se fit entendre derrière lui. Il se retourna, effrayé, et aperçut un répugnant vautour au bec crochu, au crâne chauve, mangé aux mites, qui s'était posé, battant lentement de ses ailes déployées. Il le regardait d'un œil. Federico se pencha et ramassa un gros caillou pour le lancer à l'oiseau, qui croassa derechef et recula d'un saut impatient. Deux autres oiseaux arrivèrent dans un froissement d'ailes pour voir si le corps était vraiment mort. L'un d'entre eux se hasarda à donner un coup de bec sur un œil révulsé, puis l'extirpa ; c'est à cet instant que Federico ramassa son fusil et s'enfuit d'un pas titubant, sans savoir que Pedro le Chasseur et Aurelio l'Indien l'observaient, depuis dix minutes, de l'abri qu'ils avaient trouvé en suivant la trace d'un petit cerf.

Ce fut par pure coïncidence que dona Constanza se trouva dans l'écurie où elle inspectait les selles quand, au-dehors, Pedro confia à Sergio que son fils avait tué un homme. Ce soir-là, débordante du civisme indigné que manifestent tous les conservateurs à propos de la loi et de l'ordre, elle écrivit au chef de police le plus proche, en poste à Cucuta, distant de deux cents kilomètres. Ne désirant pas être dérangé par l'exercice de ses fonctions, ce fonctionnaire envoya la lettre à la capitale, où trois mois plus tard elle fut classée et oubliée, pour moisir des années durant, aussi menaçante qu'une mine toujours amorcée.

C'est ainsi que la révolution personnelle de Federico, comme toutes les guerres et les révolutions, commença par la mort d'un innocent qui avait en l'occurrence quatre enfants à nourrir et rêvait depuis toujours de posséder un fusil.

4

Où Sergio s'attaque au problème du canal

Ces derniers jours, les événements s'étaient ligués pour perturber sérieusement la vie de Sergio. Pour commencer, son frère jumeau Juanito avait été assassiné par l'armée ; néanmoins, il lui était apparu en rêve la nuit suivante et l'avait rassuré, tout allait bien. Juanito lui avait aussi confirmé que, lorsque son corps serait parfaitement décomposé, il pourrait déterrer sa tête et la louer un bon prix pour les pratiques magiques : chacun sait que le crâne d'un jumeau est de loin le moyen de communication le plus puissant avec les anges. C'est pourquoi Sergio était en mesure de supporter avec une certaine sérénité le chagrin que lui causait la perte de son frère bien-aimé.

Ensuite, Federico avait disparu avec le fusil, le bien le plus chèrement gardé de Sergio, et en outre, d'après Pedro le Chasseur, il avait tué un homme avec. Sergio savait au fond de lui que son fils était parti accomplir une tâche nécessaire, liée à son devenir d'homme, comme il l'avait fait à peu près au même âge en partant chercher des émeraudes dans la Cordillère. Il était cependant en colère à cause de son Enfield, bien qu'en fait il ne s'en fût jamais servi, mais il le gardait pour le jour où la violence ferait irruption dans la campagne, ce que son intuition de jumeau lui prédisait avec certitude. Il craignait aussi que les parents du mort, découvrant qui l'avait tué, ne surgissent un soir avec des torches flamboyantes pour se venger au nom de l'honneur.

Enfin, le projet bizarre de dona Constanza le plaçait dans une position vraiment détestable : cela lui apparut rapidement dans le bar du bordel où il le révéla à la compagnie. Ils s'étaient tous mis à balbutier en même temps, et ce fut Hectoro qui exprima le problème de la façon la plus concise.

« Le fait est, dit-il en regardant chaque visage à la ronde, que la Mula nous alimente, nous et nos champs, et qu'un tel canal réduirait nos récoltes en poussière à la saison sèche et nous-mêmes à l'état de squelettes. D'ailleurs, ce n'est qu'une flaque de pisse à la saison sèche, même sans que dona Constanza en détourne une goutte.

— Le fait est également, répliqua Sergio, que dona Constanza est propriétaire de la terre où coule la Mula, qu'elle est notre plus gros employeur, qu'elle a le droit de faire ce qu'elle veut et que ce sera à nous de creuser le canal pour sa piscine idiote.

— Dona Constanza possède les meilleures terres des environs, intervint Misael, et pourtant elle n'y élève que des chevaux qui ne font rien. Je sais où elle peut se mettre ses droits, et c'est à un endroit où don Hugh lui-même s'aventure rarement par crainte pour sa santé. »

Misael sourit, ses dents blanches étincelèrent à la lumière de la lampe. Il loucha et fit tournoyer son index en un geste obscène ; Hectoro lui-même s'esclaffa.

« A coup sûr », ajouta Josef, plissant les yeux à cause des spirales de fumée bleues et spectrales qui serpentaient dans la pièce avant de s'élancer vers la porte, « un canal ne retiendrait pas l'eau, pas même une tranchée, la terre est si sèche qu'elle aspirerait l'eau plus vite qu'Hectoro l'aguardiente.

— Alors nous devrions dire à dona Constanza de construire un pipeline avec une pompe à moulin à vent comme le Profesor Luis sait en fabriquer, rétorqua Hectoro. Et je ne permettrai pas qu'on m'insulte, Josef, sinon je donnerai tes cojones en pâture aux cochons.

— Ma femme me les a déjà arrachés, s'exclama Josef. Pour en revenir à un sujet plus important que ton honneur, ou même que mes couilles, je crois que tu as raison, Hectoro. Je pense que Sergio devrait suggérer une conduite d'eau ; bien que ça reste un gaspillage, c'est moins stupide qu'un canal. »

De leurs places derrière le bar Dolores et Consuelo avaient suivi cette conversation de mâles en échangeant des chuchotements. Dolores finit par faire entendre un long rire de gorge et dit de sa voix de rhum et de cigares : « Ah ! votre défaut à vous, les hommes, c'est que vous abordez les problèmes directement.

— Et le défaut des femmes, c'est qu'elles devraient tenir leur langue quand les hommes parlent de choses sérieuses, mais qu'elles ne le font jamais, riposta Hectoro.

— Et elles ont raison, dit Consuelo. Vous autres hommes devriez écouter Dolores, qui a plus de sens commun que vous tous réunis, d'autant qu'elle a appris à lire et qu'elle connaît le monde maintenant.

— Oui, confirma Dolores, c'est une simple question de bon sens. La Mula, vous devriez le savoir, traverse la terre de don Emmanuel après le village, et il a besoin d'eau comme nous. Allez le voir, et il empêchera le projet de dona Constanza pour sa propre survie et pour la nôtre. C'est évident. »

Il y eut un long silence, durant lequel Hectoro termina son verre avant d'annoncer : « Companeros, je suis très affligé quand les femmes sont dans le vrai.

— Dolores, ajouta Misael, les yeux pétillants de malice, c'est une idée si intelligente qu'à l'avenir je te laisserai me baiser pour rien.

— C'est très gentil, repartit Dolores, mais pour toi ce sera toujours cinq pesos !

— Alors préviens-moi quand tu le fais avec lui, dit Josef, parce que je n'aimerais pas que du mien se mélange au sien ! »

Don Emmanuel était une anomalie. Son père, éminent éducateur progressiste en Angleterre, avait décidé que son fils fréquenterait son propre établissement. Emmanuel avait donc grandi à moitié nu, en développant un franc-parler peu ordinaire. Il avait fait la connaissance, par son père, de l'immensément cérébral et malheureux philosophe Bertrand Russell, dont il collectionnait toutes les œuvres en guise d'hommage sentimental. Il ne les lisait jamais ; si on en avait ouvert un volume, on l'aurait trouvé proprement troué dans des milliers de directions différentes par les termites, et leur lecture aurait exigé deux fois plus d'efforts que ne l'eût souhaité leur limpide auteur. De fait, le texte était devenu si obscur qu'on aurait cru lire de la poésie surréaliste, à moins que ce ne fût un disciple américain de Wittgenstein.

Don Emmanuel avait étudié la botanique à Cambridge et adhéré aux partis conservateur, travailliste, libéral et communiste en même temps « pour avoir un point de vue objectif ». Au cours de sa seconde année, il était arrivé dans les tropiques avec un assortiment de botanistes, d'entomologistes, d'anthropologues et de zoologues lunetteux, dégingandés et austères, afin d'observer la flore et la faune de la Sierra Nevada de Santa Margarita. Toutefois, il ne se présenta pas au point de rassemblement à l'heure convenue et ne s'y rendit jamais. Après une longue et vaine recherche exaspérée, faite de pénibles randonnées à travers un territoire inconnu des cartes, avec l'aide d'un pilote d'hélicoptère de l'armée qui se contentait d'admirer le paysage, le groupe repartit, inconsolable, persuadé qu'Emmanuel avait trouvé la mort aux mains des brigands.

En fait, il vivait avec les Acahuatecs, chez lesquels il resta un an, avant d'aller chez les Arahuacax, acquérant ainsi le statut de seul homme blanc capable de servir de guide aux alpinistes venus de Grande-Bretagne pour peler du nez et attraper la diarrhée.

Il descendit ensuite dans les plaines et découvrit le minuscule pueblo où il vivait à présent, un endroit si insignifiant qu'il ne figure sur aucune carte, bien qu'il possède aujourd'hui des planchers en béton grâce au trafic de marijuana et de cocaïne, qui a effectivement sauvé le pays d'une ruine économique toujours imminente.

Lorsque don Emmanuel arriva, habillé en Indien, il commença par aller au bordel où ni sa surprenante apparence, ni son incompréhensible dialecte indien, ni son manque de fonds ne l'empêchèrent d'essayer successivement chaque putain.

Sa crédibilité étant désormais établie, il passa plusieurs jours à se balader dans le pays, jusqu'à ce qu'il découvre au bord de la Mula un endroit qui lui inspira une vision d'estancia florissante. Il se construisit immédiatement une hutte d'herbe à l'indienne, la couvrit de palmes et, à la stupéfaction des gens du coin, se mit à vivre comme Diogène et à travailler comme Sisyphe, mais avec de meilleurs résultats. Au début des événements relatés dans ce récit, il possédait une fraîche hacienda blanche qu'il avait construite de ses mains, il avait créé une chute d'eau dans la Mula pour entraîner un générateur, il avait un tracteur, plus de milliers d'hectares qu'il n'en pouvait compter, des milliers de bœufs qu'il pleurait quand ils partaient à la boucherie, et entretenait avec les paysans des rapports aussi bons qu'il en avait de mauvais avec les autres riches Blancs. La raison en était qu'il avait appris l'espagnol au bordel et aux champs ; sa conversation se rehaussait d'un vocabulaire extraordinairement riche, ponctué d'exclamations authentiquement pittoresques. De surcroît, il parlait comme s'il n'avait pas de dents de devant — simplement parce que les gens dont il avait appris l'espagnol en étaient la plupart du temps dépourvus. Lors de ses visites dans la capitale, une sorte de frisson d'horreur collectif parcourait l'échine de la société élégante, car il cultivait son personnage d'*enfant terrible*[1] avec un brio sans cesse accru. Ce fut particulièrement frappant quand il exhiba aux yeux de tous sa fierté d'être un mort pour l'état civil, et d'avoir fui une mère possessive au point de s'installer aux États-Unis pour se rapprocher de son cadavre, sans soupçonner le moins du monde que l'Amérique du sud était infiniment plus éloignée que ne semblait l'indiquer un simple coup d'œil sur une carte, et que son fils vivait et baisait.

Don Emmanuel était devenu une légende locale, à la fois grâce au plaisir qu'il prenait à une saine débauche, à son choix des paysans comme amis naturels, et à ses extraordinaires préoccupations sociales. Il avait bâti l'école du village et embauché le Profesor Luis pour qu'il enseigne non seulement le savoir mais la sagesse aux enfants en haillons ; il payait des salaires supérieurs d'un quart à ceux de n'importe quel autre patron du département et il avait adopté une méthode consistant à encastrer des parpaings dans des treillis de bois, qui lui permettait de construire

1. En français dans le texte. *(N.d.T.)*

une maison à chacun de ses employés. C'était dans sa Land-Rover que les putains allaient effectuer leurs examens médicaux tous les jeudis, il arbitrait les querelles domestiques, il ne manquait jamais de travailler aux côtés de ses hommes, et de nombreuses femmes du pays pouvaient témoigner qu'il égalait en vigueur les nègres de race les plus purs. La seule particularité qu'on trouvait inadmissible chez lui, c'était son refus de fumer ; cette bizarrerie était considérée comme antisociale dans un pays où chaque individu de souche paysanne, homme, femme et enfant, avait en permanence un gros cigare planté dans la bouche, où seuls des oligarques efféminés fumaient la cigarette et où la pipe n'avait la faveur que des ingénieurs français et des alpinistes anglais. Ces cigares sont, comme leur café, les plus divins du monde, mais les habitants gardent pour eux les meilleurs produits, n'exportant que le rebut livré aux louanges des connaisseurs du monde. Fumer l'un de ces cigares le soir en plein air, dans un hamac, tout en buvant un demi-litre d'épais café noir, c'est se condamner sans le savoir à une nostalgie éternelle.

Quand Sergio et ses amis vinrent informer don Emmanuel du désastreux projet de dona Constanza, ils le trouvèrent complètement nu dans la Mula, en train de laver ses vêtements et de brailler une chansonnette très inconvenante sur l'air de l'hymne national, une mélodie si ampoulée et si peu mémorable que les oligarques eux-mêmes en oublient parfois de la reconnaître et de se mettre au garde-à-vous.

A la vue des quatre hommes, il se leva, sortit de l'eau pour aller à leur rencontre, en criant des bonjours et des insultes amicales. Sergio, qui ne le connaissait pas très bien, fut stupéfait de voir don Emmanuel s'arrêter, lever la jambe comme un chien, péter et lui lancer : « Remets ton chapeau, cabron, ou je vais pisser dedans. Sil y a une chose que je ne supporte pas, c'est le respect. »

Sergio remit précipitamment son sombrero et Misael remarqua : « Don Emmanuel, ta paloma devient de jour en jour plus énorme et plus ravagée. On dit que tu l'empruntes à ton âne.

— Au contraire, c'est mon âne qui me l'emprunte, répondit don Emmanuel. Je jure par la Vierge que vos femmes ont des chuchas à vous étirer n'importe quel homme par succion. Quand je mourrai, il me faudra deux cercueils.

— Laisse-la-moi par testament, ajouta Josef, et je la sécherai au soleil pour en faire un nerf de bœuf.

— Certainement pas, tu l'utiliserais sur ta femme !

— Sa femme s'en servirait pour elle-même, s'exclama Misael.

— Dans ce cas, elle me laisserait tranquille, grâce à Dieu », répliqua Josef.

Après bien d'autres plaisanteries inoffensives du même acabit, auxquelles il était trop fier et trop digne pour participer, Hectoro informa don Emmanuel du projet de dona Constanza et reçut cette réponse : « Je l'empêcherai ou je jure par Dieu que je n'honorerai plus que des cochons pour le restant de ma vie. Avant de partir, vous devez voir ma nouvelle méthode pour apprivoiser les boucs. »

Ils le suivirent jusqu'à l'arbre caracole, où un gros bouc hostile à l'œil jaune tondait distraitement l'herbe en cercle. Don Emmanuel se mit à genoux et fit un signe de tête à l'animal, qui abaissa la sienne et feinta avec ses cornes. « Ouhbah ! » hurla don Emmanuel, et il lui donna un rude coup de tête entre les yeux. Après quoi, il lui étreignit le cou et l'embrassa affectueusement sur le nez. « Voilà ! s'exclama-t-il fièrement.

— Il ne ressemble pas du tout à un gringo, commenta Sergio à leur retour.

— Parce que ce n'est pas un gringo, répondit Hectoro. C'est un Ingles.

— L'Angleterre doit être un beau pays, alors, dit Misael. J'irais là-bas si quelqu'un savait où c'était.

— Don Emmanuel le sait, dit Josef.

— Plus maintenant », répliqua Hectoro, d'un air si énigmatique que les autres n'osèrent pas lui demander ce que cela signifiait.

5

Remedios et les pistacos

Les Indiens des Andes croient en l'existence d'anges de la mort à la peau blanche qui coupent les gens en petits morceaux. Personne ne sait précisément pourquoi ils croient à ces « pistacos », mais on suppose généralement qu'il s'agit d'un legs de l'influence civilisatrice des conquistadors espagnols et des activités éclairées de l'Inquisition. Il est toujours dangereux pour l'homme blanc de se rendre dans certaines parties de la Cordillère, pas seulement à cause des ladrones — les voleurs —, mais parce qu'il se produit des cas de confusion d'identité, où des cholos animés par le civisme croient bravement détruire des pistacos pour le bienfait de l'humanité.

Remedios, quand elle était une petite fille coiffée de petites tresses noires, aux grands yeux ronds et au ventre rebondi — ce qui lui valait le surnom de « Barrigona » —, était déjà matérialiste. En grandissant, elle continua à ne croire ni en Dieu ni aux esprits, mais elle savait avec certitude que les pistacos étaient une réalité, et que leur existence n'était pas une superstition, car elle les avait vus de ses propres yeux.

Elle ne croyait pas aux esprits de la terre, des rochers, des eaux, des forêts et des vallées, auxquels on offrait un morceau de nourriture en disant : « Prends, mange, comme ça tu ne me mangeras pas. » Elle ne croyait pas que, lorsqu'on tombait en courant, il fallait se hâter de se draper dans sa jupe pour ne pas être enceinte de l'esprit de la terre. Pas plus qu'elle ne croyait devoir, après une chute, placer un peu de terre dans sa bouche pour manger l'esprit avant qu'il vous mange. Elle ne croyait pas non plus que les esprits pouvaient fondre votre corps pour en faire une chandelle. Mais elle en était arrivée à croire aux pistacos.

La mère de Remedios était une Indienne bracamoros que son père avait rencontrée quand il était travailleur migrant sur une construction hydroélectrique dans la Montana, et qui se noircissait les dents par coquetterie. Remedios, défiant toutes les lois de l'hérédité et de la probabilité, n'acceptait ni l'animisme de sa mère ni l'ardent catholicisme de son père, et ne croyait qu'en ce qu'elle voyait, entendait, sentait, goûtait ou touchait. Les constants désaccords de ses parents au sujet de son éducation métaphysique firent d'elle une simple humaniste qui lisait de petits livres d'enfants cachés dans son missel quand on l'obligeait à aller à l'église.

Au moment où la violence commença, Remedios, âgée de quatre ans, s'intéressait essentiellement aux gâteaux, aux jeux dans le caniveau et aux excréments de chien qu'elle fourrageait à l'aide d'un bâton. Quand les émeutes atteignirent la ville de La Cuenca, elle avait sept ans, s'intéressait toujours aux gâteaux, mais elle aimait plus encore à grimper dans les arbres.

La violence fut le premier spasme d'une guerre civile qui ne s'acheva jamais réellement parce que personne ne comprenait pourquoi elle avait commencé. Il est possible d'en rechercher les origines à la façon d'un historien ; mais cela ne va pas sans confusion.

En 1946, après trente ans de règne des libéraux, un

gouvernement conservateur vint au pouvoir. L'année suivante, le chef charismatique des libéraux, Ignacio Menendez, prononça un discours célèbre dans lequel il accusait le gouvernement de cinquante-six actes de violence dans onze provinces. Un an plus tard, il prononça un discours encore plus célèbre, connu sous le nom d'« Oracion », dans lequel il lançait un appel en faveur de la paix.

Il est difficile de comprendre pourquoi les libéraux et les conservateurs étaient des rivaux aussi acharnés, et pourquoi ils déployaient tant de haine les uns à l'égard des autres, étant donné que les deux partis étaient constitués d'oligarques et qu'ils avaient exactement les mêmes conceptions politiques. Quoi qu'il en soit, la terrible étincelle qui fit sauter la poudrière se produisit au cours de la Conférence panaméricaine, lorsque MM. Marshall et Harrison, accompagnés du général Ridgway, arrivèrent pour annoncer que la révolution les préoccupait, mais qu'ils n'avaient pas d'argent ; Fidel Castro se trouvait dans la même ville pour assister à un congrès d'étudiants anti-impérialistes. Senor Menendez se frayait un chemin dans une foule où il distribuait des poignées de main chaleureuses et recevait les encouragements de ses partisans, lorsqu'un homme s'approcha et l'abattit. Un vendeur de billets d'une de ces pestes de loteries qui infestent le pays, et qui sont une institution nationale, se précipita pour empoigner l'assassin, au milieu des billets dispersés par le vent. Un autre homme sortit en courant d'un restaurant avec une chaise qu'il brisa sur la tête du meurtrier ; celui-ci fut piétiné à mort par la foule, de sorte qu'ensuite personne ne fut capable de le reconnaître, tant il était défiguré. Presque immédiatement, des bandes se mirent à saccager la ville. Elles incendièrent l'ambassade des Etats-Unis, des édifices publics, le Capitole (où se déroulait la conférence), pillèrent les magasins. Le secrétaire d'Etat Marshall et l'ambassadeur britannique accusèrent les communistes, ce qui n'explique pas pourquoi ces derniers se trouvèrent aussi désemparés que les autres et totalement pris au dépourvu. Le chef du parti communiste passa les deux jours d'émeutes sous un bureau, dans les locaux d'un journal libéral, et manifesta la traditionnelle réticence des communistes face aux révolutions, qu'ils préfèrent manigancer sans qu'elles aboutissent. L'hypothèse du secrétaire d'Etat Marshall n'explique pas non plus pourquoi les émeutes cessèrent dès que les conservateurs consentirent à admettre quelques libéraux au sein du gouvernement.

C'est alors que commença la violence, et les libéraux refusèrent de participer à l'élection suivante, pour des raisons qui resteront à jamais opaques, de sorte que les conservateurs furent élus sans opposition.

La violence s'accrut rapidement. Des bandes de libéraux et de conservateurs paysans organisées en guérillas réduisirent les campagnes à la désolation. Les communistes, par crainte d'être exclus ou d'avoir l'air de se singulariser, se livrèrent à des brutalités occasionnelles, comme pour s'entraîner en vue de la révolution à venir. Au cours des élections suivantes, les communistes, malgré une forte réduction de leurs rangs due à l'ascension du Menendezismo, réussirent à diviser le parti libéral en donnant à leur électorat la consigne de voter pour un libéral de droite dissident qui avait été autrefois communiste. Grâce à cette scission, les conservateurs furent réélus avec 40 pour cent des voix. Les communistes, après avoir accusé les libéraux de fascisme, firent volte-face et les soutinrent.

En essayant de simplifier notre parcours à travers les complexités de la guerre civile qui s'ensuivit, nous aboutissons à l'exposé ci-dessous.

Les libéraux et les conservateurs se massacrèrent mutuellement. Les communistes développèrent des théories, prononcèrent des discours et publièrent des pamphlets, puis décidèrent d'organiser les paysans, y compris les femmes et les enfants, en « bataillons ». Les paysans communistes proclamèrent à Viola une république indépendante, qui connut de tels succès qu'elle devint riche et prospère ; les communistes l'accusèrent alors d' « embourgeoisement ». Les libéraux et les conservateurs continuèrent à se massacrer mutuellement. Les libéraux comptaient imposer un coup d'État militaire, tandis que les conservateurs espéraient garder le président au pouvoir. Les communistes tentaient d'unifier la gauche, projet qui n'a été réalisable nulle part et à aucun moment dans le monde, exception faite de Cuba. Ils réussirent toutefois à extorquer de réunions par ailleurs stériles une déclaration d'intention anti-impérialiste et antilatifundiste.

Une nouvelle république indépendante de Menendeziana fut fondée dans le nord du pays, vers laquelle affluèrent des libéraux, des conservateurs, des catholiques, des protestants, des communistes, des Témoins de Jéhovah, à la recherche d'un peu de tranquillité. Ils furent tous autorisés à y pénétrer, et on les laissa en paix à condition qu'ils s'intitulent « conservateurs communistes », « communistes catholiques », etc. La nouvelle république connut tant de succès et de prospérité que les communistes la condamnèrent. Son indépendance devint telle que, une fois, son président écrivit à l'autre, le vrai, pour protester contre des violations de frontières en menaçant de rompre les relations diplomatiques.

Le général Panela, dit « El Azucar », évinça les conservateurs par un coup d'État militaire et proclama l'amnistie pour tous les guérilleros. Les libéraux et les conservateurs déposèrent les armes, et les communistes, saisissant l'occasion d'avoir enfin la vedette, décidèrent de se consacrer enfin sérieusement à la guérilla, mais agirent fort peu.

Panela ne put cependant pas empêcher la violence générale de se poursuivre, car les parents des victimes se mirent à se venger, déclenchant une épidémie de vendettas. En outre, les libéraux et les conservateurs commencèrent à soupçonner Panela d'être de gauche, et formèrent une coalition soutenue par l'Église catholique et romaine afin de se débarrasser de lui. Les anciens ennemis mortels annoncèrent un gouvernement de coalition perpétuelle où la présidence et les postes officiels reviendraient alternativement aux conservateurs et aux libéraux tous les quatre ans. Ils organisèrent un plébiscite truqué pour ratifier l'accord, et l'emportèrent avec deux millions et demi de voix. L'oligarchie parvint ainsi enfin à une formule parfaite de démocratie au sein de l'oligarchie. Uni, le nouveau gouvernement démocratique se retourna contre les anciens alliés des libéraux, les communistes, et continua indéfiniment la guerre civile, avec l'objectif prioritaire de briser les républiques indépendantes, à présent au nombre de neuf. Les communistes effectuèrent une retraite tactique dans les montagnes, afin d'y poursuivre leur « propagande armée » à partir d'une position sûre. Dans les faits, le parti communiste renonça à la violence sous le motif que « les conditions historiques n'étaient pas encore remplies », et revint à la pratique des discours engagés, des pamphlets et des conjurations qui n'aboutissent jamais à une révolution — en tout cas pas sous sa direction, qui n'a qu'une existence nominale. Ce qui signifie que ceux qui continuent à se battre dans les montagnes sont des communistes non-communistes.

Tout cela est de l'histoire, mais ne rend pas compte de la réalité de l'époque au sens où un vent de brutalité et d'inhumanité démoniaques secoua pareillement les âmes et les corps des innocents et des coupables. Ce fut comme si une force Qliphoctic démente s'était échappée des portes de l'enfer pour extirper la dernière parcelle de moralité de sa cachette. Les Quatre Cavaliers de l'Apocalypse cédèrent le pas à la Bête, la Mega Therion, qui causa des ravages si inconcevables que lorsque la Violencia prit fin, son bilan s'élevait à plus de deux cent mille morts. Rétrospectivement, on a du mal à ne pas croire qu'une morbidité infectieuse de l'âme avait inoculé à la nation entière une folie sanguinaire à peine déguisée en idéologie et en éthique. Une épidémie de dépravation morale détruisit le calme éternel des campagnes et recouvrit tout d'une boue gluante d'obscénité, de méchanceté, de barbarie et de désastre gratuit.

Lorsque la bande de guérilleros (personne ne savait s'ils étaient conservateurs ou libéraux) entra dans La Cuenca, ils commencèrent par violer en masse toutes les petites filles de l'école primaire. C'était devenu une banalité, mais ce fut la première et, à ce jour, la dernière fois que Remedios eut commerce avec un homme.

Déchirée, en sang, la petite Remedios titubante regagna la maison, en s'accrochant aux murs et aux palissades, les yeux remplis de larmes, le visage maculé, les vêtements en lambeaux, en proie au vertige de l'incompréhension. Quand elle arriva chez elle, la porte était entrouverte et des cris terribles lui parvinrent de l'intérieur. Elle se hissa sur un pot de peinture vide et assista par la fenêtre au meurtre habilement exécuté de ses parents.

Pendant la Violencia, l'intelligence humaine atteignit de nouveaux sommets en matière d'ingéniosité et de sophistication. Des méthodes inédites de scalp, de décapitation, d'éviscération et d'écartèlement furent improvisées et perfectionnées par une expérimentation et une pratique assidues. Un vocabulaire technique complexe se développa autour de cette nouvelle science : le « corte de corbata », « corte de mica », « corte de franela », etc.

Remedios assista, dans un état cataleptique, au « picar para tamal » auquel fut soumis son papa : un procédé entraînant une mort lente par le découpage du corps en menus morceaux, appliqué de telle manière qu'on n'en mourait pas avant d'être parfaitement déchiqueté.

Sa maman, qui en avait été le témoin forcé, et dont on entendait les cris, fut la victime suivante. Les guérilleros arrachèrent de ses entrailles le fœtus qui devait être un autre frère pour Remedios, et le remplacèrent par un jeune coq. Puis ils entreprirent l'opération complexe du « boca-chiquiar », une espèce d'acupuncture intensive consistant à couvrir le corps de milliers de petits trous, par lesquels suintait lentement la vie du patient.

Remedios s'efforça de veiller sur son frère, Alfredo. Ils devinrent des orphelins de la rue, vivant de peaux de bananes, léchant les emballages de bonbons, mâchant les os jetés que leur laissaient les chiens, et volant des fruits aux rares chinganas et tiendas encore ouvertes, dont les stocks étaient à présent essentiellement constitués de l'alcool le moins cher.

Remedios fut recueillie par les sœurs de la Mission montfortienne, et Alfredo par les frères de la Volonté divine. Dès lors, elle ne le vit presque plus, les deux missions rivales se disputant un legs important, transmis par la veuve d'un latifundiste pieux.

Remedios resta au couvent jusqu'à l'âge de seize ans ; pendant ce temps, son dégoût de la religion atteignit un paroxysme tel que les nonnes l'exacerbèrent involontairement en la faisant exorciser. Après avoir eu la tête secouée et comprimée par un prêtre suant et psalmodiant, Remedios se forgea la conviction qu'elle devait consacrer sa vie à lutter pour la cause de la santé mentale. Elle quitta le couvent, où elle n'avait assimilé que le fanatisme des religieuses et leur frigidité morbide.

En partant, elle découvrit qu'elle détestait aussi la coalition des libéraux et des conservateurs, désormais baptisée Front national. Elle ne savait ni qui avait tué ses parents ni comment ceux-ci votaient, ce qui lui permit de répartir sa haine sans préjugé entre les deux partis, et de leur imputer des responsabilités égales. C'est ainsi qu'elle fut amenée à choisir la seule solution restante : les communistes. Les communistes offraient à Remedios deux attraits majeurs : une vision utopiste de l'avenir et une conception très claire de l'ennemi — quiconque n'appartenait pas au parti entrait nécessairement dans la gigantesque conspiration destinée à opprimer les masses.

Remedios travailla très dur à persuader lesdites masses d'acquérir une conscience de classe et de s'organiser. Elle perdit ses illusions quand elle comprit qu'elles préféraient la désorganisation, ne se considéraient pas comme faisant partie des masses (« Mon grand-père était un Capitan »), et continuaient à voter pour les libéraux et les conservateurs, quand elles votaient, ce qui n'était pas le cas pour 80 pour cent d'entre elles.

Remedios tenta de toucher les 80 pour cent de non-alignés, mais chaque nouvelle organisation conçue pour les aligner finissait par se transformer en parti indépendant refusant de s'aligner sur aucun autre, en particulier sur les communistes, qui avaient la présomption de croire que non-aligné signifiait aligné sur leurs propres positions.

La prolifération de querelles et de pompeux pronunciamientos émanant des sommités de la gauche obligea Remedios à se rendre compte qu'il n'y avait aucun espoir de réussir par des moyens démocratiques : un vote pour une faction de la gauche divisée était un vote perdu dans la lutte contre la coalition du Front national. A vingt-deux ans, elle gagna la République indépendante du 26-Septembre et s'enrôla dans son armée de guérilleros. Elle disparut dans les collines avec l'une de ses factions quand l'armée nationale envahit la république pour la libérer et la ramener dans le droit chemin.

Remedios était devenue une forte personnalité. Elle irradiait la détermination, une fermeté de conception inébranlable, le courage physique et moral, et une tendre tristesse qui la faisait aimer de tous ses companeros. Elle avait une silhouette bien découplée, avec sa chevelure noire que retenait une queue de cheval, et possédait une sorte de beauté mi-indienne mi-hispanique, bien qu'elle ait eu un père nègre. « Tu dois avoir un peu de sang conquistador, disait sa mère. J'espère que ça ne se manifestera jamais dans ton caractère. »

Remedios, malgré son grand cœur et les dons que lui avait généreusement octroyés la nature, n'avait jamais été amoureuse, et personne ne l'avait aimée. Elle était dépourvue de sexualité, mais elle avait pour famille tous les pauvres de la terre, et elle avait vu les pistacos de ses propres yeux d'enfant.

6

Le général prépare son départ

Il s'appelait Carlo, du nom de son grand-père italien, et appartenait à la meilleure espèce de soldat possible ; autrement dit, les fanfaronnades, l'exercice gratuit de l'autorité, l'ascension sociale, les éclatantes démonstrations de bellicisme et le whisky écossais authentique ne l'intéressaient en aucune façon. C'était au contraire un homme sensible et intelligent, d'une grande culture et d'une vaste curiosité ; c'est pourquoi les autorités militaires lui témoignèrent suffisamment de méfiance pour l'envoyer à Cesar, et les autorités civiles se montrèrent si peu coopérantes quand il y arriva. Un homme intègre à un poste élevé était un *rara avis* qui pouvait fort aisément perturber le bon fonctionnement de la corruption et de l'incompétence, plus encore qu'un mégalomane imprévisible ou qu'un grand violent. Il suscita une rancœur considérable le deuxième jour de son arrivée en mettant en prison le chef de la police pour le viol d'une métisse, et en doublant sa peine lorsque le coupable, conformément aux usages et aux pratiques consacrés, lui offrit avec courtoisie et discrétion un important pot-de-vin. Tout le monde pensa qu'il était fou ou, pire, communiste, quand il dénonça publiquement le chef de police de la ville. Les forces de police se mirent spontanément en grève. Personne ne remarqua la différence, et d'ailleurs la grève prit rapidement fin dès que le général lépidoptérologue agita la menace d'une investigation complète du dossier de chaque policier du département.

Le général Carlo Maria Fuerte avait à son crédit une honorable anthologie de poèmes patriotiques, et l'inventaire le plus complet qu'on ait jamais dressé des papillons nationaux. Comme son pays était le plus grand producteur mondial d'albums à illustrations mobiles actionnées au moyen d'une tirette, son livre comportait une représentation grandeur nature du *caligo prometheus* qui ressemblait à un hibou. On pouvait le faire battre des ailes et remuer les antennes. C'était une grande mortification pour lui que ce splendide et énorme ouvrage eût été acheté par presque toutes les bibliothèques importantes dans le monde, et que pas un seul exemplaire n'en eût été vendu dans son pays. Il attribuait le fait au manque de patriotisme, sans se rendre compte que relativement peu de gens savaient lire, et que, même au cas où ils auraient su, ils n'auraient pas eu les moyens d'acheter le livre, et que s'ils étaient à la fois en mesure de le lire et de l'acheter, ils feraient partie de ceux qui ordonnaient à leurs domestiques d'écraser le moindre papillon à leur portée. Il était à présent en train d'écrire un ouvrage sur les colibris du pays, méticuleusement illustré de peintures à l'huile exécutées d'après ses propres photographies, et ignorait qu'il avait découvert trois espèces encore non répertoriées. Comme son étude sur les papillons, son *Picaflores de la Cordillera y La Sierra Nevada* était motivé par le patriotisme.

Il existe deux sortes de patriotisme, bien que parfois les deux se mêlent en un seul cœur. A la première conviendrait le terme de nationalisme ; les nationalistes croient que les autres pays sont inférieurs à tous égards, et qu'on leur rendrait service en les asservissant. Les autres pays ont toujours tort, sont moins libres, moins civilisés, moins glorieux au combat, ils sont perfides, anormaux et sans religion, portés à s'enticher d'idéologies démentielles auxquelles aucune personne sensée ne saurait adhérer. Ces patriotes-là constituent l'espèce la plus commune, et leur patriotisme est la chose la plus méprisable qui soit.

La meilleure description du second type de patriote nous est fournie par l'exemple du général Fuerte. Ce dernier ne croyait pas en « mon pays, qu'il ait tort ou raison » ; au contraire, il aimait sa terre en dépit de ses défauts, qu'il percevait clairement et qu'il s'efforçait de corriger. Il professait fréquemment que ceux qui soutenaient leur pays quand il était à l'évidence dans son tort, ou qui étaient incapables de voir ses erreurs, constituaient la pire espèce de traîtres. Alors que la première sorte de patriote se glorifie en fait de sa propre irrationalité et non de son pays, le général Carlo Maria Fuerte aimait le sien comme un fils aime sa mère ou un frère sa sœur.

Il aimait l'Amazonie, avec ses impénétrables cascades de la végétation la plus luxuriante, ses arbres énormes, ses venimeuses grenouilles jaunes et ses serpents géants ; ses tigres, ses singes aux visages fous, ses aborigènes qui allaient toujours nus, chassaient avec des sarbacanes et des flèches empoisonnées. Il aimait la mer des Caraïbes, ses poissons lugubres, ses millions de nuances turquoise, ses chatoyantes plages de sable blanc et jaune. Il aimait les anciennes villes espagnoles côtières, les énormes cochons semi-sauvages qui se creusaient des trous et dormaient tout le jour sous les palmiers, les femmes de pêcheurs qui scrutaient la mer au crépuscule, guettant le retour de leurs maris pour qui elles redoutaient les requins. Il aimait la côte Pacifique qui s'élevait brusquement en montagnes spectaculaires, et partageait l'affliction nationale à chaque tremblement de terre et à chaque raz de marée plongeant ses rivages dans la désolation et la terreur aux moments de pleine lune, comme il partageait la fierté nationale face à l'aptitude de ses compatriotes à reprendre une vie normale après le désastre, les voleurs eux-mêmes s'abstenant de piller et les violeurs endurcis aidant les femmes en détresse à retrouver leurs enfants dans la boue et les débris.

Contrairement à la plupart de ses compatriotes, le général aimait jusqu'à la savane, dont la chaleur à la saison sèche blanchissait les os des vivants et fendait les rocs rouges en tessons avec des explosions d'obusier, et dont l'humidité à la saison humide chassait les gens vers les fleuves, où ils restaient assis toute la journée jusqu'au cou, comme des singes japonais, afin de rafraîchir leurs corps de la sueur et d'échapper aux investigations implacables et envenimées des moustiques qui tournaient facilement en ulcères. Le général marchait dans ces déserts de reptiles et d'héroïques herbages desséchés ; il examinait les souches d'arbres évidées par la foudre pour y déceler les essaims de vampires qui se nichaient le soir dans l'encolure et la croupe des chevaux et des mulets, et propageaient la rage plus efficacement que les chiens. Il frappait les parois des arbres de son bâton de commandement et tâchait de deviner à la lueur d'une allumette combien de créatures pépiantes et glapissantes étaient en train de tournoyer et de tourbillonner dans ces ténèbres contre nature, lâchant des excréments de sang pur.

Il aimait également la lune, si vaste et si resplendissante qu'on en discernait les mers et les pustules sans instrument d'optique. En Europe, il avait éprouvé un tel mépris pour l'insignifiance et le manque d'éclat de la lune qu'il avait décidé, pour cette raison entre toutes, de rentrer dans son pays où, de nuit, la lumière était aussi claire mais plus magique que de jour. En Europe, le tonnerre et les éclairs lui avaient fait pitié ; dans son pays, le tonnerre claque à l'intérieur de la tête comme un canon de tank, et y résonne jusqu'à ce que les méplats du crâne semblent se fracasser aux jointures. Dans son pays, les éclairs brillent davantage que la flamme du magnésium et figent le monde en tableaux comme un stroboscope au réglage aléatoire ; la foudre abat les arbres devant vos yeux et se déchire pour danser à la pointe des montagnes.

Et c'étaient les montagnes que le général Fuerte aimait le plus, car au fur et à mesure qu'on avance en altitude, le climat et la vie passent par trois stades distincts. Pendant les deux mille premiers mètres, c'est le jardin d'Eden, une exubérance d'orchidées, de colibris et de minces filets d'eau délicieuse qui se déversent par miracle le long de chaque sentier. Mille à mille cinq cents mètres plus haut, s'étend un monde de pierre et d'eau, drapé comme des jardins suspendus d'étranges plantes lunaires à teintes brunes, rouges et jaunes, à la tournure si curieuse et si surnaturelle qu'on s'attendrait à les trouver dans des livres de légendes et d'aventures. Au-delà règne un monde vénusien de glace, de soudaines et intrépides brumes d'eau palpable, de lichen et de faibles sources, de schistes fragmentés et de scintillantes cimes blanches, où les réalités humaines se font lointaines et dérisoires, où le ciel se trouve au-dessous de vous et en vous, où respirer est un accomplissement en soi, et où les condors, d'un poids et d'une taille inimaginables, tournoient dans les courants ascendants comme les seigneurs d'un univers fabuleux. C'est là que les Incas les attrapent ; ils savent qu'un condor a besoin de plus d'espace pour s'envoler que pour se poser, et ils placent une carcasse dans un petit corral — puis ils attendent. Ils utilisent leurs plumes pour les parures et leurs fémurs creux pour fabriquer cette flûte sinistre qu'on appelle la quena. Les Incas tuent à juste titre ceux qui abattent un condor « pour le sport », par curiosité ou par orgueil, et abandonnent son corps aux condors et aux vautours de moindre importance.

Contrairement à presque tous les patriotes, le général aimait aussi les gens. La vue des corps sculptés des campesinos, avec leur musculature grecque et leurs veines gravées en relief sous leur peau brune comme des cartes fluviales, le remplissait de respect. Il sentait chez les inaccessibles Incas et dans leur civilisation détruite une fierté mystérieuse et mystique ; il n'oubliait jamais qu'autrefois, après tout, ses compatriotes avaient inlassablement et indéfectiblement combattu avec Simon Bolivar pour unifier les pays du Nord-Ouest, Panama compris, et pour expulser les Espagnols remplis de morgue délétère et d'incompréhensible cruauté. Né trop tard, il aspirait ardemment au retour de cette superbe fougue chez son peuple, devenu aussi vénal que ses ancêtres avaient été indomptables.

Le général aimait également l'armée, qui était pour lui une sorte d'épouse ; c'est-à-dire qu'il se disputait fréquemment avec elle, qu'il la trouvait agaçante et parfois ennuyeuse. Il était souvent obligé de s'occuper de détails qu'il jugeait sans importance, et souvent tenté de partir. Cependant, elle lui donnait ordre et stabilité, but et direction ; il s'en tenait volontiers aux règlements parce que cela lui évitait d'avoir à passer par les affres des décisions et, à l'instar de la plupart des meilleurs officiers, il concevait l'armée non comme une force de guerre, mais comme un instrument d'équilibre et de paix. Il n'avait jamais envisagé de participer à un coup d'État, et n'avait vu le feu qu'une fois, au cours d'une petite guerre futile et frivole à propos d'un bout de territoire qui n'était d'aucune utilité à personne ; il avait alors évité autant que possible de mettre ses hommes en danger, et souhaitait n'avoir plus jamais à le faire. Quand il pensait à l'armée, c'était effectivement à la manière dont un homme pense à une bonne épouse de longue date, sans passion, mais avec une fierté et une affection grandissantes qui réchauffent le cœur et qui prouvent que le contentement est plus enviable que la félicité.

Voilà pour ce qu'aimait le général ; ce qu'il avait en aversion, c'était le communisme, un mot d'une acception si vaste et si floue dans son esprit qu'on pourrait le qualifier de sud-africain. Autrement dit, à ses yeux, étaient communistes ceux qui cherchaient à semer dans la baraque une pagaille telle qu'il ne restait plus qu'à mettre la clef sous la porte. Pour un homme pacifique et content de son sort, aimant son pays et trouvant à l'existence un intérêt jamais démenti, les assassinats arbitraires et le sabotage économique semblaient à la fois cruels et stupides. « Pourquoi, questionnait-il, s'ils sont pour le peuple, font-ils sauter les ponts et les chemins de fer construits pour servir le peuple ? Pourquoi massacrent-ils leurs patrones dont les fincas finissent par aller à l'abandon faute de bons gestionnaires ? Pourquoi ne travaillent-ils pas au changement de l'intérieur, plutôt que de l'imposer du dehors, par la violence ? »

Le problème, naturellement, était double. D'une part, comme les guérilleros eux-mêmes, le général ne savait à peu près rien de la théorie du communisme. Par exemple, il ne se souciait pas que ce fût une idéologie athée, n'ayant aucune sympathie personnelle pour l'Église ; les guérilleros ne s'en souciaient pas davantage, ils continuaient à prier les anges avant le combat et à demander conseil aux esprits sur la tactique à suivre. Il ne s'inquiétait pas que les guérilleros exigent une redistribution des terres, parce qu'il pensait que ce serait une bonne chose. Ce qui le préoccupait et l'irritait, c'était de voir ses soldats se faire tirer dessus par des voyous à barbe broussailleuse équipés d'armes étrangères, qui ne s'exprimaient que par slogans.

Il savait aussi que le communisme était l'opposé du système américain, et c'était précisément le système américain qu'il voulait pour son pays : de bonnes autoroutes, une bonne alimentation, une voiture pour chacun, de nouveaux hôpitaux, la stabilité politique. Il était allé aux États-Unis et y avait trouvé les gens serviables, honorables et hospitaliers ; c'est pourquoi il n'ajoutait aucune foi aux histoires de manigances de la CIA, de prêts arrangés de telle sorte que pour deux pesos il fallait en payer trois d'intérêt, de corporations américaines vampirisant les ressources du pays. Cela lui semblait émaner d'une propagande agaçante et grossière, nullement crédible.

En revanche, il croyait ce qu'il lisait dans les journaux, ce qu'il entendait dire par les officiers de haut rang, les ministres du gouvernement et ses connaissances au sein de l'armée américaine, sur l'esclavage que les communistes comptaient imposer au monde libre. Et pourquoi ne l'aurait-il pas cru ? Personne ne lui avait jamais donné de raisons de penser autrement, ce qui nous amène au deuxième aspect du problème.

Car le fait d'être un général l'éloignait automatiquement du front ; il n'avait aucune raison de ne pas croire à la véracité littérale des rapports envoyés par des gens comme le Capitan Rodrigo Figueras. Pour sa part, rien ne prouvait que ces hommes ne fussent pas d'une honorabilité et d'une compétence indiscutables ; et, s'il y avait eu le moindre indice du contraire, il n'en aurait pas moins été obligé d'envisager la possibilité qu'il s'agissait de propagande communiste. On lui avait dit que les communistes tuaient souvent des paysans pour en accuser les militaires. En outre, étant donné qu'il venait d'une respectable famille de Cucuta, il avait fréquemment vu la pauvreté et l'humiliation subies par autrui, mais c'était avec les yeux et pas avec le cœur : il ne les avait jamais éprouvées en lui-même. En conséquence, il ne comprenait pas les raisons très personnelles qui poussaient les guérilleros à prendre les armes.

On pouvait du reste en dire autant des quelques agitateurs et experts militaires cubains qui s'étaient introduits subrepticement dans le pays pour infiltrer le mouvement ouvrier et les bandes de guérilleros. Ils arrivaient la tête pleine d'idéaux et de théories sur la propagande armée, la dictature du prolétariat, le combat de jungle et l'opium des masses, et se retrouvaient déconcertés, ébahis et écœurés devant les superstitions des guérilleros, la confusion de leurs objectifs, leur habitude de rentrer chez eux pour les moissons et les fiestas, leur inaptitude (ou plus exactement leur refus) à l'organisation, leur absence d'intérêt pour la théorie en général, les motifs bizarres qu'ils avaient de se battre (le patron n'a pas voulu me prêter cinquante pesos, le patron a tué mon chien, au Venezuela on est mieux payé, je veux aller en France et ils me refusent le passeport parce que je n'ai pas de certificat de naissance, ce qui veut dire que je ne suis pas encore né et je revendique le droit d'être né). La plupart du temps, néanmoins, les guérilleros se battaient parce que certains étaient trop riches et tous les autres trop pauvres, et parce qu'ils avaient été les victimes directes ou indirectes du vandalisme aveugle de l'armée. C'était suffisant pour qu'ils sachent contre quoi ils se battaient ; ils n'avaient pas besoin de conseils sur le but de leur lutte, ni sur la manière dont il faudrait s'y prendre pour y parvenir.

Le général Carlo Maria Fuerte savait au moins pour quoi il se battait, mais ce jour-là il préparait son départ, ce qui ne lui posait aucun problème, vu qu'il avait la responsabilité de toutes les permissions du territoire. Il allait partir avec un âne, son havresac rempli de provisions, son revolver pour se protéger, ses jumelles et son appareil photo, à la recherche de colibris dans la Sierra. Il avait en poche, pour se mettre dans l'état d'esprit approprié, un exemplaire de *Jours de paresse en Patagonie* de Hudson.

7

La diplomatie infructueuse de don Emmanuel et ses conséquences

Le choix de don Emmanuel comme émissaire à dona Constanza était peut-être des plus naturels et des plus logiques, mais c'était loin d'être le meilleur. Et ceci parce que, depuis que quelqu'un lui avait dit, du ton de « mon-vieux-je-t'en-touche-un-mot-au-creux-de-l'oreille », que son espagnol était d'une vulgarité inacceptable, en particulier dans son choix d'adverbes, d'adjectifs et de noms communs, il avait adopté pour s'adresser à des personnes respectables et influentes un style composé partie de son habituelle et outrageuse crudité, et partie de la politesse raffinée qu'on trouve dans les romans du Moyen Âge. L'effet produit, qui n'était pas entièrement involontaire, était d'un sarcasme extrême, et sa réputation de malotru hors ligne en fut grandement rehaussée, d'autant plus qu'il n'avait jamais essayé de perdre ou de modifier son accent paysan.

Son mode de transport habituel était un malheureux cheval bai marqué d'une étoile blanche sur le front, qui lui valait le surnom peu romantique de « Careta ». La souffrance de l'animal était d'abord causée par le fait que, bien que fort et en bonne santé, don Emmanuel possédait un très gros ventre tendu comme un tambour qui ajoutait à la charge de sa monture un quantum de kilos démesuré. Ensuite, le cheval était un pasero, ce qui en l'occurrence signifie non un passeur, mais un cheval soigneusement entraîné à éviter le trot et à se mouvoir à une allure régulière et ondulante. Comme c'était la seule allure à laquelle don Emmanuel ne le montait jamais, la bête avait non seulement le dos arqué, mais aussi l'air déprimé, irrité et frustré d'un artiste-né que les difficultés financières ont réduit à accepter un poste d'employé de banque. Le cheval inspirait toujours un grand volume d'air quand son maître serrait le cinturon, et s'arrêtait au milieu d'une rivière pour l'exhaler afin de relâcher la sangle et de faire basculer don Emmanuel. Don Emmanuel tirait une grande fierté de ce tour, et il le citait toujours comme preuve irréfutable qu'un cheval peut avoir de l'humour. Cependant, il prit l'habitude d'attendre que l'animal expire avant de serrer le cinturon, et Careta devint ainsi probablement le seul cheval au monde à avoir découvert par lui-même quelques-unes des techniques du hatha yoga.

Don Emmanuel, en traversant l'unique rue du pueblo sur son pasero accablé, soulevait de petites plumes de poussière vivement emportées dans les valses des tourbillons, et saluait chacun du « Buena' dia' » nasillard et traînant coutumier. Il passa devant les trois bordels au plancher de béton, la petite boutique qui vendait des machettes, de l'alcool, des contraceptifs et les gigantesques avocats que les petits garçons volaient sur ses propres arbres ; il longea un modeste champ de maïs, le mini-moulin à vent grinçant du Profesor Luis qui produisait de l'électricité, et s'engagea à gauche, sur la piste menant à l'hacienda de dona Constanza, sans cesser de penser pendant tout ce temps à ce qu'il pourrait lui dire de désagréable.

Dona Constanza interrompit sa lecture d'un numéro de

Vogue déjà vieux de trois ans pour regarder par la fenêtre, et assista à l'arrivée de don Emmanuel avec un mélange fasciné d'épouvante et d'excitation. Elle le vit attacher son cheval au citronnier, torse nu, avec ses pantalons pendant à mi-fesses, et s'invita à rester calme et digne face à l'imminente épreuve qu'allait subir sa patience.

Sa femme de chambre, une mulâtresse maladroite et peu avenante qui affectait des manières oligarchiques, l'introduisit dans la chambre de dona Constanza et attendit d'être congédiée.

« Dona Constanza, commença don Emmanuel, c'est un signe de nos temps exquis qu'une femme de chambre puisse être aussi jolie que sa maîtresse ! »

La femme de chambre rougit de plaisir et sa maîtresse tressaillit visiblement. « Don Emmanuel, vous êtes toujours aussi charmant. Et maintenant, étant donné que je suis très occupée, comme vous voyez, vous pourriez peut-être me faire part du but de votre visite ? »

Don Emmanuel fit mine d'examiner avec soin l'étendue des activités de son hôtesse et s'inclina, en ôtant son sombrero de paille dans un grand moulinet : « Que Madame me pardonne de ne pas percevoir son labeur. Être capable de travailler tout en ayant l'air oisif aux yeux de l'observateur non informé, voilà le signe de l'éducation la plus accomplie. »

La bouche de dona Constanza se crispa et ses yeux étincelèrent avant qu'elle ne retrouvât son sang-froid. « Senor est plein d'allusions aujourd'hui. Quel est le but de votre visite ?

— J'ai appris, chère madame, que vous aviez l'intention de détourner dans un canal, pour remplir votre piscina, la rivière qui irrigue ma terre et celle des campesinos. Je dois dire, comme je sais que vous appréciez la franchise, que les gens du coin et moi-même se feront baiser, enculer et plonger dans le meilleur guano équatorien avant de permettre que pareille chose se produise.

— La permission, railla dona Constanza, dans une colère qui la déborda presque aussitôt, il ne vous appartient pas de l'accorder. Je ferai ce que je voudrai de l'eau qui est sur ma terre.

— J'en appelle, répliqua don Emmanuel, à votre conscience sociale hautement développée et à l'intérêt que vous portez à mes parties inférieures.

— Vos parties inférieures ? répéta-t-elle avec étonnement.

— En effet, senora. Durant la saison sèche, la Mula est le seul point d'eau où je puisse rincer mes parties inférieures pour les débarrasser des bardanes.

— Des bardanes ! s'exclama-t-elle avec une indignation grandissante.

— Les bardanes, confirma-t-il, en se donnant un air professoral, sont les petites boules de peluche qui apparaissent dans les sous-vêtements et s'entortillent parfois dans les poils pubiens. Elles sont fréquemment de couleur grise et de texture laineuse. »

Dona Constanza oscilla entre la stupéfaction et la fureur avant de remarquer d'un ton glacial : « Je devrais en effet me souvenir de vos parties inférieures, comme vous les appelez, car on m'a dit qu'on les trouvait souvent dans les endroits les plus déplaisants.

— Certes, poursuivit don Emmanuel, le plus déplaisant, c'est de les avoir entre les jambes — leur emplacement habituel, comme une dame de votre grande expérience le sait à coup sûr — et c'est pourquoi j'en appelle à vous... »

Mais déjà dona Constanza se levait, et don Emmanuel se rendait compte qu'il s'était permis d'échouer dans sa mission par combativité mal placée. Il revint chez lui le cœur lourd.

Ce fut sous la surveillance secrète de don Emmanuel et d'Hectoro que Sergio et ses hommes commencèrent à creuser le canal : dona Constanza avait refusé catégoriquement d'envisager d'autres possibilités, plus sensées et moins désastreuses, son unique objectif étant désormais de contrarier don Emmanuel.

Ils feignirent de creuser un canal peu profond à partir de l'extrémité de la piscine, avec l'intention de lui fixer le parcours le plus long possible. Pendant trois mois, dona Constanza regarda les paysans, aux muscles luisants de transpiration, déployer une immense énergie pour n'accomplir presque aucun progrès avec leurs pioches et leurs pelles. Quand elle s'aperçut que le canal était à la fois trop superficiel et orienté dans la mauvaise direction, elle donna l'instruction de creuser plus profondément et en suivant le chemin le plus direct vers la Mula. Sergio lui objecta que la Mula était plus basse à cet endroit et que « nous ne pouvons pas faire couler l'eau vers le haut. »

« Veuillez faire ce que je demande », se borna-t-elle à répondre.

On recommença le canal, environ dix centimètres plus profond, à un rythme prodigieusement lent. Quand il fut à moitié terminé, la saison des pluies arriva, la Mula déborda au-delà de ses limites habituelles, le travail cessa et, quand les eaux eurent reflué et les moustiques disparu, le canal se trouva plein de vase, de cailloux et de troncs d'arbre. Par-dessus le marché, la Mula s'était détournée vers son autre lit deux cents mètres plus loin, ce qui se produisait souvent. Entre les deux lits se dressait un affleurement massif de roche rose.

Dona Constanza ne se décourageait pas, et les campesinos étaient ravis qu'elle continuât à les payer au-dessus du tarif normal pour un projet qui n'avait aucune chance d'aboutir avant la fin du monde. Quand six mois de labeur supplémentaires se furent écoulés, il s'avéra que, par hasard, Sergio avait eu raison, et que le lit à sec de la Mula était trop bas, même rempli d'eau. Dona Constanza ordonna à Sergio de creuser plus en profondeur, et supputa que l'année suivante la Mula pourrait revenir à son cours antérieur. Le Profesor Luis vint avec des perches et des ficelles, et calcula qu'à l'extrémité de la piscine le canal devrait avoir quatre mètres et demi de profondeur ; à peu près au même moment, Sergio et ses hommes découvrirent qu'il y avait à un mètre et demi de la surface d'épais blocs d'une indestructible roche rose, semblable à celle qui affleurait entre les lits, et à ce stade surgit dans l'esprit de dona Constanza une idée de génie.

Le bulldozer mit un mois à arriver d'Asuncion, distant de deux cents kilomètres. Ce n'était pas simplement que la machine était lente — elle l'était —, ou que les routes étaient effroyables — elles l'étaient. En fait, le chauffeur se laissait facilement acheter pour exécuter toutes sortes de menus travaux lucratifs en chemin, d'autant plus qu'il se délectait de l'admiration suscitée par les exploits impressionnants que son engin adoré accomplissait avec une aisance merveilleuse. Il se livrait à des démonstrations gratuites devant des groupes de gens jamais fatigués de voir des arbres arrachés sans raison, et d'énormes et redoutables taureaux tirés par une corde enroulée à leurs cornes en dépit de leurs sabots fermement campés sur le sol et de la résistance de tous leurs muscles. A mi-chemin du pueblo, il dut retourner à Asuncion chercher du fioul.

Quand le bulldozer arriva enfin, il se mit aussitôt à expédier le canal avec une rapidité triomphale, au point que don Emmanuel s'en alarma et prit l'habitude de laisser des bouteilles d'aguardiente près de la machine chaque soir. Il demanda également à Sergio de dire à chaque habitant du village de se montrer très généreux avec le chauffeur lorsqu'il s'y rendrait après la tombée de la nuit. Le chauffeur contracta une mine hagarde et bilieuse, le travail commença plus tard et se termina plus tôt, et dona Constanza le menaça de la prison, ce qui n'était nullement une menace en l'air, tous les magistrats sans exception étant prêts à condamner n'importe qui en échange d'une gratification. Remplir son devoir civique constituait ainsi une charge à la fois honorable et rentable, et ces postes étaient avidement recherchés et opiniâtrement sollicités à l'aide de billets de banque, en général sous forme de dollars américains.

Quand le chauffeur revint à son zèle d'autrefois et que les blocs roses commencèrent à être empilés dans la rivière pour la redétourner, Hectoro entama une héroïque campagne de sabotage clandestin. Don Emmanuel commanda des quantités pantagruéliques de ron cana et d'aguardiente au petit magasin, et Hectoro s'assura qu'elles parvenaient jusqu'au réservoir de carburant du bulldozer, en même temps que de petites quantités de sucre dissous dans l'eau.

Le premier matin, le bulldozer démarra à la perfection grâce au carburant non altéré restant dans les tuyaux. Au bout d'une ou deux minutes, toutefois, le moteur s'emballa, pétarada à plusieurs reprises, projeta du pot d'échappement des bouffées de fumée blanche, et devint merveilleusement capricieux. Il y eut des moments de préallumage, des moments d'explosions spectaculaires qui détonaient comme des coups de feu, et des moments d'arrêt complet qui laissaient le chauffeur perplexe et frustré, bricolant pendant des heures la pompe d'alimentation, qu'il croyait défectueuse, purgeant les tuyaux de carburant qu'il croyait remplis d'air, puis, la bouche enflammée par le fioul, lançant des coups de pied dans les massives chenilles et hurlant de rage, jusqu'à ce que, le visage enfoui dans les mains, il s'assît, adossé à la machine, offrant l'image du découragement absolu. Finalement, il rejetait la tête en arrière, regardait le ciel comme pour y puiser aide et inspiration, se relevait lentement et grimpait dans sa cabine où il prenait place, l'air sinistre, avant de tourner la clef. La machine démarrait, fonctionnait quelques instants, pétaradait, s'emballait et calait. La pantomime reprenait de plus belle, sous les yeux d'une assistance de laveuses avec leurs paniers à linge sur la tête et leurs cigares à la bouche, qui ponctuaient doucement chaque explosion d'un « houla ! », et chaque arrêt de la machine d'un « tss... tss ». Après avoir regardé le chauffeur bricoler et jurer pendant quelque temps, elles tournaient les talons, en un mouvement unanime, et s'en allaient à la queue leu leu battre leur lessive sur les plus gros rochers plats de la rivière, en chantant des chansons rythmées au sens oublié, qu'on continue sans doute à chanter en Afrique occidentale.

Le travail, cela va sans dire, progressait à une lenteur miraculeuse et au prix d'efforts infinis. Quand le canal parut à peu près en bonne voie à l'œil nu, le chauffeur saisit la première occasion de reprendre sa route cahotante et détonante pour Asuncion, où sa machine cruellement malmenée recouvra la santé grâce à des transfusions de fioul pur, et où le chauffeur recouvra lentement sa belle humeur d'autrefois en se remettant à arracher des arbres et à traîner des taureaux. Cependant, comme tout homme qui s'est trouvé impuissant une fois dans sa vie, il ne reconquit jamais totalement sa confiance en lui-même et en ses facultés.

Ce sabotage, joyeux mais nécessaire, eut des conséquences inattendues et terribles. Non parce qu'il avait échoué — au contraire, la rivière ne fut pas détournée, et le canal demeura à sec —, ni parce que le chauffeur était psychologiquement quelque peu esquinté.

C'est parce que la nouvelle qu'on entendait, en provenance du pueblo, de nombreuses explosions ressemblant à des coups de feu, des bombes et des obus, se répandit dans les environs. Des rumeurs coururent selon lesquelles il y avait effectivement des coups de feu, des bombes et des obus qui explosaient dans le pueblo ; au moment où ces histoires parvinrent à Valledupar, elles s'étaient transformées en vivants récits d'escarmouches et même de batailles rangées entre les « Cubains » et les paysans assiégés, qu'on était en train de torturer, de violer et de piller sans merci. Le général Fuerte étant en permission à la recherche de colibris, le brigadier Hernando Montes Sosa envoya en camion une compagnie d'hommes armés jusqu'aux dents, que la peur agitait de mouvements convulsifs, pour défendre leur pays et leur démocratie.

Ce fut ainsi que le comandante Rodrigo Figueras se retrouva une fois de plus sur les lieux de son humiliation, mais avec le triple d'hommes et des insignes différents sur ses épaulettes. Personne ne le sut avant que dona Constanza ouvre la porte et se voie face à face avec un personnage déplaisant, d'aspect libidineux et revêche, pourvu de cheveux gras, d'un revolver et d'un grand nombre de soldats à sa suite.

« Où sont les communistes ? », réclama-t-il.

8

Aurelio déshérité

Don Hernandez Almagro Mendez, descendant de conquistadors et propriétaire d'une terre inconcevablement vaste, épuisée par trop de pâturage et par l'irresponsabilité familiale, s'apprêtait à en acquérir davantage. Les broussailles stériles où ne poussaient plus désormais que de rares eucalyptus étaient autrefois une jungle vierge aux senteurs d'épices, drapée d'orchidées et de lianes, chatoyante de morpho-cypris métalliques, résonnant à la toux du jaguar, frissonnant de ses mygales géantes, et retentissant après le crépuscule du chant sinistre de l'engoulevent.

Puis la famille Mendez arriva et asservit les Indiens. Elle les contraignit sous le fouet et l'épée à détruire leurs maisons par le feu, jusqu'à ce que la forêt tout entière soit consumée dans un enfer dont le flamboiement orange s'apercevait au loin, après le crépuscule, dans la Sierra. Une quantité inimaginable d'animaux périt dans l'incendie ; parmi les souches d'arbres carbonisées gisaient les restes calcinés de tapirs, de tatous, de capybaras, de garapus, de trois espèces de fourmilliers, de lézards, de pécaris, de paresseux, de capucins, de coatis, et de grenouilles qui émettaient un cri identique à des pleurs d'enfant.

Dès que le grand linceul de cendres blanches eut enveloppé la terre, les Indiens captifs furent attelés au travail agricole. Beaucoup moururent de maladies, de malnutrition, de sévices, d'autres de grève de la faim ; certains échappèrent aux meutes de chiens et aux cavaliers pour tenter leur chance avec les clans hostiles de chasseurs de têtes dans ce qu'il existait encore de jungle au-delà de l'encomienda. Pour remplacer les Indiens, la famille Mendez ramena des nègres d'Afrique occidentale, qui se résignaient plus facilement à la servitude.

La terre fut exploitée pour la culture des bananes, du tabac, du coton, et l'élevage du bétail, mais ce fut au bout de quelques années un échec complet : le sol fragile était emporté dans les rivières par les inondations torrentielles de la saison des pluies. De profondes ravines se creusèrent rapidement dans les champs ; les eaux les entaillaient durant d'effrayantes crues subites emportant bétail et habitations, qui réduisirent l'ancien éden à un amas de roches nues et de terre stérile, où ne survivaient qu'une herbe broussailleuse et quelques troupeaux.

Par endroits, la jungle se mit à reconquérir la terre ; elle progressait à un rythme lent et incertain, incapable de recréer en plusieurs siècles ce qu'elle avait perdu en quelques jours, mais elle lançait des vrilles et des tentacules, façonnant des langues de verdure où se trouvaient autrefois des broméliacées, des piassavas et des situlis aux exquises fleurs cramoisies. Les Mendez oublièrent la ferme ; ils étaient partis s'installer définitivement dans la capitale, laissant l'exploitation à des enganchadores qui engageaient des jornaleros et des macheteros afin de compter le bétail, et de les faire trimer dur, mais sans contrepartie, à cultiver le peu qui pouvait l'être.

Les enganchadores adoptèrent la méthode ordinairement pratiquée pour ne pas payer les travailleurs ; ils leur vendaient les produits de base — la nourriture, les outils, le cuir, les chevaux, les semblants de remède composés d'eau de mer et de sang de poulet — de sorte que les campesinos devaient toujours plus qu'ils ne gagnaient. Les fils héritaient d'énormes dettes qui ne devaient jamais être remboursées, et qu'ils transmettaient à leur tour à leurs enfants ; les latifundistes étaient convenus de ne jamais embaucher un péon qui devait encore de l'argent à son patron. Des générations de mêmes familles menaient ainsi une existence protégée mais appauvrie à l'hacienda de Vida Tranquila.

Des siècles plus tard, don Hernandez, qui avait spéculé sur les bons du Trésor avec un grand succès, décida qu'il était temps d'investir son argent dans les minéraux ; notamment dans l'or, avec quelques plantations de café pour assurer ses arrières. Il savait que dans les montagnes qui surplombaient la Vida Tranquila, il pouvait cultiver les meilleurs grains d'arabica pour le marché des connaisseurs en Europe et en Amérique du Nord, et il savait aussi qu'il y avait là-bas un grand nombre de mines incas qui, rouvertes, étaient susceptibles de produire une quantité de minerai rentable. Il engagea un ingénieur français pour étudier ces vieux chantiers ; celui-ci revint avec des rapports favorables, mais en indiquant que les montagnes étaient encore peuplées d'Indiens aymaras qui risquaient d'être hostiles à toute activité industrielle.

Don Hernandez décida de passer outre, et ses ouvriers entrèrent en action pour élever des clôtures à l'intérieur des collines et les défricher en vue de la plantation du café. Cette partie du programme se déroula sans anicroche. Il ne fut cependant pas aussi simple de poser des clôtures en haut dans les montagnes : il est impossible d'enfoncer des pieux dans des blocs de pierre en ligne droite sur des pics et des gouffres, même avec un acte de propriété certifié par le gouvernement. En fin de compte, don Hernandez dut s'accommoder de piles de cailloux dressées par intervalles sur la périphérie de sa propriété, et permettre aux voyageurs de la traverser librement. Il n'en était pas moins obsédé par l'idée qu'il devait se débarrasser des Indiens, qu'il jugeait inférieurs aux animaux et bien plus dangereux.

Il envoya en incursion des bandes de voyous chargés de brûler les hameaux indiens et de chasser les cholos de la terre, bien qu'ils fussent officiellement protégés par l'Agence de protection indienne, et sans avoir lui-même l'ombre d'une justification légale pour les expulser. Après avoir déplacé leurs villages deux ou trois fois, les Aymaras commencèrent naturellement à se défendre et, très rapidement, une guerre irrégulière s'installa dans cette partie de la Sierra, mettant fin à plusieurs siècles de paix. Tout semblait indiquer que ses bandes de gangsters étaient en train de perdre cette guerre, quand il vint à l'idée de don Hernandez de poser des mines achetées en cachette à l'intendant du dépôt militaire de Corazon, et d'asperger du haut d'un avion-pulvérisateur les Aymaras et leurs cultures de pesticides et d'herbicides concentrés.

Lorsque les gens se trouvèrent non seulement au milieu d'une étendue désertique, mais qu'ils se mirent aussi à cracher du sang, à être couverts de cloques, à devenir aveugles et à sauter sur « la-mort-soudaine-par-la-foudre », ils partirent enfin, et quelques-uns d'entre eux, dont Aurelio, s'en allèrent au loin pour toujours.

Aurelio, bien qu'âgé de quatorze ans seulement, traversa en direction du sud les pentes les plus élevées des contreforts, s'arrêtant dans de nombreux pueblitos, travaillant un peu çà et là. Il avait souvent froid et faim, partageait des grottes avec des taureaux sauvages et risquait sa vie en suivant les sentiers de chèvre autour des flancs vertigineux des montagnes. Il ne savait ni où il allait ni ce qu'il voulait, jusqu'au jour où il grimpa en haut d'un versant est, et contempla la jungle à ses pieds.

Aussi loin que l'horizon s'étendait, ininterrompue, dans toutes les directions, la forêt onduleuse et verdoyante. Il avait entendu dire par les siens qu'il n'y avait là que des Indiens, et que les autres ne pouvaient survivre. On l'avait averti que les Indiens de la jungle étaient des êtres mauvais, qui tuaient sans quartier, collectionnaient les têtes et les mains humaines, et parlaient des langues étranges. On lui avait parlé des plantes et des serpents venimeux, des fleuves blancs et noirs grouillant de poissons dangereux, des énormes crues à la saison des pluies qui obligeaient à construire les maisons sur des plates-formes, et des fièvres qui brûlaient le corps d'un homme si férocement que son âme devait s'enfuir pour ne pas être consumée aussi.

Mais, de là où il était, la forêt paraissait séduisante et sûre. Elle semblait d'une paix, d'une richesse et d'un anonymat inexprimables ; la mort n'y surgirait pas d'un avion ou de bombes cachées dans les chemins. Et peu lui importait de se perdre, puisqu'il ne savait pas où il allait.

Il suivit un torrent qui descendait à travers les gouffres, les vallées, les quebradas et autres ravins, jusqu'à ce qu'enfin il arrivât en vue de la forêt elle-même. Elle commençait en douceur, avec une densité végétale qui progressait régulièrement, et l'activité étonnante des colibris, ces minuscules créatures que les Indiens de la jungle appellent des « rayons de soleil vivants ». Il vit une volée de ces petits oiseaux gemmés piquer parmi des passiflores bleues à l'abri d'un magnifique palmier aguache, lorsqu'un faucon descendit en cercles, à la recherche d'une proie. Les colibris prirent la fuite, à l'exception d'un seul, qui émit un faible cri aigu et se lança à l'attaque. S'il avait pu affronter un ennemi si menu, capable de voler dans n'importe quelle direction à la vitesse de l'éclair, le grand faucon l'aurait tué sur-le-champ d'un coup de bec, d'une contraction de serres, ou d'un battement d'ailes. Mais le colibri le gênait tant en voletant autour de sa tête et en lui picotant les yeux que le faucon remonta soudain en flèche et partit. Ce petit bout de vainqueur se posa sur une branchette et poussa un belliqueux cri de triomphe, avant d'être rejoint par ses amis au sortir de leur cachette. Aurelio n'oublia jamais cet épisode, dont le souvenir le faisait toujours sourire.

Aurelio découvrit rapidement qu'il n'y avait pas moyen de traverser la forêt. Il était arrêté à chaque pas par des lianes géantes qui s'enroulaient haut dans les arbres, par des entrelacs d'orchidées charnues, par des plantes qui exsudaient un poison blanc, d'autres dont la puanteur donnait la migraine, par des fourmis dont la morsure le rendit malade pendant cinq jours, par des scolopendres dont les piqûres faillirent le tuer et lui donnèrent la fièvre durant des semaines, par des branches qui provoquaient des ampoules au moindre contact, par d'infranchissables marais, par d'épais massifs de bambous de cana brava, par des sapoeira, par des palmiers tranchants comme du rasoir qui labouraient sa chair de profondes entailles promptes à s'infecter, par des essaims de mouches, par les coupures des piassavas ; par la forêt tout entière, et par chacun de ses éléments. C'est-à-dire qu'il découvrit par lui-même ce que savent les habitants de la jungle, qu'il est préférable de suivre les voies navigables, dont les dangers sont presque aussi redoutables, mais qui permettent d'avancer plus vite.

Quand il fit cette découverte, il était déjà malade de fièvres et de faim. Il n'avait pas encore appris à se couvrir d'anatto et d'urucu pour éloigner les insectes, sa peau n'était pas encore aussi épaisse que celle d'un Indien de la jungle et, pour sa part, le mythe selon lequel la nourriture se presse dans votre bouche dans la forêt avait volé en éclats. Il ne savait pas encore que tout ce que mangent les toucans, les aras et les capucins peut être mangé par les humains, il n'avait pas d'armes pour la chasse, ne parvenait à faire du feu qu'au prix de grandes difficultés, mais il attrapait du poisson et des crevettes à la façon des siens dans les montagnes, faute de connaître les méthodes de la jungle.

Ayant renoncé à élaguer l'épais feuillage pour s'y frayer un chemin, il suivit le ruisseau, contournant les chutes, les rapides et les cataractes, marchant le long du lit quand il était impossible de sauter par-dessus les rochers ou de rester sur la rive. Puis un jour, lorsque le ruisseau fut rejoint par deux autres, et prit la dimension d'une rivière, Aurelio remarqua des caïmans sur les berges et mit le pied sur une arraia. L'aiguillon de la raie, si précieux comme pointe de flèche mais si nocif dans la chair, le fit tomber dans l'eau à la renverse. Il rampa vers un banc de sable, où il se mit à étreindre son pied, en se balançant de douleur et en suant d'une terreur stoïquement réprimée sous le regard des caïmans postés au bord des rives. Quand il observait leurs yeux, surtout la nuit où ils flamboyaient, il comprenait pourquoi les Indiens de la forêt croyaient qu'ils étaient à l'origine du feu.

Aurelio décida de se fabriquer un radeau pour descendre les eaux sans danger. La jungle s'étendait maintenant avec une densité telle que, par places, régnait une profonde obscurité ; aux endroits où le soleil perçait le feuillage, la lumière était si incandescente qu'on avait mal rien qu'en les traversant, et qu'on risquait de se retrouver couvert de cloques malgré la protection des vêtements.

Ce fut en se taillant un radeau qu'il attacha avec des lianes qu'Aurelio commença vraiment à s'engager dans le long processus de métamorphose qui, d'Indien de la Sierra, allait faire de lui un Indien de la jungle. Il découvrit que certains bois sont trop durs pour être coupés et d'autres trop lourds pour flotter ; que certaines lianes sont assez solides pour servir de liens tandis que d'autres se brisent dès qu'on les tord. En se laissant pousser par le courant, il se rendit compte qu'il lui fallait une perche pour empêcher l'embarcation d'être bloquée par les nombreux arbres tombés qui gisaient sur l'eau, pour s'éloigner de la rive ou des hauts-fonds qui l'immobilisaient et pour repousser les lianes quand il passait à travers. Il découvrit aussi que le radeau avait tendance à tourner lorsqu'il dérivait, et il se confectionna une pagaie pour le rendre plus manœuvrable.

Aurelio eut une chance incroyable. Les rapides qu'il dut négocier étaient faciles, il ne rencontra aucun des tourbillons habituels, comme celui qui fit sombrer le vapeur *Ucayali* sur l'Amazone alors que son capitaine était ivre, et ne fut surpris par aucune chute impossible à contourner. Il se baignait dans des eaux pleines de piranhas qui n'avaient pas faim parce que la saison sèche n'avait pas encore engendré de surpopulation ; il urinait en nageant, et pourtant aucun petit poisson-chat ne pénétra dans son urètre : il ne dut pas subir le destin de plus d'un explorateur européen, forcé de se faire ouvrir le pénis pour enlever le poisson. Par bonheur, il n'y eut pas de pluies pour transformer soudain les rivières en cataractes et la jungle en succession de lacs géants ; ni chushupi, ni serpent ratier, ni serpent à sonnettes pour tomber des tentures d'orchidées suspendues au-dessus de sa tête ; et l'anaconda qui le vit passer avait déjà avalé un pécari.

A d'autres égards, Aurelio n'avait pas de chance. Il était émacié par la faim et les fièvres récurrentes, il avait le corps couvert de plaies causées par les poux des sables, sa chair grouillait de larves frémissantes d'oestres, et il souffrait de la folie de la jungle. Il était accablé par un implacable sentiment d'isolement et de doute sur lui-même. Absolument rien ne s'offrait à son amour ou à son affection. Il étouffait sous l'humidité qui le faisait transpirer si abondamment qu'un mouvement de son bras projetait un arc de gouttelettes. Il était suffoqué par les formes de vie ésotériques, les couleurs aveuglantes qui possédaient la surréalité des cauchemars, la hideuse soif de mort, la brutalité et le caractère répugnant de toutes ces créatures grotesques qui s'entre-dévoraient sans merci. Il était oppressé et horrifié par le bourdonnement implacable des moustiques, les cris des oiseaux-trompettes, les braillements des singes hurleurs à face noire, avec leur affreux cou goitreux, le bruit de trains mystérieusement créé par les canards en vol, les grognements préhistoriques des caïmans, les étranges saluts des tapirs, qui sonnaient exactement comme un « ohé ! », les irritants craquements de doigts produits par les papillons ageronia, les tintements de cloches provenant de quelque mystérieux poisson sous le radeau, les stupides gloussements d'indignation poussés par des centaines d'espèces de perroquets, les toux du renard de la forêt, le bavardage des oiseaux anis, le rire démoniaque des loutres, le chant surnaturellement beau des barbacous, la déroutante hilarité nocturne du faucon rieur, le « koro ! koro ! » de l'ibis de cayenne, le sifflement des yacous, les appels de jaguar du héron-tigre, les crépitements du héron coccyste et, les pires de tous, les raclements démentiels des armées de grillons géants.

La nuit, Aurelio, écrasé par l'effroyable plénitude d'une nature sybarite et dionysiaque jusqu'au paroxysme, était agité de rêves torturants dans son hamac. Le jour, il baragouinait à voix haute et gesticulait comme s'il haranguait un auditoire. Il sursautait à chaque bruit, tel un chien nerveux, et grattait furieusement ses morsures jusqu'à ce qu'elles deviennent ulcéreuses et suppurantes. Il oubliait de diriger son radeau et dérivait, tournait sur le courant, tandis que s'épuisaient inexorablement son bon sens et son stoïcisme inca, et que son imagination se remplissait d'apparitions, de monstres et de nostalgie pour la Sierra froide et propre.

Il fut tiré de son hébétude foliée de vert par la vue d'un homme qui luttait contre un énorme serpent doté d'anneaux aussi épais qu'une cuisse humaine. Le serpent d'eau avait surgi derrière l'Indien en train de pêcher, plongé ses crochets dans son épaule et l'avait enveloppé, anneau par anneau, pour lui écraser les côtes et le noyer.

Aurelio n'avait jamais vu un pareil serpent de sa vie et il crut d'abord qu'il faisait partie de son rêve tropical. Il se dressa sur son radeau et se dirigea vers le théâtre de l'inégal combat. L'Indien, un Hercule miniature, tentait de taillader le serpent avec un couteau de bambou, mais il était sur le point de perdre connaissance. Aurelio bondit de son radeau qui descendit, porté par le courant, et se précipita sur le serpent. Il lui fit des estafilades béantes avec sa machette et fut plus d'une fois jeté à terre par sa queue cinglante. Soudain l'animal relâcha l'Indien et entreprit d'emprisonner Aurelio par le cou. Ce dernier lui trancha la tête et l'animal fut immédiatement saisi de violentes convulsions d'agonie, aussi meurtrières que sa tactique en pleine vigueur. Aurelio s'efforça de dérouler son corps frémissant et contracté, et, quand le reptile agité de soubresauts eut glissé au fil de l'eau pour servir de nourriture aux poissons, les deux hommes regagnèrent péniblement la rive et s'effondrèrent côte à côte.

Aurelio passa sans connaissance le premier jour de ses dix années chez les Navantes. S'il ne fut pas tué sur-le-champ, ce fut parce qu'il avait sauvé la vie du sous-chef, Dianari, et parce que les gens étaient curieux de savoir qui était cette apparition couverte de plaies avec une tresse dans les cheveux.

Le paje du clan prit de l'ayahuasca et du yague pour

demander aux esprits s'ils étaient prêts à renoncer à l'âme d'Aurelio ; ce fut au bout d'une longue séance de trocs et de pourparlers qu'ils y consentirent. Il souffla de la fumée sur le corps d'Aurelio, le nettoya des parasites avec des dents de poisson traira, et le frotta entièrement de boue et d'écorce cicatrisantes, puis d'huile de copahu.

Le paje était ordinairement le plus redouté des membres du clan et, par voie de conséquence, celui dont l'existence était la plus éphémère. Mais ce paje-là était mû par un esprit de compassion peu commun, et avait une fois passé deux semaines allongé, immobile, durant l'éclosion d'un nid de souris dans sa chevelure. Après sa guérison, Aurelio devait devenir l'élève du paje.

Revenons à la Sierra, où don Hernandez Almagro Mendez perdit la moitié de sa fortune dans des mines qui étaient épuisées depuis longtemps. Quant à sa plantation de café, elle fut détruite par un gel exceptionnel.

9

Les tribulations de Federico

La vie n'est que valse de coïncidences et caprices de la chance ; elle ne va jamais comme prévu ; on trouve souvent le bonheur en empruntant une voie qu'on n'a pas choisie, ou la souffrance en suivant celle qu'on s'est fixée. Combien d'événements capitaux ont-ils résulté d'une circonstance dérisoire, qui acquiert ainsi une portée bien plus vaste ?

Ce fut par coïncidence qu'un jeune garçon de quinze ans, noir de soleil, aux yeux étincelants d'une ardeur engendrée par la haine, se trouvait en train de faire le guet sur le pic situé à l'extrémité orientale de la montagne lorsqu'un homme athlétique, d'âge mûr, d'allure distinguée, habillé comme un paysan, passa en contrebas. Il portait une paire de jumelles, un appareil photo et un revolver de militaire fiché dans sa ceinture. L'arme avait éveillé l'intérêt de Federico, parce que les guérilleros sont constamment à court d'armes et qu'ils ont l'habitude de les collectionner comme d'autres les timbres ou les coquillages.

Federico avait beaucoup changé pendant son année d'absence. Ce n'était pas seulement qu'il était plus grand, plus arrogant et plus éloquent ; il avait surmonté des épreuves et des difficultés immenses, et il était enfin devenu un homme à ses propres yeux.

Ç'avait été atroce au début, lorsqu'il avait fui le cadavre, tremblant de peur, d'épouvante et de nausées ; il était cependant trop fier pour rentrer chez lui, trop honteux aussi. Le pire, c'était de n'avoir pas su de quoi se nourrir, comment l'obtenir, ou comment le cuire sans allumettes, sans casseroles, alors qu'il avait toujours mangé ce que sa mère semblait produire par miracle, qu'il n'avait guère pensé à la façon dont elle s'y prenait pour transformer une substance crue en bon aliment. Il s'était rappelé que le maïs était comestible et, pendant un jour ou deux, il en vola dans les champs des minifundistes, disséminés à l'intérieur des contreforts, et le mangea cru. Puis il se souvint que les racines de yucca, qui poussaient partout sans culture, étaient comestibles ; mais il aurait fallu les cuire, et il se rabattit sur les mangues, les avocats et les goyaves, qui lui remplissaient le ventre sans satisfaire sa faim de viande.

Il n'avait pas été très difficile de voler et de tuer un poulet, et il n'eut pas de peine à le plumer ; mais n'ayant pas de couteau pour le vider, il se promena avec pendant des heures dans les rochers, jusqu'à ce qu'il trouvât un morceau de quartz assez pointu pour percer la chair molle du ventre. Il avait à présent besoin de feu. Il entrechoqua des pierres sur un lit de feuilles mortes et d'herbe sèche ; des étincelles jaillirent une ou deux fois, mais jamais une flamme. Il frotta des morceaux de bois l'un contre l'autre comme le faisait Pedro, mais sans savoir quel bois utiliser. Cette nuit-là il dormit à côté du poulet dans sa mochila, et le matin il trouva la mochila à quelques mètres de lui, et le poulet disparu. Il pleura de frustration et de fureur, maudissant la bête sauvage assez dépourvue de scrupules pour lui voler son poulet volé. Il endigua laborieusement un petit bout de ruisseau et assomma un gros comelon avec un bâton ; c'est un poisson plus fin et plus succulent que la truite, à condition d'avoir du feu. Il l'abandonna aux fourmis écitons quand il commença à empester. Il vécut de fruits jusqu'au moment où il vola une boîte d'allumettes paraffinées et une machette dans la barraca d'un infortuné montagnard, puis découvrit que le seul moyen de s'en tirer sans ustensiles, c'était de rôtir à la broche ou de cuire dans les cendres chaudes. Il finit par comprendre pourquoi les biens les plus précieux du guérillero, hormis son arme, sont une loupe pour faire converger les rayons de soleil et un fait-tout.

Venait ensuite le problème de la solitude. Il n'était pas à un âge où elle est ardemment recherchée et accueillie avec plaisir. Il est vrai qu'il ressentait quelquefois une euphorie extraordinaire, lorsque, submergé par l'allégresse de la liberté, il gambadait dans les bassins caillouteux, picoté par d'étranges petits poissons qui aiment à manger les croûtes des piqûres de moustique. Il se sentait souvent en plein accord avec lui-même et avec le monde, en menant une vie de sauvage presque dénuée de but dans un éden d'eau claire, de colibris filant comme des flèches, de végétation lumineuse, au ciel d'une acuité saisissante. Il comprit néanmoins que le manque d'ami l'avait déjà rendu à moitié fou quand un sanglot lui vint à la gorge un jour, à la vue d'un gros cobaye à l'air bienveillant, vers lequel son cœur avait bondi. Un chagrin tyrannique l'envahit.

Les larmes appellent la compagnie ; il répandait les siennes en son for intérieur, regrettant de toute son âme la vie et les êtres qu'il avait quittés ; son existence déjà primitive devint progressivement de plus en plus désordonnée. Il ne prit plus la peine de se laver convenablement chaque jour, ne se nourrissait que par à-coups, et parlait tout seul dès qu'il se livrait à une activité qui demandait de l'attention, comme s'il lui eût été impossible de l'exécuter sans explication. Il avait malheureusement évité les gens sans nécessité, persuadé qu'ils le soupçonneraient, comme si son crime et ses projets étaient inscrits sur son visage, et comme si, à supposer qu'ils l'aient été, quiconque s'en serait soucié.

Cette période prit brusquement fin lorsque, au détour d'un chemin, il se trouva nez à nez avec un vieil homme tirant un âne chargé de bananes. Il était trop tard pour s'enfouir dans les broussailles.

« Buena' dia' ! s'exclama le vieux, souriant de ses dents absentes. Beau jour pour la chasse ! » Il hochait vigoureusement la tête en direction du Lee Enfield, et il y avait dans sa voix un craquement chaleureux et amical, qui rappelait des feuilles séchées.

Sans prendre le temps de réfléchir, Federico leva la main droite et répondit au passage : « Saludes, senor. » Il se retourna et regarda l'homme qui disparaissait en bas du sentier caillouteux, en adressant des claquements de langue et des « Ay, burro ! » à son âne chaque fois que celui-ci se disposait à s'arrêter. Federico comprit immédiatement qu'il pouvait dorénavant, en passant pour un chasseur, circuler sans être remarqué ni importuné, et se moqua de l'attitude peureuse qu'il avait eue jusque-là. Ce soir-là il posa un piège, comme Pedro, et découvrit le matin suivant un brocard. Il ne l'abattit pas, parce que les balles sont rares et précieuses, mais l'assomma avec une pierre et lui trancha la gorge avec sa machette volée.

Plus tard dans la matinée, il entra dans un pueblito avec le jeune cerf sur les épaules et le troqua contre un beau couteau, un poulet, un kilo de poisson séché, des allumettes et une paire de sandales indiennes à semelles en pneu. Il y resta assez longtemps pour bénéficier d'une petite part de son brocard, qui fut rôti le soir même, et pour emporter dans la forêt une portion du foie, le siège de son esprit. Il l'enveloppa dans une feuille de banane séchée et la brûla au pied d'un noyer du Brésil géant afin d'honorer les anges qui veillaient sur son sort. Il leur rendit grâces et marmonna aussi un secreto qui les astreindrait à guider ses pas pendant au moins un cycle de lune. De retour dans le pueblito, il sut que sa prière avait été exaucée lorsqu'on l'avertit qu'un peu plus loin, dans la Sierra, se trouvaient des guérilleros qui lui prendraient probablement son fusil.

Il les rencontra trois jours plus tard, brusquement réveillé au milieu de la nuit par un vif coup de pied dans les côtes. Il se redressa avec étonnement et se vit encerclé par quatre silhouettes, dont chacune présentait l'ombre caractéristique d'une carabine.

« Qui es-tu, companero ? » demanda l'une des silhouettes, d'une voix qui semblait sortir de dents brisées.

Federico se mit à trembler à la fois de peur et d'excitation, mais surtout de peur. « Je suis Federico, dit-il, le plus distinctement qu'il put. Et si vous êtes les guérilleros, je suis venu vous rejoindre. »

Une torche électrique cliqueta et se braqua subitement sur son visage ; il leva la main pour protéger ses yeux. L'un des hommes s'avança, lui empoigna la main, la tordit d'un mouvement vif et brutal, et lui tira le bras en l'air dans le dos. Federico blêmit de douleur et plissa les yeux sous la terrible lumière de la lampe. Il se rendit compte qu'il avait un couteau sous la gorge, et l'idée que ce n'étaient pas des guérilleros mais des soldats lui traversa l'esprit.

« Et si nous sommes les guérilleros, companero, pourquoi voudrais-tu nous rejoindre ? poursuivit la même voix, avec un accent moqueur.

— Il est inutile d'être cruel, dit une autre voix, plus douce que la précédente. Ne vois-tu pas qu'il est très jeune ? Maintenant explique-nous, petit, pourquoi tu veux te joindre à nous.

— L'armée, répondit Federico, trop affolé pour produire une phrase complète.

— L'armée ? reprit la voix plus douce, intriguée. Eh bien, quoi ?

— Vous avez tué oncle Juanito et les autres, et vous avez essayé de violer Farides, et vous avez tué mon chien. Est-ce que vous allez me tuer moi aussi ? » Federico luttait pour contenir ses larmes de désespoir et d'épouvante.

Les silhouettes se mirent à rire. « Lâche-le à présent, Franco », ordonna la voix plus douce, et il fut brusquement libéré de la clef torturante.

« Nous ne sommes pas des soldats, ajouta la voix, et je suis désolé pour ton oncle et ton chien. Tu es trop jeune pour venir avec nous, mais nous avons pris ton fusil pour nous aider dans la lutte. Je vais te donner un reçu, et tu seras dédommagé après la victoire... »

La torche éclaira un bloc-notes, et l'homme griffonna quelques instants avant de déchirer la feuille de papier. Il s'avança et l'enfonça dans la poche de chemise de Federico. A ce moment-là, Federico fit un bond désordonné, battant l'air de ses poings, hurlant : « Non ! Non ! Non ! » C'en était trop. Il ne pouvait pas laisser voler le fusil de son père. Il sentit à peine le coup sur la nuque qui le jeta à terre sans connaissance.

Quand il se réveilla, il faisait jour et un homme accroupi au-dessus de lui lui offrait du café. « Comment va ton cou, probrecito ? s'enquit-il.

— Ça fait mal, répondit Federico en étendant le bras en arrière pour toucher l'ecchymose qui le meurtrissait trop pour qu'il tourne la tête.

— Notre Franco n'a pas la réputation d'être tendre, répliqua l'homme. En tout cas, nous avons décidé de te garder quelque temps. Nous pensons que c'était courageux, ce que tu as fait, et nous t'avons amené ici pour que tu voies notre chef, qui prendra une décision définitive. Bois ce café et ça ira mieux.

— Où est mon fusil ? demanda Federico.

— Juste à côté de toi ! » cria l'homme en s'éloignant. Federico baissa les yeux et vit qu'il y était. Il porta le gobelet cabossé à ses lèvres et sursauta au contact du liquide brûlant. Il préféra le laisser refroidir, le posa et regarda autour de lui.

Il se trouvait dans un petit village composé de huttes de branchages délabrées, apparemment abandonnées depuis longtemps par les Indiens. Elles étaient plus ou moins disposées en cercle autour d'un espace central où des poulets et des chèvres se promenaient en liberté, et il aperçut d'autres huttes des deux côtés du chemin qui traversait le petit hameau. Il était lui-même allongé face à la plus grande hutte, qui arborait au sommet un curieux agencement de brindilles et de bâtons ébrasés en rayons de soleil. Il comprit, sans réfléchir, que c'était autrefois un temple.

Sur le seuil des huttes et à l'ombre des arbres se tenaient des groupes de gens en treillis kaki. Ce n'était pas exactement un uniforme, parce que chaque guérillero avait ajouté ou ôté quelque chose à sa guise. Un ou deux étaient simplement habillés en paysans, et quelques-uns portaient des ponchos, à l'indienne. Presque tous avaient une mochila, et chacun portait une arme. Certains s'occupaient activement à démonter, nettoyer et remonter leurs fusils, d'autres dormaient profondément, le sombrero sur l'œil. Trois hommes et une femme jouaient aux dés et, à proximité, deux hommes discutaient avec ardeur de conquêtes d'un genre qui n'était pas militaire. Au total, à peu près trente personnes, dont dix, à y bien regarder, étaient indiscutablement des femmes. Cela inquiéta Federico parce qu'il ne s'y attendait pas.

Il venait de terminer le café lorsque son pourvoyeur réapparut. « Viens, senorito, annonça-t-il. C'est le moment de voir notre chef. »

Federico se leva en chancelant. Lorsqu'il émergea de l'obscurité, il eut l'impression que le soleil s'abattait sur lui comme un mur sur sa tête. Il traversa le terrain vague qui faisait office de plaza, où il fit voler la poussière dans laquelle se précipitèrent les poulets aussitôt après son passage, dans l'espoir de découvrir de nouvelles larves. Il fut conduit à la hutte-temple, où la soudaine et fraîche obscurité le priva momentanément de la vue. Le temps de la recouvrer, son compagnon avait disparu. Quand il se fut accoutumé à la pénombre, il aperçut en face de lui une femme assise derrière une table de bois rudimentaire. Elle paraissait environ vingt-sept ans, et elle était entièrement vêtue de kaki.

« Vale ? demanda-t-elle. Bien ?

— Je suis venu voir votre chef, répondit Federico. Mais il n'est pas là. » Il parcourut la pièce. « Est-ce que je dois l'attendre ici ?

— Inutile, répliqua la femme, avec un rictus ironique au coin des lèvres. Il est déjà dans cette pièce. Tu devrais peut-être regarder un peu mieux. »

Federico obéit, ne vit rien, et commença à ressentir une sorte de stupéfaction confuse. « Pardon, bredouilla-t-il, mais...

— Ton chef est une femme, rétorqua-t-elle, et, si ton machisme s'en offusque, tu peux partir immédiatement, mais sans ton fusil et avec tes couilles dans la bouche. »

Le jeune garçon fut submergé par la honte et il baissa amèrement la tête. « Je vous demande pardon, senora, dit-il, simplement je ne m'attendais pas...

— Ferme-la avant de dire une bêtise ! s'exclama-t-elle. Je ne suis pas “ senora ”, je suis “ companera ”, et je m’appelle Remedios. Explique-moi pourquoi tu es ici. »

Federico raconta son histoire d’une voix mal assurée et, quand il eut achevé, Remedios hocha la tête.

« Ça ne suffit pas de vouloir se venger. Je ne veux pas me battre aux côtés de barbares, ce sont les barbares que nous combattons.

— Pour quelle autre raison me battrais-je ? demanda Federico, sincèrement étonné. Je veux la justice.

— Ce n’est pas la même chose ! s’écria-t-elle. Tu dois te rappeler ce que disait Guevara, que les vrais révolutionnaires sont mus par les sentiments d’amour les plus profonds.

— Je ne comprends pas ! dit-il en s’agitant.

— Bon, écoute, repartit-elle. Je crois que tu es ignorant et inexpérimenté, mais tu es assez jeune pour apprendre. Je sais que tu es courageux et persévérant. C’est pourquoi je t’accepte provisoirement ; on t’enseignera tout ce que tu as besoin de savoir dans la théorie et dans la pratique, et je te préviens, tu travailleras au maximum de tes possibilités, aussi bien physiquement que moralement. Ce sera quelquefois un supplice. Maintenant, au revoir. Garcia ! »

L’homme qui lui avait apporté le café revint et reconduisit Federico dehors. Alors qu’ils retournaient vers l’ombre, l’homme dit : « Tu te demandes sans doute pourquoi notre chef est une femme. »

Federico émit un bruit de gorge qui se voulait neutre.

« C’est parce que, poursuivit Garcia, elle n’emploie pas des méthodes de sauvages. Nous l’avons élue quand nous nous sommes aperçus qu’elle avait plus de cervelle et de couilles que nous tous réunis. »

10

Le comandante Figueras perturbe une fiesta

Dona Constanza hésita un instant entre l'orgueil aristocratique et la panique ; ce n'était pas souvent qu'elle avait affaire à un groupe de voyous en uniforme, suants et posant des questions bizarres. D'un brusque mouvement de tête et d'un regard dédaigneux, elle retrouva sa dignité et demanda : « Quels communistes ?

— Quels communistes ! répéta Figueras. Si vous “ ne savez pas ” où ils sont, vous devez en être une. » Il abaissa son fusil et le braqua sur le ventre de dona Constanza.

Elle grogna et répondit avec une arrogance accrue : « Je vote conservateur et j'en suis fière ; et la prochaine fois que je verrai le président Veracruz je l'informerai personnellement de votre conduite révoltante et de votre tempérament violent. Je vous prie de ne pas braquer cette arme sur moi. »

Le Comandante était tiraillé entre la peur et l'envie de la ridiculiser. Son instinct le poussait à l'envoyer sur les roses et à l'humilier, mais son bon sens lui disait qu'il était probable qu'une personne aussi manifestement riche et bien élevée connaisse le président. Avec un coup d'œil sur l'épaule du commandant, dona Constanza ajouta : « Votre numéro est FN3530076. Je l'ai déjà retenu. »

Figueras et dona Constanza se toisèrent mutuellement, elle avec un mépris absolu, lui avec la conviction grandissante d'avoir déjà perdu. Puis l'un des soldats, un homme rondouillard aux yeux chassieux et au visage de sadique, donna de la voix avec un : « Tuons la riche salope, Comandante. »

Figueras, profondément reconnaissant du prétexte offert pour détacher son regard de celui de dona Constanza, virevolta et gifla le soldat étonné. « Comment osez-vous suggérer une chose aussi scandaleuse ? rugit-il. Vous déshonorez l'armée nationale ! Vous serez traduit en conseil de guerre si vous ne présentez pas immédiatement des excuses ! » Il abaissa la crosse de sa carabine sur le pied de l'homme qui sautilla sur place en s'y cramponnant. « Je suis désolé, Comandante, dit-il d'une voix chagrinée et maussade. C'est ce que nous faisons d'habitude.

— Infamie ! » beugla Figueras, dont les yeux étincelants de rage contenaient plus qu'une nuance de désespoir. Il se tourna vers dona Constanza, saluant et claquant des talons. « Je me confonds en excuses, senora », dit-il, et une gouttelette de transpiration coula le long de sa tempe avant de disparaître dans son col. « Cependant, je dois vous reposer la question, où sont les communistes ?

— Il n'y en a pas, répondit-elle. L'armée est venue récemment et a tué beaucoup de gens, y compris Juanito, qui était mon palefrenier. Ils étaient censés être communistes mais j'ai des doutes là-dessus. A quoi ressemblent les communistes ? »

Figueras se demanda une seconde si elle plaisantait ou si elle était réellement stupide. « Senora, nous avons reçu des rapports faisant état d'échanges de tirs et d'explosions dans le voisinage.

— Alors vos rapports sont erronés, répliqua-t-elle. Il ne s'est rien produit de tel.

— Nous sommes néanmoins obligés de procéder à une enquête. Pourrions-nous s'il vous plaît établir notre campement dans votre propriété ? Je vous garantis que nous ne causerons aucun dégât.

— Je le souhaite, en effet, riposta-t-elle d'un ton acerbe, sinon le gouverneur en aura des nouvelles — je connais également le général Fuerte. Vous pouvez utiliser le champ le plus proche du pueblo, et je vous saurai gré de ne pas déranger les chevaux. Ils ont une grande valeur. »

« Peut-être, suggéra le lieutenant quand ils s'éloignèrent, est-elle de mèche avec les communistes.

— C'est une oligarque, et les oligarques ne sont pas communistes.

— Camilo Torres était un oligarque, objecta le lieutenant.

— Camilo Torres était un prêtre, répliqua Figueras.

— Elle a peut-être peur ?

— J'en doute, dit Figueras avec conviction. Lieutenant, prenez quatre hommes armés et allez interroger les gens du pueblo. Vous devrez être de retour à la tombée de la nuit et me faire directement votre rapport. »

Le lieutenant exécuta son salut avec le mouvement de main nonchalant qui lui était coutumier et partit peu de temps après en compagnie d'un corporal et trois conscrits nerveux, ayant baïonnette au canon et la détente impatiente. Ils furent surpris à deux reprises par des vautours, une autre fois par un bœuf, et enfin, dans le champ de maïs, par un épouvantail brandissant une branche taillée en forme de fusil, de sorte qu'en arrivant au village, où il ne se passait rien, ils avaient un urgent besoin de rafraîchissements. Le lieutenant leur ordonna d'aller enquêter de maison en maison ; il se rendit lui-même au bar à l'autre bout du village et but deux Inca-Colas et une Aguila. Ses hommes fouillèrent surtout les bordels et s'assurèrent que les orifices des putains ne recelaient pas de terroristes. Ils rapportèrent au lieutenant que, quand ils demandaient s'il y avait des voyous armés dans la région, ils recevaient invariablement la réponse « Ustedes solo », ou « Personne d'autre que vous ». Ils rapportèrent également que le soir même commençait une fiesta de deux jours, attraction irrésistible pour tout patriote digne de ce nom. Cela les convainquit qu'il ne pouvait se trouver de guérilleros dans les environs, et Figueras s'en persuada à son tour en entendant le rapport. Il se donna immédiatement l'ordre d'y assister avec ses hommes, afin d' « améliorer les relations publiques ».

La fiesta avait été inventée vingt ans auparavant par les villageois désireux de commémorer la création de la communauté. Comme personne ne savait à quand elle remontait, on avait consulté un sorcier qui, au moyen d'herbes sacrées marinées dans du ron cana à l'intérieur du crâne trépané d'un assassin, et bues par une mulâtresse extralucide, avait établi la date exacte et le fait qu'elle avait eu lieu dans l'après-midi. Le pueblo avait trois cent vingt et un ans.

Sur le coup de cinq heures du soir se déclencha un afflux régulier de campesinos provenant de la campagne environnante, chacun avec une machette au côté, dans un fourreau de cuir orné de pompons. Cela ne traduisait aucune intention hostile : tous les paysans portent une machette en permanence. Ceux qui se déplacent à dos de cheval ou de mulet en ont de plus courtes que ceux qui vont à pied ; celles des premiers sont souvent chromées et fabriquées dans un acier plus flexible (et plus facile à aiguiser) que la machette résistante du paysan piéton, qui n'est jamais chromée. La machette est un indispensable outil à tout faire. On l'aiguise assidûment sur des galets d'une certaine sorte dans la rivière, jusqu'à ce qu'elle soit assez tranchante pour servir aussi bien de rasoir que de hache. On l'utilise pour l'abattage des animaux par décapitation — méthode rapide et humaine — et pour défricher le terrain des plantes indésirables en un mouvement d'écrémage du poignet. Elle rend d'inestimables services dans les champs de cannes à sucre et dans les bananeraies où, une fois que le fruit est mûr, on coupe la tige entière de la plante, car les bananes ne poussent pas sur les arbres, comme semblent le croire la plupart des gringos, mais sont en fait une espèce d'herbe géante. Quand elles sont vieilles et usées ou cassées, les machettes sont moulues sur des pierres pour être transformées en couteaux divers.

C'est en Colombie qu'en sont fabriquées la plupart avec, de nos jours, de fâcheuses poignées en bakélite ; les motifs indiens recherchés, de couleurs vives, qu'on remarque sur les fourreaux s'avèrent, à un examen attentif, constitués de morceaux de plastique cousus avec une mince ficelle. Les étrangers sont parfois surpris de découvrir que leur machette-souvenir porte le poinçon de la société Collins.

L'usage des machettes s'étend à la pêche. La fiesta qui s'annonçait serait dans une large mesure une fiesta de poissons, parce que le fondateur du village était un certain Esteban le Pêcheur. Ce soir-là, les réjouissances commencèrent par une procession solennelle le long de la Mula, qui par bonheur était encore dénuée de barrage. En tête de la procession de cent cinquante personnes marchait Pedro, avec son mousquet espagnol et ses chiens. Pedro en était le chef désigné à cause de son âge, de son savoir en matière de sorcellerie et de son intrépidité ; à minuit, il boirait de l'ayahuasca devant la foule et rencontrerait dans sa transe Esteban le Pêcheur, qui lui révélerait ce qui devrait être accompli dans l'année.

Pedro était suivi de deux vierges, certifiées telles par un comité de femmes, porteuses d'effigies de paille de la

Sainte Vierge destinées à être jetées dans la rivière avant que la pêche ne commence. Venait ensuite Hectoro, qui avait toujours son gant noir sur sa main de rêne, son revolver au côté, et ses bombachos de cuir qui crissaient sur ses jambes quand il avançait. A pied il se sentait mal à l'aise car il ne quittait jamais son mulet ou son cheval sinon pour manger, dormir ou forniquer, et il avait été jusqu'à entraîner ses hommes à fabriquer du béton et du mortier dans le pur style des gauchos, en conduisant leurs chevaux à reculons sur le mélange, puis en sens inverse. Aucun homme, au demeurant, n'avait droit à une monture dans cette procession, pas même Hectoro ; et il marchait, avec le sentiment d'être ridicule et vulnérable.

Auprès d'Hectoro se trouvait Josef, qui pensait comme toujours à l'ignominie d'être privé d'un enterrement convenable. Derrière eux deux, venaient le Profesor Luis, Consuelo, Farides, et tous les habitants du pueblo et de la campagne environnante, enfants compris, chantant une mélopée destinée à charmer le poisson. Tous, y compris les enfants de plus de dix ans, fumaient un gros cigare puro afin de rendre l'air assez parfumé pour éloigner les esprits du mal, et assez épais pour permettre à ceux du bien de se matérialiser.

La procession longea l'hacienda de don Emmanuel, qui préparait un guarapo alcoolisé à base d'écorces d'ananas pour l'offrir au cortège sur le chemin du retour, et elle traversa le champ vers la Mula, revenue cette année à son cours méridional pendant les pluies. A cet instant, Pedro se retourna et leva les bras ; le silence s'abattit sur la foule. A sa droite le soleil amorçait sa soudaine descente derrière les collines, jusqu'à ce que ses rayons rougeoyants touchent la neige des montagnes d'en face, et que le ciel flamboie et vibre dans la révolution d'un couchant à 360 degrés qui gonfle de religion les cœurs des animaux et les plonge dans un silence seulement rompu par le clapotis de l'eau.

Pedro rejeta en arrière sa tête et ses bras et, comme s'il encerclait la sainteté de l'univers, entama un long ululement psalmodié. Dans la paix de la nuit tombante, l'enchantement païen de sa voix exaltait la foule, que parcouraient des reins à la nuque des frissons brûlants et qui sentait danser au-dessus d'elle l'éclat d'une lueur invisible. Beaucoup restaient comme paralysés, les joues ruisselantes de larmes silencieuses. D'autres se prosternaient, remplis de vénération, subjugués par l'incompréhensible et le sacré. Se détachant de l'obscurité croissante, la silhouette de Pedro le Chasseur se mit à grandir ; elle parut d'abord plus large d'une main, puis sembla prendre la dimension d'un cheval. Il apparut bientôt aussi grand qu'un arbre, et le cortège comprit qu'il avait revêtu la forme d'un dieu. Venue du ventre, le siège des émotions, la voix de Pedro jaillit de sa gorge, résonnant comme une caverne. Personne ne comprenait les mots de cette langue oubliée. Ils ne la comprenaient pas, mais ils la saisissaient, cette langue des anciens dieux d'Afrique.

Quand Pedro s'arrêta, un dernier frisson brûlant leur parcourut l'échine, de la nuque aux reins. Il y eut un calme, une sensation de délivrance, de privilège et d'humilité. Pedro redevint un chasseur noir à la chevelure argentée, qui prenait appui sur son mousquet et souriait avec bienveillance. « Vamos, pescadores », dit-il.

Les vierges de paille furent jetées dans l'eau, les gens allumèrent leurs lanternes et leurs torches, tirèrent leurs machettes de leurs fourreaux, et s'avancèrent prudemment dans la rivière, où on n'enfonçait que jusqu'aux genoux, mais où le courant était extrêmement fort. Les poissons, surpris, désorientés, et attirés par les lumières, remontèrent près de la surface et frétillèrent à l'aveuglette au milieu des pêcheurs. Chaque homme et chaque femme frappaient un poisson, car ils n'avaient pas droit à plus, puis ils ressortaient attendre les autres. Attraper du poisson de cette manière n'est pas chose facile : il faut tenir compte de la réfraction de la lumière quand elle brille à travers l'eau ; de plus, étant donné que la large lame de la machette est aisément déviée lorsqu'on coupe dans l'élément liquide, on peut se blesser aux pieds ou aux jambes avec une alarmante rapidité. Ce n'est pas une bagatelle quand le coup est féroce et la lame tranchante comme un rasoir, et l'on se sectionne un pied ou un muscle le temps éclair d'une pensée.

Dès qu'on avait apporté son poisson sur la rive, on voyait sa chance déterminée pour l'année à venir ; elle variait en degré selon qu'on avait pris un gamitana, un zungaro, un chitari ou un comelon. Ainsi, chacun en avait, mais certains plus que d'autres, point de vue qui est à la fois optimiste et réaliste. Quand tout le monde eut un poisson, le cortège revint vers le village, après avoir bu le guarapo de don Emmanuel en cours de route. Don Emmanuel, dont la barbe rousse luisait à la lumière des torches, s'était joint à la procession, et ses commentaires crus provoquaient des gloussement ravis chez les vieilles femmes. Une certaine nervosité régnait parmi les autres, qui savaient à présent que l'armée était à nouveau dans la région et qu'il y aurait des soldats à la fiesta.

Les soldats se trouvaient déjà dans le village quand ses habitants arrivèrent. Dans sa peur d'être reconnu, le Comandante Figueras portait sa casquette enfoncée sur les yeux et, pendant que la foule pénétrait dans l'unique rue, il fit brusquement mettre au garde-à-vous ses deux colonnes. La procession s'arrêta et un murmure troublé se répandit. Figueras avança et salua la foule, geste qui aurait paru hautement comique s'il n'avait pas semblé si bizarre.

« Citoyens ! s'exclama-t-il de la voix la plus fervente qu'il était capable de feindre. Ne soyez pas inquiets ! Nous sommes en route pour une autre destination et nous participons à vos festivités avant notre départ, en espérant emporter avec nous vos meilleurs vœux de réussite ! »

Il fit volte-face, claqua les talons, et brailla : « Présentez armes ! » Les hommes s'exécutèrent et, en un mouvement légèrement inégal, ramenèrent leur arme à l'épaule, avancèrent un pied et pointèrent les canons vers le ciel. « Feu ! » hurla-t-il, et une bande de vautours quitta en hâte l'arbre voisin. « Feu ! » hurla-t-il encore deux fois, et le fracas métallique des coups se dispersa dans la nuit. Figueras se tourna de nouveau vers la foule perplexe et étonnée, et lança : « Vamos ! » Don Emmanuel marmonna à part lui en anglais « Vingt et une salves de mes fesses », et Josef tapota l'épaule d'Hectoro : « Il va y avoir du grabuge ce soir.

— Bien », répliqua Hectoro.

La fiesta se déroula mieux que prévu ; le Profesor Luis avait raccordé sa dynamo propulsée par éolienne à un électrophone, pour qu'on puisse danser sur des disques. Dès que la brise changeait, la musique accélérait ou ralentissait, ce qui ne gênait personne parce qu'après tout, ça ne pose aucun problème de danser plus ou moins vite.

Un espace avait été réservé aux danseurs dans la rue. Très rapidement, ils soulevèrent tant de poussière qu'il devint impossible de voir quoi que ce soit. A cette époque où le rock n'avait pas encore atteint le village, tout le monde était fou de Bambuco et de Vallenato, deux sortes de musique caractérisées par une fascinante complexité de syncopes et par l'emploi du tiple, un instrument à dix cordes qui ressemble à une petite guitare et dont on joue plutôt comme d'une mandoline ou d'un bazouka. L'air à la mode était alors « El Pollo Del Vallenato », qui était censé être une imitation du poulet. Les gens grattaient la poussière du pied comme s'ils cherchaient des insectes, ils se pavanaient avec la ridicule solennité des jeunes coqs, ils imprimaient à leur tête des mouvements saccadés comme s'ils picoraient, et ils battaient des bras. A la fin du disque, ils lâchaient une ahurissante cacophonie de gloussements et de clameurs, avant d'éclater d'un rire ravi et de filer chercher une autre bouteille d'Aguila.

Grâce à l'obscurité, à l'alcool qui levait les inhibitions et à l'effet euphorisant de la marijuana, personne n'avait reconnu Figueras, qui se trouva bientôt à plat ventre devant le bordel de Consuelo, dont le personnel peu nombreux avait été augmenté d'un car de putains exceptionnellement jeunes venues de Chiriguana. C'était une cause de grande fierté d'avoir une petite pute dans la famille, car le revenu était excellent. Beaucoup de filles débutaient à douze ans ; en revanche, celles qui n'étaient pas putes devaient rester vierges jusqu'à seize ans, âge du mariage. Tout manquement manifeste à ce code était réglé à coups de fusil. Il faut néanmoins préciser que cette nuit-là, la prostitution fut intense et ardue, et que beaucoup de filles préférèrent sortir danser plutôt que de se fatiguer et s'endolorir davantage.

On approchait de minuit et les réjouissances avaient atteint un tel degré que personne ne savait plus ce qui se passait au juste, quand un retardataire, un vaquero, décida de faire une grande entrée dans le style des vieux films de cow-boys qui constituaient le régime de base des cinémas urbains. Il pénétra dans le village au galop, en poussant de grands cris et en tirant des balles en l'air.

L'effet produit sur les soldats titubants fut spectaculaire et instantané. Ils arrivèrent simultanément à la même conclusion : ils étaient tombés dans une embuscade communiste. Une bagarre s'ensuivit quand, se jetant à terre ou s'abritant derrière les bâtiments, ils tirèrent au hasard dans la foule, qui se dispersa comme par enchantement, en abandonnant un cheval hennissant de douleur, deux enfants et trois adultes morts, et plusieurs blessés, qui gémissaient et tremblaient dans la poussière sans espoir de secours.

Les échanges de coups de feu ne s'arrêtèrent que lorsque les munitions furent épuisées, ce qui prit environ une heure et demie. Ne sachant pas où se trouvaient les communistes, les soldats déchargeaient leurs armes là où ils voyaient des éclats de tirs, ce qui revenait à se canarder mutuellement. Ce fut accompli dans une panique à vous tordre les boyaux et une brume d'ivresse telles qu'il n'y eut que quatre tués et dix blessés. L'atroce finale de ce triste épisode survint quand un soldat lança une grenade derrière une cloison et qu'un corporal en sortit, chancelant et cramponné à son ventre. Il vacilla jusqu'au milieu de la rue, resta une seconde immobile, puis se mit à pousser un long hurlement sinistre de terreur et de supplication. Il leva les bras au ciel, et ses entrailles surgirent aussitôt de son ventre et glissèrent à terre en une ondulation grotesque. Il s'écroula parmi elles en geignant.

Brutalement dessoûlés par l'horreur, les soldats commencèrent à s'interpeller, puis, très prudemment, à réapparaître. Ils se rassemblèrent autour du corps du caporal, le regardèrent et se contemplèrent en silence ; ils détournaient les yeux et haussaient les épaules, avec des gestes qui signifiaient « Je ne suis pas coupable, tout ceci n'est pas mon affaire » dès qu'un de leurs compagnons les dévisageait.

Figueras s'éveilla de sa stupeur devant le bordel de Consuelo et se redressa, encore étourdi, en se frottant les yeux. Il se leva d'un pas mal assuré et urina très longuement contre le mur du bâtiment. Il émit un rot sonore et satisfait et se retourna. Pendant un instant, tandis qu'il contemplait sans comprendre, hébété, le carnage qui l'entourait, il ne put en croire ses yeux ; il fut incapable d'articuler autre chose que : « Mierda maricon. »

Il marcha vers ses hommes d'un pas chaloupé, regarda le cadavre et se signa. « Retournons au camp », dit-il, le visage terreux.

Les soldats quittèrent le village en s'efforçant maladroitement de ne pas se faire remarquer, et les villageois sortirent lentement des maisons. Ils s'immobilisèrent dans la rue, comme l'avaient fait les soldats, ébahis et déconcertés. Le Profesor Luis éteignit l'électrophone, qui durant tout ce temps n'avait cessé de répéter les joyeux accords d' « El Pollo Del Vallenato », et Pedro prit la parole d'une voix claire. « Ils le paieront ! » Hectoro ôta son revolver de sa ceinture et s'éloigna à grandes enjambées. Dix coups se firent entendre lorsqu'il expédia les militaires blessés.

Quand Figueras et ses hommes s'en allèrent en camion et en Jeep le jour suivant, ils passèrent devant quelques corps de soldats pendus dans les arbres, déjà à moitié dépouillés par les vautours. Sous les cadavres, les chiens se battaient pour les morceaux qui tombaient. Figueras poursuivit son chemin sans s'arrêter jusqu'à Valledupar. Il apprit par la suite dans cette ville qu'il allait recevoir une autre décoration pour sa résistance héroïque face à une force supérieure de guérilleros. Il devait également se voir confier le commandement de troupes plus nombreuses qui avaient pour mission d'anéantir les communistes une bonne fois, avec une entière liberté de moyens.

11

L'éducation d'Aurelio chez les Navantes

Les Navantes étaient fiers d'être redoutés des Blancs et d'habiter au bord d'un fleuve surnommé le « fleuve des Morts ». Ils laissaient entendre qu'ils étaient les auteurs de l'assassinat du colonel Fawcett, de son fils et de Raleigh Rimell. Ils possédaient une carabine censée avoir appartenu à Winton, qu'ils avaient soi-disant empoisonné avec de la chicha frelatée et abandonné dans un canoé à la dérive. Ils étaient hospitaliers envers les Blancs à condition que ceux-ci n'essaient jamais de partir ; dans ce cas, on les assommait à mort à coups de gourdin. Ils employaient le mot *couteau*[1] pour désigner l'objet du même nom — ils l'avaient appris d'un explorateur français et le prononçaient avec le meilleur accent parisien — et ils connaissaient une chanson intitulée « Cuddle up a little closer, Baby Mine », qu'ils avaient apprise par cœur d'une bande de prospecteurs d'or et de diamant yankees, péruviens et brésiliens. Ces derniers avaient fraternisé avec eux en leur offrant du sel et en leur montrant des chandelles romaines, mais ils avaient réussi à s'enfuir en 1935, à l'époque du chef

1. En français dans le texte.

Maharon. La chanson, légèrement modifiée par le processus folklorique, continuait à être chantée aux initiations des sous-chefs et aux mariages.

Les Navantes, comme tous les Indiens de la jungle, sont les plus grands voyageurs du monde bien qu'ils ne quittent jamais la forêt ni le cerrado. Ils accomplissent leurs itinéraires cosmopolites à l'aide de potions d'ayahuasca, qui leur confèrent des pouvoirs de télépathie illimités (d'où le synonyme « telepatina »), et la faculté de quitter leurs corps et d'arriver à destination sans traverser l'espace intermédiaire. Ils aimaient particulièrement se rendre à New York, où des millions de boîtes se mouvaient toutes seules et où les gens vivaient comme des fourmis, en vastes colonies dans de gigantesques tertres de termite. Ces voyages à travers la noosphère leur apportaient la conviction que jamais ils ne quitteraient la jungle, où la vie était très facile, puisque totalement dépourvue de routine : personne ne faisait quoi que ce soit sans en avoir envie.

Ils vivaient dans de très grandes chozas, des cabanes qui contenaient chacune trente personnes et plus, sans compter les animaux qu'ils prenaient au lit avec eux pour se tenir chaud la nuit. Les hamacs des maris surmontaient ceux des femmes, qui surmontaient ceux des enfants, et après la tombée de la nuit, on bouchait les entrées du bas et on faisait brûler des bûches sous la cendre, afin de créer une confortable atmosphère de fumée impénétrable. Une hutte commune servait à la célébration de certaines cérémonies et aux assemblées ; les huttes étaient toujours disposées en croissant de lune, qu'ils croyaient faite de plumes d'oropendola. Quand arrivait, à cause de l'épuisement du sol, le moment de quitter le village, ils laissaient parfois leurs biens domestiques pour ne pas avoir à les transporter ; sinon, les femmes les emportaient, car c'étaient elles les propriétaires.

Les Navantes n'avaient pas de métiers et n'effectuaient aucun travail en dehors de la culture des bananes, du blé, du maïs et des arachides. Le reste du temps, ils s'amusaient. Les jeunes femmes confectionnaient des hamacs ouvragés, tandis que les vieilles préparaient de la chicha en mâchant du manioc qu'elles recrachaient dans une jatte pour le mettre à fermenter. Les hommes passaient l'essentiel de leurs journées à la chasse et à la pêche. Pendant son séjour chez eux, Aurelio finit par se rendre compte qu'effectivement, dans la jungle, la nourriture vous tombait presque dans la bouche. Presque tous les animaux étaient comestibles, y compris le crapaud haruzam ; il existait quarante-sept variétés de noix comestibles, parmi lesquelles les merveilleuses castanas, et on utilisait plusieurs techniques de pêche ingénieuses. On devait rester planté dans l'eau comme une cigogne, avec un arc et une flèche de deux mètres de long, ou encore construire en travers du fleuve une barrière semblable à une haie d'osier. Les uns attendaient d'un côté de la haie dans leurs pirogues pendant que les autres fouettaient l'eau avec des branches d'ushchachera : les poissons empoisonnés flottaient à la surface, prêts à être récoltés. La variété de poissons était immense. Le piranha était très savoureux, mais plein d'arêtes agaçantes. Le bufeo était considéré comme un ami, et on ne le tuait que lorsqu'on voulait la membrane de ses organes génitaux pour confectionner un talisman aphrodisiaque. Il fallait beaucoup de temps, même à un village entier, pour manger un piraruca, le plus grand poisson d'eau douce du monde. On ne consommait pas la torpille par peur d'être paralysé ; les candirus mesuraient deux mètres de long et fournissaient un bon festin. La mâchoire supérieure du characin comportait des tubes qui permettaient aux crocs de la mâchoire inférieure de s'y loger, et ses dents, comme celles de la traira, étaient excellentes pour l'extraction des épines et la chirurgie. Le poisson-chat grillé sur des feuilles de palmier faisait un mets délicieux, mais l'anguille électrique devait être soigneusement évitée. Après une bonne prise, le pêcheur rentrait en poussant des cris de joie à l'approche du village, afin que chacun puisse accourir l'admirer. Le poisson était conservé dans le sable humide.

Les Navantes utilisaient très rarement la sarbacane avec des fléchettes enduites de curare quand ils chassaient. C'étaient des archers très adroits. Ils tenaient le faisceau de flèches dans la main gauche, qui empoignait l'arc, de manière à pouvoir nourrir un tir rapide. La fabrication des flèches constituait un travail très délicat, et c'est probablement la seule raison qui les incitait à déployer de gros efforts pour devenir experts en la matière. L'arrivée des missionnaires était toujours accueillie avec enthousiasme parce que, après les avoir tués ou expulsés, on pouvait extraire les clous de leurs cabanes pour en faire des pointes de flèches bien plus efficaces que les arêtes. Les Navantes avaient quatre raisons de chasser : pour se nourrir, pour se débarrasser des prédateurs dangereux, pour façonner des outils et pour la parure. Le capybara, une sorte de cochon d'Inde débile qui est le plus gros rongeur du monde, fournissait des dents permettant d'obtenir de parfaits ciseaux. Ils chassaient les oiseaux avec des flèches émoussées, afin de leur arracher leurs plus jolies plumes qui ornaient les coiffes acangatara. Quand les oiseaux étourdis se remettaient, ils étaient soit relâchés, soit gardés en captivité pour devenir de tristes fermes à plumes. Tôt ou tard, ils mouraient d'incompréhension.

Les Navantes étaient particulièrement friands de perroquets, de ciapu (soupe de banane), de serpents, d'œufs de tortue extirpés de praias, de curassows (des oiseaux huppés au bec en lame de rasoir), de miel sauvage, d'une infecte soupe grasse, la piquia, qu'ils offraient aux visiteurs indésirables, de singes en tous genres remplis de parasites intestinaux, qu'ils abattaient à l'aide de flèches à quatre dents et qui, une fois écorchés, ressemblaient de manière inquiétante à des enfants.

Ils considéraient les animaux comme des égaux et entretenaient constamment un grand nombre de compagnons inattendus dont certains qu'ils ne mangeaient jamais, comme le butor-soleil qui se nourrissait de poux, l'oiseau urutau qui était le protecteur des jeunes filles, les écureuils qu'on associait au sommeil. Ils ne montraient aucune répugnance à déguster de vastes quantités de fourmis coupeuses de feuilles, de larves de guêpes et de sauterelles qui, rôties, avaient un agréable goût d'anis.

La chasse aux fourmis était l'une des rares occasions où les femmes enlevaient leur uluri. Il s'agissait d'un petit triangle d'écorce dont les côtés mesuraient près de trois centimètres, qu'on attachait à un fil tressé noué autour de la taille. Du sommet inférieur du triangle partait un autre fil tressé qui passait douillettement entre les grandes lèvres et qui se fixait dans le dos au-dessus des fesses. Le port de l'uluri avait pour but d'attirer l'attention sur les organes génitaux, le triangle faisant office de panneau indicateur dans leur direction. Ces triangles signalaient la femme post-pubère, et celle qui n'en portait pas paraissait indécemment nue. Les femmes en avaient toujours un de rechange, à tout hasard. Hommes et femmes portaient également des colliers composés de mille cercles minuscules de coquilles d'escargots. Les femmes mettaient six mois à les confectionner, en meulant les coquilles sur des pierres jusqu'à ce qu'elles deviennent minuscules et extrêmement fines. Chaque cercle était percé au centre à l'aide d'une dent ou d'un morceau de bois dur, puis enfilé sur du coton sauvage. Les garçons en avaient généralement un autour de la taille, et les hommes ne mettaient rien, sauf peut-être un collier de griffes de jaguar ou des bracelets d'écorce autour des chevilles. Ils passaient des heures à s'ôter mutuellement leurs poux et leurs tiques, comme les cathares occitans du Moyen Âge, selon un ordre protocolaire, les poux et les tiques étant les seuls parasites qui résistaient à leurs fréquents bains quotidiens. Ils n'étaient vêtus que dans la mesure où ils s'enduisaient de la tête aux pieds de pigments utilisés à l'occasion des cérémonies. Ils mélangeaient l'huile de piquia (la même que celle de la soupe) à l'anatto pour obtenir des jaunes et des rouges, le blanc provenait de la cendre de bois, et le genipapo servait de base pour les bleus et les noirs. Ces teintures donnaient à leurs peaux naturellement claires une couleur tabac et contribuaient également à éloigner les hordes d'insectes piqueurs, tels que les moucherons de bufles et les simulies, qui causaient la lechmaniose. Dans leur souci d'être aussi dénudés que possible, ils s'épilaient consciencieusement le corps entier — à l'exception de la tête — avec les doigts plongés dans la cendre ; c'est ainsi que naquit le mythe populaire selon lequel les Indiens d'Amazonie sont naturellement dépourvus de poils.

Aurelio, malgré sa tresse, s'intégra très rapidement dans la tribu. Il en apprit l'art de vivre une vie d'une simplicité parfaite sans avoir à travailler beaucoup ; il apprit à être actif sans être laborieux et à prendre une joie enfantine à des choses simples, comme le « toc-toc », leur mot pour désigner les ébats sexuels.

Aurelio acquit l'art du bonheur ; dans la conception navante, le paradis ne différait en rien de la terre, sinon qu'on y rencontrait les disparus, et de surcroît l'ancêtre tribal Matvutsinin. Le paje transmit à Aurelio son savoir de guérisseur et les méthodes permettant d'entrer en contact avec les esprits pour négocier avec eux. Il apprit tous les mythes, et leurs significations ésotériques les plus puissantes. Il apprit les noms des étoiles et des constellations, et ceux des intervalles qui les séparaient. La sienne, qui se trouvait à côté de la Croix du Sud, s'appelait le « tapir ». Il apprit leur langage et découvrit à partir de là un nouveau mode de pensée. Les Navantes n'avaient pas de mots pour les classes d'objets, et n'étaient par conséquent pas enclins aux généralisations. Ils accumulaient néanmoins avec un luxe de détails les noms d'objets particuliers, ce qui faisait évoluer leur langue avec une rapidité si surprenante qu'il était nécessaire d'aller séjourner dans d'autres villages de la tribu pour en suivre les développements. Un anthropologue anglais avait autrefois décrit leur langage comme primitif et à peine utilisable, après avoir interrogé une fille qui avait été expulsée de la tribu pour cause de déficience mentale. En réalité, leur vocabulaire était de loin plus étendu que celui de Shakespeare, et sans aucun doute plus vaste que celui de l'anthropologue trop pressé.

Aurelio assimila les divers aspects de la vie sociale qui caractérisent un peuple et gagna la sympathie des enfants en leur fabriquant des jouets dans le style traditionnel. Leurs hochets, par exemple, consistaient en une cigale attachée à un bâton ; les secousses faisaient vibrer l'insecte d'indignation. Il fixait des boules de coton aux taons afin que les enfants puissent les voir parcourir de courtes distances en vol, s'épuiser, puis les rattraper. Il leur confectionnait de petits arcs avec de petites flèches, avec une prédilection pour celles auxquelles on ajuste un embout de coquille de noix creuse, qui tintent en volant.

Aurelio apprit l'art de la lutte, qui s'était beaucoup raffiné depuis que le Yankee captif leur avait enseigné le jujitsu qui, comme le judo, s'achevait lorsque l'un des adversaires était cloué au sol. Il se familiarisa avec l'art de tapoter sur la poitrine, qui servait de salut et variait selon la perception du statut social. Il découvrit comment on émettait des cris d'animaux pour communiquer dans la forêt et pour attirer sa proie. On lui enseigna à fabriquer des couteaux et des pointes de flèche avec des dents, des coquilles de moules et du bambou fendu. Il jouait de la flûte de Pan, de la trompette d'écorce dans les huttes, et du goo. Aucune femme n'était autorisée à voir jouer les musiciens, de peur qu'elle ne les trouve efféminés, et toute femme qui enfreignait cette loi était obligée de permettre au musicien outragé de prouver sa virilité. Si la femme était une petite fille, le musicien devait attendre sa puberté avant d'être en mesure de recouvrer son honneur.

Aurelio se maria à deux reprises au cours d'une danse d'accouplement et comprit ce que c'était d'avoir à nourrir une belle-mère à laquelle il n'était possible de s'adresser que par l'intermédiaire de sa femme. Ses deux femmes, avant de mourir, lui donnèrent des enfants ; il apprit à subir la couvade. Il s'alita dans son hamac pendant quatre jours à chaque naissance, gémissant dans la douleur de l'enfantement, pour être soigné par son épouse inquiète, qui avait accouché accroupie sur un trou creusé dans le sol. Les hommes déplaçaient de la sorte sur eux-mêmes la douleur de la naissance.

Il prononça par deux fois les vœux du mariage :

Je nourrirai cette femme comme moi-même.

Je prendrai soin d'elle comme de moi.

Je lui consacrerai ma virilité.

Il n'eut jamais à battre ses femmes pour infidélité, comme l'exigeait la loi, et ses femmes ne furent jamais violées, ce qui le dispensa d'avoir à battre des violeurs, auxquels il était interdit de résister, ou à infliger le même traitement aux femmes de violeurs. Ce crime était en fait inconnu, excepté à l'encontre d'autres tribus : les tentatives d'enlèvement de femmes n'étaient pas rares, surtout quand elles étaient expertes dans l'art de la poterie. Les femmes l'acceptaient, et s'adaptaient joyeusement à leur nouvel environnement. Certaines d'entre elles avaient appartenu, à un moment ou à un autre, à plusieurs tribus différentes.

Les femmes avaient leurs propres rites auxquels les hommes ne participaient pas. Quand un mari mourait, la femme se coupait les cheveux et nul ne pouvait demander sa main jusqu'à ce qu'ils aient repoussé. Cela permettait une période de deuil convenable et, les cheveux mettant environ neuf mois à repousser, cela empêchait incidemment les confusions de paternité. Les femmes croyaient également que la phase de transition de la puberté était très dangereuse et qu'il ne devait se produire ni chocs, ni surprises, ni exaltations ou déceptions excessives durant cette période. En conséquence, elles restaient assises pendant six mois sur des pousses de palmiers dans une hutte, derrière un paravent, le visage dissimulé par leur chevelure, sans parler, et ne sortaient que la nuit pour se promener avec leurs mères. Lorsqu'elles émergeaient de cet état de chrysalide, c'étaient des femmes adultes habilitées à porter l'uluri et à se marier. Les garçons, moins privilégiés, ne se voyaient octroyer que trois mois pour devenir hommes, et n'avaient jamais le droit de pénétrer dans le corral réservé aux femmes pendant leurs règles ; celui-ci constituait une sorte de club dont la confrérie musicienne formait la contrepartie pour les hommes.

Comment et pourquoi Aurelio perdit ses deux femmes et ses enfants, comment et pourquoi il dut quitter les Navante, c'est l'objet d'un autre récit qui reste à faire ; il en va de même pour sa rencontre avec Carmen, à Chiriguana et pour son mariage. Mais les détails exposés dans ces pages expliquent pourquoi Aurelio, un

Indien aymara de la Sierra, devint un habitant chevronné de la jungle — fait qui avait toujours intrigué Pedro — et pourquoi il continua à marcher en file indienne — c'est le seul moyen d'avancer dans la jungle — jusqu'à la fin de ses jours.

12

Federico fait son apprentissage de guérillero ; capture du général Fuerte

Garcia fut désigné comme instructeur et comme gardien particulier de Federico ; à la surprise de Federico, il se révéla un de ces prêtres révolutionnaires qui contestent chaque enseignement et chaque commandement de l'Église sans cesser de rester un prêtre et un catholique de part en part, en même temps qu'un marxiste et un révolutionnaire.

Garcia venait d'une famille de la classe moyenne de Medellin, une agréable ville à flanc de montagne dont le Profesor Luis était également originaire. A l'âge de dix-neuf ans, il était tombé amoureux d'une jeune femme de meilleure famille qu'on avait expédiée au Costa Rica chez des parents, afin de mettre un terme à une fréquentation socialement inacceptable. Elle avait épousé à San Jose un Uruguayen prodigieusement riche et Garcia, le cœur brisé, s'était jeté dans les bras de notre Sainte Mère l'Église. C'était un séminariste solitaire, sérieux et studieux, mais il exprimait parfois des opinions hétérodoxes qui alarmaient ses supérieurs. C'est pourquoi on l'envoya dans une lointaine petite ville de province, où des idées de ce genre n'avaient aucune importance. A son arrivée, il s'attela consciencieusement à la tâche.

Il n'est pas rare que certaines femmes de la bourgeoisie

conçoivent une passion hystérique et irrationnelle pour le prêtre de leur paroisse, en allant jusqu'à se prosterner devant lui pour lui offrir leurs charmes. Lorsque ceci arriva pour la première fois au père Garcia, il essaya d'être gentil et compréhensif, et dit à la femme avec fermeté mais avec bienveillance que c'était impossible. Elle n'en continua pas moins à le poursuivre de ses assiduités avec une telle obstination que la ville entière fut scandalisée par la rumeur totalement injustifiée selon laquelle le prêtre était adultère. Un jour, dans une rage impuissante, il demanda à la femme en des termes qui ne souffraient aucune équivoque de le laisser tranquille. Elle prit ses reproches d'une façon plus personnelle que chrétienne, et dans sa fierté blessée jura de se venger — elle écrivit à l'évêque que le prêtre avait tenté de la violer à de nombreuses occasions, notamment dans le confessionnal et sur l'autel.

Les enquêteurs de l'évêque arrivèrent en secret et se rendirent rapidement dans les bars et les bordels, prêtant l'oreille à toutes sortes de ragots sur le compte du père Garcia, mêlés à force grivoiseries dont il était le protagoniste. Au cours de son procès devant la cour ecclésiastique, le père Garcia protesta en vain de son innocence et fut defroqué par l'évêque pour fornication.

La sentence pesa lourdement sur l'esprit du père Garcia, car il n'avait que trop conscience qu'en condamnant un innocent l'évêque avait commis un péché mortel. Nuit après nuit, il fut tourmenté par d'abominables rêves, dans lesquels l'évêque se tordait hideusement au milieu des flammes et des supplices de l'enfer.

Un matin, après une fervente prière, Garcia décida de sauver l'âme de l'évêque en détruisant sa propre innocence et en commettant le crime pour lequel il avait été condamné. Au bordel, la fille se signa avant de lui faire l'amour, et Garcia lui donna l'absolution à la fin. Il ne serait pas éloigné de la vérité d'affirmer que Garcia contracta le goût de la fornication par la suite ; il croyait très probablement qu'en commettant le péché le plus souvent possible il assurait doublement le salut de l'âme de l'évêque.

Garcia poursuivit son ministère seul et sans la sanction de l'Église, en devenant mendiant. Il erra de pueblo en pueblo, réconfortant les malades et les mourants, demandant l'aumône, prêchant l'Évangile et bénissant les unions qui se substituaient au mariage. De jour en jour, sa colère, sa stupéfaction et son découragement croissaient face à la pauvreté, à l'ignorance et à la souffrance des campesinos, et, quand il fut enlevé par les guérilleros sur présomption d'espionnage, il se trouva enfin parmi ses véritables frères.

Ils l'avaient pris quand l'un des leurs l'avait vu entrer et sortir de trois bordels d'affilée. Après en avoir déduit qu'il ne pouvait pas être prêtre, devait par conséquent être déguisé et donc espion, Franco l'avait embarqué à la pointe de sa Kalashnikov.

A cette époque le camp était dirigé par le chef en second ; le chef avait organisé une campagne d'extorsion à travers le pays pour lever des fonds destinés à financer la révolution. Après avoir amassé une somme considérable, il s'était enfui avec en Espagne. Le chef en second devait faire exactement la même chose un an plus tard, mais à l'époque dont nous parlons il était désagréablement présent, et il cogna le père Garcia avec ses bottes et sa crosse de fusil jusqu'à ce que le prêtre crache du sang et soit pratiquement hors d'état de se signer. Il fut attaché à un arbre où on le laissa pour la nuit, mais le matin il prouva qu'il était prêtre en récitant le service de l'enterrement des morts de bout en bout, après quoi il donna l'absolution totale au chef en second de sa violence de la nuit précédente. Les guérilleros se trouvèrent pris dans un dilemme ; la plupart d'entre eux ne voulaient pas tuer un prêtre, si lubrique fût-il ; d'un autre côté, il paraissait imprudent de le libérer, parce qu'il pouvait les dénoncer. Le chef en second voulait lui couper la langue pour l'empêcher de parler, lui trancher les mains pour l'empêcher d'écrire, lui arracher les yeux pour lui ôter la possibilité de les reconnaître, puis le relâcher. « Ce n'est pas un grand sacrifice pour votre pays, déclara-t-il solennellement au père Garcia.

— C'est inutile, répliqua Garcia. Avec votre permission, je resterai parmi vous et combattrai à vos côtés.

— Nous vous tuerions au premier signe de trahison, rétorqua le chef en second, complètement décontenancé.

— Au premier signe de trahison, je me tuerais moi-même, repartit Garcia.

— Tiene cojones ! » gloussèrent les guérilleros.

Garcia était un petit homme agile, aux gestes prompts et au visage lugubre de lièvre. Il fut bientôt aussi barbu et aussi hâlé que les autres et, à force de scruter l'horizon face au soleil, ses yeux s'ornèrent des mêmes pattes d'oie. Il n'abandonna cependant jamais sa soutane loqueteuse, malgré la chaleur et la gêne qu'elle lui occasionnait dans ses mouvements. Avec le temps, sa gentillesse, son héroïsme, la sagesse de ses conseils et son souci de ses camarades le firent aimer de tous ; les marxistes authentiquement athées en vinrent eux-mêmes à le respecter, d'autant qu'il était capable de citer des passages de l'Évangile qui avaient l'air d'être des textes d'Engels.

Ce fut Garcia qui prit sous son aile l'oisillon Federico et qui lui apprit à se servir d'un fusil, à tendre des pièges aux animaux, à reconnaître les baies vénéneuses, les plantes médicinales, lui qui se battait toujours à ses côtés dans les escarmouches et soignait les coupures que Federico se plaisait à appeler des « blessures ». Ce fut également lui qui entendit les confessions de Federico et lui donna l'absolution pour la mort du grand campesino dont il avait tenté d'abattre le chevreau.

Il était avec Federico quand celui-ci repéra le général Carlo Maria Fuerte du haut d'un rocher escarpé.

« Prenons-lui son arme », murmura Federico. Garcia réfléchit quelques instants en tirant le bout de sa barbe.

« Je crois, dit Garcia, que, s'il a un revolver au lieu d'un fusil, il doit s'agir d'autre chose. Aucun individu sensé ne se servirait d'un revolver pour chasser. Nous ferions mieux de l'emmener avec son arme et de les montrer tous deux à Remedios. Et je trouve ça suspect qu'il ait des jumelles — les péons n'ont pas l'habitude de se promener avec cet instrument, si je me fie à mon expérience. »

Federico se retint de laisser paraître qu'il était impressionné par le raisonnement de Garcia ; affectant de répondre d'égal à égal, il hocha la tête et dit : « En plus, Garcia, son burro est en trop bonne santé pour être campesino. Cela aussi est suspect. »

Garcia sourit en son for intérieur et indiqua à Federico d'un signe du doigt que c'était à lui de descendre le premier. Adroitement et en silence, ils glissèrent et sautèrent à flanc de montagne, puis se postèrent dans les broussailles de chaque côté du sentier escarpé, à l'angle mort d'un virage.

Le général Carlo Maria Fuerte s'engagea dans le tournant en sifflant un air sentimental de Juarez, avant de se retrouver face à deux hommes fortement armés, dont l'un était manifestement à peine plus qu'un enfant. Il fut si surpris qu'il fut incapable de réagir, sinon par un « Bandidos ? » articulé d'une voix étranglée.

Le garçon braqua une arme assez longue, qui semblait plutôt vieille, et répondit fièrement : « Non, senor ; guérilleros.

— Ah ! s'exclama le général, encore plus dérouté.

— Puis-je vous demander qui vous êtes ? interrogea Garcia, et ce que vous faites ici ? » Garcia poussa doucement les jumelles et l'appareil photo de la pointe de sa mitraillette, fit cliqueter son arme et ajouta : « Puis-je également connaître la raison de cet équipement ? »

Le général décida de dire une partie de la vérité, son instinct lui soufflant qu'un mensonge pourrait lui coûter cher. « Je suis un spécialiste de papillons et de colibris. Je cherche des colibris actuellement, et je m'appelle Fuerte.

— Ah ! des colibris, reprit Garcia. Connaissez-vous ce merveilleux morceau de Sagreras intitulé " Imitacion al Vuelo del Picaflor " ?

— Bien sûr, repartit Fuerte, je l'ai entendu à Buenos Aires. Je le connais sous le titre abrégé d' " El Colibri ".

— Quel plaisir de rencontrer un homme cultivé, s'exclama Garcia. Nous poursuivrons notre discussion pendant que je vous emmène rencontrer notre chef. Je vous prie de ne pas m'obliger à faire usage de la force. »

Federico enfonça son Lee Enfield dans le creux des reins du prisonnier et ils se mirent en devoir de grimper le sentier, sans autres péripéties que les fréquents refus et les entêtements capricieux du burro du général, que Federico menait par son licou.

Au moment où ils atteignirent le village indien abandonné qui leur servait de camp, Garcia et le général avaient débattu des valses vénézuéliennes d'Antonio Lauro, étaient convenus que le guitariste paraguayen Agustin Barrios devait être très excentrique et doté de mains énormes, ils avaient déploré la musique de l'Argentin Ginastera, et loué celle du mexicain Chavez, comme celle du Brésilien Villa-Lobos. Quand ils arrivèrent, Garcia chantait « Mis Dolencias » au général pour citer un véritable exemple de « saudade », et le général l'écoutait avec surprise : il venait de remarquer que ses vêtements effilochés et crasseux étaient ceux d'un prêtre.

Lorsqu'ils entrèrent dans le camp, une foule de guérilleros qui semblaient surgis de nulle part apparurent pour assister à l'événement, parfois sans interrompre leurs conversations ; leur bruit comme à travers une épaisse plaque de verre parvint au général, qui se demandait si tout cela lui arrivait réellement.

Un instant plus tard il se trouvait devant Remedios, qui écouta attentivement le récit de Garcia. « Fouillez-le », ordonna-t-il. Garcia se tourna vers le général : « Avec votre permission ? » et le général hocha la tête en signe d'acquiescement.

Malheureusement pour lui, le général n'avait pas eu la présence d'esprit de se débarrasser de sa cédule et de sa carte d'identification militaire, et Garcia les découvrit très rapidement dans sa poche de chemise.

« Madre de Dios ! s'exclama Remedios. Ce n'est pas seulement un général que nous avons, mais le gouverneur militaire de Cesar ! Je n'arrive pas à le croire ! Il faut tenir conseil immédiatement. Federico ! »

Federico se précipita au-dehors en pleine lumière, droit sur l'attroupement de ceux qui s'efforçaient d'écouter. « Conseil ! Conseil ! » criait-il en agitant les bras, et d'autres guerriers en haillons sortirent des huttes et s'empressèrent de venir s'asseoir en cercle devant la hutte de Remedios, en se demandant mutuellement avec impatience ce qui se passait.

A l'intérieur de la hutte, Garcia faisait des reproches au général. « Vous avez menti. Vous avez dit que vous étiez un entomologiste et un spécialiste des colibris. Le mensonge est un péché devant Dieu, et un acte stupide face à des hommes armés. »

Le général le considéra d'un air amusé. « Je n'ai pas

raconté de mensonges. Mon livre sur les papillons est dans mes bagages si vous prenez la peine de regarder. Vous pouvez le lire si ça vous fait plaisir.

— Merci, répliqua Garcia, et puis-je aussi lire *Jours de paresse en Patagonie ?*

— Naturellement, rétorqua le général, mais essayez de ne pas casser le dos de la reliure.

— Le climat et les insectes détruiront vos livres avant moi, répondit Garcia.

— C'est très vrai, observa le général. Mes livres ont été percés de trous par les termites, et pendant la saison des pluies je n'ose pas les ouvrir à cause de l'humidité qui les décolle entièrement. »

Garcia rit. « En des temps plus pacifiques, général, nous devrions inventer des livres indestructibles aux tropiques.

— En des temps plus pacifiques, nous devrions également enseigner aux gens à les lire, mais je crains qu'on ne dépense trop d'argent à nourrir l'armée qui nous protège de vous.

— Je n'ai pas le sentiment, objecta Garcia, que vos soldats, une fois dégagés de l'armée active, deviendraient nécessairement des enseignants. Quand ils tombent sur des instituteurs dans les pueblos, d'ordinaire ils les tuent, à moins qu'il ne s'agisse de femmes, auquel cas ils les violent d'abord. »

Garcia et le général se regardèrent sans mot dire pendant quelques secondes, jusqu'à ce que le général déclare : « Si c'était vrai, mon ami, je les traduirais en conseil de guerre. Néanmoins, je ne le crois pas. »

Garcia émit un rire ironique et tapa sur sa manche pour en chasser un moustique. « Général, je pense que vous allez passer un petit moment avec nous — si nous ne vous exécutons pas — et que vous découvrirez rapidement par vous-même ce que fait l'armée. Étant donné que vous assurez le commandement à Cesar, je suis très surpris que vous ne soyez pas déjà au courant, d'autant plus que c'est vous qui lui ordonnez d'agir comme elle le fait.

— Padre, répondit Fuerte, très sérieux, je n'ai jamais ordonné de crimes au hasard. Vous m'insultez en suggérant le contraire.

— Alors la main gauche ignore ce que fait la main droite, répliqua Garcia.

— Je crois que la main gauche ne sait pas ce qu'elle fait non plus, ajouta Fuerte. Mais, quoi qu'il en soit, padre, puis-je vous demander une chose ? »

Garcia acquiesça.

« Je vous prierais, si je devais mourir, de prendre ma confession et ensuite de m'enterrer décemment.

— Je doute qu'on en arrive là, répondit Garcia, mais bien entendu je respecterais vos volontés dans ce cas.

— Merci, padre. Puis-je maintenant vous demander pourquoi vous combattez ? Vous, un homme de Dieu ?

— Je veux faire un peu de bien dans le monde. Et pourquoi êtes-vous dans l'armée, vous, un homme cultivé qui aimez les papillons et la musique de Chavez ? »

A cet instant, Federico entra avec agitation. « Emmène-le dehors, Garcia. Il va être jugé par le conseil comme ennemi du peuple et de la civilisation. »

Le général sourit d'un air ironique et désabusé. « Allons-y, padre. Et ma réponse à votre question est identique à la vôtre. »

Le général ornithologique quitta la fraîche obscurité de la vieille hutte d'herbe et s'avança dans la lumière du soleil qui explosa sur lui comme une fusée.

Il abrita ses yeux de la chaleur et se trouva au milieu d'un demi-cercle d'environ trente guerriers-brigands assis ; certains l'examinaient par simple intérêt, d'autres le scrutaient avec une haine et une malveillance qui semblaient le percuter plus intensément et plus formidablement que le soleil tropical des montagnes. Il se retourna pour attirer l'attention de Garcia : « Soyez bon pour ma burra. Elle s'appelle Maria. »

13

Le seul moyen de transformer un campesino en terroriste

Les campesinos ne deviennent pas des guérilleros pour les mêmes raisons que les intellectuels des classes moyennes issus des villes. Dans le cas de ces derniers, la conviction théorique vient d'abord, et se nourrit de longues heures de conversation engagée dans les cafés et les restaurants universitaires. Ensuite, quelques intellectuels disparaissent dans la campagne, comme Hugo Blanco au Pérou, pour tenter d'organiser et de politiser la paysannerie et les mineurs des montagnes. Sinon, à l'instar du poète Javier Heraud et du Che Guevara, ils gaspillent leur vie dans la jungle ou dans les montagnes en montant d'héroïques « focos » qui ne remportent jamais de victoire définitive, et qui sont toujours écrasés parce que les paysans et les transfuges révèlent leurs positions à l'armée.

Souvent, les campesinos ne parlent pas l'espagnol, n'ont aucune instruction et vivent dans des endroits où ils ont été coupés du reste du monde toute leur vie. Ils ne s'intéressent guère aux idées véhiculées par de grands mots et deviennent rarement des guérilleros, parce qu'ils acceptent que les choses soient ce qu'elles sont et ne peuvent quitter leurs minifundios de crainte de perdre leurs récoltes et leurs bœufs.

Toutefois, une assez importante proportion d'entre eux travaille dans des conditions féodales sur des encomiendas géantes dont la traversée peut nécessiter une semaine ou davantage à cheval. En Bolivie et au Pérou, il y a eu des réformes agraires, mais elles ont rarement été appliquées par les autorités locales au fin fond des campagnes, et elles se sont toujours enlisées dans un fatras bureaucratique assorti de transactions louches.

Quelques encomiendas sont dirigées par des patrones éclairés et bienfaisants qui construisent des maisons, ouvrent des écoles et des cliniques et entretiennent une police locale ; don Emmanuel faisait partie de ceux-là.

Les frères Carillo appartenaient à l'autre espèce. Les Carillo ne payaient aucun salaire à leurs milliers de travailleurs, mais les obligeaient à travailler six jours par semaine en échange d'un minifundio par famille, dont la production revenait aux Carillo pour les trois cinquièmes.

Comme si ces conditions d'esclavage, qui n'ont du reste rien d'exceptionnel, n'étaient pas suffisantes, les Carillo embauchaient en permanence une bande de gangsters pour maintenir la discipline chez les péons et n'ouvraient pas volontiers leur terre aux autorités locales. Les Carillo exerçaient librement le *jus primae noctis*, violaient et brutalisaient quand et où leur semblait bon.

Un jour, les deux frères violèrent une jeune femme, la femme de Pedro Arevalo, puis l'assassinèrent avant d'abandonner son corps dans la plantation de coca. Afin de prévenir la plainte d'Arevalo, ils le dénoncèrent à la police pour vol et revinrent avec des agents pour l'arrêter. En chemin, ils firent une halte pour prendre quelques verres et se retrouvèrent dans un tel état d'incapacité qu'ils envoyèrent un jeune garçon nommé Paulo à sa recherche. Il arriva sur son burro et il s'ensuivit une violente altercation, au cours de laquelle Pedro Arevalo dénonça les frères Carillo pour le viol et le meurtre de sa femme. Les frères Carillo l'accusèrent de larcin et de faux témoignage.

Les policiers qui, en plus d'être ivres, n'aimaient pas beaucoup les Carillo, revinrent au poste sans avoir rien réglé, tandis que Pedro et les Carillo rentraient dans leurs foyers respectifs.

Pedro Arevalo avait deux frères cadets, Gonzago et Tomas, qui travaillaient à côté de lui sur la plantation de bananes et dans son minifundio. Ils entendirent raconter au village que les jaguncos des Carillo allaient venir prendre Pedro le lendemain soir. Le matin, Tomas et Gonzago, avec un petit groupe de campesinos, se rendirent au poste de police pour expliquer qu'ils avaient besoin d'armes afin de protéger Pedro des Carillo. Les trois policiers se montrèrent compréhensifs en écoutant leur récit, mais répondirent qu'ils ne pouvaient leur remettre des armes pour autant. Le sergent allait proposer de revenir avec les paysans, accompagné de ses deux hommes pour protéger Pedro Arevalo, quand Tomas, impatient et tête brûlée comme toujours, brandit son revolver et menaça de tirer si on ne leur remettait pas d'armes sur-le-champ. Gonzago bondit sur son frère et, dans la bagarre qui suivit, le sergent reçut accidentellement une balle dans la tête. Les campesinos durent alors attacher les deux autres policiers afin de les empêcher d'arrêter Tomas pour meurtre. Ils prirent quatre fusils et quelques munitions au dépôt d'armes et revinrent en bande à la barraca de Pedro Arevalo, où ils découvrirent qu'ils étaient arrivés trop tard. Pedro était pendu à un arbre caracole et sa hutte flambait.

Outrée, la bande marcha sur l'hacienda et prit position dans les arbres qui l'entouraient. Quand Alberto Carillo apparut sur le seuil, sa forme épaisse offrit une cible facile et il tomba à genoux sous une volée de coups, avant de s'affaler sur les marches de bois. Des visages jaguncos surgirent aussitôt aux fenêtres, aperçurent l'invasion de campesinos, essuyèrent des coups de feu et disparurent.

Un long siège de l'hacienda commença. Gonzaga trancha avec sa machette le gros tuyau de plastique noir qui conduisait l'eau venant du château d'eau et taillada le câble d'alimentation du générateur, s'occasionnant un rude choc électrique qui le jeta à terre mais eut l'effet recherché de couper l'air conditionné.

Au fur et à mesure que le jour avançait et que le soleil atteignait son zénith, la chaleur à l'intérieur du bâtiment de béton devenait insupportablement suffocante. Un homme qui vint à la fenêtre pour prendre un peu d'air frais fut abattu en pleine inspiration. Les campesinos attendaient, s'accordant de brefs intermèdes de sieste à l'ombre des arbres, et les hommes enfermés dans l'hacienda désespéraient de plus en plus. Ils burent toute la bière qui était dans le réfrigérateur ; ils défirent leurs boutons, s'épongèrent la figure avec leurs chemises, tentèrent de secouer la sueur qui leur piquait les yeux. Incapable de supporter davantage la chaleur et la peur, un homme sortit furtivement par la porte de derrière et essaya de se sauver. Les paysans attendirent qu'il les dépasse, puis le tailladèrent à mort de leurs machettes, pour que ses cris puissent être clairement entendus dans l'hacienda. Après quoi, ils accrochèrent le corps à un arbre d'où il était visible.

Les péons surveillèrent la maison toute la nuit ; ils tirèrent sur deux jaguncos qui essayaient de s'enfuir en rampant à la faveur de l'obscurité. Ils n'en tuèrent qu'un ; l'autre resta étendu sous une fenêtre, à psalmodier et à implorer l'aide de la Vierge, et finit par mourir peu après l'aube de la balle qui lui avait perforé les intestins.

Au moment de ces événements, Gonzago avait dix-neuf ans et Tomas dix-huit. Leur frère Pedro mourut à l'âge de vingt-deux ans et la femme de celui-ci à dix-sept. Les trois frères avaient perdu leur mère très jeunes ; elle avait succombé en accouchant d'une petite fille qui aurait dû être leur sœur, et les garçons furent élevés par leur père et par un réseau de tantes. Il n'y avait pas d'école, mais ils apprirent à lire grâce à une tante qui avait elle-même été éduquée par les religieuses d'un couvent que les frères Carillo avait « racheté » pour le convertir en entrepôt. Leur père était mort quand Pedro avait quinze ans, d'un accident au cours d'un abattage dans le sud de la forêt appartenant à l'encomienda. Depuis, ils travaillaient pour les Carillo et sur leur minifundio, où ils élevaient des poulets et faisaient pousser des citrons, du maïs, et du manioc pour fabriquer de la chicha.

Leurs vêtements étaient toujours en loques et grossièrement rapiécés, mais les garçons étaient renommés pour leurs frasques, leur beauté et leur talent de dresseurs de chevaux. Un Arevalo avait la réputation de pouvoir dompter un étalon sauvage en deux fois moins de temps que quiconque ; ils passaient une grande partie de leur vie à dresser des chevaux et des mulets pour les gens du voisinage, ou pour les Carillo, en recevant en échange des poulets ou des morceaux de viande.

Pedro était un homme trapu aux épaules puissantes, qui maniait curieusement le verbe. Il connaissait de nombreuses blagues qui mettaient généralement en scène des animaux et, bien qu'il ne connût qu'une mélodie, était capable d'improviser dessus des vers nouveaux à l'infini, souvent d'un genre paillard ou sacrilège. Il avait gagné le cœur de Roselita en la faisant rire, mais aussi en lui récitant des poèmes d'amour qu'il inventait sur-le-champ.

Gonzago et Tomas se ressemblaient tant que Gonzago se fit pousser une moustache à la Zapata afin qu'on pût les distinguer. Tous deux minces, ils avaient des yeux noirs saisissants surmontés de sourcils qui se rejoignaient. Ils avaient ce sourire charmeur et désarmant qu'on qualifie d'ordinaire de « gamin », et une chevelure noire et épaisse qui indiquait un peu d'ascendance indienne dans leur généalogie. Gonzago était particulièrement fier de son unique dent en or qui brillait lorsqu'il souriait, qu'un dentiste indien ambulant lui avait posée non sans peine. Les deux garçons avaient une allure mexicaine caractéristique qui contrastait avec l'apparence métis de la plupart de leurs voisins et qui faisaient d'eux les favoris des filles du coin, desquelles ils avaient appris dès leur plus jeune âge l'art des œillades libertines. Ils étaient toutefois d'un tempérament légèrement différent : Tomas était coléreux et versatile, tandis que Gonzago était accommodant et évitait les disputes. Tomas aimait mâcher de la coca et Gonzago préférait fumer de la marijuana qui poussait à profusion dans la campagne, et c'est peut-être ce qui révèle le mieux leurs différences de personnalité.

Cependant, aucun d'entre eux n'aurait jamais imaginé qu'ils participeraient un jour à un lynchage en encerclant l'hacienda des propriétaires terriens les plus puissants de la province. L'hacienda occupait plusieurs hectares de son propre terrain. C'était un bâtiment long et bas, sans étage, qui renfermait une cour rectangulaire dans laquelle se trouvaient des fontaines, des paons et des reproductions de statues classiques. Il y avait de surcroît des écuries séparées et, à proximité, une vaste piscine de forme abstraite, comme on en voit beaucoup aux États-Unis où les Carillo passaient au moins le quart de l'année, essentiellement en Floride et en Californie. Un hangar situé dans un long champ près de la maison contenait leur bimoteur personnel et une énorme Cadillac qui était pratiquement inutilisable sur le terrain inégal de la région, surtout pendant la saison des pluies.

Au point du jour, le survivant des frères Carillo, Peralta,

et les dix jaguncos restants décidèrent de tenter une percée pour foncer vers l'avion. A l'est, l'horizon commençait à peine à se craqueler en traînées jaunes et orange lorsqu'une porte s'ouvrit brusquement et que les onze hommes s'élancèrent vers le hangar.

Pris au dépourvu, les campesinos furent lents à réagir. Gonzago cria, se mit à tirer sur les hommes en fuite, et rapidement chacun se trouva en train de mitrailler aussi vite que possible. Ils descendirent six jaguncos ; Peralta Carillo, qui était à la traîne en raison d'une obésité qui n'avait d'égale que celle de son frère, fut touché à la jambe et culbuta la tête la première. Comme il était le seul à savoir piloter l'avion, les quatre hommes restants sautèrent dans la Cadillac. L'un de ces hommes était le chauffeur de Carillo ; il put sortir les clefs et mettre le moteur en marche. La voiture, rebondissant furieusement sur ses amortisseurs, traversa le champ, grimpa sur la pelouse et parvint jusqu'au début de l'allée. Un péon transperça le pare-brise d'une balle, et la voiture sortit de l'allée à toute allure, avant de trépider contre un arbre. Les campesinos prirent d'assaut l'automobile, en extirpèrent les voyous abasourdis et les battirent à mort avec leurs crosses de fusil, sans même un juron.

Après en avoir fini, ils regardèrent quelques instants avec un peu d'épouvante ce qu'ils avaient fait, puis revinrent à l'hacienda. Un gémissement malencontreux, provenant de Peralta Carillo qui gisait à plat ventre, se fit entendre. S'il n'avait pas crié, il aurait eu une chance de s'en tirer ; mais il fut rapidement traîné sur la pelouse jusqu'aux arbres, hurlant tour à tour des menaces et des supplications.

Les campesinos décrochèrent le jagunco qu'ils avaient pendu et hissèrent Peralta à sa place. Le gros seigneur féodal déchu, au visage bleuissant et à la bouche écumante, se démena frénétiquement au bout de la corde, les yeux révulsés et la langue saillante. Il tenta d'agripper la corde au-dessus de sa tête pour desserrer l'étreinte ; c'est alors qu'un vieux paysan lacéra son ventre proéminent d'un preste coup de machette, et ses entrailles ballonnées se soulevèrent, frémissantes, avant de tomber. Les mains et les genoux tremblants, ils regardèrent leur ancien maître mourir comme un bœuf sur un crochet de boucherie.

Ils pénétrèrent dans l'hacienda et la vidèrent entièrement de son contenu, qu'ils laissèrent sur les pelouses à l'intention de qui en voudrait. Ils pillèrent une à une les pièces luxueusement aménagées et brisèrent tout ce qu'ils trouvaient inutile. Puis ils mirent le feu aux bâtiments et contemplèrent les flammes qui léchaient l'air, expédiant des étincelles haut dans le ciel. Ils ne partirent que le soir, quand le toit se fut effondré et qu'il ne resta plus rien, que des poutres carbonisées et les murs de béton nus. Les paons furent livrés à eux-mêmes et ils se dispersèrent en silence ; les cadavres furent abandonnés aux vautours et aux mouches. Le lendemain matin, la population du village le plus proche vint se disputer le butin et cracher sur le corps des Carillo.

Malheureusement, les deux agents de police savaient parfaitement qui étaient Gonzago et Tomas — ce dernier avait dressé une jument pour l'un d'entre eux un an auparavant. Quand un campesino de passage les détacha le jour suivant, ils se dirigèrent droit vers la barraca Arevalo et la trouvèrent réduite en cendres, avec le corps de Pedro pendu à un arbre. Ils attendirent le retour de Tomas et Gonzago, et pendant ce temps décrochèrent le corps de Pedro ; ils le posèrent à terre afin d'en éloigner les vautours et les fourmis.

Les deux frères descendaient le sentier. Ils furent

cloués sur place en voyant les deux policiers. « Ola ! lança prudemment Gonzago.

— Salud, répondit le plus âgé des policiers, qui s'appelait Fulgencio Vichada. Je vois que vous êtes venus nous rendre nos armes. »

Tomas fit un geste en direction du cadavre de son frère et de la hutte brûlée. « A présent vous comprenez pourquoi nous en avions besoin, et pourquoi vous auriez dû nous les donner. Regardez ! »

Fulgencio soupira. « Je suis profondément désolé de tout cela. » Il ôta son képi et se gratta la tête. « Écoutez, je dois vous arrêter pour l'homicide du sergent, pour vol d'armes et pour nous avoir attachés sans autorisation.

— Nous avons également tué les Carillo et leurs singes apprivoisés, déclara Gonzago. Vous pouvez nous arrêter pour ça aussi.

— Les deux ? Tous ? demanda Fulgencio. Vous seuls ?

— Bien sûr, répliqua Thomas. Rien que nous deux.

— Naturellement je devrai vous arrêter pour cela aussi, quand mon enquête aura établi que vous êtes les responsables. »

Fulgencio sourit et leur serra la main. « Au revoir, Tomasito, au revoir, Gonzago, et buena suerte, hein ? Mon enquête prendra trois jours, vous feriez mieux de partir le plus vite possible, OK ?

— Merci, Fulgencio, répondit Gonzago, en lâchant son sourire éclatant. Je suppose que vous voulez récupérer ces fusils, non ?

— Gardez-les, dit Fulgencio avec un geste de connivence tacite. Comme je l'ai dit, mon enquête prendra trois jours, et nous en avons bien assez. »

Les quatre hommes enterrèrent le corps de Pedro à côté de celui de Rosalita, puis les policiers emmenèrent les deux frères en Jeep jusqu'à l'autoroute, à cinquante kilomètres de là. Ils s'embrassèrent et les frères parcoururent en camion le chemin qui menait à la république temporairement indépendante du 26-Septembre, où ils rencontrèrent la faction de l'Avant-Garde du peuple dirigée par Remedios, et poursuivirent la lutte commencée loin de là, chez eux. Ils devinrent des guérilleros pour les seuls motifs qui fassent des campesinos des guérilleros — des raisons personnelles.

Les paysans de l'hacienda Carillo se répartirent entre eux l'immense encomienda ou, pour être plus précis, ils continuèrent à exploiter leurs propres minifundios et réservèrent l'encomienda à l'usage communautaire, non sans avoir transformé la piscine en vivier. Quelques mois plus tard, la police paramilitaire vint les empêcher de l'occuper, ce dont ils ne se souciaient pas parce qu'ils n'étaient désormais plus obligés de donner pour rien une partie de leur production et qu'ils étaient beaucoup plus riches en travaillant moins, malgré leur totale ignorance des forces du marché. Ils ne produisaient jamais quoi que ce fût en quantités suffisantes, mais ils étaient heureux en subsistant à leur façon, par le commerce local.

Personne ne voulait acheter le ranch Carillo de peur de subir le même sort, et la police finit par quitter les lieux, qu'elle laissa revenir aux broussailles et à la jungle, les abandonnant à l'usage communautaire. C'était le seul endroit du pays à posséder une colonie de paons sauvages.

14

Parlanchina va à son mariage

Aurelio avait une violente rage de dents. Il planta son couteau dans le sol et pria les anges, sachant que ce procédé lui assurerait la guérison avant le coucher du soleil.

Comme la plupart des Indiens, il était petit et fort. Il avait le visage plat et la barbe fine. Il portait toujours le costume de ses ancêtres, avec la « trenza » caractéristique, la longue natte qui donne aux Aymaras l'air de Chinois transplantés. Il pilait des feuilles de coca mélangées à des coquilles d'escargots dans une gourde ; il était presque toujours heureux et débordant d'énergie, grâce aux effets de la mixture qu'il suçait et qui lui gonflait la joue comme un sucre d'orge.

Aurelio était devenu un prodigieux éleveur de chiens ; il avait entendu dire que les Indiens mayas du Mexique avaient des chiens qui n'aboyaient pas, et l'idée de recréer l'espèce constituait désormais l'obsession de sa vie. L'aymara est connu pour être la langue la plus logique du monde, dotée d'une syntaxe et d'une grammaire à remplir de joie le cœur de l'ordinateur le plus desséché. Mais la logique de sa langue n'avait pas rendu Aurelio rationnel. Peut-être désirait-il élever des chiens qui n'aboient pas par solidarité avec une civilisation depuis longtemps disparue ;

peut-être pressentait-il qu'un homme a besoin d'une obsession pour donner sens et but à sa vie et, de ce point de vue, toutes les obsessions se valent.

Ceux qui connaissaient Aurelio savaient qu'il était prêt à payer cher un chien silencieux, bien qu'il ne fût pas riche, et certains individus sans scrupules allaient jusqu'à entraîner leurs chiens à ne pas aboyer afin de les lui vendre pour son élevage. Cette tromperie, une fois qu'il l'eut découverte, développa le scepticisme d'Aurelio quant à la loyauté du genre humain. Même à sa femme, il déclarait : « J'ai plus confiance en mes chiens qu'en toi, bien que je t'aime davantage. »

Carmen, la femme d'Aurelio, était une petite négresse aux boucles raides et rousses qui révélaient un croisement dans sa généalogie. Elle avait un rire rauque et ne faisait pas de façons ; elle fumait de gigantesques cigares puros dont elle serrait les bouts trempés entre ses dents. C'était une femme joyeuse, vivant dans une clairière de la jungle avec Aurelio et ses chiens, où elle ramassait des castanas sous les arbres immenses, incisait les hévéas pour en tirer un peu de latex, et cultivait quelques plants de maïs sur la terre appauvrie. Elle n'était, malgré des efforts enthousiastes, pas parvenue à concevoir d'enfant d'Aurelio, et ils avaient recueilli une gamine des rues qu'Aurelio avait trouvée blottie au seuil d'une porte, au cours d'une des excursions qui l'amenaient à Valladolid en quête de chiens.

Au début, la petite fille n'avait pas proféré une parole ; le couple s'était demandé si elle était muette. « Tout va de travers, commentait Aurelio. Mes chiens donnent de la voix et mon enfant est silencieux. » Il s'avéra que si l'enfant, qui avait déjà près de quatre ans, n'avait jamais appris à parler, c'était simplement faute d'occasion. A l'âge de douze ans, quand elle fut devenue une adolescente amusante et enjouée à la poitrine naissante et aux yeux aguicheurs, elle déversait des torrents de mots, et le couple la surnomma « Parlanchina », qui se traduit approximativement par « Bavarde ».

Il n'avait cependant pas été facile de sortir Parlanchina de son état animal. Elle avait d'abord communiqué par des grognements rauques hostiles et elle avait souvent mordu Aurelio à la main quand il tentait de l'approcher. Pis encore, elle préférait généralement marcher à quatre pattes et se plaisait plus dans la compagnie des chiens que dans celle du couple aimant. Elle refusait de se laver ou de se laisser changer et puait horriblement. Aurelio comprit qu'il était temps de prendre des mesures draconiennes quand elle mordit un des chiens à l'oreille pendant qu'ils se disputaient des restes de cuisine ; ce jour-là, il découvrit dans ses excréments une masse convulsive de parasites. « Il est temps, déclara-t-il à sa femme, d'être un peu cruel pour faire d'elle un être humain. »

Carmen était du même avis. Elle sortit dans la jungle et ramassa des écorces amères et des herbes. Elle les macéra dans de l'aguardiente pour confectionner une teinture, et le couple réussit à l'introduire de force dans la gorge de l'enfant après une lutte longue et âpre, dont Parlanchina sortit couverte de bleus et plus hostile que jamais, et le couple abondamment griffé et mordu. Carmen eut cependant la satisfaction de constater, en inspectant le paquet de fèces évacué par l'enfant après l'intervention, que les parasites étaient expulsés et morts.

Le couple décida d'éduquer l'enfant par un système de récompenses et de punitions. L'aspect punition ne posait pas de problème : l'horreur de la douleur est commune aux animaux et aux humains. Les récompenses étaient plus difficiles à trouver parce que Parlanchina avait les mêmes goûts que les chiens ; Carmen et Aurelio pensaient que des os et des détritus constitueraient une récompense d'autant moins appropriée que c'était précisément ce dont ils cherchaient à la détacher. En fin de compte, ils découvrirent à leur plus grande joie que Parlanchina adorait les noix et les goyaves, et une partie de la journée fut pour cette raison systématiquement consacrée à leur cueillette.

Aurelio avait d'abord pensé qu'il était inutile d'essayer de parler avec Parlanchina, « parce qu'elle ne comprend pas et ne répond pas », et il avait tenté de communiquer avec elle par grognements et par gestes.

« Je crois, dit un jour Carmen, que nous devrions arrêter ce cirque de grognements. Je trouve ça ennuyeux et fatigant. Nous devons peut-être continuer à montrer du doigt et à agiter les bras, mais il me semble que, si nous ne lui parlons pas, elle n'apprendra pas. Je crois qu'il faudrait lui parler constamment. »

Carmen et Aurelio se mirent à parler continuellement. Ils désignaient les objets et les nommaient — Parlanchina finit par apprendre à suivre la direction de leur doigt au lieu de regarder fixement le bout de leur index d'un air intrigué. Puis elle apprit à tendre le doigt elle aussi. Carmen et Aurelio parlaient en permanence. Ils parlaient de tout, de rien, de leur ras-le-bol de parler.

Un jour, Parlanchina montra du doigt une goyave sur une table, et sourit pour la première fois. « Guyava », articula-t-elle, distinctement et avec précision. Le couple transporté de joie se jeta sur elle, et à partir de ce moment-là elle ne cessa de progresser.

Pendant une semaine, la petite fille expérimenta « guyava » avec des intonations et des accentuations diverses, puis elle s'en lassa. Elle se mit ensuite à acquérir du vocabulaire à un rythme régulier et stupéfiant. Elle parvint rapidement à construire des phrases élémentaires qui laissaient de côté les mots superflus, et commença à faire référence à elle-même : « Moi vouloir chien », « Moi aller pipi ».

Carmen et Aurelio, ravis, continuèrent à parler sans arrêt, et Parlanchina se mit à parler seule pendant qu'elle s'affairait. « Elle pense tout haut, signala Carmen. — Ça prouve qu'elle pense », répondit Aurelio. Puis elle fut prise d'une manie hypergrammaticale, et ne tint aucun compte des particularités et des bizarreries de la langue. « Je vouloirais voir les moutonses », disait-elle, et Aurelio reprenait, « Ah oui ? Moi aussi, je voudrais voir les moutons », en la corrigeant par l'exemple. Carmen et Aurelio ne perdirent pas l'habitude de parler sans arrêt et, quand elle atteignit sa septième année, Parlanchina, convaincue que chacun en faisait autant, était déjà devenue l'incorrigible moulin à paroles qu'elle resta jusqu'au jour de sa mort.

Ce n'était pas le seul domaine où elle montrait de la facilité. Elle apprit aussi à manger avec un couteau, ou délicatement avec les doigts, en les léchant sans bruit, comme font les gens civilisés, et cessa de mettre sa nourriture par terre et d'y plonger la tête la première. Elle cessa de grogner en mangeant, elle apprit à mastiquer lentement au lieu d'engouffrer voracement, et elle apprit à roter rondement, en respectable Indienne.

Carmen enseigna à Parlanchina à déféquer dans la jungle, loin de la maison, à se laver et à accomplir les tâches nécessaires de la vie. Parlanchina devint en outre affectueuse et espiègle ; elle s'asseyait sur les genoux d'Aurelio en essayant de lui soutirer son vrai nom. Elle l'embrassait sur la joue, lui murmurait des petits riens absurdes à l'oreille, et disait : « Papacito, allez, dis-moi ton vrai nom.

— “ Face d'âne ”, répondait Aurelio.

— Oh ! Papacito, qu'est-ce que c'est ? Tu peux me le dire », et elle riait joliment, le câlinait un peu plus.

« C'est “ Fesse-de-melon ”.

— Oh non, Papacito, c'est pas vrai. Dis-le-moi. Je vais pleurer.

— Non, tu ne pleureras pas, et je ne te le dirai pas non plus. Si je le disais à quelqu'un, cette personne aurait du pouvoir sur moi, et tu en as déjà suffisamment comme ça.

— Oh ! Papa, est-ce que je ne suis pas sage ? Est-ce que je ne t'obéis pas ?

— Pas toujours, rétorqua Aurelio.

— Oh ! menteur. D'ailleurs, pourquoi as-tu un vrai nom ?

— Je te l'ai expliqué cent fois, mon petit.

— Je sais, mais j'aime que tu me le racontes. Ça fait froid dans le dos. Redis-le-moi.

— Eh bien, commença Aurelio de sa voix de conteur, à l'entrée de l'Au-delà, il y a un monstre, un gros monstre affreux et féroce avec des dents comme des machettes. Si on ne peut pas lui donner son vrai nom, il ne te laisse pas pénétrer dans l'Au-delà. Et alors... » Aurelio émit des grincements et des bruits de déglutition, puis se tapota le ventre. « Le monstre te dévore et ton esprit reste à jamais prisonnier de son ventre, dans la puanteur et dans l'obscurité, il est voué à hurler sans fin d'horreur et de désespoir. »

Parlanchina frissonna et secoua sa longue chevelure noire. « Papacito, quand me diras-tu mon vrai nom ?

— Je te le dirai quand tu deviendras femme, mon petit. Les monstres laissent passer les enfants. Je te le dirai quand tes petits seins gonfleront et que ton sang s'écoulera au rythme du cycle lunaire.

— Ce sera quand, Papacito ? Quand ?

— Bien assez tôt, mon petit. »

Parlanchina ne sortit jamais complètement de sa sauvagerie. Elle se promenait dans la jungle aussi naturellement qu'un tigre, et avec la même intrépidité. Ses parents lui enseignèrent le nom de tous les animaux terrestres, de tous les poissons, de toutes les plantes dont elle connaissait aussi les propriétés et les usages alimentaires ou thérapeutiques.

Elle apprit de sa propre initiative à suivre la trace des animaux, découvrit leurs habitudes, s'exerça à comprendre ce que cela représentait d'être tel ou tel animal. Elle apprit à imiter leurs voix et savait les affoler ou les attirer. Elle apprivoisa un petit ocelot qui, devenu grand et beau, terrorisait les chiens, pourtant plus gros que lui. Le chat marchait gracieusement auprès de sa gracieuse maîtresse, et dormait sur elle dans son hamac, en lui plantant ses griffes dans le corps chaque fois qu'elle bougeait. « Il pense qu'un matelas doit rester tranquille », disait-elle.

En grandissant, Parlanchina dépassa ses parents. A l'âge de douze ans, ses longues jambes lisses semblaient si longues qu'elles avaient l'air de lui arriver aux aisselles. Ses cheveux noirs, raides, qu'elle coiffait avec une raie au milieu, elle les portait dénoués jusqu'à la taille ; ils flottaient autour d'elle quand elle se mouvait en silence, avec élégance et précision, à travers la jungle environnante. Elle découvrit une façon particulière de rejeter sa chevelure, d'un petit coup de tête, puis de vous lancer un regard oblique de ses immenses yeux bruns. Elle souriait doucement, comme si elle connaissait un malin secret, et le bout de son nez s'abaissait alors très légèrement. Sa peau voluptueuse était d'une teinte intermédiaire, entre le noir et l'olive, et elle avait déjà l'éclat soyeux de l'adolescence. Comme une adolescente, d'ailleurs, elle avait des périodes de rêverie, le menton sur la main, et un regard lointain qu'elle semblait plonger dans l'avenir.

« Cette fille est si mignonne que j'ai peur pour elle, confia un jour Aurelio à sa femme. Elle me fait penser à un faune.

— De quoi as-tu peur ? demanda Carmen, avec surprise.

— J'ai peur qu'un dieu tombe amoureux d'elle et nous l'enlève. J'ai de terribles craintes.

— Il est plus probable, répliqua Carmen, qu'un jeune homme l'emmène avec lui, et c'est ce qui devrait arriver. »

Aurelio passa ses doigts dans les boucles cuivrées de sa femme. « Crois-tu qu'elle rendrait un homme heureux ? Sauvage et belle comme elle est ?

— Je crois, répondit Carmen après quelques instants de réflexion, qu'elle rendrait un homme si heureux que, s'il n'en mourait pas, il en deviendrait fou.

— Un gendre et quelques petits me combleraient de joie, dit tristement Aurelio. Je vais faire une offrande à Santa Barbara et aux dieux pour qu'il en soit ainsi.

— Aurelio, repartit Carmen en l'embrassant sur la joue et la prenant maternellement dans ses bras. Souviens-toi que la peur provoque les événements qu'elle redoute. C'est pour cette raison que la peur devrait nous être inconnue. »

En vérité, Parlanchina découvrit les hommes avant qu'ils aient l'occasion de la découvrir. Le groupe de Remedios empruntait assez régulièrement un sentier de la jungle à cinq kilomètres de là quand ils allaient des contreforts à la Sierra, et des patrouilles de l'armée passaient quelquefois dans les environs. Parlanchina était fascinée, et elle les suivait habilement et sans bruit, comme n'importe quel autre animal. Elle observait leur comportement : les guérilleros riaient et plaisantaient toujours en faisant beaucoup de bruit, alors que les soldats avançaient furtivement, couverts de sueur et peinant sous le poids de leurs uniformes collants et de leurs sacs pleins à craquer. Elle regardait leurs yeux agrandis par l'angoisse et leurs bouches béantes de poissons échoués. Elle les voyait sursauter chaque fois qu'une brindille craquait sous leurs pieds et elle commença à leur jouer des tours. Dissimulée par les arbres, avec son ocelot tapi auprès d'elle, elle lâchait brusquement une toux grondante de tigre, un cri strident de perroquet ou un braillement quinteux de singe hurleur. Elle racontait à ses parents en se tordant de joie comment les soldats avaient bondi de frayeur, étaient tombés à plat ventre et avaient tiré au hasard dans la végétation. Ils hochaient la tête et la réprimandaient, mais elle continuait parce qu'elle espérait toujours voir Federico. Federico était la cause secrète de ses rêveries diurnes, elle le suivait chaque fois qu'il passait, pour contempler son superbe corps élancé et son beau visage. Elle se prenait à imaginer ce que ce serait de caresser son ventre plat et ses longues jambes, et quand elle l'apercevait son cœur bondissait dans sa poitrine, et quelque chose se figeait au fond de sa gorge. Quand elle ne voyait pas Federico, elle se consolait un peu en tourmentant les soldats. Mais personne ne la remarquait ; les soldats ne comprirent pas que c'était à elle qu'ils devaient une partie de leurs supplices, et Federico ne sut jamais que la plus adorable et la plus volubile des filles de Cesar était amoureuse de lui.

Un jour, en rentrant à la maison, Parlanchina demanda à son père avec un étonnement amusé : « Papacito, les soldats cachent des plats dans le sentier. Pourquoi font-ils ça, à ton avis ? »

Aurelio tira son couteau du sol, en pensant avec lassitude qu'il devrait supporter son mal de dents. Il fallait qu'il aille voir de quoi elle parlait, et il n'irait nulle part sans son couteau, même si cela portait malheur de rompre un charme. Parlanchina et lui marchèrent à travers les arbres, puis se glissèrent à quelques mètres des soldats pour les observer. Ils étaient effectivement en train de cacher des plats, des plats qui ressemblaient à deux assiettes collées l'une à l'autre, et qu'ils maniaient si prudemment qu'Aurelio commença par penser qu'il devait s'agir d'objets sacrés. Puis un déclic se fit dans sa mémoire, quelque chose que son père lui avait raconté, du temps de la Bolivie, quand il était enfant et bien avant qu'il n'arrive jusqu'ici par le fleuve, puis à pied. Il se souvint que, quand les Blancs avaient voulu chasser les Indiens de leur terre, ils avaient caché dans les sentiers des choses qui faisaient un bruit épouvantable et projetaient les membres des gens dans les arbres. Il attendit que les soldats s'éloignent discrètement et déclara à Parlanchina : « Mon petit, ces choses s'appellent " Mort-soudaine-par-la-foudre ". Si tu poses le pied dessus, elles déchirent ton corps par le fer et par le feu. Il semble qu'ils veuillent que nous partions, comme mon peuple a été obligé de le faire. Nous devons les détruire, mais nous ne pouvons pas les toucher.

— Comment les détruirons-nous, Papacito ?

— Je rentre prendre mon fusil. Je détruirai le fer par le fer et le feu par le feu, à l'abri des arbres. Mon petit, tu dois rester ici et empêcher tout être vivant de marcher sur ce sentier ; n'y va pas, toi non plus, sinon tu mourras d'une mort atroce. Quand je reviendrai, je découvrirai les plats et je tirerai dessus de loin. Tu comprends, petite ?

— Bien sûr, Papacito. Reviens vite. »

Aurelio s'esquiva, et Parlanchina cala ses longues jambes contre un arbre pour surveiller le sentier. Rien ne bougeait. L'absence d'Aurelio semblait se prolonger. C'était très ennuyeux. Elle commença à s'assoupir à la lumière tachetée que répandait le soleil. Elle rêvait de Federico. Comme c'était bon !

Puis elle s'éveilla en sursaut. Quelque chose n'allait pas. Elle comprit ce que c'était : son petit ocelot en avait eu assez lui aussi, et il s'était sauvé. Elle aperçut sa queue mouchetée qui s'agitait dans les broussailles, tandis qu'il se dirigeait nonchalamment vers le sentier. Elle se leva précipitamment, horrifiée. « Gato ! cria-t-elle. Gato ! Viens ici, venga ! Venga ! » Le chat tourna malicieusement la tête et prit le trot. Il jouait souvent à ce jeu-là, qu'il trouvait très amusant. « Gato ! » hurla Parlanchina. Aurelio l'entendit à trois cents mètres de là et se lança dans une course désespérée, il s'accrochait aux épines et jurait tout en fonçant à travers les broussailles.

Parlanchina resta un instant indécise, en proie à une peur panique qui lui montait du bas-ventre, puis elle courut à la poursuite du chat.

Aurelio entendit l'explosion. Il fila aussi vite que sa terreur et son cœur serré le lui permettaient, surgit tout à coup de la verdure et tomba à genoux à côté de sa belle enfant. Ses yeux n'étaient pas préparés à ce spectacle ; rien dans sa vie ne l'y avait préparé.

Auprès du corps déchiqueté de son chat bien-aimé, elle gisait. A travers ses yeux brouillés de chagrin, le cœur accablé d'horreur, il la vit baignant dans une mare de sang. Il distingua dans la masse de sang coagulé ses longues jambes brisées, tordues, écorchées, noircies. Il vit son doux ventre ouvert dont le contenu battait encore.

Mais son visage, son beau visage, le visage d'un ange sur terre ! Il était intact, il était parfait. Il se pencha en sanglotant et déposa un baiser sur les lèvres. Il sentit un souffle suave monter de sa bouche et se redressa d'une secousse, avec une misérable lueur d'espoir dans son cœur brisé. Elle ouvrit les yeux, ses immenses yeux brillants, et le regarda de l'air de ceux qui disent adieu à un vieil amour.

« Tu épouseras un dieu, petite », affirma Aurelio, les joues ruisselant de larmes en dépit de son éducation. Mais il ne cillerait pas tant qu'elle le regarderait dans les yeux ; il attendrait qu'elle en soit incapable.

Les lèvres de Parlanchina frémirent et elle bougea un peu la tête pour mieux plonger dans le regard de son père.

Une énorme larme roula au coin de son œil et s'écoula lentement vers son oreille. Elle resta brièvement suspendue comme une goutte de pluie et tomba à terre. Doucement, d'un ton implorant, comme si elle était sur le point de le caresser, elle murmura : « Papacito. »

Aurelio se pencha et lui chuchota à l'oreille son vrai nom. Quand il se releva, Parlanchina avait les yeux grands ouverts, abasourdie par sa propre mort.

Aurelio souleva son corps brisé dans ses vieux bras et la porta chez lui ; sa colère luttait contre sa tristesse, son âme se révoltait contre la futilité qui fait le plaisir des dieux, et le sang trempait ses vêtements. Il déposa le corps devant le seuil et appela Carmen. Elle sortit avec une jatte remplie de bananes et, quand elle aperçut le cadavre, elle se pencha et la mit soigneusement sur le sol. Aurelio et elle se contemplèrent en silence au-dessus du corps de leur délicieuse enfant. Aurelio désigna mollement Parlanchina. « C'est notre petite Guyava », dit-il.

Aurelio creusa deux trous distants de deux mètres, de deux mètres de profondeur chacun, puis il créa un tunnel pour les relier. Il déposa dans le tunnel un lit de broussailles. Il y étala le hamac de Parlanchina, et l'enfant fut étendue par-dessus. Il enveloppa son chat bien-aimé dans ses bras.

Il remplit la tombe et avec ce qui restait de terre, il éleva un tertre. Il y planta deux branches droites et Carmen tissa entre elles un puissant symbole.

« C'est terrible de mourir vierge, déclara Carmen une nuit, dans les bras de son mari.

— Elle est morte à cause de l'amour qu'elle avait dans le cœur, répondit Aurelio. Et il y aura des vies perdues à cause de ça. Je l'ai juré, et les dieux, les anges et Santa Barbara me feront tenir mon serment. J'en ai terminé avec les chiens. »

Carmen le serra plus fort. « Ferais-tu pleurer d'autres pères ? Attention », murmura-t-elle en lui caressant la tête. Elle avait appris que les hommes possédaient une sorte de stupidité obstinée qui les rendait à la fois égaux aux dieux et semblables aux bêtes. Elle ne la combattrait pas. Il y a des choses qu'on ne peut pas combattre. On ramasse les morceaux après, c'est tout.

« Demain, annonça Aurelio, je vais aller dire aux guérilleros où les soldats ont caché la mort-soudaine-par-la-foudre. »

15

Le général Carlo Maria Fuerte est jugé pour crimes contre la civilisation

En dépit des pressions de Franco et de quelques autres qui voulaient exécuter le général sur-le-champ, Remedios exigea un procès digne de ce nom. Elle désigna le père Garcia comme défenseur du général, et Franco comme procureur. Le verdict devait être rendu à la suite d'un vote par l'ensemble du camp, et Remedios elle-même prononcerait la sentence au cas où le verdict déclarerait l'accusé coupable.

Le général, toujours en costume de paysan, l'air vieux et fatigué, fut amené dans la clairière. Les guérilleros étaient vautrés sur l'herbe — certains sommeillaient sans vergogne — et la table de Remedios avait été sortie de sa hutte. Elle s'y assit, s'éclaircit solennellement la gorge, et frappa sur la table de la crosse de son revolver. « Messieurs, la cour, annonça-t-elle. L'audience est ouverte. Franco, tu prendras la parole le premier. »

Franco se leva, cracha et commença : « Ce fils de pute commande l'armée dans cette région, et chacun de nous sait ce que ça veut dire. Je ne devrais pas avoir besoin de vous raconter ce qui se passe ici, et le seul qui prétende n'en rien savoir, c'est le commandant. L'armée a perpétré un massacre dans le village de Federico, par exemple, simplement parce qu'ils ont empêché les soldats de violer une jeune fille, et, en parlant de viol... » Il se tourna vers le général, furieux. « Vos soldats vont jusqu'à retenir de force les petits garçons et les petites filles pour les sodomiser ! » Le général tressaillit.

« Dans ce département, à ma connaissance, poursuivit Franco, l'armée a mis à sac quinze villages, l'un d'eux à deux reprises. Les soldats ont assassiné des instituteurs, des médecins et des prêtres. Ils se livrent aussi à des trafics juteux de marijuana et de cocaïne, comme nul ne l'ignore. Ils volent comme bon leur semble, quand bon leur semble et ils commettent des brutalités répétées, avec une cruauté telle que les paysans ordinaires comme nous et les intellectuels comme Remedios, même les prêtres comme Garcia, sont forcés de fuir leurs foyers et de prendre les armes. » Il tendit furieusement le doigt vers le général. « Et voilà l'homme qui est responsable de tout cela ! N'est-il pas évident qu'il doit mourir ? »

Le général était visiblement ému. Garcia intervint : « Je crois que le général voudrait dire quelque chose. »

Calme et digne, le général affirma : « Je ne sais rien de tout cela. J'ai toujours pris ce genre d'histoires pour de la propagande sans fondement, et c'est ce que je pense encore. J'aimerais cependant entendre vos récits et, si je suis relaxé, j'entreprendrai sur l'honneur de réparer ces torts, s'ils existent, et de livrer à la justice ceux qui les ont commis. J'ai réformé les forces de police à Valledupar, et j'en ferai de même avec mes soldats. Laissez-moi vous dire que j'ai toujours agi en fonction de l'information que j'ai reçue. Ce n'est pas ma faute si j'ai reçu des informations trompeuses, vous ne pouvez pas m'en faire grief. J'aurais le cœur brisé si j'étais obligé de me mettre à croire que l'armée, qui est ma vie et que j'aime, a pu se rendre coupable de tels crimes.

— Mais ce n'est pas seulement l'armée ! interrompit Franco, toujours hors de lui. Vous êtes le gouverneur de Cesar. Vous voulez nous faire croire que vous êtes honnête et honorable, mais regardez autour de vous ! Ce sont des choses que tous les paysans savent ! Il n'y a de justice que pour les riches, car on n'arrive à rien dans la légalité sans acheter les juges et les magistrats, et les policiers avant eux, à condition de les trouver. Dans tout le département, les fonctionnaires ne lèvent pas le petit doigt sans pots-de-vin et, même avec, ils restent inactifs et bruyants ! Partout où on jette les yeux, la pauvreté règne ! Pourquoi ? Parce que les fonctionnaires locaux détournent les fonds publics pour les mettre dans leur poche ! C'est un scandale national qui pèse honteusement sur nos épaules. La malhonnêteté est ici un mode de vie, auquel vous, général, vous présidez ! Que valent votre honnêteté et votre honneur face à cela ? Que vaut votre vie ?

— Ma vie ne vaut rien, répliqua le général. J'ai peiné toute mon existence pour la mère patrie, et avec l'assistance de Dieu je mourrai en peinant pour elle !

— Vous mourrez parce que vous n'avez rien fait pour elle, que vous pavaner dans votre uniforme de pacotille, aller à des dîners, écrire des livres sur les papillons pendant que votre peuple périt ! Vous me dégoûtez ! » Franco s'exprima avec un mépris tel que, lorsqu'il eut achevé, il y eut un long moment de silence.

« Voyons, Franco, reprit doucement Garcia, est-ce que tu attends sérieusement que le général redresse immédiatement quatre cents ans de pratiques ? Tu sais comme moi, Franco, que ce pays a été conquis par des barbares, des analphabètes cupides qui ont détruit les anciennes civilisations. Aujourd'hui, nous sommes gouvernés par les familles de leurs descendants, qui désormais ne sont plus analphabètes. Dans ce pays, il en a toujours été comme tu le décris, un pays chrétien où Dieu ne montre jamais son visage, un pays où Il a honte de marcher parmi nous ! Ce n'est pas la faute du général. Et qui es-tu, Franco, pour parler de justice ? Il n'y a pas de justice dans cette cour. Vous voulez tous voir le général exécuté, et vous direz tous " coupable " quand le moment viendra, même si vous savez au fond de vous que c'est un innocent dupé ! Est-ce là la justice ? Dans les pays civilisés on est jugé par ses pairs. Lequel d'entre nous est l'égal du général ? C'est un homme de culture et d'honneur, chacun de nous peut s'en rendre compte. Selon la constitution de ce pays qui, je le reconnais, est moins communément respectée par le gouvernement que par quiconque, le général devrait être traduit en cour martiale. Ce tribunal est-il une cour martiale ? Il devrait être jugé par ses pairs. Sommes-nous des généraux ? Non, nous n'en sommes pas.

— Remedios est notre général et nous sommes tous des soldats, répliqua Franco. Et la constitution ne veut rien dire, nous le savons. Je ne parle pas de la justice des livres de droit que personne ne lit, je parle de la justice du cœur, que nous sommes tous capables de lire.

« Je voudrais également ajouter quelque chose d'important pour nous. Ce chien de Fuerte est membre du gouvernement, nommé pour diriger les affaires de ce département, sans même avoir été élu ! Notre gouvernement est le pantin d'une puissance étrangère... Après tout, d'où vient l'argent ? Qui contrôle le marché ? Nous savons qui ! Écoutez mes raisons. Notre gouvernement travaille pour des étrangers, Fuerte travaille pour le gouvernement, par conséquent Fuerte travaille pour les étrangers. Il ne travaille pas pour nous, pas pour sa patrie, mais pour les gringos. Et comment appelle-t-on un militaire qui travaille pour des étrangers ? C'est un " traître ". Et quel est le châtiment des traîtres ? La peine de mort ! »

Ce discours plut à de nombreux guérilleros. « Bravo ! » cria l'un d'eux. « A mort ! » cria un autre. Le général Fuerte fit signe à Remedios qu'il désirait prendre la parole et elle acquiesça. D'un ton las, il se mit à parler.

« Vous vous trompez. Je n'ai jamais travaillé pour les Américains. Ce sont les Américains qui travaillent pour nous. Ils donnent de l'argent, plus d'argent que vous ne pouvez imaginer, et ils nous aident à bâtir des routes, des ponts et des hôpitaux que nous ne pourrions bâtir autrement. Je suis allé en Amérique souvent, et j'y ai trouvé des gens riches, généreux, gentils, hospitaliers, dignes et honnêtes. Les Américains ne sont pas nos ennemis, ce sont nos amis. Des amis puissants. Ce pays ne fonctionnerait pas du tout sans leur appui. »

Remedios intervint. « Moi aussi j'ai été en Amérique, quand j'étais étudiante. J'ai vu des choses dans les quartiers pauvres en comparaison desquelles les favelas ont l'air civilisées.

— Le juge n'est pas censé fournir des témoignages ni avancer des opinions », observa Garcia.

Remedios le fusilla d'un regard méprisant : « Je décrète que mon témoignage est nécessaire et pertinent. »

Franco reprit la parole. « Quel est le prix que nous payons pour cette “ aide ” ? » Il prononça le mot avec un sarcasme extrême et cracha ensuite. « Certes, les gringos investissent de l'argent, beaucoup d'argent, mais où sont les profits ? Où vont-ils ? Vont-ils aux travailleurs qu'ils emploient ? Non. Restent-ils dans le pays ? Non. Alors que se passe-t-il ? Ils nous prennent tout, et rien ne nous revient. Ils nous laissent nus. Comment nous “ aident ”-ils, sinon ? » Il cracha de nouveau. « Ils entraînent nos soldats à tuer ceux d'entre nous qui veulent la justice. J'ai entendu dire ceci : les gringos ont un camp où ils entraînent nos soldats à résister à la torture. Pourquoi font-ils cela ? Est-ce que les guérilleros torturent les soldats ? Non. Alors qu'en est-il ? En réalité nos soldats apprennent des gringos à devenir des tortionnaires, parce que les gringos leur expliquent comment s'y prendre. Et pourquoi nous fournissent-ils tant d' “ aide ” fraternelle ? Pour nous habituer à en dépendre, ce qui leur permet de nous maintenir dans l'obéissance, comme un père avec son petit garçon. Notre gouvernement et notre oligarchie se conduisent vis-à-vis des gringos comme je le faisais avec ma mère quand je voulais un morceau de panela ! » Il prit une petite voix pleurnicheuse de bébé : « Mamacita, mamacita, donne-moi de la panela, s'il te plaît, mamacita, je te promets que je serai sage ! » Les guérilleros s'esclaffèrent et le général Fuerte sourit. « Il y a du vrai dans ce que vous dites, concéda-t-il, mais il vaut mieux que le gringo paie cent pesos par jour à cent mineurs qui travaillent dans une mine qu'ils ont ouverte, que d'avoir cent hommes qui ne gagnent rien faute de mine parce que personne n'a songé à en chercher une.

— Notre gouvernement n'ouvre pas de mines parce qu'il vend toutes les concessions à l'étranger afin de ramasser de l'argent, répliqua Franco. Et pourquoi a-t-il besoin d'argent ? Pourquoi n'en a-t-il pas pour ouvrir des mines ? Parce que les profits vont à l'étranger afin que les gringos puissent se prélasser à l'ombre toute la journée et engraisser leurs postérieurs ! » Les hommes rirent ; les gringos étaient réputés pour leurs énormes derrières.

« Je veux parler », intervint l'un d'eux.

Remedios lui en accorda la permission d'un signe de tête.

« J'ai un cousin en Bolivie. Il travaille dans les mines en ne gagnant presque rien, et il est en train de mourir de maladies des poumons. Il respire comme un vieux chien et il a trente ans. Il est pauvre parce que, si on augmente le prix du fer-blanc, ce sera remplacé par le plastique. Les étrangers nous prennent dans des pièges de ce genre et nous restons éternellement pauvres. »

Remedios frappa la table de la crosse de son revolver. « La cour s'est beaucoup écartée de la question, qui est de savoir si oui ou non le général est coupable de crimes contre la civilisation. Il commence à faire très chaud et nous avons longuement parlé. Je pense qu'il est temps de conclure, avant de nous transformer en saindoux. As-tu autre chose à ajouter, Franco ? »

Franco hocha la tête. « Je suis fatigué de parler. J'ai tout dit.

— Et toi, Garcia ?

— Companeros, dit Garcia, il y a deux questions. D'une part, le général Fuerte est-il responsable de ce qui s'est passé dans ce département, d'autre part, est-ce sa faute ? C'est lui le gouverneur, par conséquent il est responsable. Mais je ne pense pas que ce soit sa faute, puisqu'il n'était pas au courant de ce qui se passait. Il est donc innocent.

— C'est sa faute parce qu'il aurait dû être au courant ! lâcha Franco avec emportement. Et comment savons-nous qu'il n'était pas au courant ? Nous n'avons que sa parole, qui ne vaut rien parce qu'il a peur de la mort. »

Le général Fuerte fut incapable de se contenir. « Moi ? Peur de la mort ! Senora Remedios, je vais avec votre permission prendre votre fusil et me faire sauter la cervelle, vous verrez si j'ai craint de dire la vérité par peur de la mort ! Donnez-moi votre arme ! »

Remedios se dressa lentement et lui tendit le fusil d'un geste hésitant, crosse en avant. Le général le saisit et le regarda. Il le fit passer d'une main à l'autre, comme s'il le soupesait.

« C'est un pistolet de militaire, observa-t-il en levant les yeux vers Remedios. Je suppose que son propriétaire initial est mort. »

Remedios sourit. « Non, il l'a abandonné dans sa fuite. »

Le général sourit avec douceur et regarda autour de lui ; il semblait dire adieu au monde, à toute sa souffrance et sa beauté. Il contempla le ciel. « C'est un beau jour pour mourir, je suis très content qu'il ne pleuve pas. »

Il leva le pistolet et le braqua vers le toit de la hutte de Remedios. Les hommes, dans le même mouvement, dressèrent leurs armes et le mirent en joue, tous persuadés qu'il allait essayer de tirer pour s'échapper. Le général sourit à nouveau d'un doux sourire, ferma les yeux et plaça l'arme contre sa tempe. Il demeura ainsi quelques secondes et les hommes en proie à une fascination horrifiée voyaient son doigt amorcer sa lente pression. Puis ses yeux s'ouvrirent brusquement. « Pardonnez-moi, j'ai oublié de me confesser. Je voudrais être confessé par le père Garcia, je ne peux pas mourir sans sacrement. »

Chacun fut à la fois soulagé et contrarié. « Garcia, lança Remedios d'un ton sec, confesse-le, mais rapidement, avant que le soleil nous tue tous. »

Le général, à genoux, prononça : « Mon père, pardonnez-moi, car j'ai péché. J'ai pensé et fait le mal...

— Étant donné les circonstances, je vous fais grâce des détails », interrompit Garcia qui fit du doigt le signe de croix sur le front du général. « *Absolvo te.* Va, mon enfant, et ne pèche plus. » Il se pencha et murmura à l'oreille du général : « Ne bougez pas. »

Il marcha d'un pas résolu vers sa hutte et le général resta à genoux au soleil, la tête courbée. Un instant plus tard Garcia réapparut avec une tortilla de maïs, un gobelet de fer-blanc et une bouteille. De l'index et du majeur, il fit le signe de croix au-dessus de la tortilla, marmonna quelques mots et rompit un petit morceau. Il le plaça doucement sur la langue du général. « Le corps du Christ, sacrifié pour votre salut. Mangez ceci en souvenir de moi. » Le général rétracta sa langue et avala le pain avec difficulté. Quelques hommes se signèrent.

Garcia versa un peu de rhum de la bouteille dans le gobelet de fer-blanc et le bénit du signe de croix. Il inclina le gobelet contre les lèvres du général et dit : « Le sang du Christ qui a été répandu pour vous. Buvez ceci en souvenir de moi. » A nouveau, quelques hommes se signèrent. Garcia plaça sa main légèrement au-dessus de la tête du général, qui sentit distinctement une chaleur apaisante lui parvenir. Garcia pria, puis baissa les yeux vers le général. « Mourez en paix, dit-il.

— Merci, père. » Le général se releva et prit fermement appui sur ses pieds écartés. Une fois de plus, il ferma les yeux et porta l'arme à sa tempe. Il amorça la pression avec détermination et Garcia fit un geste frénétique en direction de Remedios pour qu'elle l'arrête. Elle secoua la tête avec véhémence.

Le général Fuerte appuya sur la détente, en se rappelant son entraînement, des années auparavant. « Pressez, pas de coup sec ! Pressez, pas de coup sec ! » Il se souvint du petit caporal instructeur qui les exerçait au maniement des armes. « Ça, c'est le chien, ceci la chambre, ceci le bloc de culasse. L'arme doit rester d'une propreté irréprochable, autrement elle risque de s'enrayer ou le canon d'éclater et de vous arracher les couilles. J'inspecterai vos armes chaque jour et, si elles ne sont pas aussi propres que des dessous de bonne sœur, c'est moi qui vous arracherai les couilles ! »

L'âme du général était déjà à moitié sortie de son corps quand elle le réintégra d'une secousse. Rien ne s'était produit qu'un claquement. Il contempla le fusil avec stupeur et remit le cran de sûreté. Tandis que les hommes rompaient brusquement leur silence pour échanger des propos volubiles et étonnés, il ouvrit le fusil et examina l'intérieur de la chambre pivotante.

Il regarda Remedios d'un air de reproche. « Elle est vide. Vous m'avez infligé tout ça pour rien. Pourquoi ?

— Je ne suis pas une barbare et je n'ai aucune envie de voir quelqu'un se brûler la cervelle. » Elle sourit. « Et je ne suis pas idiote, je ne suis pas le genre d'imbécile à cogner sur la table avec un revolver chargé, le canon braqué droit sur moi, pas plus que je ne le tendrais chargé à un prisonnier. Ayez la bonté de m'accorder un peu d'intelligence. »

Le général eut un sourire désabusé ; Remedios lui reprit le fusil et frappa la table. « Je veux que vous alliez tous vous asseoir quelque part à l'ombre pour discuter du verdict. Vous reviendrez après la siesta annoncer votre décision à la cour. N'oubliez pas de désigner un président. »

Les hommes se dirigèrent en bande vers un gigantesque arbre caracole à l'ombre duquel ils engagèrent un vif débat. Le général Fuerte se tourna vers Garcia, pendant que le prêtre le ramenait à la hutte qui lui servait d'illusoire prison. « Ce rhum avait un goût infect. J'ai failli m'étouffer. »

Garcia sourit. « Le goût du sang n'est pas agréable non plus, mon ami. Rappelez-vous que c'est du sang que vous avez bu.

— C'était délicieux d'être sur le point de mourir, repartit le général. Je ne l'oublierai jamais. »

Quand la cour fut rassemblée, on ramena le général. « Quelle est votre décision ? demanda Remedios au président, un ancien conducteur de tracteur d'Asuncion.

— On a décidé un peu coupable et un peu non coupable », répondit-il, avec un sourire embarrassé, en se grattant la tête.

Remedios leva les yeux au ciel et tapota des doigts sur la table. « Ce n'est pas d'un très grand secours », énonça-t-elle lentement, en insistant sur le « pas ».

« C'est notre décision, répliqua plus courageusement le président. Étant donné qu'il *est* à la fois un peu coupable et un peu non coupable, il fallait rendre ce verdict. Mais nous ne voulons pas le tuer. Tiene cojones. Nous ne voulons pas qu'un homme brave meure comme un chien.

— Dans ce cas, annonça Remedios, je prononcerai la sentence. » Elle se tourna pour regarder le général, qui avait haussé un sourcil en écoutant le président. « Général Fuerte, vous avez été jugé " un peu coupable " et aussi " un peu non coupable ". Eu égard au " un peu non coupable ", je rejette la peine capitale. Eu égard au " un peu coupable ", je vous condamne à être notre détenu jusqu'à ce que je trouve quoi faire de vous. L'audience est levée. Nous devons nous préparer à accueillir Gloria, Tomas, Rafael et Gonzago qui reviennent avec un autre prisonnier. Le général aura de la compagnie. »

Remedios indiqua à deux hommes de rapporter son bureau et sa chaise dans sa hutte, puis elle s'approcha du général. « Que pensez-vous du verdict, général ? Ce n'est pas ce qu'on entendrait dans un " vrai " tribunal, n'est-ce pas ? »

Le général sourit et passa la main sur ses yeux. « Non, convint-il. Mais peut-être ont-ils raison. Je me rends compte que je n'ai rien fait de mal. J'ai toujours agi de mon mieux, avec bonne conscience. Si je suis coupable, c'est de négligence.

— Connais-toi toi-même », conclut Remedios, en lui posant la main sur l'épaule.

Le général émit un rire ironique : « De toute manière, je ne pense pas avoir l'occasion de me rattraper.

— Je pourrais vous échanger contre une rançon », rétorqua Remedios.

16

La mauvaise surprise de dona Constanza

Au moment où le général Fuerte était jugé pour crimes contre la civilisation et où le Comandante, ou plus exactement le colonel (il l'était à présent) Figueras se mettait en route avec un bataillon de Valledupar, quatre guérilleros du groupe de Remedios descendaient des montagnes avec une mission très spéciale, et dona Constanza relisait son numéro de *Vogue* qui datait de trois ans. Tous ces gens étaient accablés par une chaleur phénoménale et leur conversation se limitait à la répétition d'une seule phrase : « Ay, el calor ! » Les quatre guérilleros se hâtaient de passer de l'ombre d'un arbre au suivant et d'un ruisseau à l'autre, pour se rafraîchir. Les soldats brinquebalaient à l'arrière des camions, la tête pitoyablement pendante, le front ruisselant de cascades de sueur. Elle coulait sous leurs bras et à l'intérieur des mécanismes de leurs M 16 ; elle les picotait de l'entrejambe jusqu'aux bottes ; elle dessinait dans leur dos des croix qui s'étendaient en taches sombres imbibant leurs chemises dont les bords s'asséchaient en blocs de sel ; elle leur brûlait les yeux, qu'ils plissaient en secouant une tête grimaçante. Quand les camions s'arrêtèrent pour laisser les hommes uriner, leur miction était âcre et d'un jaune excessivement foncé ; quelques-uns n'avaient même plus d'eau à évacuer.

Dans son hacienda, dona Constanza ordonna à sa bonne de lui apporter une énorme carafe de jus de citron sucré à la panela avec de la glace. La bonne fut ensuite congédiée, et dona Constanza ôta sa serviette et demeura étendue, souffrante et nue, sous le ventilateur qui tournait lentement. Elle posa le numéro de *Vogue* parce que la vue de vêtements serrés lui donnait encore plus intolérablement chaud, et elle était, comme la nation entière, oligarques et paysans réunis, abattue sans espoir dans l'état de torpeur qui fait de la sieste le seul refuge des personnes saines d'esprit.

Si le reste du monde n'a pas forcément besoin d'une sieste, il a toujours besoin d'argent et le groupe de Remedios n'échappait pas à cette loi. De fait, ce qui irrite souvent le plus les bons guérilleros communistes, c'est d'avoir à traiter avec des capitalistes et à devenir des capitalistes eux-mêmes afin de financer la révolution. La plupart du temps, ils sont obligés de payer les trafiquants d'armes en dollars yankees exécrés — contrairement au mythe répandu, l'Urss n'a fourni aucune aide directe depuis 1964 et les nombreux groupes qui s'autofinancent par le commerce de la drogue doivent demander à être payés en dollars pour acheter des fusils. Dans ce cas, les révolutionnaires ont au moins la satisfaction de savoir que la cocaïne payée en dollars va droit aux États-Unis et ronge la vie de leurs citoyens en même temps que leur tissu social. Ils deviennent ainsi victimes de la force de leur propre devise et, comme disait Lénine, souvent cité par Remedios, « les capitalistes nous vendront les armes par lesquelles nous les détruirons ».

Étroitement liée à cette ironie, il en existe une autre : afin d'assurer la paix, la justice et une meilleure distribution des richesses, les révolutionnaires sont contraints de poursuivre la guerre, de perpétrer des injustices et des actions immorales, de s'approprier les fonds et les biens de ceux dont ils voudraient défendre les intérêts — les gens ordinaires qui n'ont pas les moyens de supporter ces pertes. Comme la plupart des groupes, celui de Remedios délivrait des reçus pour les biens confisqués, qui devaient être honorés après la victoire. Les gens étaient généralement incapables de lire ces reçus, et ceux qui le pouvaient ne savaient qu'en faire. Dans certaines régions qui avaient été entièrement ratissées, les reçus servaient de monnaie de substitution, leur valeur dépendant de la quantité d'écriture dont ils étaient recouverts ; on y entendait des affirmations de ce genre : « J'ai payé cette machette quarante mots », ou « Un mot contre quatre mangues ». Les gens dévalisés par les guérilleros sollicitaient des pillards des reçus de plus en plus détaillés, ce qui engendra une sorte d'inflation de mots, et les guérilleros finirent par manquer de bonne volonté pour les écrire. Néanmoins, les reçus des divers groupes de guérilla, bien qu'ils fussent interchangeables, n'atteignirent jamais un statut égal au stupéfiant exploit de Pancho Villa pendant la révolution mexicaine de 1913 — en supplantant entièrement la monnaie fédérale.

Il vient un moment où la conscience révolutionnaire s'inquiète de justice révolutionnaire, et où les révolutionnaires font une tentative qui affecte réellement ceux qu'ils combattent — les pouvoirs établis et l'oligarchie.

Ce fut ainsi que quatre membres de l'Avant-Garde du peuple enfoncèrent la porte de l'hacienda de dona Constanza alors qu'elle était étendue, engourdie et nue comme un ver, sous le ventilateur. Dona Constanza redressa le torse en émettant de petits cris perçants et en faisant voltiger ses mains d'un endroit de son corps à l'autre dans ses efforts pour se couvrir.

Les quatre guérilleros abaissèrent leur arme et restèrent bouche bée, à rouler de grands yeux ronds devant ce spectacle. « Madre de Dios ! » s'exclama Tomas. Rafael riait nerveusement et cherchait vainement dans sa tête une remarque cochonne. Gonzago, d'un ton ridiculement compassé, prononça un « Bonjour » qui déclencha un nouvel accès de fou rire chez Rafael. Gloria s'étrangla d'amusement, se pencha, tendit sa serviette à dona Constanza et lança sèchement à Rafael : « Callate ! Basta ya !

— Perdone, répondit Rafael, qui gloussait encore, mais je trouve ça très comique.

— Pas moi ! s'exclama dona Constanza.

— Peut-être qu'un jour vous verrez ce que ça a de drôle, observa Gloria en guise de consolation.

— J'en doute. A présent, sortez de chez moi ou j'appelle la police.

— Comment ? demanda Tomaso, qui semblait sincèrement intrigué. Nous avons fait le tour de la maison deux fois en cherchant les fils téléphoniques pour les couper. Vous n'avez pas le téléphone. Personne n'a le téléphone par ici.

— Elle est peut-être en liaison télépathique avec le chef de la police de Valledupar, commenta Gonzago.

— Encore faudrait-il qu'il ait des pensées pour qu'on puisse les lire, renchérit Rafael.

— Taisez-vous tous ! » ordonna Gloria, et elle se tourna vers dona Constanza. « Habillez-vous avec des vêtements pratiques. Nous vous prenons en otage contre une rançon d'un demi-million de dollars. Si vous vous tenez bien, nous vous traiterons avec respect. Si vous vous tenez mal, nous vous exécuterons. C'est simple.

— Mais, répondit dona Constanza, les yeux écarquillés de surprise, il ne paiera jamais !

— Il ne vous aime pas ? s'enquit Tomas, avec une compassion qui n'était pas feinte.

— Silence, Tomas ! coupa Gloria. Il faudra qu'il paie, sinon il sera exécuté lui aussi. » Elle sortit de la poche de sa chemise kaki le livre de reçus. « Vous allez écrire sous notre dictée une lettre à votre mari. »

Dona Constanza, la lèvre et les mains tremblantes, les yeux remplis de larmes, transcrivit le mot suivant :

« J'ai été prise en otage contre un demi-million de dollars par l'Avant-Garde du peuple. Si tu ne paies pas je serai exécutée et tu subiras le même sort, avant ou après la victoire. L'argent doit être versé en espèces et déposé sous les arches du pont de Chiriguana à sept heures de l'après-midi le vendredi 15 mars, dans deux semaines. Tu viendras seul, sinon nous serons tués tous les deux. Je serai libérée quelques jours après. On peut se fier à l'Avant-Garde du peuple quand elle vous fait confiance. En avant vers la victoire ! Patria o muerte !

« Constanza. »

Au-dessous, Gloria inscrivit : « Monsieur, ceci est attesté par Gloria de Escobal et j'appose ci-contre ma signature. Respectueuses salutations, Gloria de Escobal. »

Gloria escorta dona Constanza au vestiaire et s'assura, malgré les protestations de cette dernière, qu'elle mettait les vêtements et les chaussures les plus pratiques et les plus résistants, et ne prenait que deux sous-vêtements de rechange et deux chemises, pas davantage.

Quand elles revinrent au salon, Rafael, Tomas et Gonzago étaient plongés dans le vieux numéro de *Vogue*.

« Ce sont des femmes bizarres, dit Tomas.

— Elles sont toutes maigrichonnes et elles n'ont pas de poil aux jambes ni sous les bras ! remarqua Gonzago.

— Qui voudrait d'un livre de photos qui montrent des femmes blanches manifestement malades ? demanda Rafael.

— J'aimerais l'emporter avec moi, interrompit dona Constanza en étendant le bras pour s'en emparer.

— Vous en avez la permission, répondit Gloria. Donnez-le-lui.

— Êtes-vous médecin ? » demanda Rafael, et dona Constanza lui jeta un regard méprisant.

« Non, je suis cultivée.

— Comme un champ ? s'étonna Tomas, perplexe. Comment ça ? »

Dona Constanza reçut l'ordre d'appeler la bonne, qui était à l'évidence terrifiée et à peine capable de comprendre ce qu'on lui disait. Gloria lui tendit le reçu et l'œil de la servante s'éclaira. « Ah ! dit-elle, vous vous appropriez la maîtresse et vous la rachèterez après la révolution ?

— Pas tout à fait, rectifia Gloria. Vous devez donner ceci sans faute à don Hugh Evans, sinon dona Constanza et lui-même seront abattus, et sans doute vous avec. Vous comprenez ?

— Oui, madame », répondit la bonne en pleurant, avant de s'incliner, par habitude. Rafael gloussa.

« Venez, commanda Gloria. Nous avons une longue marche devant nous. Il fait frais maintenant et nous devrions arriver à l'aube.

— Une marche ? s'écria dona Constanza. Je ne peux pas marcher !

— Et pourquoi ? demanda Gloria avec étonnement. Eh bien, il le faudra. » Elle poussa doucement dona Constanza au bout de son fusil et le groupe sortit en file par la porte de derrière, avant de passer sous les bougainvillées qui surplombaient la terrasse. La bonne les vit longer la piscine, toujours aussi remplie d'algues et de grenouilles satisfaites, et disparaître dans le crépuscule en direction des contreforts. Puis elle rentra en courant.

Don Hugh Evans revint douze jours plus tard de la capitale. C'était un homme très grand, aux cheveux bruns et à l'allure distinguée, d'une carrure robuste et athlétique, qu'il devait à sa pratique du rugby au Welsh & Irish Club, et du tennis au Club Hojas, auxquels il consacrait ses considérables loisirs. En traversant le village au volant de sa voiture, dispersant les poulets sur son passage, il eut l'impression que les gens le regardaient d'une drôle de manière. Il se demandait encore pourquoi lorsqu'il arrêta sa Jeep japonaise devant l'hacienda. Il trouva la bonne en larmes à l'intérieur, se mordant les lèvres et tordant ses jupes en prévision de l'orage.

Don Hugh déambula de pièce en pièce à la recherche de sa femme, puis revint dans l'entrée. « Où est ta maîtresse ? Est-elle partie monter à cheval ?

— Non, monsieur, répondit la bonne en étouffant ses sanglots. La révolution est venue il y a une semaine et l'a emmenée, monsieur.

— La révolution ? » Il la prit par les épaules, la dominant de sa haute taille, et la secoua. « Bon sang, tu veux dire qu'elle a été enlevée ?

— Oui, monsieur. Il y a une semaine de ça, monsieur. »

Don Hugh recula d'un pas et posa la paume sur son front. Il essuya un filet de sueur. « Au nom de Dieu, pourquoi ne me l'as-tu pas dit avant, imbécile ? Est-ce que tu es complètement crétine ? »

Devant sa fureur, la bonne se recroquevilla. « Personne d'autre que la maîtresse ne savait où vous étiez, monsieur. Nous sommes allés à Chiraguana avec le reçu pour télégraphier, mais le bureau avait été détruit par la révolution plusieurs mois auparavant, monsieur.

— Seigneur ! s'écria don Hugh. Quel reçu ? Dis-moi quel reçu ?

— Celui qu'ils ont dicté à dona Constanza pour vous, monsieur. » La bonne sanglotait amèrement à présent et pouvait à peine articuler.

« Eh bien, où est-il, femme, montre-le-moi !

— Oh ! Mais, monsieur, je ne peux pas. On l'a dépensé.

— Vous l'avez dépensé ? Qu'est-ce que ça veut dire, vous l'avez dépensé, saleté de garce de mulâtresse ? » Don Hugh marcha sur elle, des flammes dans les yeux, la main levée pour la frapper.

« S'il vous plaît, monsieur, implora la bonne tremblante, étant donné qu'il était impossible de vous joindre, il ne servait à rien. Nous ne pouvions pas en parler à la police, parce que la révolution avait dit qu'ils vous tueraient, vous et ma maîtresse, si nous la prévenions. Alors nous l'avons dépensé.

— Comment peut-on dépenser un reçu, bon sang de bonsoir ?

— Il faisait cent vingt-deux mots, monsieur. On a acheté beaucoup de choses et il y a eu la fiesta au village pendant trois jours, monsieur. » Son regard s'éclaira quelques instants à ce souvenir et elle lança à don Hugh une timide œillade. « Tout le monde était très heureux, monsieur.

— Ah oui ? hurla-t-il. Et qui a le reçu maintenant ? Dis-le-moi avant que je t'arrache la tête !

— Oh ! Monsieur, il est chez le marchand de comestibles de Chiriguana. S'il vous plaît, ne me faites pas de mal. »

Don Hugh posa une énorme main autour de son cou et la suspendit, plaquée contre le mur, à dix centimètres au-dessus du sol. « Quand je reviendrai, idiote de métis, je te déchirerai en petits morceaux et je te jetterai aux vautours ! »

Il la lâcha et tourna les talons. Il reprit sa Jeep, démarra dans un crissement de pneus, et ni homme, ni volaille ni chien ne l'arrêtèrent jusqu'à la Tienda Grandiosa de Ultramarinos de Pedro, à Chiriguana. Il décocha des coups de pied aux poulets en entrant et marcha droit sur le propriétaire qui, pressentant un grand péril, s'abrita prestement derrière la table.

« Vous désirez, monsieur ? demanda-t-il onctueusement. Du ron cana ? De l'aguardiente ? Des avocats ? Des anticonceptivos ?

— Je veux le reçu, tout de suite. Allez, le reçu ! exigea Don Hugh, en lui faisant claquer ses doigts au visage. Le reçu, ou vous êtes un homme mort !

— Le reçu ? répondit le marchand, interloqué. Quel reçu ?

— Celui de cent vingt-deux mots ! cria don Hugh. Donnez-le-moi !

— Mais il a été dépensé dans ma boutique, il m'appartient, répliqua le marchand. Vous ne pouvez pas l'avoir. D'ailleurs, je l'ai déjà dépensé. » Il esquiva le geste de don Hugh qui tenta de le saisir au collet. « J'ai négocié un achat important avec le policier.

— Le policier ! » s'exclama don Hugh, stupéfait. Il se tourna et dans sa rage impuissante lança un coup de pied qui envoya rouler une pile de goyaves à travers la pièce et augmenta l'effroi des poulets. Le chien, qui sommeillait près de la porte, se glissa au-dehors, la queue entre les jambes, avec un gémissement.

« Où est ce policier, bordel ?

— Il est parti. Il est allé à Valledupar, mais il a dit qu'il serait de retour dans quatre jours. »

Don Hugh revint à l'hacienda dans une fureur aveugle, maudissant le pays où un policier pouvait prendre quatre jours de congé injustifiés sans autorisation. Quand il arriva, il découvrit que la bonne avait déjà disparu définitivement. N'ayant pas la moindre notion en matière de cuisine, il expédia Sergio, sous peine de renvoi, à la recherche d'une cuisinière pour le soir. Sergio, plein de bonne volonté, partit accomplir sa mission et ramena Consuelo la putain. « Mon Dieu ! » furent les seuls mots que don Hugh fut capable de prononcer. Il eut rapidement l'occasion de se rendre compte que Consuelo usait avec prodigalité de sauce pimienta. La bouche et la gorge en feu, il l'expulsa de l'hacienda ; il passa quatre jours alternativement soûl et apoplectique de rage et d'indignation, avant de retourner à Chiriguana à une vitesse terrifiante.

Le policier, un individu porcin boursouflé aux yeux chassieux, atteint de strabisme et affligé d'une cicatrice sur le nez, était en train de traire une chèvre dans sa cuisine lorsque don Hugh arriva. Cinq minutes plus tard, don Hugh ressortait, encore tremblant de fureur et cette fois abasourdi d'incrédulité. Pour cent vingt-deux mots, le policier avait acheté l'usage de toutes les putains de la puteria aussi souvent qu'il le voulait pendant six mois.

Quand don Hugh entra dans le bordel, qui était de loin le bâtiment le mieux aménagé du pueblo, il fut immédiatement assailli par une douzaine de filles de tailles et de formes les plus diverses, qui jacassaient joyeusement en faisant des remarques grivoises. Don Hugh vociféra et se débarrassa d'elles sans ménagement. Aussitôt après apparut la Madame ; c'était une énorme mulâtresse, aussi grande que don Hugh, qui pesait peut-être autant que lui. La vue de cette redoutable dame eut pour effet de calmer le mari désespéré et, d'une voix qu'il contrôlait presque, il demanda s'il pouvait avoir le reçu de cent vingt-deux mots.

« Non, senor, répondit-elle, il m'appartient, pourquoi vous le donnerais-je ?

— Alors laissez-moi le lire. La vie de ma femme en dépend !

— Très bien, senor, mais, si vous essayez de le voler, Felicidad vous abattra. »

Du coin de l'œil, il aperçut une putain d'environ quinze ans, à l'air candide, qui braquait très expertement un revolver sur lui.

« Je ne vais pas le voler, laissez-moi simplement le lire ! » Don Hugh était implorant.

Lentement, la gigantesque mulâtresse souleva l'ourlet de sa jupe de taffetas et, du haut de sa cuisse bouffie, elle tira le reçu. Don Hugh le prit et le lut. Il s'effondra doucement dans un fauteuil et enfouit sa tête dans ses mains. Il était déjà trop tard.

Muet d'incrédulité et chancelant, il ressortit au soleil. Il n'était capable de penser qu'à une chose. C'était complètement hors de propos, mais c'était tout ce qui lui venait à l'esprit. Il retourna voir le policier. « Quel était l'achat important que le marchand a négocié avec vous ? J'aimerais le savoir, par curiosité. »

Le policier interrompit sa traite et leva les yeux. « C'était ma nièce de Valledupar. Il est pédophile ; c'est vraiment dégoûtant. »

En revenant vers sa Jeep, don Hugh passa devant la boutique. Il y avait une petite fille maigrichonne de douze ans qui entassait du manioc et, lorsqu'il longea le magasin, elle lui jeta un regard polisson, aguicheur, avant de se détourner.

« Mon Dieu, pensa-t-il, ce pays est un vrai cloaque d'abominations. »

Il était déjà presque arrivé chez lui quand il entendit une terrible explosion. Il arrêta la Jeep et tourna la tête pour voir s'élever au-dessus de Chiriguana un monstrueux nuage de poussière et de débris. Incapable de résister à sa curiosité, il fit demi-tour et fila vers la ville à toute allure.

17

Une lettre au pays

La Estancia

« *Ma chère maman*[1],

« C'est le cœur bien gros que je t'écris, car il semble que la malchance me poursuive. La situation est en fait si désespérante que je pense à mettre un terme à mes vaines tentatives et à rentrer en France, où je sais du moins qu'une famille chaleureuse et aimante m'attend, bien que j'ignore quel genre d'emploi je pourrais trouver après quinze ans d'exploitation agricole dans les tropiques.

« Pour commencer, ma chère maman, Françoise est très gravement malade. Sa santé n'a jamais été bonne, même dans les conditions les plus favorables, mais la chaleur et l'humidité de ce pays l'ont tellement affaiblie que chaque piqûre de moustique paraît se transformer en plaie rebelle et prendre de plus en plus d'ampleur. Crois-moi, j'ai tout essayé. J'ai commencé par le jus de citron dont l'acidité a un effet antiseptique ; la brûlure est atroce, mais j'ai toujours trouvé le procédé efficace sur mes propres coupures et mes ulcérations tropicales. Ensuite, j'ai essayé la

1. En français dans le texte.

pommade violette que je mets au bétail ; ça brûle encore plus, et ça ne sert à rien. Enfin, et cela donne la mesure de mon désespoir, j'ai fait venir le chasseur du village, qui est aussi un brujo, une espèce de sorcier. Il s'appelle Pedro, c'est un homme très grand et grisonnant, qui est extrêmement réputé dans le pays pour ses pouvoirs. On dit qu'il est en communication avec les anges, et il connaît des sortilèges, des " secretos " selon ses propres termes.

« Maman, je sais ce que tu penses, que c'est du pur satanisme, et qu'en bon chrétien et en bon catholique je devrais le combattre vigoureusement, mais franchement, ici, on peut être réduit à une impuissance et à un désespoir si grands qu'on n'a plus le choix.

« Quoi qu'il en soit, Pedro est passé et il a posé les mains sur le cou de Françoise, l'a regardée très intensément dans les yeux. Il lui a murmuré à l'oreille quelque chose qu'elle n'a pas compris, bien qu'elle parle couramment l'espagnol, tu t'en souviens. Il est ensuite venu me voir seul. Il m'a dit que c'était bien plus grave que des plaies. Comme si je ne le savais pas !

« A peu près au même moment, j'ai retrouvé dans un placard une poudre antibiotique qui était périmée de trois ans et j'en ai aspergé ses blessures. Son état s'est amélioré en une semaine ! Je ne saurai peut-être jamais si c'est la poudre ou les secrets de Pedro qui l'ont guérie, ou les deux — dans ce pays la raison ne s'applique à rien.

« Pas davantage à Françoise. Je dois te dire, maman, que depuis ma dernière lettre, je suis fermement convaincu qu'elle a un cancer. Ses seins sont maintenant plus jaunis, difformes et grotesques que jamais. Je ne puis décrire l'obscénité qui défigure son corps, si beau autrefois. Je pense que le cancer a gagné les reins : elle commence à uriner du sang et elle est constamment épuisée. Elle est pâle et légère comme un fantôme dans ce pays où tout le monde a la peau tannée par le soleil !

« Mais je n'ai aucun recours ! Elle ne croit qu'aux médecines " naturelles " et n'a confiance qu'en son guérisseur de Toulouse qui l'a débarrassée de ses migraines il y a quinze ans. Je me suis acharné à la persuader de l'emmener voir un médecin de la capitale, ou même son guérisseur de Toulouse, mais elle refuse obstinément. Elle lui a écrit pour qu'il la soigne à distance, ce qu'elle prétend être parfaitement faisable. Il m'a déjà envoyé une note de dix mille francs ! Tu sais, maman, que ma ferme me rapporte l'équivalent de vingt francs par jour, ce qui fait de moi un homme riche par rapport au niveau de vie local, mais un indigent selon les critères français. Le fait est que je suis dans l'impossibilité matérielle de payer cet homme, mis à part la difficulté d'aller dans une ville à des centaines de kilomètres d'ici, où je pourrais expédier un mandat international.

« Le chasseur m'a dit que le seul remède qu'il connaissait contre le cancer, c'était de manger cru un serpent-corail fraîchement tué. Tu imagines ! Et il faut le faire chaque semaine ! Ces serpents ont un venin mortel, les gens les tuent dès qu'ils en aperçoivent un et ils sont devenus plus rares qu'autrefois. J'ai néanmoins offert une récompense pour des serpents-corail vivants, et j'en ai maintenant une réserve de deux mois dans une grande caisse de bois. Nous avons tué le premier et Françoise est parvenue à le manger malgré de grands scrupules de conscience, étant donné qu'elle est végétarienne depuis longtemps. Elle a dit que ce n'était pas aussi abominable qu'elle se le figurait, et le cancer a paru reculer. Cependant, elle a refusé d'en manger d'autres, elle affirme qu'elle doit rester fidèle à ses principes végétariens, et pour être franc, maman, je crois qu'elle veut mourir.

« Après tout, elle n'est venue ici avec moi que sous le coup d'une déception sentimentale, en quelque sorte, et nous n'avons jamais trouvé le bonheur que nous aurions été en droit d'attendre du mariage. Sa poterie lui manque ; je lui ai construit une installation récemment, mais nous n'arrivons pas à nous procurer d'argile et nous ne pouvons pas davantage alimenter un four à céramique. Les paysans lui paraissent d'une grossièreté et d'une vénalité insupportables. Il y a longtemps que je m'y suis habitué et que je m'en accommode, ce qui ne lui plaît pas non plus. L'humidité de la saison des pluies la réduit à des souffrances atroces. Pour aggraver les choses, une faille s'est creusée entre nous en ce qui concerne les rapports charnels. J'éprouve une telle répulsion, et elle se sent si humiliée et si honteuse de son état que tout congrès conjugal a cessé depuis longtemps, à peu près à l'époque de sa dernière fausse couche.

« J'aimerais pouvoir terminer cette lettre avec de meilleures nouvelles, mais je crains d'en avoir de pires encore à annoncer.

« J'ai reçu la visite des guérilleros de la Force de libération du peuple. Ils sont arrivés jeudi soir alors que nous étions assis dehors, après le dîner, et je n'ai jamais vu une bande de voyous pareils. Ils étaient trois, en kaki, la chemise ouverte. Ils avaient la barbe noire et hirsute, et les cheveux en bataille ; chacun portait un tel harnachement d'armes et de munitions qu'on se demandait comment ils parvenaient à marcher. Ils se sont cependant montrés d'une politesse surprenante, ce qui ne rend pas leurs exigences plus raisonnables.

« Ils m'ont donné une semaine pour leur remettre un quart de million de dollars en liquide ! Je ne pourrais pas te décrire ma stupéfaction ! J'étais si ébahi que malgré la peur qui me faisait trembler, je n'ai pas pu m'empêcher d'éclater de rire ; ç'a été leur tour d'être surpris. J'ai tenté de leur expliquer qu'une origine européenne n'était pas forcément synonyme d'immense richesse, que je ne gagnais que quelques pesos par jour, et que ma femme était trop malade pour que je la quitte un instant. Quand ils l'ont vue, ils m'ont au moins cru sur ce point. A la fin, ils ont décidé que je leur fournirais de la nourriture de temps à autre. Je sais que c'est absolument injustifiable et que je devrais refuser de négocier quoi que ce soit avec eux, mais en fait je n'ai pas le choix. La police, au vrai sens du mot, n'existe pas ici ; j'ai dû soudoyer un magistrat pour faire arrêter un homme qui m'avait volé un âne et, si l'animal a retrouvé le chemin de la ferme à plus de cinquante kilomètres de distance, c'est par pur hasard. Je ne peux pas non plus demander la protection de l'armée ; elle est d'une incompétence insigne et sa présence garantirait ma mort immédiate entre les mains des guérilleros. Les soldats se sont déjà livrés à deux massacres d'importance mineure par ici, et la population locale me tuerait si je les appelais à venir nous protéger. On ne voudrait certainement plus faire de commerce avec moi et je perdrais quinze ans de confiance et de bonnes relations en une nuit. De plus, je crains l'armée infiniment plus que les guérilleros — qui ont au moins des idéaux et beaucoup plus de discipline. Les guérilleros ont un système de billets de crédit en échange de chaque bien confisqué, qu'ils promettent d'honorer " après la victoire " ; l'intérêt, c'est que les billets peuvent servir de monnaie par ici et, si ma contribution se limite à un approvisionnement en nourriture, j'en tirerai finalement un bon profit, ce qui n'aurait pas été le cas si je leur avais donné de l'argent.

« Nous sommes quand même terrifiés, Françoise et moi, à l'idée qu'ils puissent décider d'enlever les enfants, maintenant qu'ils savent où nous habitons. Ils (un autre groupe, à ce qu'on m'a dit) ont récemment enlevé Constanza Evans contre une rançon d'un demi-million de dollars, et ses métayers ont fait la fête pendant trois jours, dans des réjouissances outrancières et avec des démonstrations de lubricité qui dépassent l'imagination. Je sais que c'était une mauvaise propriétaire, mais cela montre bien qu'on ne peut pas automatiquement compter sur la loyauté de sa main-d'œuvre.

« C'est pourquoi nous avons décidé, Françoise et moi, d'envoyer Jean, Pierre et Marie chez des amis de la capitale pour une durée indéterminée. Ils ont commencé par refuser de partir. Ce sont de vrais enfants de la campagne, et l'idée d'être séparés de leurs chevaux, de leurs chiens et de leurs chats bien-aimés, de ne pas pouvoir aller nager dans la rivière ou taquiner les alligators (je le leur interdis toujours) a provoqué beaucoup de larmes et de protestations. Je me suis efforcé de leur expliquer qu'ils couraient un grand danger, ce qui les a rendus encore plus réticents à la perspective qu'il pourrait nous arriver quelque chose, à Françoise et à moi. En fin de compte, Marie a endossé le rôle d'aînée et accepté de partir, puis les deux autres ont cédé, et je les ai emmenés la semaine dernière. Le train a mis deux jours, et le voyage a été effroyable. Les rails sont si grossièrement posés qu'ils doivent importer des sièges à ressorts spéciaux pour rendre le trajet supportable. On ne cesse de rebondir comme un trampoliniste fou et il est impossible de se conduire normalement. Au début, les enfants ont trouvé ça désopilant et se sont comportés comme des idiots, à essayer de bondir encore plus haut, puis ils sont tous été malades à peu près en même temps et nous n'avons trouvé personne pour nettoyer ; c'est resté là, en nous empestant, jusqu'à ce qu'un chien vienne le manger, ce qui m'a rendu malade à mon tour. Nous nous sommes nourris d'arepas et j'espère qu'ils ne sont pas aussi constipés que moi maintenant.

« Il est arrivé un accident épouvantable dans le train. Maman, tu sais que les filles d'ici singent toujours les modes américaines ? Eh bien, une mulâtresse avec des talons hauts, que je soupçonne d'avoir bu trop de bière — nous en avions tous bu trop, pour essayer de nous rafraîchir —, est tombée du train. Il semble que le train ait fait une embardée juste au moment où elle passait d'un wagon à l'autre, et elle a basculé de côté sur ses talons. Il n'y a pas de soufflet pour vous empêcher de tomber, elle a culbuté. Le train s'est arrêté, est revenu en arrière, et on l'a portée dans notre wagon.

« Maman, les mots me manquent pour décrire l'horreur de la scène. Elle avait perdu toute sa chair sur le flanc gauche en ricochant le long des pierres du remblai, et on voyait distinctement ses os. Son corps dégoulinait de sang, mais nous ne pouvions rien pour elle : il n'y avait aucun hôpital à des centaines de kilomètres à la ronde, pas d'ambulance ni de téléphone pour en appeler une. Elle ne perdait pas connaissance ; elle a pleuré silencieusement, allongée là, pendant deux heures, avant de mourir. Nous en avons été soulagés pour elle sur le moment, mais il s'en est suivi au moins deux heures de larmes et de gémissements hystériques dans tout le wagon. On aurait cru que chacun d'entre nous la connaissait depuis des années, alors que nous ne savions que son nom, Maria. Les enfants ont été très secoués et il ne leur restait plus de larmes pour me dire adieu.

« La ferme ressemble désormais à une morgue ; quand je suis rentré, tout était calme et silencieux, et j'ai compris que c'était parce que les enfants n'étaient pas là, à crier, à faire les pitres et à se chamailler. Je suis allé dans leur chambre et je me suis assis sur le lit de Pierre pour pleurer sur la tristesse de tout cela.

« Maman, je me sens aussi vide qu'une caverne et aussi

désolé qu'un désert. Quand je suis venu dans ce pays pour la première fois, je débordais d'optimisme et d'énergie, et j'étais résolu à me tailler une existence agréable après le tumulte que j'avais occasionné en France. A l'époque au moins ce pays avait un semblant de démocratie, avant la violence, et il y avait un peu de culture pour me rappeler la France. On pouvait aller écouter un bon orchestre dans la capitale, voir une pièce intéressante, ou flâner le long d'une avenue sans se faire agresser par des lépreux mendiants. Il y avait un peu de prospérité alors, mais à présent l'inflation s'élève à 200 pour cent et il semble que tout l'argent parte pour payer l'intérêt des dettes extérieures. De nos jours, le gouvernement vend son patrimoine et le pays tombe en ruine. Franchement, maman, tu ne peux pas imaginer la pagaille qui règne, ça me fait mal au cœur, on n'arrive pas à trouver les choses les plus élémentaires, et même mon projet de mécanisation de la ferme a dû être repoussé parce que, bien qu'on puisse acheter les machines à la Casa Inglesa pour des sommes exorbitantes, il est tout simplement impossible de se procurer des pièces de rechange. Les gens ont développé une aptitude à l'improvisation à partir de presque rien qui est incroyable ; la culture de la cocaïne et de la marijuana constitue le seul moyen de survie des paysans, ce qui a engendré une malhonnêteté généralisée. Les prostituées (pardonne-moi d'en parler) deviennent de plus en plus jeunes, et chacun vit dans la crainte d'être attaqué et volé.

« Et pourtant, ma chère maman, je reste sensible à la splendeur de ce pays, à son romantisme. La lune est quatre fois plus grande qu'en France, les oiseaux et les papillons, joyeusement colorés, sont d'une beauté inexprimable. Les gens sont eux aussi vivement parés, et en apparence toujours riants et ravis. Le sol est fertile, nous avons même du pétrole et des émeraudes, mais il semble qu'il n'en sort jamais rien. Ici, on s'entraide gratuitement, et pourtant aucun fonctionnaire ne lèvera le petit doigt sans pot-de-vin — n'est-ce pas contradictoire ? Ils aiment l'humanité, ces gens, mais s'entre-tuent en un clin d'œil !

« Je crois, en fin de compte, que j'aurai le cœur brisé le jour où je devrai partir, ce qui me paraît inévitable. J'aime tant ce pays, j'ai donné quinze années de labeur et de sueur pour en améliorer ma part. J'ai même réussi à continuer à aimer Françoise, qui ne m'a jamais pardonné de ne pas être Jean-Michel, et qui m'a souvent rendu malheureux. La perspective que je serai peut-être obligé de laisser son corps dans cette terre me fait horreur. Si elle meurt, maman, et je sais au fond de moi que cela ne tardera pas — non, ne tique pas, ne me reproche pas d'avoir des idées morbides ! —, je suis décidé à vendre tout ce que je possède — mais qui achèterait cette terre au milieu de ce qui est en train de devenir une zone de guerre ? — et à rentrer en France avec le cercueil. Ce pays que j'ai appris à aimer et même, Dieu sait comment, à respecter, me cause trop de chagrin et je ne parviendrai pas à supporter sa cruauté longtemps encore. Quand je mourrai, maman, j'espère que mon cœur sera enterré ici, même si mon corps repose en France.

« J'ignore si tu recevras cette lettre. On ne peut plus acheter de timbres ici ; on est obligé de confier la lettre avec l'argent nécessaire à l'achat des timbres au conducteur du train qui passe par Chiriguana. En ces temps de gêne, je ne suis pas sûr de pouvoir compter sur son honnêteté.

« Je t'embrasse bien fort et je ne t'oublierai jamais.

« Ton fils,

« Antoine.

« PS. Je viens d'entendre une explosion. Je me demande ce que c'est ? »

18

La Force de libération du peuple confond d'un seul coup l'Avant-Garde du peuple et l'Armée nationale

Le jeudi 14 mars, un campesino épuisé, couvert d'une poussière pâle, suant prodigieusement, arriva à dos de mulet au campement secret de la Force de libération du peuple, situé dans une petite vallée qui n'était accessible que par un étroit défilé fortement gardé en permanence.

Des deux côtés de la vallée s'élevaient d'abrupts murs rocheux ; les guérilleros avaient, en observant les chèvres sauvages des environs, trouvé le moyen de quitter la vallée par le haut si nécessaire, et ils étaient sûrs d'échapper à leurs poursuivants. En cas d'incursion de l'armée dans la vallée, les guérilleros prévoyaient de viser les soldats d'en haut, un à un, après avoir fait sauter le passage à travers le défilé, ce pour quoi ils avaient stratégiquement disposé deux barils de dynamite. La dynamite fut achetée à un inspecteur des mines du gouvernement auprès duquel ils se firent passer pour des prospecteurs d'or. Ils présentèrent un document attestant la propriété de la « découverte », rédigé par un ancien avocat devenu guérillero, et offrirent au fonctionnaire 5 pour cent de profits à vie en échange d'abondants approvisionnements en dynamite gratuite. Ils utilisaient généralement la dynamite pour creuser des trous dans les banques, ce qui leur permettait de régler les

« 5 pour cent de profits » au fonctionnaire, et ils employaient le reste au financement de la révolution.

La Force de libération du peuple était essentiellement un groupe démolisseur, tandis que l'Avant-Garde du peuple était un groupe spécialisé dans l'embuscade, que le Front de libération du peuple s'occupait surtout d'enlèvements, le Front d'action populaire, de chantage et d'extorsion, et les Révolutionnaires socialistes, d'assassiner les personnalités en vue. La Force de libération du peuple avait sans doute choisi sa spécialité en fonction de sa relative sécurité ; après tout, poser des bombes avant de se replier à bonne distance, cela ne présente qu'un danger minime. Les révolutionnaires n'avaient apparemment jamais saisi qu'on n'allège guère la servitude des masses en détruisant l'infrastructure péniblement bâtie pour elles avec le peu de richesse nationale qui subsiste. Toutefois, si paradoxale que fût leur conduite, ils ne faisaient qu'obéir à une loi générale qui s'applique à l'humanité entière : les gens sont toujours convaincus que, s'ils ont une compétence particulière dans un certain domaine, celui-ci revêt une importance extraordinaire. Les membres de la Force de libération du peuple étant experts en matière d'explosifs, ils pensaient que leur action était décisive.

Leur petite vallée dans les montagnes était couverte de forêts épaisses, bien irriguée, et les guérilleros menaient une vie de loisir d'une simplicité arcadienne. Ils ne se risquaient à sortir que lorsque l'un d'eux avait une bonne idée sur la prochaine cible à attaquer. Le vieux campesino à dos de mulet, qui était leur « œil » à Valledupar, était arrivé avec une excellente idée, et il se dirigea droit vers le commandant du groupe, qui méritait bien son surnom d' « El Golpe ».

El Golpe avait été autrefois un guérillero montonero en Argentine ; il était parti lorsque la campagne de terreur du général Videla avait échappé à son propre contrôle et que tout individu simplement suspect d'être de gauche était « disparu ». El Golpe s'était rendu compte par lui-même combien il était vain pour un guérillero d'affronter un ennemi hautement discipliné, nombreux, impitoyable et fanatique. Il était alors venu dans ce pays faire la guerre à un ennemi plus vulnérable — moins nombreux, moins impitoyable et moins fanatique, indiscipliné et incompétent. El Golpe était fier de sa ressemblance avec Ernesto Guevara, dont il avait le regard doux et la barbe noire qui ne serait jamais aussi abondante que celle de Fidel, et cette similitude avec le Che inspirait à ses hommes un chaleureux respect et un dévouement passionné. La plupart d'entre eux essayaient d'imiter son accent argentin italianisant et sa démarche fluide.

Voici ce que le campesino raconta à El Golpe : on avait entendu dans un bar un soldat annoncer qu'il allait avec son bataillon à Chiriguana, afin de réprimer une rébellion locale, et qu'ils avaient l'intention de camper dans la savane au nord de la Mula. Comme l'observa le paysan, « Chiriguana n'est pas loin d'ici, et il doit y avoir quelque chose que vous pouvez faire sauter ». El Golpe comprit immédiatement ce qu'était ce « quelque chose » et partit à la recherche de deux de ses démolisseurs les plus expérimentés.

Il les trouva assis côte à côte sur la rive, les pieds dans l'eau, engagés dans un ardente conversation sur les aphrodisiaques. « Je te dis, affirmait l'un d'eux, qu'elle ne m'a pas laissé de repos pendant un mois...

— En ce qui me concerne, ça a duré deux mois, et j'étais à l'article de la mort.

— Vous deux », interrompit El Golpe, en arrivant par-derrière, et en leur posant une main sur chaque épaule. « J'ai un petit boulot pour vous. » Il expliqua soigneusement de quoi il s'agissait. Ce soir-là, ils chargèrent un âne de dynamite et se mirent en route à travers le défilé.

« Buena suerte ! cria le garde.

— On n'a pas besoin de chance, répliqua l'un des hommes, c'est du travail facile.

— Eh bien, bonne chance quand même. Si vous trouvez une fille bien disposée, tirez-lui un coup de ma part !

— Non, mon ami, je ne voudrais pas lui transmettre une de tes maladies.

— C'est peut-être elle qui te filera une des siennes ! »

A peu près au même moment, Gonzago, Rafael et Tomas partaient avec la burra du général Fuerte, Maria, chercher la rançon de don Hugh, qui devait être déposée le jour suivant. Ils étaient censés attendre dans les broussailles près du pont afin d'observer les mouvements pendant plusieurs heures, avant et après que don Hugh aurait laissé l'argent. Ils voulaient s'assurer qu'on ne leur tendait pas d'embuscade, et surveiller l'arrivée et le départ de don Hugh pour vérifier qu'il n'était pas accompagné.

Ils arrivèrent juste avant l'aube et choisirent une bonne cachette, d'où ils apercevaient distinctement le pont et la route qui le traversait.

Le pont était une simple structure de béton armé, commode et bon marché. Il se terminait en arche à chaque extrémité, et il était soutenu par quatre piliers, séparés par des intervalles réguliers et posés sur des pilots enfoncés dans le lit du fleuve. Il avait d'abord été construit par une équipe des Nations unies, dans le cadre d'un projet d'aide au développement oublié depuis longtemps. Originellement, il avait pour fonction d'empêcher la perte de véhicules encourue par les chauffeurs de camions téméraires qui tentaient de passer la rivière à gué pendant les inondations à la saison des pluies. Avant l'ouverture de la route qui menait de Valledupar à la capitale, le pont constituait l'artère commerciale principale des ports de mer ; les inondations interrompaient presque toujours les échanges commerciaux. Mais, à présent, il était déchu de sa gloire passée, et ses utilisateurs étaient essentiellement des gens du coin circulant à pied ou à dos de cheval ; il était par conséquent fort mal entretenu. Le macadam, repoussé sur le côté par les véhicules qui passaient dessus dans la chaleur de midi, était sérieusement défoncé. Les concepteurs n'avaient pas tenu compte de l'humidité et des températures phénoménales de la région, de sorte qu'aujourd'hui, après vingt-cinq ans de négligence depuis la construction, le béton était pâteux et effrité, et d'énormes morceaux étaient tombés dans le fleuve. En outre, le courant féroce de la Mula qui, en pleine crue, était capable d'emporter à toute allure de grosses pierres dans son cours, avait largement érodé les arches et les piliers. Les véhicules lourds qui passaient par là choisissaient désormais de traverser à gué comme autrefois, plutôt que de se risquer sur le pont et, comme autrefois, le fleuve renfermait les carcasses rouillées de camions qu'on avait partiellement récupérés et pillés.

En dépit de son délabrement, le pont offrait toujours l'apparence, en arrière-plan, d'une digne et imposante réalisation architecturale. Les gens du pays en étaient très fiers car c'était le seul dans le secteur, et il leur appartenait. A chacune de ses extrémités se trouvait un écriteau disant : « Vous traversez le pont de Chiriguana. » On trouvait également sur la pancarte des graffiti qui exposaient en détail des états d'âme (« Sans Erendira il n'y a pas de vie »), des slogans politiques (« A bas l'oligarchie ») et des informations et exhortations accessoires (« Juanito baise les ânes », « Viens chez Consuelo »).

Tomas, Gonzago et Rafael mirent au point un système de surveillance du pont par rotation, une heure de guet, deux heures de repos. Au cours de leur temps de repos, les deux hommes fumaient, sommeillaient, jetaient des cailloux aux lézards et causaient. Vers midi, ils ressentirent tous trois les effets de leur randonnée nocturne. C'était aussi le moment où le pays entier s'arrête pour la sieste, y compris en temps de guerre. Ce qui n'avait rien à voir avec l' « indolence naturelle » imputée aux Latins par le reste du monde, mais avec l'impossibilité de respirer, de bouger sans répandre des flots de transpiration, d'y voir clair (à cause de la sueur qui s'introduit dans les yeux, du chatoiement des brumes de chaleur et des mirages), avec l'impossibilité de toucher quoi que ce soit au-dehors sans se brûler. La nation sombre avec reconnaissance dans la torpeur, à l'abri du soleil ; les chances de se faire prendre en flagrant délit sont aussi restreintes en pleine sieste qu'à la faveur de l'obscurité. On scandaliserait les voisins en faisant l'amour bruyamment pendant la sieste, pas parce qu'on fait l'amour, mais parce qu'on fait du bruit et que c'est antisocial quand des gens affaiblis essaient de dormir.

Tomas et Rafael étaient assoupis à l'ombre, tandis que Gonzago gardait les yeux fixés sur le pont aussi longtemps que le lui permettait l'éclat éblouissant de l'image vacillante. Puis il fermait les yeux et les reposait contre son bras jusqu'à ce que cessent la démangeaison et la douleur, et recommençait sa surveillance. La sueur trempa sa chemise, puis son pantalon ; il lui montait dans la gorge une soif telle qu'il lui semblait avoir avalé la moitié d'un porc-épic. Les intervalles entre le répit et le guet s'allongèrent progressivement, et Gonzago finit par tomber dans un profond sommeil où il rêvait, la conscience tranquille, qu'il était toujours en train de surveiller le pont.

Ils dormaient tous trois à poings fermés depuis deux heures quand ils furent ramenés à la vie éveillée par ce qui parut être la fin du monde. Il se produisit d'abord un grondement qui secoua la terre et projeta des pierres qui dégringolèrent alentour comme des cafards en folie. Un rugissement lui succéda, pareil à la voix de Dieu, puis une bouffée d'air qui aspira leur souffle et emporta leurs sombreros de paille haut dans le ciel. Un vent puissant se leva lorsque l'air se précipita dans l'espace vide et les retourna sur le dos, dans la position dont ils s'étaient à moitié redressés, abasourdis. Ils virent tournoyer au-dessus de l'emplacement du pont un énorme nuage de poussière et de fumée qui s'avança sur eux comme une tempête de sable dans le désert. Ils plaquèrent à la hâte leurs pans de chemise contre leur bouche et leur nez, avant d'être jetés à terre par une grêle furieuse de débris qui semblaient surgir de nulle part. Des rochers, des pierres, des morceaux d'acier et de béton, de l'eau et de la boue fondirent sur eux à une vitesse faramineuse et en quantité énorme, jusqu'à ce que, à demi enterrés, grièvement contusionnés et brutalement désorientés, ils émergent péniblement des détritus pour évaluer les dégâts.

« Mierda, dit Gonzago.

— Madre de Dios, dit Rafael.

— Hijo de puta », dit Tomas.

Sur le terrain qui les entourait s'était abattue une petite mais extravagante apocalypse ; les buissons étaient déracinés et dénudés, le sol jonché de fragments de pont. Parmi les pierres, un poisson agitait désespérément la queue, la bouche ouverte ; Gonzago le frappa sur la tête et le glissa dans sa mochila. « Pour plus tard, expliqua-t-il.

— Vous saignez du nez, vous deux, observa Tomas.

— Toi aussi », répondit Rafael, et ils tentèrent de percer le nuage de fumée qui avait envahi la zone du pont. « Mon Dieu, regardez ça ! »

Il ne restait rien de la travée centrale du pont. Des tiges métalliques saillaient des éparts brisés. Les piliers, gauchis et tordus, s'inclinaient dans des directions désordonnées. Dans le fleuve, à quelque distance, gisait un camion militaire retourné ; c'était à l'évidence l'explosion qui l'avait projeté aussi loin. Un gémissement pitoyable et obsédant s'élevait à proximité du camion ; c'était un soldat titubant qui sortait de l'eau, son bras amputé à la main.

Les trois guérilleros s'aperçurent avec une consternation qui confinait à la panique que le secteur du pont grouillait de soldats. Malgré leur confusion et leur complet désarroi, ils voyaient et entendaient distinctement la grasse silhouette du colonel Figueras ordonner à ses hommes de se déployer et de fouiller les environs. Au moment où ils s'apprêtaient à prendre leurs jambes à leur cou, ils virent une Jeep qui filait sur la piste à la vitesse d'un bolide, avant de s'arrêter de justesse au pont. Un grand Européen brun en sortit, marcha jusqu'au bord de l'abîme et s'immobilisa devant le chaos, frappé de stupeur.

« C'est don Hugh ! s'exclama Rafael. Il a sûrement apporté l'argent.

— On ne peut pas aller le récupérer, remarqua Tomas.

— Partons, dit Rafael.

— Laissez-moi tuer un soldat d'abord, implora Gonzago.

— Si tu arrives à trouver ton fusil dans ces décombres, riposta Rafael. Ne sois pas stupide. Partons avant que ces salauds nous attrapent. Dieu sait où est l'âne. »

Encore sous le choc de l'explosion, ils n'étaient pas en excellente forme pour marcher, mais la crainte d'être attrapés par les soldats les aiguillonnait, malgré leurs jambes et leurs pieds réfractaires.

Quand ils pénétrèrent six heures plus tard dans le camp d'un pas chancelant, ils offraient un spectacle pitoyable ; une teinte grise uniforme, due à la pâte de poussière aqueuse qui s'était abattue sur eux, les recouvrait entièrement. Leurs vêtements pendaient en lambeaux autour d'eux, et ils boitaient. Seuls leurs yeux brillaient d'un éclat blanc à travers la saleté et crasse ; ils étaient figés dans une croûte de sang noir qui s'était formée à la suite de leurs coupures. Le front de Tomas était bizarrement défiguré par une énorme contusion sur le côté. Ils titubèrent jusqu'au centre de la clairière avant de tomber à plat ventre. Quand Remedios sortit pour les interroger, ils étaient affalés par terre, dans le sommeil profond du choc et de l'épuisement.

Le camp était en proie à une vive agitation, brûlant d'impatience de savoir ce qui était advenu à leurs trois camarades. Mais Remedios ordonna qu'on les emporte dans la hutte d'infirmerie et qu'on les nettoie. Federico et Franco allèrent chercher de l'eau au torrent ; les hommes furent déshabillés, lavés, et rhabillés sans se réveiller ni même proférer un murmure. Dona Constanza, consciente que son sort dépendait de ce qui était arrivé à Tomas, Rafael et Gonzago, entra dans la hutte d'infirmerie et les soigna avec la plus grande sollicitude, passant un linge humide sur leurs fronts plus souvent qu'il n'était nécessaire, et marmonnant de courtes prières pour leur santé. Elle remarqua, avec un petit pincement aigu, combien Gonzago était beau et comme il avait l'air candide dans le sommeil. Elle essuya son front plus fréquemment que celui des autres.

Lorsqu'ils s'éveillèrent le lendemain à midi, Remedios les soumit à un interrogatoire rigoureux en dépit de leurs effroyables maux de tête et des suites de leurs contusions qui les empêchaient de se lever ou même de tendre le bras. Quand Remedios eut terminé, il fit venir dona Constanza. « Il semble que votre mari soit arrivé avec l'argent, mais qu'il ait été dans l'impossibilité de le remettre parce que l'endroit où il devait le déposer a sauté. Nous ne pouvons donc pas encore vous exécuter. Vous avez une rémission.

— Pas encore ? questionna dona Constanza. Ne pouvez-vous joindre mon mari pour convenir d'un autre endroit ?

— Non, répliqua Remedios en hochant gravement la tête. Nous avons dans l'immédiat un problème plus urgent qui est prioritaire. L'armée a envahi la région. Nous devons nous en occuper. »

Dona Constanza parut perplexe. « Je ne voudrais pas être pédante, mais une armée ne peut pas " envahir " son propre pays. »

Remedios émit un grognement. « La nôtre, si. Elle le fait fréquemment.

— Oh ! répondit dona Constanza. En ce cas, m'accorderiez-vous la permission de continuer à soigner les blessés ?

— Certainement, rétorqua Remedios. Pour une fois dans votre vie, vous avez l'occasion de vous rendre utile. »

D'un cœur léger, dona Constanza retourna à l'infirmerie essuyer le front de Gonzago. Il lui sourit avec difficulté. « Dona Constanza, il y a un beau poisson dans ma mochila ; j'aimerais que vous le preniez, sinon il va pourrir pour rien. »

19

Où Josef songe à la mort, et où l'on élabore des plans

Après un jour où il avait fumé trop de puros et bu trop de rhum, le soir surprit Josef allongé dans son hamac sous les bougainvillées, bercé par le raclement et le cliquetis des grillons dans les haies broussailleuses ; une vaste lune tropicale s'élevait au-dessus de l'arbre caracole, où de temps à autre des singes hurleurs criaient et gambadaient comme des écoliers un jour de vacances inespéré. Il discernait au loin les grognements des caïmans qui somnolaient dans les eaux vertes, dont les yeux s'embrasaient d'un éclat rouge quand il passait près d'eux avec une lanterne. Il avait souvent pensé à les attraper et à vendre leurs peaux pour que des femmes de Paris ou de New York dont la richesse dépassait son imagination puissent s'acheter des sacs, des chaussures et des portefeuilles en « crocodile », qui coûteraient plusieurs centaines de fois ce qu'il recevrait en échange des peaux de tous les caïmans de la ferme réunis ; mais, comme Josef éprouvait envers ces paresseuses créatures un attachement sentimental et ne se souciait pas plus des riches dames de New York ou de Paris que de l'armée ou du gouverneur, il les laissait en paix. En revanche, il écrasait les têtes des vipères et des serpents-corail avec sa machette — c'était une règle de ne jamais leur trancher la tête, on disait qu'ils étaient encore capables de mordre, et ça n'empêchait pas la vipère de vous sauter dessus en prenant appui contre le sol à l'aide de ses mâchoires. Dans le village, un homme avait dû se faire amputer le bras à la hache parce qu'il n'avait pas suivi ce conseil, et parce qu'il n'y avait pas de médecin pour lui administrer un antidote ou l'opérer à moins de trois cent cinquante kilomètres. Contrairement à la plupart de ses compatriotes, Josef s'abstenait consciencieusement de tuer les boas, parce que c'étaient des mangeurs de rats. Il n'abattait les iguanes que pour leur viande, et pas par caprice. Les restes, il les jetait dans le fleuve pour le plaisir de voir les eaux bouillonner de petits poissons qui se disputaient quelques bouchées et quelques bribes. Il frémissait parfois à l'idée de devenir lui-même bribes et bouchées, et jurait qu'à sa mort il aurait une tombe décente, profondément creusée. Il avait à cette fin déjà payé au prêtre, en plusieurs versements, le prix de son enterrement dans une caisse, pas dans un drap. Il avait souvent proclamé : « Je ne serai jamais mangé par les cochons sauvages, les fourmis, les tigres ni les poissons ! » et c'était devenu une plaisanterie parmi ses amis, qui haussaient les épaules et répondaient : « Quelle importance ? Quand on est mort, on est mort », ou : « Au moins, comme aliment, tu serais plus utile que de ton vivant ! »

Ce jour-là, Josef pensait à la mort, mais pas à la sienne. Il pensait à celle des insectes qui pétillaient et crépitaient dans la flamme de la lampe, aux étranges petites créatures roussies et velues qu'il balayait chaque matin de la table, des pierres, ou qu'il grattait de la lampe d'un doigt crasseux en se pinçant les lèvres. Il songeait que c'était parfaitement semblable à la mort des êtres humains, car avec chaque mort disparaît un univers entier, et pourtant, bizarrement, aucune n'a l'air de changer grand-chose. « Nous sommes tous des insectes, se disait-il, mais comme je suis l'insecte que je suis et pas un autre, je suis le centre de tout », et il roulait tant l'expression « de todo » dans sa tête qu'elle finissait par ne plus être intelligible.

Il pensa ensuite, avec une soudaine clarté saisissante : « Nous devrions peut-être nous contenter de tuer les officiers. » Il décida que le lendemain matin il lui faudrait transmettre cette idée à Hectoro, Pedro, et les autres, qui se préparaient en vue du retour de l'armée, maintenant que des gens venant de Chiriguana avaient signalé que la région grouillait de soldats. Chacun dans le village avait compris que l'armée était revenue avec l'intention de venger ses précédentes humiliations, et vivait dans une attente nerveuse, ne sachant que faire, en quête de chefs solides.

En fait, le partage des responsabilités s'effectua assez naturellement. Consuelo la putain devint rapidement le chef des femmes et l'organisatrice des enfants, et Dolores la putain son lieutenant. Elles supervisaient le stockage des provisions dans des cachettes stratégiques, déchiraient de vieux tissus en prévision des besoins en pansements, s'exerçaient à bondir du seuil des portes, machette à la main, et se querellaient avec les hommes qu'elles accusaient d'être trop orgueilleux et trop stupides pour les armer convenablement de fusils. Les femmes travaillaient aux côtés des hommes à construire en travers de la rue un rempart surmonté de fil barbelé effrontément volé à la finca de don Hugh. Ils tailladèrent et brûlèrent les champs à proximité immédiate du village, afin d'ôter à l'armée la possibilité de s'avancer à couvert, et ils remplirent d'eau tous les récipients disponibles, à la fois pour la consommation et pour lutter contre les incendies.

Parmi les hommes, les choses n'étaient pas tout à fait aussi claires. Misael, Pedro le Chasseur, Hectoro et Josef constituaient, pour ainsi dire, les cadres du commandement. Josef était fondamentalement un homme d'idées ; il soumettait aux autres des suggestions intelligentes, qu'en général ils adoptaient. Misael savait à merveille régler les moindres détails de l'exécution. Le charisme d'Hectoro lui valait une obéissance inconditionnelle. Les conceptions stratégiques relevaient du domaine de Pedro, qui manifesta de surcroît des compétences de tacticien lorsque les hostilités commencèrent. Le Profesor Luis, n'ayant pas le genre d'intelligence résolue et rusée nécessaire à un guerrier, remplissait l'office de second et de garçon de courses. Il contribuait aussi utilement à la réalisation de certaines idées de Josef ; ce fut lui, par exemple, qui parvint à électrifier le fil barbelé grâce au courant provenant du petit moulin à vent qui avait alimenté le gramophone, et qui trouva le moyen d'endiguer la Mula afin de rendre sa traversée difficile.

Derrière ces hommes, jouant le rôle d'*éminence grise*[1], il y avait don Emmanuel lui-même. Il ne donnait pas d'ordres, ne prenait pas de décisions, et ne se mêlait pas non plus directement des préparatifs, sinon en fermant les yeux quand on lui empruntait son tracteur pour la construction du rempart. Il se contentait de faire part de son opinion.

Quand Josef suggéra aux autres qu'ils ne devraient prendre pour cibles que les officiers, ils l'approuvèrent immédiatement.

« Les soldats sont des conscrits du service national, dit Josef, et de toute façon ils ne veulent pas se battre.

— Ce sont des campesinos comme nous, observa Misael. Ce sont nos frères, nous ne devrions pas les tuer.

— Je suis d'accord, intervint Pedro. Aucune armée ne

1. En français dans le texte.

peut combattre sans chefs. Sans chefs, ils ne sauront pas quoi faire et ils s'en iront. »

Seul Hectoro émettait des réserves. « Vous avez peut-être raison, mais ce sera difficile de se retenir de tirer jusqu'à ce qu'on voie un officier. Et rien ne dissuade plus un soldat récalcitrant de se battre que de voir tuer ses camarades autour de lui. Je le sais.

— Je crois que nous devrions demander conseil à don Emmanuel », conclut Josef.

Ils trouvèrent don Emmanuel complètement nu comme d'habitude, en train de se rafraîchir dans le fleuve après le travail. Ils demeurèrent sur la rive, d'où ils le dominaient, et lui soumirent l'idée de Josef.

Don Emmanuel répondit par un « ah » pensif et caressa son immense barbe rousse. Puis il hocha la tête. « Je crois que c'est une mauvaise idée. »

Les quatre hommes furent étonnés. « Pourquoi ? demanda Josef.

— Parce que, répliqua don Emmanuel, ce sont les officiers qui ont les plus petites couilles. Si vous avez l'intention de nourrir les vautours, donnez-leur les plus grosses, par charité. »

Les quatre hommes se regardèrent avec une stupéfaction croissante. Misael, ayant compris que don Emmanuel commençait la conversation par ses plaisanteries coutumières, repartit : « Alors c'est toi qu'on va tuer en premier, puisque tu as les plus gros cojones. »

Don Emmanuel feignit d'agripper ses parties génitales pour les protéger. « En ce cas, mes amis, je vais vous donner quelques raisons supplémentaires. Mais d'abord, qu'est-ce qui vous fait croire que vous pourrez distinguer les officiers des autres ?

— C'est évident, expliqua Josef. Ils portent des uniformes différents, qui sont d'un vert plus clair, et ils ont de petits chapeaux mous à visière. Ils ne sont armés que d'un pistolet dans un étui noir, ils ont le visage assez pâle et ils parlent très mal l'espagnol. Ils s'occupent de tout, donnent des ordres, et ils n'arrêtent pas de mâcher.

— De mâcher ? releva don Emmanuel. Je peux vous assurer que l'uniforme des officiers est exactement le même que celui des soldats et qu'ils parlent parfaitement l'espagnol. Ceux que tu décris ne sont pas des officiers.

— Qui sont-ils alors ? demanda Pedro. Des putains de garnison ?

— Non, rétorqua don Emmanuel. Ce sont des rangers.

— Rangers ? interrogèrent simultanément Hectoro et Misael, dont le visage trahissait la perplexité.

— Les rangers sont des conseillers militaires américains. On m'a dit que certains d'entre eux appartiennent à la CIA, mais je n'en sais rien. La plupart d'entre eux sont des vétérans du Vietnam, des spécialistes de la guerre de jungle et de la contre-révolution. Ils viennent ici dire aux officiers ce qu'ils ont à faire et veiller sur les intérêts américains.

— C'est encore mieux, s'exclama Misael, ravi. Si nous tuons les Americanos, nos officiers seront perdus et ils rentreront chez eux avec les soldats !

— Ce serait une erreur de tuer des Américains, dit don Emmanuel.

— Mais, si nous les tuons, les Américains repartiront ! insista Hectoro.

— Vous ne connaissez pas les Américains, riposta don Emmanuel. D'une part, ils sacrifient volontiers leurs hommes à de vaines causes. Ensuite, ils sont toujours convaincus qu'ils sont dans le vrai et que Dieu combat personnellement pour eux ; ils ne renoncent jamais. Si vous tuez un gringo, ils en enverront deux à sa place et, si vous les tuez, ils expédieront une escadrille d'hélicoptères.

De toute façon, il vaut mieux ne pas les tuer, parce qu'ils vous font beaucoup de bien. » Don Emmanuel sourit.

« Comment ça ? demanda Hectoro.

— C'est simple, répondit don Emmanuel. Malgré leur fanatisme, ce sont généralement des types bien. Quand ils sont là, nos officiers n'osent pas commettre d'atrocités. Bien sûr, certains d'entre eux ne sont pas bien du tout, mais il y en a beaucoup qui le sont. Deuxièmement, ils parlent assez mal l'espagnol, enfin... » Il se reprit : « Ils parlent un peu l'espagnol espagnol, mais pas le vrai castillan comme vous et moi. Ils l'ont appris dans des écoles, et quand ils viennent ici personne ne les comprend et ils ne comprennent personne non plus, ce qui fait que leurs conseils sont toujours mal interprétés. » Don Emmanuel rit. « Ça aide à maintenir notre armée dans le chaos, et c'est une bonne chose pour vous. De plus, la plupart des soldats ne les aiment pas parce que ce sont des gringos, qu'ils sont riches et qu'ils croient tout savoir. Mais ils ne nous connaissent pas, ne nous comprennent pas et, quand ils restent ici, ils finissent simplement par être irrités et frustrés.

— Si nous ne tirons pas sur les gringos, déduisit Josef, nous pouvons toujours tirer sur les officiers ?

— Si vous êtes capables de les reconnaître, rétorqua don Emmanuel, mais ils ont la réputation de commander de l'arrière et, d'ailleurs, ce serait également une erreur.

— Je suppose que tu vas nous dire pourquoi, lança Hectoro, qui commençait à s'impatienter.

— Oui, Hectoro, c'est aussi simple. Ce sont les fils de l'oligarchie, voilà pourquoi. Si vous ne tuez qu'eux, l'oligarchie mobilisera le dernier centavo, le dernier soldat, le dernier policier, et utilisera les moyens les plus infâmes et les plus désespérés contre vous. Contentez-vous de les blesser : ils devront rentrer chez eux, ce seront des héros, tout le monde sera content. Maman pleurera de joie au retour de son fils. Si vous le tuez, elle criera vengeance et menacera de retirer ses fonds du parti conservateur si on ne prend pas des mesures draconiennes. » Don Emmanuel rit dans sa barbe. « Maintenant, puis-je faire quelques suggestions ?

— Vas-y, dit Pedro. Mais plus de plaisanteries sur les couilles. C'est une affaire très sérieuse.

— Vous devriez, reprit don Emmanuel, essayer de leur rendre la vie dure. Empoisonner l'eau qu'ils boivent. J'ai un bœuf mort que je vous prêterais volontiers si vous vouliez l'immerger dans la Mula. Et je vous recommande de pisser et de chier dans la Mula autant que possible, en aval du village bien entendu. Vendez-leur de la viande et des fruits infectés de mort-aux-rats, juste assez pour qu'ils vomissent beaucoup. Il faudrait aussi les effrayer. La plupart des soldats redoutent l'obscurité, je suis sûr que vous allez trouver une idée. Pour ma part, j'ai fait un petit quelque chose pour vous. Je dois avouer que ce n'est pas sans rapport avec les testicules. » Ses yeux pétillèrent d'amusement. Les quatre hommes attendirent.

« Il s'agit d'une jolie petite putain de Chiriguana, qui s'appelle Felicidad.

— Une excellente putain, confirma Hectoro.

— En effet. J'ai appris du médecin de Chiriguana, à la clinique, que Felicidad avait été à Barranquilla où elle a attrapé une bonne dose de chaude-pisse et un brin de syphilis. Je lui ai donné quatre mille pesos pour attendre quinze jours avant de se faire faire les piqûres, à une condition.

— A quelle condition, don Emmanuel ? J'espère que tu ne te moques pas de nous ! s'exclama Hectoro, dont l'impatience ne s'était pas dissipée et qui remuait, mal à l'aise.

— A la condition qu'elle entre dans le campement de

l'armée pleine d'enthousiasme pour les héros victorieux, et qu'elle couche avec autant d'officiers et de conseillers américains que possible. D'ici un mois, la plupart des officiers et des gringos auront de jolis petits chancres sur leurs palomas, et peut-être aussi dans la bouche, avec des écoulements de pus. Dans un mois, ils auront l'impression de pisser du verre brisé en urinant et je pense qu'ils se replieront rapidement sur l'hôpital militaire de Valledupar. »

Les quatre hommes se mirent à rire et un sourire heureux illumina le visage de don Emmanuel. « Je pensais que vous seriez contents. »

Tandis qu'ils regagnaient le village, Hectoro remarqua : « Quand même, ce sera difficile de résister à la tentation de tirer sur un gringo.

— Je crois que j'en tuerai un seul, pour le plaisir, répondit Misael.

— Et je ne tirerai que sur un officier, dans les jambes, ajouta Pedro.

— Mais, observa Josef, il nous reste au moins un mois d'armée à supporter, même si le plan de don Emmanuel marche. Nous avons encore un mois de combat, et c'est très long. Il faudrait porter le combat sur leur terrain, pour qu'ils ne viennent pas au village détruire nos maisons et nos champs. Il me semble que nous devrions attaquer les premiers.

— J'irai, annonça Pedro. Je suis un chasseur. Je connais pas mal de manières de tuer sans être vu, Dieu me pardonne. J'irai à Chiriguana. »

Pensivement, Hectoro ajouta : « Moi aussi, j'irai à Chiriguana. Il faut que je voie le médecin. »

Misael eut l'air soucieux. « Tu es malade, Hectoro ?

— Pas encore, mais j'aimerais vérifier. Je me suis bien amusé la semaine dernière, avec Felicidad. »

20

Les innocents

Aurelio se leva juste avant l'aube et s'habilla. Il remua les braises de la veille et y ajouta un peu d'herbe sèche. Quand le feu repartit, il ajouta de l'écorce et des brindilles, et bientôt la délicieuse odeur du manioc frit se répandit dans la clairière et sous les arbres. Dans les bois, les animaux bougeaient et leurs cris lui rappelèrent avec un serrement de cœur les imitations de Parlanchina qui l'enchantaient autrefois. Du seuil de la hutte, il jeta un regard sur le tertre où la jeune fille reposait en paix. « Bonjour, mon ange », prononça-t-il. Il l'entendit bavarder gaiement, et la vit marcher à sa rencontre. « Buena' dia', Papacito », répondit Parlanchina, en l'embrassant sur la joue avant de disparaître, dans le balancement de sa longue chevelure. Avant de s'engager sous les arbres, elle lança un regard par-dessus son épaule et sourit avec douceur.

Aurelio voyait toujours Parlanchina à ce moment-là, et ils échangeaient d'ordinaire quelques mots. Elle était une fois venue à lui pendant qu'il attendait l'apparition d'un poisson à harponner au bord de la rivière ; elle lui avait effleuré l'épaule et murmuré : « Dis-moi ton vrai nom. »

Aurelio s'était retourné pour la voir se moquer de lui et il avait tendu la main vers elle. Elle avait approché les doigts d'Aurelio de ses joues, les avait embrassés, puis elle avait ri à nouveau et dit : « Je connais ton vrai nom, maintenant, de toute façon. Mais pour moi tu es toujours Papacito, et je ne dirai pas ton nom de peur que quelqu'un l'entende.

— Parlanchina... », avait-il commencé ; elle avait alors mis le doigt sur ses lèvres et s'était évanouie. Une tristesse aiguë l'envahissait quand elle le quittait. Il avait eu envie de lui demander si son chat était toujours avec elle.

Carmen remua dans son hamac. « Querido, pourquoi fais-tu mon travail ? C'est à moi de préparer le petit déjeuner. Tu ne devrais pas changer l'ordre de nos vies, ça porte malheur. »

Aurelio fit demi-tour et s'approcha du hamac. Il scruta ses yeux ensommeillés et rit ironiquement. « L'ordre de nos vies a déjà changé.

— As-tu parlé avec Guyava ? demanda Carmen.

— Nous avons parlé.

— Pourquoi est-ce que je ne la vois pas ? Pourquoi ne me parle-t-elle pas ?

— C'est toujours ainsi, répliqua Aurelio. Un fils apparaît à sa mère et une fille à son père. Si nous avions eu un fils, il serait venu à toi et je n'aurais rien vu. De plus, je suis un Indien. Les esprits nous apparaissent naturellement. Pour ceux de ton espèce, ils doivent être invoqués par des sortilèges. Quant à l'homme blanc, il refuse de les voir. »

Carmen resta un moment pensive. « Je suis triste de ne pas lui parler. Aurelio ?

— Carmencita ?

— Comment découvrirai-je mon vrai nom si je l'ai jamais su ?

— Tu n'en as pas besoin, rétorqua Aurelio. Tu n'es pas une Indienne. Ton au-delà est différent.

— Et si je veux être avec toi ?

— Dans ce cas, répondit Aurelio, quelqu'un doit te dire ton vrai nom. Mais j'en suis incapable ; je ne le connais pas.

— Guyava n'était pas une Indienne, insista Carmen, et elle avait un vrai nom.

— Tu auras le tien, si tu veux », dit Aurelio.

Ils s'accroupirent dans la douce lumière de l'aube et mangèrent le manioc en silence. Puis, sans un mot, Aurelio se leva et partit chercher le sentier où Parlanchina avait rencontré sa mort brutale. Quand il y parvint, elle l'attendait, grande et belle, et dans ses bras elle tenait le chat. Elle sourit à son père et posa le chat. Il s'éloigna sans se presser, en agitant la queue dans les broussailles. Tendrement, Aurelio le regarda s'en aller. « Est-ce que tu viens avec moi ? demanda Aurelio.

— Non, Papacito. Je reste ici pour surveiller. »

Aurelio demeura quelques instants immobile sur le sentier, rassemblant son énergie et sa volonté pour affronter la longue marche dans la Cordillera ; puis il se mit en route, attentif à repérer de nouvelles mines aux triples antennes révélatrices. Il s'efforça de ne pas quitter le côté du sentier.

Quatre heures plus tard, il pénétra d'un pas digne dans le centre du camp et s'assit. Les guérilleros se rassemblèrent autour de lui, stupéfiés par son effronterie, hypnotisés par son allure exotique et curieux de ce qu'il faisait. Aurelio était occupé à verser des feuilles de coca et des coquilles d'escargot dans le goulot de sa gourde. Avec la dextérité que lui conféraient de nombreuses années de pratique, il les écrasa et les concassa en maniant prestement le pilon, qu'il enfonça dans sa bouche avant de lever les yeux vers les hommes et les femmes qui l'entouraient ; certains d'entre eux avaient braqué leur arme sur lui. « Je voudrais parler à la femme qui est votre chef. »

Les guerriers se regardèrent avec surprise.

« Comment sais-tu que notre chef est une femme ? demanda Franco. Es-tu un espion ?

— Je ne connais pas ce mot, répliqua Aurelio. J'ai des yeux.

— Comment sais-tu que nous sommes ici ? questionna Federico, qui avait toujours cru que le campement était un secret pour le monde entier.

— J'habite en bas, dans la jungle, répondit Aurelio. Je le sais depuis toujours. J'ai quelque chose d'important à dire à la femme. Quelque chose que vous devriez savoir, si vous voulez rester en vie. »

Federico courut chercher Remedios, qui sortit plus par curiosité que par nécessité. « Voilà la femme », prononça Aurelio, et il se leva avec gravité pour lui faire face. « J'ai des informations, si vous voulez garder la vie sauve. »

Remedios sentit qu'il était de son devoir d'écouter avec respect le vieil homme à la barbe mince et au bizarre costume d'Indien étranger. « Parle », dit-elle, et elle mit les mains sur les hanches en l'écoutant.

« Les soldats ont caché la mort-subite-par-la-foudre dans le sentier que vous prenez à travers la jungle pour aller dans la savane. Vous devez tracer un autre chemin.

— La mort-subite-par-la-foudre ? demanda Remedios. Qu'est-ce que c'est que ça ?

— Ce sont des plats, répliqua Aurelio, qui sont cachés dans le sol. Quand les pieds appuient dessus, les jambes et le tronc sont écorchés et brisés. Vous devez tracer un autre chemin.

— Il veut dire des mines, expliqua Garcia, bouleversé. Ils ont posé des mines !

— Des mines, répéta lentement Aurelio. Est-ce un autre nom ? »

Remedios hocha la tête. « La mort-subite-par-la-foudre

est un meilleur nom. Nous te remercions de nous avoir prévenus. Pourquoi l'as-tu fait ?

— Ma fille vous aimait, expliqua Aurelio. Elle vous observait. Elle a été tuée par la mort-subite-par-la-foudre. Je ne vous le souhaite pas ; et aussi..., ajouta Aurelio, j'ai préparé la mort pour les soldats sur ce sentier, et vous devriez passer ailleurs.

— Tu as préparé la mort ? demanda Remedios.

— Oui, affirma Aurelio. J'ai préparé la mort.

— Je vois, repartit Remedios. Mais, s'ils reviennent, ils marcheront sur leurs propres mines. Ils ne reviendront pas.

— Ils reviennent, reprit Aurelio, afin de voir qui ils ont tué. Ils marquent chaque plat d'un signe secret et ils ne marchent pas dessus. Les animaux ne meurent pas parce que ma fille veille sur eux, mais vous mourrez si vous n'arrivez pas à la voir.

— Ta fille ? interrogea Garcia. Je croyais que tu avais dit qu'elle avait été tuée ?

— Elle a été tuée, répondit patiemment Aurelio. Pourquoi dois-je tout dire deux fois ? Son esprit veille. »

Gonzago et Tomas se signèrent avec ferveur.

« Vieil homme, demanda Remedios, seras-tu avec nous, si tu hais les soldats ?

— J'ai ma vie, rétorqua Aurelio en secouant la tête, mais je ferai le guet pour vous et je veillerai sur vous. Ma fille et moi veillerons sur vous.

— Merci, vieil homme, répondit Remedios.

— Je m'appelle Aurelio », précisa-t-il en s'éloignant, avec une dignité aussi inaltérable et aussi imposante qu'à son arrivée.

« Cela signifie, commenta Remedios, que l'armée se doute de l'endroit où nous sommes.

— Je ne crois pas, intervint Gloria de Escobal. Ça leur

ressemblerait bien de poser des mines n'importe où en espérant tuer quelqu'un.

— Demain, annonça Remedios, nous envisagerons de déplacer le camp. A mon avis, il y a un risque.

— Dommage, dit Garcia. J'aime cet endroit.

— Tu ne l'aimeras plus si les hélicoptères viennent nous inonder de napalm, riposta Remedios. Je me rappelle comment mes companeros sont morts dans mon ancienne organisation. » Elle frissonna. « Leurs cris quand ils couraient, en flammes, je m'en souviendrai toute ma vie. Ça colle et il est impossible de s'en débarrasser. Quand on tape dessus avec les mains, elles se mettent à brûler elles aussi. C'est la pire forme de mort. A Dieu ne plaise, quand je mourrai, j'espère pouvoir le faire proprement, par le sang et pas par le feu.

— Par la grâce de Dieu, s'exclama Gloria, tu mourras dans ton lit, chérie par la nation, longtemps après la victoire. »

Remedios sourit tristement. « C'est douloureux de penser à ce qu'on a gaspillé. » Elle se dirigea lentement vers sa hutte et Garcia la regarda s'éloigner. « Sois bénie, Remedios », dit-il.

Aurelio arriva chez lui juste avant le coucher du soleil, comme il en avait l'intention. Il se rendit d'abord dans l'enclos et ouvrit grand le portail. Les chiens se rassemblèrent autour de lui, gémissant et aboyant dans l'attente de la nourriture. « Mes amis, annonça-t-il, je vous donne la liberté d'errer et de vivre en paix, noblement. Si vous avez faim, si vous êtes malades ou quand l'heure de votre mort aura sonné, je vous accueillerai et je prendrai soin de vous. J'écouterai vos appels dans la forêt. Méfiez-vous du sentier et prêtez attention à Parlanchina quand elle vous avertira de partir. »

Il fit demi-tour et se dirigea vers la porte de la hutte, en laissant l'enclos ouvert. Les chiens tournaient en rond, désorientés par le manque de nourriture, le portail ouvert et le changement d'habitudes. Puis l'un d'entre eux, qui devait être leur premier chef, huma un fumet dans l'air et fila à travers la clairière, la truffe au sol. Un par un, les autres le suivirent, à l'exception d'une vieille chienne fatiguée qui s'avança lourdement vers son maître et plaça son museau humide dans sa main. « Ah ! fit-il, oui, tu peux rester, ma vieille. » Elle s'installa par terre à ses pieds et s'endormit. Désormais, les chiens allaient et venaient à leur guise, et Aurelio devint leur oncle plutôt que leur père et mère.

Après le départ des chiens, Aurelio alla chercher sa machette et sortit couper plusieurs pieux. Il les répartit ensuite en trois piles. Avec l'une d'elles, il confectionna deux châssis. Avec la pile de pieux courts, il façonna des pointes acérées qu'il durcit au feu. Puis il procéda de même avec les grands pieux. Les petits pieux furent solidement attachés aux deux châssis. Il utilisa du cuir tordu et du bois flexible pour fabriquer des ressorts, puis il fixa la détente. Il la poussa doucement avec un morceau de bois, et le dispositif bondit conformément à son attente. Il en confectionna un autre. Il mit sur son dos une pelle, une machette et la pile de longs pieux liés en faisceau ; dans le sentier, il creusa deux trous profonds. Il plaça les pieux dans la terre, au fond, puis coupa à l'aide de sa machette des brindilles qu'il déposa en travers au sommet des trous. Il éparpilla des feuilles du sous-bois par-dessus. A côté de chaque trou, il laissa une marque secrète, comme l'avaient fait les soldats avec les mines. Puis il rentra chez lui chercher les deux dispositifs. Il piocha deux trous peu profonds destinés à ces derniers, et les couvrit également de feuilles. Quand il eut terminé, il s'assit pour se reposer et pour sucer de la coca de son pilon. Enfin, au début et à la fin de la succession de pièges, de mines et de trous, il urina en travers du sentier. Il y retourna chaque jour avec une gourde d'urine recueillie durant les vingt-quatre heures précédentes et en aspergea les mêmes endroits. Il agissait ainsi pour que les animaux, flairant des humains, évitent les dangers de cette portion du sentier.

Remedios et son groupe quittèrent les huttes et s'installèrent deux vallées plus loin, dans un lieu plus inaccessible mais plus proche de Chiriguana. Ils y construisirent leurs propres huttes de branchages dans les arbres. Ils prirent soin de ne pas pratiquer de clairières révélatrices visibles d'en haut, et déployèrent un professionnalisme accru en matière de discrétion et de camouflage. Seul Aurelio, et peut-être Parlanchina, savaient où ils se trouvaient.

Après leur départ précipité, les Indiens, qui n'avaient jamais définitivement abandonné leur village, s'y réinstallèrent aussitôt afin de reprendre leur ancienne vie pacifique et sans hâte, loin des gens et de la civilisation qu'ils craignaient et méprisaient. De nouveau, les petits enfants couraient nus dans la clairière, et les femmes allaitaient les bébés, adossées au seuil de leur porte. De nouveau, les vieillards mâchaient de la coca à l'ombre, et les jeunes cultivaient des bananes et du manioc sur les terrasses.

Ensuite, comme il se devait, le jour prophétisé par Remedios arriva. Les photographies aériennes prises par un avion espion étranger dans la stratosphère avaient clairement montré des signes d'activité, et les soldats avaient observé l'Avant-Garde du peuple à travers de puissantes jumelles, d'un sommet voisin.

Deux semaines après le déménagement de l'Avant-Garde du peuple et le retour des Indiens, ces derniers entendirent au loin un vrombissement rythmique. Ils avaient déjà vu des hélicoptères auparavant — ne s'écrasaient-ils pas fréquemment dans les montagnes ? Ces pilotes n'offraient-ils pas le sacrifice humain que les hommes blancs vouaient à leurs dieux ? Les Indiens sortirent de leurs huttes et se massèrent dans la clairière pour regarder les hélicoptères passer.

Le premier hélicoptère de combat à apparaître au-dessus de la voûte des arbres volait si bas qu'ils pensèrent qu'il allait s'écraser, et ils se mirent à courir. Deux fusées jaillirent des tubes le long du fuselage et simultanément des mitrailleurs commencèrent à tirer de chaque côté, par les portes ouvertes. Les fusées explosèrent dans un cataclysme de débris métalliques en fusion, les mitrailleuses gémirent et crépitèrent, et à terre les gens terrifiés et mutilés se tordaient dans les affres de la mort, ou rampaient désespérément, traînant leurs membres brisés et ensanglantés. Personne ne parvint à se protéger. Les femmes et les enfants psalmodiaient et hurlaient dans leur effroyable agonie, et les hommes, demeurés conscients en présence de cette apocalypse de leur fière et stoïque tradition, ravalaient leur angoisse et poussaient de faibles plaintes. L'un d'eux leva son arc en signe de défi pour riposter, mais il fut enveloppé de flammes, comme ils le furent tous lorsque le bouquet de napalm du second hélicoptère s'abattit voracement sur eux. Ils se levèrent, retombèrent et se convulsèrent, ces gens en feu, les yeux fondant dans les orbites, les os calcinés et le sang bouillonnant au milieu du ballonnement obscène des cloques. Quelques-uns s'acharnèrent à essuyer l'infernal produit adhésif, battirent l'air, se tordirent ou titubèrent comme des ivrognes, écartelés dans le délire de leur supplice incandescent.

Le tir d'obus du troisième hélicoptère de combat rendit presque anodin ce spectacle sorti des plus ignobles imaginations de Satan. Les flèches d'acier geignaient et vrombissaient parmi les cadavres fumants et les rares corps qui bougeaient encore. Elles transperçaient et déchiquetaient, superflues, les restes noircis des Indiens.

Les hélicoptères repassèrent avant d'aller atterrir plus loin dans la vallée. Le flot de soldats qui en sortit se déploya en V au commandement transmis par le sifflet du capitaine. Personne ne tirait sur eux des rochers ou des arbres ; les troupes aéroportées se détendirent.

En chargeant le village, sur les cent derniers mètres, ils tiraient et hurlaient. Mais quelque chose les fit hésiter dans les derniers pas de leur ruée en avant. Précautionneusement, ils marchèrent au milieu des restes carbonisés et suppliciés. L'écœurante puanteur de la chair brûlée se mêlait au parfum délicat du napalm. Dans les arbres, les perroquets se mirent à trouer le silence de cris stridents. Les hommes regardèrent les cadavres, et ils virent et sentirent une vision de l'enfer. Un par un, ils s'écartèrent en chancelant pour se plier en deux, pour vomir, secoués de spasmes quand il n'y eut plus rien à vomir ou à cracher.

Le Capitan vit les corps des petits enfants et parvint même à reconnaître la silhouette dessinée dans le charbon d'une ou deux femmes. Il regarda dans les huttes et trouva les maigres possessions des Indiens, mais pas les armes des terroristes. Il déambula parmi les corps, transi, un mouchoir sur le nez et sur la bouche, dans une vaine tentative pour repousser les effluves fétides. Il partit s'asseoir loin du village, sur un rocher, tandis que ses hommes erraient comme des zombis, fous d'horreur.

Le lieutenant vint s'asseoir près du Capitan et, le visage crispé et blême, laissa échapper : « Mierda, Capitan, c'étaient des cholos. C'étaient des enfants, et des femmes. Même des chiens. »

Le Capitan ne répondit pas. Il se pencha en avant et vomit entre ses pieds. Il enfouit son visage dans ses mains et fut pris d'un tremblement violent, incontrôlable.

« Mierda », dit le lieutenant.

Le Capitan se mit à pleurer et les larmes s'écoulaient entre ses doigts.

21

Comment dona Constanza tombe amoureuse pour la première fois et perd plusieurs kilos

Le général Fuerte tomba dans une profonde mélancolie pendant sa captivité. Ce n'était cependant pas la perte de sa liberté qui le tourmentait. Au demeurant, en tant que militaire lié par des règlements et des obligations, il n'avait jamais vraiment connu la liberté. Dans une certaine mesure, il était oppressé par l'ennui et le temps lui pesait. Il était cloîtré dans la même hutte que dona Constanza, mais, bien qu'ils se fussent rencontrés avant les événements relatés dans ce récit, ils découvrirent qu'ils avaient peu de chose en commun et n'étaient pas affectés de la même façon par leur incarcération.

Ce qui torturait le général Fuerte, c'était de ne plus savoir quoi penser. Dans l'ensemble, les guérilleros semblaient l'aimer ; ils lui apportaient des fruits et des noix, et lui tapaient dans le dos en disant : « Ne t'inquiète pas, Cabron ! » Fuerte finit par les aimer lui aussi, contre son gré. En particulier le père Garcia, dont il devint un intime et avec qui il passait de longues heures en discussions sérieuses durant lesquelles il leur arrivait de s'échauffer passionnément. Garcia communiqua à Fuerte sa vision glorieuse du monde-à-venir. Fuerte écoutait ses descriptions lyriques d'une Arcadie sans frontières où la guerre n'aurait plus de raison d'être. Où régnait une fraternité universelle fondée sur le partage équitable des richesses, où les moyens de production appartenaient au peuple et fournissaient les biens nécessaires au plus grand nombre, plutôt que les frivolités d'une élite. Garcia parlait de la théologie de la libération, où l'amour du prochain incluait le combat pour sa liberté.

Garcia parlait aussi des injustices subies par le peuple et racontait longuement au général d'effroyables histoires sur les cas de brutalité, de cupidité et d'oppression qu'il connaissait.

Le général bondissait intérieurement quand il entendait ces récits. Il défendait vigoureusement l'idée que toutes les utopies engendrent la misère, que les gens qui gagnent les révolutions font ensuite les pires dirigeants possible, que seul un marché libre est suffisamment flexible pour satisfaire les besoins changeants des individus, que tuer au nom de Dieu constitue un blasphème et une obscénité (« C'est ce que fait votre camp », répliquait Garcia), et que l'État n'aurait pas besoin de réprimer s'il n'y avait ni subversion gauchiste ni terrorisme. « Ce ne serait pas nécessaire, rétorquait Garcia, mais on réprimerait quand même. Il en a toujours été ainsi. »

Les deux hommes en appelaient à l'expérience, aux leçons de l'histoire, à la volonté divine, à la raison, et aucun ne voulait céder. Fuerte n'en avait pas moins été contaminé par les visions édéniques de Garcia et elles produisaient l'effet coutumier des maladies contagieuses : il en était picoté, irrité et démangé, et plus il se grattait, moins il s'en débarrassait. Fuerte était un homme philosophiquement en guerre avec lui-même, il s'empêtrait dans des si et des mais, des restrictions et des exceptions, des corollaires, des définitions, des devoir et des falloir, des contingences, des vérités et des injustices. Les deux idéologies menaient dans son esprit des batailles de pièces d'artifice grandeur nature, et il ne cessait de s'éloigner de la vision claire qui l'avait habité toute sa vie. Il évoquait avec regret et nostalgie ses conceptions d'autrefois, non sans cependant les considérer comme une marque d'immaturité. A l'instar des hommes intelligents qui perdent leurs points de repère, il sombra dans une dépression si paralysante qu'il en devint étranger à lui-même.

Le cas de dona Constanza était différent. Il ne lui était rien arrivé d'intéressant auparavant, et elle s'étonnait en songeant à sa vie passée d'avoir perdu tant de temps à s'ennuyer et à se tracasser pour des détails sans importance. Son statut de femme enlevée lui donnait l'impression d'être la protagoniste d'un merveilleux mélodrame joué sur une vaste scène.

Au début, elle avait eu très peur d'être violée, torturée, privée de nourriture ou traitée comme un animal, et pendant plusieurs jours elle avait gardé les yeux écarquillés, en proie à une terreur mortelle. Mais on l'avait nourrie, elle avait eu la permission de se laver et de se soulager ; Remedios et Gloria étaient même venues lui demander si elle avait besoin de quelque chose, et lui avaient appris à rouler et à plier des morceaux de tissu pour se faire des serviettes hygiéniques. Bien que les guérilleros se fussent révélés des serviteurs plus consciencieux que sa mulâtresse de l'hacienda, elle fut inspirée par l'énergie et l'enthousiasme de ses ravisseurs et se mit à chercher autour d'elle de quoi s'occuper.

Comme elle trouvait Fuerte et Garcia assommants avec leurs interminables discussions politiques, elle allait s'asseoir devant la hutte à côté de celui qui était censé la garder. Elle observait la vie du camp. Les premiers temps, elle lui parut répugnante. Les hommes crachaient copieusement et se soulageaient sans vergogne en public contre les troncs d'arbres ; quelquefois, ils brandissaient leurs pénis vers elle quand ils avaient terminé, en louchant et en la lorgnant d'une manière obscène. Elle détournait dédaigneusement les yeux, mais ne pouvait pas s'empêcher de leur lancer un regard oblique. Ils se lavaient sans honte nus dans la rivière. Elle finit par se sentir gênée d'être la seule habillée, la seule à être sale et à sentir mauvais ; elle se dévêtit entièrement et se glissa dans l'eau d'un air faussement effarouché. La sensation était très agréable. Elle trouva la diversité des corps d'hommes fascinante ; elle n'avait jamais contemplé autant d'hommes nus, n'ayant vu, en fait, dans le plus simple appareil, que son malabar de mari. Sans le vouloir, elle se mit à comparer et à classifier leurs organes génitaux. Il y en avait de longs et minces au gland lourd, comme ceux des ânes ; des gras et courts, qui se pelotonnaient comme une châtaigne dans sa cupule, et de délicatement fuselés ; d'autres au prépuce tombant, ou encore sans prépuce du tout. Les testicules, décida-t-elle, étaient généralement semblables, sinon que les plus gros avaient tendance à pendre moins bas. Elle se surprit à observer les corps sveltes et musclés, et se rendit compte que certains hommes observaient subrepticement le sien à leur tour.

Les premiers temps, elle avait en horreur leur conversation grossière, et elle découvrit avec effroi que les femmes, tout en désapprouvant les propos des hommes, tenaient des discours identiques quand elles étaient entre elles. Elle écoutait d'exorbitants récits de prouesses, d'hilarantes histoires d'humiliation, de mélancoliques trahisons, et un jour, à sa propre stupéfaction, elle s'en amusa et en sourit. Durant une brève période, elle se méprisa de laisser partir ses valeurs à la dérive, mais elle finit par oublier d'avoir honte.

L'alimentation saine, l'air frais de la montagne, la vue

des corps nus et la conversation grivoise enflammaient l'imagination de dona Constanza. Ses rêves se peuplaient de membres enchevêtrés et de bacchanales effrénées. Les gens copulaient et cabriolaient dans des positions invraisemblables avec une ardeur surhumaine ; tantôt elle embrassait un panorama imaginaire de multiples corps haletants, tantôt elle scrutait en gros plan avec une saisissante précision les moindres détails de la jouissance. Elle se réveillait en nage, frissonnante et humide, et restait étendue sans bouger, grisée par les furieux élans du désir.

Dona Constanza commença à perdre le bourrelet disgracieux dont l'avaient gratifiée la maternité et l'oisiveté. Plus active, elle redevint aussi souple et aussi agile que dans sa jeunesse et, comme dans sa jeunesse, son œil se mit à vagabonder parmi les jeunes hommes qui l'entouraient.

En définitive, dona Constanza perdit sa graisse parce qu'elle dit à Gloria qu'elle s'ennuyait de ne rien faire. « J'aimerais travailler », avait-elle affirmé, alors qu'elle pensait : « Je veux aller dehors avec les hommes. » Gloria en fit part à Remedios, qui donna son assentiment en l'avertissant qu'elle serait abattue sur-le-champ si elle tentait de s'enfuir.

« M'enfuir ? riposta dona Constanza. Où donc ? Je ne connais pas le chemin pour rentrer chez moi et je ne vais pas descendre dans la jungle ou grimper dans les montagnes toute seule ! Je veux rester ici !

— Ah oui ? demanda Remedios. Est-ce que vous commencez à partager nos idées ?

— Oh non ! » répondit Constanza.

Remedios resta perplexe, mais elle la laissa aller travailler, après avoir désigné un responsable attitré pour la garder. Elle passa mentalement en revue chacun des membres du groupe et fit son choix. Les chances qu'avait dona Constanza d'obtenir l'homme qu'elle désirait le plus étaient extrêmement limitées. Néanmoins les dieux lui sourirent et elle fut transportée de joie de se trouver à peu près constamment en compagnie de Gonzago.

Dona Constanza n'avait jamais été aussi joyeuse de sa vie, pas depuis que ses enfants étaient partis dans un collège privé en Angleterre. Elle sifflait et chantait en travaillant, elle riait et plaisantait, elle faisait sa part de cuisine et de lessive, et un matin elle impressionna les guérilleros en prouvant qu'elle était encore capable de faire le saut périlleux. Ils se mirent à l'appeler « Pajara » (oiseau chanteur) et, bien qu'elle eût dix ans de plus que la plupart d'entre eux, de nombreux guérilleros la trouvaient désirable.

Gonzago avait vingt-cinq ans. Il n'était pas grand, mais il était vif et svelte. Quand il riait, ses dents blanches et son unique dent en or semblaient étinceler, et ses yeux bruns prenaient une couleur noire. Il avait un visage de Roméo mexicain ; il possédait la chevelure raide, noire et épaisse d'un Indien. Il avait une allure que dona Constanza jugeait irrésistible.

Gonzago le comprit rapidement, malgré les efforts que dona Constanza déployait en vain pour ne pas trop se trahir. Quand il avait une tache sur le visage, dona Constanza l'ôtait tendrement du doigt. Quand il se coupait, elle s'affairait autour de lui, le soignait comme si c'était une blessure mortelle et, quand la chaleur était particulièrement vive, elle lui essuyait le front comme à son retour sans l'argent de la rançon. Dona Constanza se mit à laisser ses boutons de chemise ouverts pour que Gonzago entrevoie ses appétissants petits seins rebondis ; de fait, il avait parfois du mal à la regarder dans les yeux en lui parlant, parce que ses yeux semblaient toujours attirés vers le bas. Lorsque la fermeture Éclair de son short sauta irréparablement, elle continua à le porter. Les autres guérilleros commençaient à lui faire des clins d'œil accompagnés de gestes obscènes quand il passait à côté de dona Constanza, et ils lui posaient des questions comme : « Quand le petit pajara pondra-t-il des œufs ? » Un jour, Gonzago surprit même un sourire entendu de Remedios, auquel il répondit d'un air penaud.

Gonzago en était ravi et dona Constanza elle-même lui plaisait. Il était flatté qu'on lui prêtât une liaison avec une Grande Dame de l'Oligarchie, et il appréciait sa compagnie. Elle était très féminine et très gaie, ce qui ne l'empêchait pas de travailler plus dur qu'un homme, et elle était de plus extrêmement séduisante. Gonzago lui faisait l'amour en rêve dans sa hutte, pendant qu'elle rêvait de lui faire l'amour dans la sienne.

Ils aimaient particulièrement aller fouiner ensemble, parce qu'alors ils étaient seuls. Ils partaient en quête de goyaves, de papayes, de citrons, de racines de yucca, de mangues et d'avocats, travaillant de concert, mais sans cesser de sentir dardée sur eux la flamme du désir. Dona Constanza le regardait, et le cœur de Gonzago battait la chamade, il la regardait, et elle avait des fourmillements au bout des seins ; elle riait, et son pénis bondissait, de sorte qu'il était obligé de se détourner pour cacher la bosse qui gonflait son pantalon ; il riait, elle sentait un désir bouillonnant lui envahir les entrailles.

Seulement Gonzago était très timide. Il ne savait pas comment s'y prendre pour en arriver au dénouement. Que fait-on avec une Grande Dame de l'Oligarchie ? Et plus ils attendaient, plus leur désir se transformait en puissant et grondant incendie prêt à anéantir les portes de la fournaise.

Ce fut dona Constanza qui trouva un subterfuge. Un jour, au moment de la sieste, ils durent s'abriter du soleil à l'ombre d'un grand arbre. Ils étaient assis côte à côte, adossés au tronc, buvaient de grandes lampées d'eau à leurs bidons et mangeaient des mangues. Ils furent bientôt dégoulinants de jus poisseux, et hilares. Tout en le regardant dans les yeux, dona Constanza, impudique et lascive, se lécha les doigts ; le pénis malicieux de Gonzago manifesta assez clairement son existence. Dona Constanza jeta les yeux sur le tertre grandissant en feignant de ne pas le voir. « Je crois, annonça-t-elle, que je vais devoir piquer un petit somme. Est-ce que je pourrais me servir de ton épaule comme oreiller ?

— Certainement », répondit Gonzago.

Elle posa la tête contre son épaule et fit semblant de dormir. Gonzago entrouvrit furtivement sa chemise pour voir sa poitrine. Dona Constanza rabattit la jambe droite sur la gauche, se retourna tout en glissant légèrement, de sorte que sa jambe droite se retrouvât un peu au-dessus de celle de Gonzago et que sa tête vînt se nicher dans le cou de celui-ci. Gonzago dut bouger parce que son pénis tendu, douloureusement retenu par le slip, aspirait instamment à la liberté. Afin de trouver une position plus confortable, dona Constanza remua innocemment sa main droite qui, par miracle, élut domicile dans la chemise de Gonzago au-dessus de son sein gauche. Dona Constanza sentit le mamelon se durcir. Gonzago devait à présent non seulement endurer l'intolérable emprisonnement de son pénis, mais encore les fourmis qui lui endolorissaient le bras droit, sur lequel reposait dona Constanza. Il le dégagea, s'exerça les doigts pour ranimer la circulation, et se mit à chatouiller la nuque et le lobe de l'oreille droite de dona Constanza. Elle exhala un souffle chaud dans son cou, qu'elle lécha sous prétexte de s'humecter les lèvres. Au même instant, elle commença à lui caresser doucement le torse de la main droite, en promenant ses doigts dans les poils. Sa main se mit à vagabonder un peu plus loin, et lui effleura le ventre. Son pénis était maintenant à la torture, et il lui caressa l'oreille et la nuque avec une délicatesse furieusement renouvelée. Constanza l'endormie bougea sa main de façon tout à fait délibérée et la laissa déloyalement retomber sur le pantalon de Gonzago.

Lorsque son étreinte se resserra sur son membre, il poussa un cri et, comme s'ils obéissaient à un signal convenu, ils se jetèrent l'un sur l'autre avec une violence sans précédent dans l'histoire de la concupiscence. Gonzago prit son sein dans sa bouche et le ravit de sa langue. Constanza, d'un mouvement de la main, envoya rouler les boutons de son pantalon parmi les feuilles et recueillit avidement le tendre fruit de ses rêves. Gonzago suffoqua, s'agenouilla à califourchon au-dessus d'elle, pétrissant ses seins, tandis qu'elle empoignait d'une main son douloureux pénis qui ne cessait de se dilater et, de l'autre, lui caressait les testicules. Brutalement, dona Constanza renversa Gonzago et l'immobilisa sous son propre corps. Elle l'embrassa rageusement autour de la bouche et du cou, à coups de langue humide, les lèvres vibrantes. Elle se mit à frotter son entrejambe contre sa cuisse et Gonzago, en vrai gentleman qu'il était, éleva légèrement le genou pour lui faciliter la tâche. Dona Constanza lança de petits cris sauvages en pivotant sur ses hanches. Gonzago enfonça la main dans son short et enroula ses doigts autour de la vulve, qui ruisselait à faire honte à n'importe quelle mangue. Le déferlement sonore atteignit de nouveaux crescendos, et elle se masturba contre ses doigts à une telle rapidité que ses cris se fondirent en un unique cri prolongé, qu'elle trembla et frémit convulsivement, comme une épileptique. Échevelée, le regard égaré, elle se redressa brusquement et se jeta sur le pantalon de Gonzago. Le saisissant par la ceinture, elle le tira avec une telle force que Gonzago fut traîné à même le sol de la forêt sur un mètre entier avant que dona Constanza ne jette triomphalement le vêtement, puis danse d'une jambe sur l'autre afin de se débarrasser de son short. Elle portait toujours sa chemise déboutonnée quand elle enfourcha Gonzago ; proférant un hurlement de joie, d'un frétillement de la hanche, elle se mit en position et l'enfonça en elle aussi profondément qu'il était possible. Ils explosèrent simultanément, Gonzago et Constanza hurlèrent et mugirent, soulevés, tournoyants, jusqu'à ce que Constanza s'effondre soudain sur la poitrine de Gonzago. Elle laissa échapper un long gémissement d'extase et glissa de côté, courbant douloureusement le pénis de Gonzago à la racine.

Il avait honte. « Je ne voulais pas jouir si vite. Je n'ai pas pu m'en empêcher. Personne ne m'a caressé depuis longtemps.

— Ça ne fait rien... ça ne fait rien... ça ne fait rien... répondit Constanza, en essayant de reprendre suffisamment haleine pour terminer sa phrase, j'ai déjà joui trois fois. »

Ils s'endormirent à l'ombre de l'arbre. Dona Constanza, la tête sur son ventre, avait posé une main protectrice sur les parties qu'elle convoitait depuis si longtemps.

Elle s'éveilla avant lui. En ouvrant les yeux, elle aperçut le bonhomme rose qui l'observait de son œil borgne. Dans un demi-sommeil, elle se mit à jouer avec. Elle le caressa doucement, et il remua un peu. Elle glissa la main autour et enveloppa les testicules ; le pénis remua un peu plus. Captivée par cette nouvelle forme d'expérience, elle chatouilla les poils du périnée. Le membre commença à s'allonger et à se tendre. Elle prit les testicules dans la main droite et massa le pénis de bas en haut avec la main gauche. Elle en effleura le bout et il bondit comme s'il avait reçu une décharge électrique, ce qui lui donna l'idée d'essayer encore une ou deux fois. Le pénis était maintenant dur et puissant ; son extrémité luisante touchait le bout de son nez. Elle vérifia que Gonzago dormait toujours et ne put résister à la tentation d'expérimenter ce qu'elle ne connaissait que par ouï-dire chuchoté à l'école. Timidement, elle donna un coup de langue sur le bout. Ce n'était pas trop mauvais : « Ça a mon goût », pensa-t-elle. Elle aplatit la langue et l'enroula autour de l'extrémité du pénis comme si elle dégustait une sucette. Il lui sembla que la texture présentait une certaine vulnérabilité. Elle lécha la hampe sur toute sa longueur, d'abord d'un côté, puis de l'autre, puis au milieu. Après s'être assurée que Gonzego était toujours assoupi, elle se blottit entre ses jambes pour lui lécher les testicules, les titillant à l'attache du bout de la langue. Quand elle cessa de loucher, elle vit que le pénis palpitait au rythme des pulsations de Gonzago. Contre toute attente et en dépit de ses préjugés d'autrefois, elle passait un moment fabuleux. D'une main elle le caressa, puis elle s'agenouilla pour prendre le pénis entier dans sa bouche. Elle commença par essayer de voir jusqu'où il pourrait aller sans l'étouffer ; puis elle enroula avec délices sa langue autour du membre, en promenant sa tête de haut en bas.

Lorsque Gonzago s'éveilla, il découvrit que le rêve incroyable dans lequel on lui taillait la pipe la plus exquise de sa vie était en train de se réaliser, et à ce moment-là dona Constanza, en plein abandon, ne se souciait plus qu'il fût endormi ou non. Ils firent encore deux fois l'amour très longuement ; ensuite se posa le problème de reconstituer leurs vêtements en lambeaux afin de ne pas éveiller de soupçons en rentrant avec leur récolte de fruits.

Gonzago et Constanza faisaient l'amour quand et où l'occasion se présentait, et de toutes les manières possibles. C'était quelquefois à une vitesse effrénée, en sautant derrière un rocher et en arrachant leurs vêtements, et quelquefois lentement, langoureusement, dans la lumière du soir. Ils s'habituèrent à avoir le derrière piqué par les fourmis ; la nuit, Gonzago se faufilait dans la hutte de Constanza. Ils faisaient l'amour avec une exaltation qu'accroissait la nécessité de ne pas réveiller le général, auquel la dépression avait par bonheur donné le sommeil très lourd.

A mesure que leur passion fébrile s'attisait, ils devinrent maigres et pâles, les yeux brillant d'une lueur folle. Dona Constanza, qui avait acquis un parler pittoresque, annonça un jour, hors d'haleine, alors qu'ils étaient en train de se dévorer libidineusement leurs génitoires affamés : « Gonzito, je veux rester ici pour te baiser comme ça jusqu'à ce que mes pieds verdissent et que ma tête se décroche !

— Il faudra que tu te rallies à notre mouvement », dit Gonzago, entre les halètements et les poussées.

Remedios accéda à la demande de dona Constanza, qui devint le seul membre du groupe à ignorer totalement quel était le sens de son combat. Qu'importent ces détails quand on a trouvé sa voie dans la vie ?

22

Où le colonel Rodrigo Figueras oublie les deux premiers principes de la guerre et compromet ses perspectives d'avenir

Hectoro et Pedro attendaient la tombée de la nuit. Hectoro regardait les tourbillons de poussière fouetter le sable et sautiller capricieusement sur la piste, et il était de bonne humeur parce que le docteur lui avait dit que son sang n'était pas infecté. Il n'aurait pas le tracas d'en parler à ses trois épouses, ni celui de ne pas pouvoir savourer une femme pendant trois mois. Il se gratta le visage à travers sa barbe de conquistador et abaissa son sombrero de paille sur les yeux. Il avait cessé de boire autant ces jours-ci, par manque de temps, et son foie reconnaissant permettait à sa peau de retrouver une couleur moins jaune.

Pedro observait les soldats de l'œil froid et exercé du chasseur professionnel. Il n'avait jamais chassé d'hommes, sauf lorsqu'il avait traqué des voleurs de bétail pour les gringos. Mais la situation était différente parce que les soldats étaient rassemblés dans un campement et n'en bougeaient pas. Pedro sourit à l'idée que, si les officiers avaient voulu rester, c'était peut-être pour ne pas s'éloigner de Felicidad. Il l'avait vue se glisser d'une tente à l'autre dans la nuit, et avait écouté ses gloussements furtifs et ses murmures.

Pedro et Hectoro ne s'étaient pourtant pas fait faute de

donner aux soldats l'envie de partir. Les villageois avaient jeté un bœuf mort en amont du camp, et ne manquaient pas de déféquer et d'uriner au même endroit. La plupart des soldats souffraient à présent de violents accès de crampes d'estomac et de diarrhée ; une épidémie de vomissements s'était déclarée. Il avait été impossible aux villageois de vendre aux militaires de la nourriture empoisonnée parce qu'ils avaient apporté leur propre ravitaillement ; néanmoins, Misael leur vendait de l'aguardiente fabriquée avec de l'esprit-de-bois, et deux soldats étaient déjà devenus aveugles.

Le premier soir de la quinzaine où ils avaient commencé à harceler les envahisseurs, Hectoro et Pedro déterrèrent un des soldats morts au cours de l'incursion précédente et habillèrent le cadavre d'un uniforme kaki prélevé sur un cadavre. Ils clouèrent le corps en décomposition à une croix de fortune qu'ils laissèrent en plein milieu du camp, où il suintait si effroyablement la putréfaction que les vautours eux-mêmes n'y touchèrent pas. Ils volèrent plusieurs armes en partant. Le spectacle du camp au réveil fit rire les deux hommes toute la journée : les soldats contemplèrent le cadavre avec une terreur stupéfaite, en se pinçant le nez, avant de se disputer sur la façon de s'en débarrasser. Un officier contraignit deux jeunes conscrits à l'enlever, sous la menace du pistolet.

Le second soir, la garde avait été doublée. Pedro confectionna une poupée en forme de soldat et prononça des secretos au-dessus d'elle tandis qu'il lui enfonçait des clous dans les yeux et dans l'aine. Il la laissa au milieu du camp et revint vers Hectoro. Ils attendirent qu'un garde s'endorme et Pedro l'étrangla. « Je n'ai pas le cœur à faire ça », annonça Pedro, et ce fut Hectoro qui extirpa les yeux et les organes génitaux de l'homme pour les fourrer dans la bouche du cadavre. Le matin suivant, la panique régnait dans le camp, les hommes gesticulaient et disaient aux officiers : « Nous ne pouvons pas nous battre contre des magiciens », et les officiers répondaient : « La magie n'existe pas. Ne soyez pas superstitieux. Nous avons affaire à des terroristes. »

Hectoro et Pedro faisaient le guet cette nuit-là lorsque quatre soldats désertèrent furtivement. Ils en attrapèrent un que Pedro força à avaler une mixture qui rendait fou pendant quinze jours. Ils le réexpédièrent dans le camp et le regardèrent trébucher en bredouillant des histoires de fantômes et d'esprits, puis s'écrouler sur les tentes. Le camp s'éveilla, et il s'ensuivit une bonne dose d'argumentation et de cavalcade.

Les deux nuits suivantes, Pedro et Hectoro ne prirent aucune initiative, mais ils virent six autres déserteurs. Cependant, personne dans le camp ne savait si les soldats avaient déserté ou avaient été enlevés par les forces des ténèbres, et chacun était nerveux ou fébrile.

Le sixième soir, Hectoro et Pedro se rendirent au grand étang de la finca de don Emmanuel et attrapèrent un caïman. C'était un animal énorme ; il se débattit et donna de furieux coups de queue jusqu'à ce que Pedro lui plante un bâton entre les mâchoires et lui bande les yeux. Il le frappa brusquement sur le crâne pour l'assommer, et les deux hommes l'emportèrent vers le camp. Ils attendirent la désertion de deux soldats de la même tente et l'assoupissement d'un garde, puis ils transportèrent le caïman avec un rat mort dans la tente. Ils mirent le rat mort dans l'ouverture d'un des sacs de couchage et introduisirent le caïman dans l'autre, en serrant bien le cordon de la fermeture Éclair pour qu'il ne puisse pas s'échapper. Le matin, le sac était secoué et gonflé par les tentatives de fuite du caïman ; ils entendirent un soldat au visage blême courir en hurlant : « Suarez s'est transformé en alligator ! Suarez est un alligator ! » Figueras s'arrêta au pied du sac de couchage agité de contorsions et recula brusquement quand il se rendit compte qu'il contenait en effet un monstre furieux. A cet instant, la bête emprisonnée brisa le cordon et rampa rageusement à vive allure hors du camp. Les hommes coururent se mettre en sûreté et le regardèrent disparaître en direction de la Mula. Figueras ordonna à un jeune soldat de deuxième classe d'entrer dans la tente et de la fouiller. Le jeune homme, qui était manifestement encore à l'âge de l'adolescence, se signa et ouvrit précautionneusement les portes de la tente. N'apercevant rien, il s'enhardit et se glissa à l'intérieur. Il rebroussa chemin promptement et se releva, droit comme un i. La lèvre tremblante, il déclara à Figueras : « Mon colonel, l'autre s'est transformé en rat. Il est mort, mon colonel. »

La semaine d'après, Hectoro et Pedro s'abstinrent de toute intervention. Ils étaient très occupés pendant la journée à travailler avec Sergio et le Profesor Luis, à fureter dans les recoins, à accumuler. Ils savaient que la terreur prospère sur fond d'incertitude ; or les soldats étaient déjà à la fois malades et épouvantés, et continuaient à déserter la nuit.

Hectoro et Pedro transportèrent les trois sacs jusqu'au camp. Hectoro observait les tourbillons de poussière, se grattait la barbe et se réjouissait d'avoir le sang pur. La nuit tomba et le camp s'endormit, à l'exception des gardes, qui s'agglutinaient en petits groupes par solidarité au lieu d'être postés à intervalles égaux le long du périmètre comme ils l'auraient dû. Pedro avait étourdi les bêtes grâce à une fumée spéciale et à des secretos.

Ils se faufilèrent entre les tentes et Hectoro mit de grosses tarentules dans les bottes disposées avec soin devant l'entrée des tentes. Elles n'étaient pas venimeuses, mais presque tout le monde les croyait telles. Pedro, invisible, plaça délicatement des serpents-corail à l'intérieur de chaque tente. Les serpents-corail, quand ils se sentent en danger, sont prompts à l'attaque, et leur venin est mortel en moins d'une journée. Ceux-là, qui étaient endormis, ne se sentiraient pas menacés avant le matin ; ils restaient lovés et dormaient tranquillement en compagnie des hommes.

Hectoro et Pedro relâchèrent la moitié du sac de vipères dans la tente des latrines et l'autre dans la tente de l'approvisionnement.

Les résultats de cette manœuvre déclenchèrent une hilarité sans merci dans le village, bien que Hectoro et Pedro, pliés en deux, fussent incapables de les rapporter de manière cohérente. Les gens se regardaient, et sans raison apparente se mettaient à exploser en tempêtes de rire. Quand ils buvaient du café, ils s'éclaboussaient mutuellement et, quand ils mangeaient, ils s'aspergeaient de nourriture. Dolores faillit s'asphyxier avec un morceau de banane et ne fut sauvée que par Josef qui la frappa si fort sous les côtes que la bouchée jaillit de sa trachée.

L'armée partit le jour même, vaincue par des forces qu'elle ne comprit et ne vit jamais. Elle établit son camp à cinquante kilomètres de là et passa une nuit paisible. Elle y demeura avec gratitude jusqu'au matin où Figueras sortit de sa tente d'un pas mal assuré afin de se rendre aux latrines. Il tripota maladroitement ses boutons et parvint à extraire son pénis. Les yeux fixés dessus, il tentait de se détendre suffisamment pour uriner, quand il aperçut près de l'extrémité un petit cratère rouge d'où suintait un liquide luisant. Son cœur se serra, il regarda de nouveau pour vérifier. « Mierda », dit-il. Il essaya d'évacuer son urine et découvrit qu'il était bloqué. Il comprima son sphincter anal pour la forcer à sortir, et une goutte de pus jaune tomba, éclaboussant le zinc. Il se pencha pour l'inspecter. Il soupira et se redressa péniblement. « Que puta », marmonna-t-il. Il tenta à nouveau de se détendre et l'urine commença à s'écouler. L'expression de son visage passa de la stupeur à l'angoisse, puis au désespoir. Il fallait qu'il pisse, mais son urètre était en feu. Il brûlait s'il pissait, et il brûlait s'il ne pissait pas. Il décida de ne pas pisser et retarda la douleur d'une demi-heure jusqu'au moment où il fut vaincu par la pression de sa vessie endolorie. Ce jour-là et les jours suivants, ses officiers, le conseiller gringo et lui-même découvrirent ce que c'était que de pisser du verre pilé.

Figueras envoya un groupe de soldats arrêter Felicidad.

« Sous quelle inculpation ? » demanda le corporal.

Figueras ne savait quel crime inventer. Il se gratta la tête et grimaça face au soleil. Finalement, il approcha la vérité plus qu'il ne le croyait. « Arrêtez-la pour sabotage. »

Mais Felicidad resta introuvable. Elle avait suivi son traitement à Chiriguana et elle était allée se reposer chez don Emmanuel. Don Emmanuel lui donna la deuxième moitié des deux mille pesos.

« Je suis très riche maintenant, commenta-t-elle joyeusement.

— Très riche ? répéta don Emmanuel.

— Oui, répondit-elle. Tu ne crois pas que je les ai laissés m'avoir pour rien ?

— Petite diablesse ! s'exclama don Emmanuel.

— Pas du tout, risposta-t-elle avec une moue indignée, je l'ai mérité. Je suis une très bonne putain.

— C'est ce qu'affirme Hectoro, répliqua don Emmanuel, mais pour l'instant je n'en sais rien. »

Elle rit et frotta son pouce contre son index, pour indiquer qu'il fallait payer. « Dans trois mois, quand mon sang sera pur, je te ferai goûter de ma goyave. Et... » Elle se pencha avec un air de conspiratrice. « Si c'est très bien ce sera peut-être gratuit. »

Don Emmanuel déposa un baiser sur son front et partit marquer quelques bœufs.

Felicidad fut fêtée dans chaque maison du village à tour de rôle, bien que personne ne sût exactement à quel point son sabotage avait été efficace. Pedro et Hectoro reçurent également un traitement digne des héros ; aucun des deux n'était accoutumé à de telles démonstrations et il leur fut difficile de s'en accommoder. Pedro avait toujours été un chasseur solitaire, et Hectoro un homme orgueilleux et distant ; ils essayaient de passer inaperçus.

Les choses prirent une tournure différente pour Figueras. Un conseil d'officiers du camp exposa des raisons militaires urgentes de rentrer à Valledupar. L'état général de maladie des hommes fut cité, bien qu'ils fussent en voie de guérison depuis qu'ils ne buvaient plus l'eau de la Mula. « De toute façon je dois consulter mes supérieurs, intervint Figueras d'un ton hautain, et je ne peux pas le faire d'ici étant donné qu'ils ne sont pas joignables par radio. »

Le service des maladies sexuellement transmissibles de l'hôpital militaire de Valledupar était ouvert le mardi et le jeudi, de neuf heures à onze heures du matin pour les officiers, et de trois à six heures de l'après-midi pour les sous-officiers et les hommes de troupe, ce qui laissait un temps appréciable pour la sieste. Le mardi matin, le conseil des officiers qui avait invoqué d'urgentes raisons militaires pour quitter Chiriguana se trouva de nouveau réuni dans son intégralité, dans l'antichambre de la clinique. Les officiers se dévisageaient, cramoisis d'embarras. Un long silence régna jusqu'à l'arrivée du colonel Figueras. Il jaugea l'assemblée, les jambes écartées et les poings sur les hanches, en hochant la tête. « Felicidad ? » demanda-t-il. Chacun acquiesça tristement. « Cette sacrée petite garce m'a dit que j'étais le seul, ajouta Figueras. — C'est ce qu'elle m'a dit à moi aussi », s'exclama le lieutenant, qui semblait être sur le point de pleurer. Les autres secouaient la tête d'un air résigné. Figueras se mit à glousser. « Tout de même, mes amis, ça valait la peine, et je recommencerais. Oui, par Dieu ! » Les hommes sourirent et la plupart d'entre eux en convinrent. Figueras regarda un graffiti sur le mur qui proclamait : « En deçà du grade de général de brigade, personne n'a le droit de prétendre qu'il l'a attrapée sur un siège de toilettes. »

Le général n'était pas satisfait du colonel Figueras. Figueras était sur la sellette pendant que son supérieur passait en revue une liasse de rapports, y compris le sien.

« Votre rapport est bourré de fautes, annonça-t-il, en levant les yeux vers Figueras au-dessus de ses lunettes en demi-lune.

— Merci, mon général. »

Le général exhala un profond soupir. « Cependant, votre rapide promotion est due à votre bravoure manifeste et à vos succès sur le terrain, et non à votre talent littéraire. » Le général parcourut de nouveau les rapports, en fronçant les sourcils et en faisant claquer sa langue. « Colonel, dit-il, je lis ici qu'il est question d'un pont démoli, de squelettes, de diarrhée, de vomissements, de démence, de magie noire, de serpents, de rats morts, d'araignées, d'alligators. De deux soldats inexplicablement frappés de cécité et d'un garde mutilé. D'armes et de munitions qui disparaissent. De la perte de quarante hommes de votre bataillon. Quarante hommes ! » De désespoir, le général agita la main. « Et comment les a-t-on perdus ? Était-ce dans une bataille ? Au cours d'une patrouille ? Non ! Treize d'entre eux ont péri à la suite de morsures de serpent, quatre dans l'explosion du pont, et le restant, vous le classez “ desaparecidos ” ! Comment ont-ils disparu, colonel ? »

Figueras suait à grosses gouttes et il avait les yeux vitreux. « Je crois qu'ils ont été abattus par l'ennemi, répondit-il.

— En plein milieu du camp ? Aucun des disparus n'est signalé comme ayant été de garde ; je pourrais comprendre qu'ils aient été abattus s'ils avaient été de garde ! Mais non, vous avez marqué “ disparus pendant leur sommeil ” ! » Le général se leva et tourna le dos à Figueras, fronçant les sourcils, face à la fenêtre, puis il se retourna et tapa du poing sur la table. « Ils ont déserté, Figueras ! Et j'ai une explication simple ! Un, vos gardes ne faisaient pas leur travail. Deux...

— Tous les hommes étaient terrorisés, repartit Figueras sans conviction. Ils croyaient que nous nous battions contre les esprits du mal.

— N'interrompez pas un supérieur ! Deux, ils étaient démoralisés et effrayés. » Le général marqua un temps d'arrêt, et reprit : « On ne vous a pas expliqué à l'École d'instruction des officiers les neuf principes de la guerre ?

— Si, mon général.

— Quels sont les deux premiers ? »

Figueras chercha en vain dans sa mémoire et risqua une hypothèse. « “ Combattez ” et “ Ne reculez pas ”. »

Le général soupira avec lassitude. « Le premier, Figueras, c'est de choisir un objectif et de s'y tenir. Le second, que le moral doit être entretenu en permanence.

— Ah oui ! remarqua Figueras, je m'en souviens à présent.

— Vous vous en souvenez trop tard. Si vos hommes ont déserté, c'est parce que leur moral s'est effondré. Et rappelez-vous, colonel, que le meilleur moyen d'entretenir le moral, c'est de se conformer rigoureusement au premier principe et d'occuper vos hommes à le réaliser. » Le général marqua de nouveau un arrêt et fourragea dans les papiers. « Quel était votre objectif, colonel ?

— Anéantir les communistes, mon général.

— Et avez-vous fait quoi que ce soit pour anéantir les communistes ? Il n'est nulle part fait mention de patrouille, que ce soit de sécurité ou de reconnaissance. Aucun coup de feu n'est signalé, pas même un coup accidentel. Il n'est signalé nulle part, Figueras, qu'un terroriste ait été seulement aperçu. Vous n'avez strictement rien fait, n'est-ce pas, sinon du camping à la campagne pendant un mois ? »

Figueras contempla la pointe de ses bottes. « Nous ne savions pas où étaient les communistes, mon général. »

Le général fronça les sourcils. « J'ai plusieurs remarques à faire. Premièrement, vous n'avez établi aucune liaison, ni avec le groupe de sécurité intérieure de l'aviation, ni avec la surveillance aérienne de l'armée, ni avec les gardes montagnards. Il n'est par conséquent pas étonnant que vous n'ayez pas rencontré de communistes. Deuxièmement, de ce que j'ai lu de vos problèmes avec la “ magie noire ”, je conclus que vous avez été terrorisés non par des guérilleros, mais par des paysans ; les alligators dans des sacs de couchage ne font pas partie de la tactique classique de la guérilla rurale, et pas davantage les serpents-corail ni les vipères ! Troisièmement, il n'y a pas dans votre rapport d'allusions à votre héroïsme et à votre détermination habituels à l'encontre des terroristes. Vous avez été promu à deux reprises, et vous avez reçu la médaille du Condor andin pour le courage par deux fois, la médaille d'argent et la médaille d'or. Je suis tenté de conclure que vous ne pouviez pas ce coup-ci inclure des récits héroïques parce que vous saviez que notre conseiller militaire, le commandant Kandinski, allait également soumettre un rapport, et que le vôtre devrait s'accorder avec le sien ! »

Figueras continuait à contempler lamentablement ses bottes et à transpirer copieusement.

« Néanmoins, continua le général, malgré mon opinion, j'ai décidé pour l'instant d'accorder le bénéfice du doute à vos précédents rapports. Je ne ferai pas d'enquête à leur sujet, pas encore. » Le général insista sur le « pas encore ». « Et vous savez pourquoi ?

— Non, mon général.

— Parce que, colonel, j'ai trouvé une autre raison qui explique votre inactivité pendant vos vacances à la campagne. Il feuilleta la pile de rapports et en tira un. « Ceci vient du médecin-major. Savez-vous que, dans les forces armées, l'homosexualité est une cause d'expulsion immédiate et déshonorante ? Je vois d'après ce rapport que vos officiers et vous-même souffrez déjà d'un certain nombre d'expulsions déshonorantes.

— L'homosexualité, répéta Figueras.

— Oui, colonel, l'homosexualité ! Et avant que vous ne protestiez en alléguant que les informations d'ordre médical sont censées rester confidentielles, laissez-moi vous lire la section 66, sous-section 5, clause 10, paragraphe 3 du *Manuel des règlements militaires,* ratifié par le Parlement conformément à la loi des forces armées de 1933. » Le général prit le livre et l'ouvrit à la page qu'il avait cornée. « Les autorités médicales compétentes ont l'obligation de rapporter aux commandants tous les détails qui sont habituellement de nature confidentielle, quand de l'avis des autorités médicales le bon fonctionnement de l'armée et la discipline pourraient être défavorablement affectés en l'absence d'un tel rapport. » Le général reposa le livre et prit le rapport médical. « Il est écrit ici que tous les officiers de votre bataillon souffrent de deux maladies sexuellement transmissibles identiques ; l'une est la gonorrhée commune et l'autre la syphilis de la souche répandue dans les environs de Barranquilla. Il y a une explication simple de ce phénomène, colonel : vos officiers et vous-même avez eu congrès entre vous.

— Oui, mon général, c'est vrai », répondit Figueras qui pensait que le « congrès » était une sorte de parlement.

Le général fut abasourdi. « Vous reconnaissez que votre camp de vacances était destiné à des orgies homosexuelles ?

— Oh ! non, mon général. Nous avions des conseils militaires et des briefings chaque jour, mon général. Mon général, j'ignorais qu'on pouvait attraper la chaude-pisse en parlant. » Figueras baissa pitoyablement la tête.

Le général éclata, exaspéré. « Colonel Figueras ! Vous ne me comprenez pas ! Je vous dis que vos officiers et vous-même, ainsi que, semble-t-il, le commandant Kandinski, avez passé vos vacances à vous sodomiser, et que c'est ce qui explique que vous ayez tous des maladies identiques ! »

Le colonel Figueras fut scandalisé et horrifié. La peur et la honte le quittèrent et il cria avec véhémence : « Je ne suis pas un maricon ! Celui qui me traite de maricon ne craint pas la mort ! »

Le général sourit pour la première fois à cette explosion. « Alors, colonel, quelle est l'explication ?

— Felicidad, répliqua Figueras en crachant le mot.

— Felicidad ? Colonel, la " félicité " ne donne pas la " chaude-pisse ", comme vous dites.

— Non, mon général, Felicidad, c'est le nom de la fille, la petite putain ! Elle nous a tous séduits en disant à chacun que nous étions le seul. Nous avons été bernés, mon général. »

Le général hocha la tête et posa les mains sur le bureau, penché en avant. « Il semble, colonel, que vous et vos compagnons aient été victimes d'une nymphomane ayant une prédilection pour les officiers. »

Le général gagna la fenêtre pour regarder les soldats à l'exercice. Figueras surveillait avec appréhension l'arrière de son crâne. Sans se retourner, le général déclara : « Colonel Figueras, mon premier mouvement était de vous reléguer dans le rang pour incompétence grossière. Néanmoins, je dois tenir compte de vos états de service passés qui sont honorables et du scandale qui éclabousserait la réputation de l'armée si vous étiez traduit en conseil de guerre. Par conséquent… » Le général pivota sur ses talons et planta son regard dans les yeux de Figueras. « Je vous donne une dernière chance. Vous serez déclaré apte au service dans trois mois ; vous avez intérêt à prendre vos fonctions au sérieux et à vous trouver en première ligne. Je vais inscrire tout cela dans votre dossier et je ne l'enlèverai pas tant que je ne serai pas assuré que ces bévues constituaient un cas exceptionnel. Rompez. » Figueras salua et dit : « Merci, mon général. » Il sortit aussi prestement que le lui permettait sa corpulence et s'appuya contre le mur du couloir.

Figueras s'épongeait encore le visage avec son mouchoir quand le général revint à son bureau pour se remettre au travail. Il avait un problème insoluble à régler. Où était le gouverneur militaire ?

23

La monarchie officieuse des rois catholiques

Les francs-maçons du monde entier disent volontiers : « Notre société n'est pas une société secrète, c'est une société de secrets. » Quand ils ne se rencontrent pas pour célébrer leurs rites ésotériques, ils rassemblent des fonds destinés à des œuvres et à de nobles causes. Chaque loge crée son propre caractère distinctif pendant ses années d'existence et recrute souvent ses membres à l'intérieur d'une même profession.

Il y avait dans la capitale une loge liée à la Banque du Vatican, dont les membres provenaient exclusivement des échelons les plus élevés des forces armées, et qui recueillait des fonds pour le seul bénéfice de causes comme l' « Action catholique contre la subversion communiste », et la « Société pour la christianisation de l'éducation ».

D'ordinaire, les diverses armes se montraient jalouses de leurs prérogatives et se considéraient comme des puissances rivales luttant pour la suprématie. La marine s'inquiétait tant d'être écartée du centre du pouvoir qu'elle avait transféré ses écoles et ses quartiers généraux de Puerto Del Inca, sur la côte, à la capitale (située à des centaines de kilomètres à l'intérieur des terres) ; des générations de marins se trouvaient de la sorte entraînés à défendre les eaux territoriales sur la terre ferme. La loge était le pivot de la coopération entre les services, parce que l'amiral Fleta, le général Ramirez et le général d'armée aérienne Sanchis en étaient membres. Il leur arrivait fréquemment, après les rites et les initiations, de rester dans les salons cossus à discuter de l'état du pays et des décisions qu'il était urgent de prendre.

Les trois hommes étaient de fervents catholiques, d'indéfectibles partisans de la patrie, de la loi et de l'ordre, mais autour d'eux ils ne voyaient qu'athéisme et marxisme, divorces, étudiants fornicateurs et libertaires brandisseurs d'étendards, ouvriers en grève ruinant l'économie, et un gouvernement civil qui n'osait pas adopter des mesures de fermeté par peur de l'opinion étrangère. Il va sans dire qu'ils étaient tous trois en faveur d'une junte militaire dirigée selon le principe d' « un tiers chacun », comme cela s'était produit en Argentine. Ils étaient néanmoins réalistes. Il paraissait assez probable que, si les démocrates gagnaient les élections aux États-Unis, un coup d'État tarirait le flux de dollars. Mais ils savaient aussi que, quelle que fût la politique monétaire du gouvernement, le Président leur donnerait toujours ce qu'ils voudraient parce qu'il redoutait plus que tout l'éventualité d'un putsch. Malgré cela, ils décidèrent que l'opération baptisée « Los Reyes catolicos » demeurerait entièrement secrète, et qu'ils constitueraient une junte officieuse. Il leur faudrait d'abord trouver des officiers loyaux qui les aideraient à extirper les proliférantes mauvaises herbes de la subversion. Ils élaborèrent des réseaux similaires chargés de tâches identiques, et c'est avec regret que nous nous voyons dans l'obligation, pour les besoins du récit, de nous concentrer uniquement sur les efforts idéalistes de l'armée.

Le général Ramirez remarqua que l'un de ses aides de camp, un bel homme qui était rapidement devenu l'étoile montante du bataillon, évoquait avec une fougue et un franc-parler hors du commun l'importance stratégique de la république dans l'inévitable guerre contre l'Union soviétique et à plus court terme dans la lutte contre les marxistes athées. Ramirez convoqua le Capitan dans son bureau, et le jeune homme se retrouva face aux trois chefs d'état-major.

« Capitan, commença le général, suis-je fondé à croire que vous seriez prêt à combattre et à mourir, et même à employer des moyens que votre conscience chrétienne réprouve, pour protéger la patrie et la culture nationale ?

— Oui, mon général, répliqua le Capitan, flairant la promotion.

— Bien, poursuivit le général. Vous n'ignorez sans doute pas les dangers dont nous menace l'ennemi de l'intérieur ?

— Les communistes, mon général ?

— Oui, Capitan, et tous leurs compagnons de route qui les aident à saigner ce pays. Capitan, je suggère que vous et les hommes que vous allez recruter soient officiellement affectés à nos postes d'observation stratégiques dans l'Antarctique. »

Le jeune homme sentit son sang refluer jusqu'au fond de ses bottes. Ce n'était pas le genre de promotion qu'il espérait. « L'Antarctique, mon général ? » demanda-t-il, et sa jambe gauche se mit à trembler au creux du genou.

« Mais naturellement nous ne vous enverrions pas là-bas. En réalité, vous serez cachés dans le pays. Capitan, vous devrez recruter et former des cadres indépendants afin d'éradiquer la subversion et les éléments subversifs. Vous aurez accès aux dossiers du service de la sûreté militaire intérieure et vous arrêterez, garderez à vue et interrogerez ces éléments subversifs. Vous arrêterez les gens sans mandat, sans inculpation et sans procédure. » Le général leva les mains en signe d'impuissance et échangea des coups d'œil résignés avec l'amiral Fleta et le général d'armée aérienne Sanchis.

« Vous pouvez constater par vous-même, Capitan, à quel point la situation est devenue sérieuse et à quelles mesures désespérées nous avons été conduits.

— Oui, mon général. »

Le général reprit : « Quelquefois, Capitan, nous, les militaires (et ceci, Capitan, est une des leçons de l'histoire), sommes amenés à adopter des méthodes barbares afin que la civilisation puisse continuer à exister. C'est un lourd fardeau pour un soldat, le plus terrible de tous, et une responsabilité écrasante. Me comprenez-vous, Capitan ?

— Oui, mon général.

— Je suis en train de vous dire, Capitan, que ces ennemis de la civilisation doivent être mis définitivement hors circuit, dans l'intérêt de tous.

— Définitivement, mon général ? répéta le Capitan.

— Définitivement, confirma le général. Néanmoins, nous ne pouvons en aucune circonstance permettre que le nom des forces armées soit souillé par ceux qui cherchent à saper nos efforts et, en vérité, notre institution même. » Le général fit une pause pour souligner la portée de ses paroles. « Ceci signifie qu'officiellement notre organisation n'existe pas. Si elle est dévoilée, nous nierons en avoir la moindre connaissance et rejetterons toute responsabilité. Si vous êtes dénoncé, Capitan, martela le général, en prenant appui sur ses coudes, et que les preuves s'avèrent irréfutables, nous vous traduirons en conseil de guerre pour avoir outrepassé vos pouvoirs et agi sans ordres, et vous serez fusillé par un peloton d'exécution. »

Le Capitan restait muet ; il envisageait un départ précipité lorsque le général interrompit le cours de ses pensées.

« Vous aurez des fonds à votre disposition en abondance.

Vous nous soumettrez des comptes rendus et des rapports que nous détruirons sur-le-champ. Vous serez promu au grade de colonel avec effet immédiat et vous bénéficierez d'un salaire spécial assorti d'indemnités pour travail à risques en dehors des heures habituelles. Vous opérerez de l'École militaire d'ingénieurs électriciens et mécaniciens. Nous avons vidé l'aile des officiers, qui contient beaucoup de petites pièces pouvant servir au logement temporaire des prisonniers, et qui est dotée d'un certain nombre de commodités, des salles de bains entre autres. Est-ce clair ?

— Oui, mon général. » Le Capitan avait l'impression d'être passé au rouleau compresseur.

« Bien, répliqua le général Ramirez. Nous vous avons équipé d'un parc de Ford Falcon, les unes aux couleurs de la Compagnie nationale du téléphone, les autres à celles de la Société nationale du pétrole. Elles ont des coffres très spacieux, colonel.

— Oui, mon général.

— Très bien, colonel. Vous reviendrez dans ce bureau demain matin à onze heures précises, et nous entrerons dans les détails pratiques. Vous pouvez vous retirer. »

Le nouveau colonel salua prestement et quitta la pièce. Une fois dehors, il ôta son képi et alla aux cabinets où il resta vingt minutes. La panique lui soulevait les entrailles. Il envisagea sérieusement de s'enfuir en Équateur. Puis il se souvint des « fonds en abondance » et de la promotion, et pensa : « Je verrai bien. »

Dans le bureau, l'amiral Fleta posa une question au général : « Croyez-vous qu'on puisse lui faire confiance ?

— Oui, répondit le général. Pour commencer, je le fais suivre par le service de la sûreté militaire intérieure et, s'il ne prend pas sa charge au sérieux, il sera destitué.

— Et affecté dans l'Antarctique ? » demanda le général d'aviation Sanchis. Les deux autres éclatèrent de rire.

Le colonel trouva la tâche beaucoup plus facile qu'il ne l'avait cru. Il consulta les fichiers du service de la sûreté militaire intérieure et découvrit qu'ils se subdivisaient en deux catégories : « C », les « communistas », et « SV », les « subversivos varios ». La quantité de fichiers stupéfia le colonel. Il y en avait des centaines de milliers ; il pensa : « Ça doit être pire que je ne l'imaginais. »

Étant un militaire, et par conséquent amoureux de l'ordre et du classement, il décida de commencer par les A. Il choisit de laisser provisoirement de côté ceux qui habitaient en dehors de la capitale, et photocopia les cinquante premiers fichiers qu'il rapporta chez lui. En chemin, il acheta un grand agenda de bureau et un paquet de cartes. Puis il acheta une imprimerie pour enfants et composa le message modèle suivant :

Cher…

Veuillez vous rendre à l'aile de la sûreté militaire, École militaire d'ingénieurs électriciens et mécaniciens, le… 19… à… matin/après-midi. Présentez-vous à la réception et attendez. Nous avons besoin de votre contribution pour une enquête de routine. Si pour une raison quelconque vous ne pouvez pas venir au moment indiqué, veuillez appeler le 47 86 71 32, afin que d'autres dispositions puissent être prises.

Le lendemain, il embaucha une secrétaire et lui délégua la responsabilité de fixer les rendez-vous, d'expédier les cartes et d'accueillir les personnes convoquées. Il passa la première semaine à ranger son bureau et à mettre au point sa technique d'interview à l'aide d'un miroir et d'un magnétophone.

Au cours de la deuxième semaine, les subversivos varios commencèrent à arriver et à attendre nerveusement à la réception, en se demandant ce qu'ils avaient fait de mal et quel était le but de la convocation.

Le colonel interrogeait quatre personnes le matin et quatre l'après-midi, excepté le vendredi après-midi où il écrivait son rapport pour le général Ramirez. Au bout de deux semaines, il avait l'impression de tourner en rond et il était déjà envahi par l'ennui et la frustration.

L'individu interrogé se trémoussait nerveusement et le colonel levait les yeux de la fiche pour regarder l'étudiant, la femme au foyer ou l'assistant social, ou qui que ce fût, et disait : « On signale ici que pendant l'hymne national vous ne vous êtes pas levé / avez continué à parler / avez ri irrévérencieusement », ou il s'entendait prononcer : « Il a été remarqué lors d'une réunion syndicale que vous avez ri de façon sarcastique à une plaisanterie sur la marine. »

L'étudiant/femme au foyer/assistant social apeuré présentait des excuses maladroites/affolées (« Je m'étais fait mal à la jambe », « Quelqu'un m'a posé une question », « Mon petit ami me chatouillait »). Le colonel fronçait les sourcils avec une extrême sévérité et poussait un soupir désapprobateur. L'interrogé devenait de plus en plus nerveux et le colonel se levait, parcourait la pièce et exigeait des informations sur la subversion et les éléments subversifs.

Les individus soumis à l'interrogatoire prenaient un air confus et répondaient : « Je ne sais rien », et le colonel les sermonnait durement sur leur devoir patriotique. Intimidées et inquiètes, les victimes de ses péroraisons se dépêchaient de partir et il soupirait, hochant la tête et songeant : « A quoi rime tout cela ? »

Il devint excessivement irritable. Il se mettait de plus en plus rapidement en colère, les interrogatoires ne lui révélant rien d'intéressant ou de stimulant. Il parvint toutefois à rester maître de lui-même, jusqu'au jour où il eut affaire à un avocat d'extrême gauche.

L'homme portait des lunettes rondes à la John Lennon, avait de longs cheveux gras et des boutons sur ses joues mal rasées. Le colonel pensa qu'il était sans doute totalement dépourvu de muscles, et ressentit à son égard la peur et la haine irrationnelles qu'inspirent à la plupart des militaires ceux qu'ils soupçonnent d'être homosexuels. L'homme avait braqué le colonel avant de prononcer un mot, avec sa cravate fantaisiste, son gilet miteux et ses sandales.

L'avocat entra et s'assit sans en avoir été prié, regarda le colonel avec impertinence, dans une sorte d'expectative méprisante, et roula une cigarette.

« Vous n'avez pas le droit de fumer ici, lança le colonel avec rudesse, j'ai horreur de ça. » D'un geste lent et désinvolte, l'avocat porta la cigarette à sa bouche et l'alluma. Le colonel la lui arracha des lèvres et l'écrasa sous sa botte.

« J'espère que vous comprenez que je ne suis venu que par curiosité, observa l'avocat radical. Aucune loi ne m'obligeait à me présenter.

— Je veux vous poser quelques questions, riposta le colonel. Cela n'a rien à voir avec la loi. Il s'agit de coopération.

— Et que se passe-t-il si je ne " coopère " pas ? » demanda l'avocat en prenant une pose nonchalante sur sa chaise.

Le colonel ne répondit pas. Il ramassa la fiche ; elle indiquait : « Le suspect assure par principe la défense d'éléments antisociaux et subversifs. »

« Vous défendez les gens de gauche ? questionna le colonel.

— J'ai le droit de ne pas répondre aux questions si mon propre avocat n'est pas présent. Du reste, si je n'ai été ni arrêté ni inculpé, je n'ai à répondre à aucune question — je voudrais connaître votre nom, colonel.

— Vous voulez connaître mon nom ? demanda le colonel avec incrédulité. Vous ?

— Mon organisation déniche les noms des cochons de militaristes et nous signalons leurs activités au Mouvement des droits de l'homme, ainsi qu'aux Nations unies bien entendu. »

Le colonel n'en revenait pas. « Vous m'avez traité de " cochino " ?

— " Cochino ", répéta l'avocat. C'est un terme qui s'applique à l'espèce des latino-nazis dont vous êtes un spécimen. Nazi s'écrit N A Z I et cochino C O C H I N O si vous voulez mentionner ces mots dans votre rapport illégal. Je présume que vous aimeriez apprendre l'orthographe. »

La rage et la frustration de deux semaines de vains efforts submergèrent le colonel. Il marcha vers l'avocat et l'attrapa par les revers déboutonnés de son gilet. Il le tira de sa chaise et le lança contre le mur, que sa tête heurta dans un craquement.

L'avocat gémit, se reprit, puis ricana : « La force est donc le seul langage qu'un cochon soit capable de comprendre ? »

Le colonel ramena son poing en arrière et écrasa le nez de l'homme ; le sang ruisselait sur son menton. Il l'essuya du dos de la main et ajouta : « Vous me donnez raison.

— Vous n'avez rien démontré du tout, hurla le colonel. Vous êtes un petit pédé dégueulasse qui se croit important. Vous m'avez traité de cochon et de nazi ! De quoi d'autre allez-vous me traiter ?

— De fasciste ! » répliqua l'avocat.

Le colonel frappa durement l'homme à l'estomac. Il s'écroula en gémissant, plié en deux. Le colonel, possédé par le mépris et le dégoût, donna par deux fois de violents coups de pied dans les reins de l'homme, puis le traîna jusqu'au couloir. Il ouvrit la porte de l'une des petites chambres autrefois réservées aux officiers de passage et y jeta l'avocat. Tandis que l'homme à terre poussait des plaintes et des geignements, le colonel proféra : « Quand tu me parleras poliment et respectueusement, je te laisserai partir. »

Le colonel tremblait de rage et d'indignation quand il s'assit à son bureau afin d'essayer de se préparer à l'interrogatoire suivant. Malgré lui, il cria en s'adressant à la jeune femme et la fit pleurer.

Deux heures plus tard, l'homme tambourinait à sa porte en hurlant : « J'ai besoin d'aller aux toilettes ! »

Le colonel l'entendit de son bureau et la rage le saisit de nouveau. Il se dirigea vers la porte de la pièce où se trouvait l'homme et prononça d'une voix remplie de dégoût : « Tu n'as qu'à pisser dans ton froc. »

Lorsque le colonel en fureur rentra chez lui ce soir-là dans sa Ford Falcon aux couleurs de la Compagnie nationale du téléphone, l'avocat radical était toujours dans sa cellule, sans nourriture, et pissait dans le coin de la pièce.

24

Gloria et dona Constanza trament un complot

L'Uruguay avait jusque-là traversé une période excessivement calme et ennuyeuse. Le pays était dirigé depuis des années par deux partis centristes, les colorados et les blancos, que soutenaient des fidélités héréditaires, selon un système analogue à celui des whigs et des tories dans l'Angleterre du XVIIIe siècle. Cependant, sur le plan politique, il n'existait entre eux que des différences à peine perceptibles. C'était une situation semblable à celle de la Colombie, avec ses libéraux et ses conservateurs.

Les choses commencèrent néanmoins à bouger lorsque des dizaines d'organisations dissidentes enthousiastes se mirent à proliférer dans les universités, où les enfants plus ou moins désœuvrés des classes moyennes et de la haute bourgeoisie disposaient de temps et d'argent en suffisance pour être désabusés de tout et poursuivre d'interminables discussions nocturnes sur la nécessité de changer le régime. Gloria de Escobal, dont le père était ambassadeur, hésitait entre le Frente Amplio et le parti Pour la victoire du peuple, et elle opta en fin de compte pour ce dernier, bien qu'il fût beaucoup plus petit.

Gloria avait vingt-cinq ans, elle avait fait ses études en Angleterre, à Roedean, Brighton, et avait épousé un homme si riche qu'elle n'avait d'autre occupation que de prendre l'avion pour aller faire les magasins à Buenos Aires ou bronzer à Punto del Este. En hiver, elle se rendait habituellement en Italie.

Après avoir donné un fils à son mari, elle annonça qu'elle voulait aller à l'université. Son mari et sa famille protestèrent, mais elle passa outre, et son mari ne divorça que lorsque ses accointances avec la gauche devinrent trop embarrassantes et trop dangereuses. Avec la permission des parents de Gloria, il enleva l'enfant, puis en obtint la garde au tribunal. Gloria décida alors d'avoir un autre enfant de son côté, et dont le père ne compterait pas.

Gloria n'était pas membre des guérilleros Tupamaros, mais en raison de leurs activités il devint rapidement difficile d'être de gauche. Le placide gouvernement centriste vacillait sur ses jambes, comme le pays entier, ébranlé par la confusion et indécis, se demandant d'où allait partir la prochaine grenade et quelle serait la prochaine victime. Les Tupamaros jugeaient efféminé et inefficace de lancer des pavés à l'exemple des étudiants de Paris ; ils n'en furent pas moins aussi surpris que les autres lorsque les militaires exaspérés s'emparèrent du pouvoir et se livrèrent à une répression féroce pendant onze ans.

Le petit parti de Gloria de Escobal restait théoriquement légal, mais elle commença à remarquer que des visages familiers disparaissaient, et à entendre parler d'histoires de torture et de meurtre. Elle emballa ce qu'elle possédait, prit son bébé dans ses bras et partit pour l'Argentine. Elle s'installa dans un appartement très cher de Belgrano, à Buenos Aires, et vécut assez confortablement de l'argent que lui envoyait son père et de celui qu'elle gagnait comme secrétaire.

Elle tenta de persuader les hommes armés qui l'enlevèrent de ne pas la séparer de son bébé ; ils lui dirent qu'on s'occuperait de lui et qu'elle devait le laisser seul dans l'appartement, bien qu'il n'eût qu'un an. Le père de Gloria reçut l'assurance que le bébé était en prison avec elle, et Gloria celle que le bébé était avec son père. Le bébé fut emmené à Santiago-du-Chili et jeté dans des toilettes publiques. Les hommes confisquèrent également les biens de Gloria et les vendirent à leur profit.

Elle fut menée les yeux bandés aux ateliers de construction mécanique Ondetti, récemment mis en liquidation, dont les bâtiments ne contenaient que des prisonniers. Gloria entendit les portes de métal se refermer sur elle et fut poussée en bas de l'escalier de métal, vers le sous-sol. Elle eut les yeux bandés pendant quinze jours, sans avoir le droit de parler ; elle fut stupéfaite quand elle se rendit compte, en entendant les chuchotements des gardes, qu'ils étaient, de même que la totalité des prisonniers, uruguayens eux aussi.

Gloria fut nourrie à trois reprises au cours de la quinzaine et ne dormit pas une minute à cause des cris, et parce que les tortionnaires passaient des disques à plein volume pour noyer les hurlements de douleur. Parfois, ils torturaient les prisonniers par groupe, parfois ils emmenaient Gloria seule.

En comparaison des tortionnaires argentins, les Uruguayens semblaient très civilisés. Ils se contentèrent de lier les poignets de Gloria derrière son dos avec des cordes de piano puis de la suspendre à une poutre, également par les poignets, les pieds baignant dans une cuve d'eau salée. Ils lui envoyèrent ensuite des décharges électriques dans le corps, et bien entendu principalement dans les seins et les organes génitaux. Ils étaient censés l'interroger sur les autres Uruguayens exilés en Argentine et sur les activistes de gauche qu'elle connaissait en Uruguay, mais d'ordinaire ils oubliaient.

Gloria eut la chance de ne perdre que l'usage de ses bras pendant quelques semaines. Elle fut conduite à un aérodrome militaire pour être expédiée à Montevideo, où elle fut incarcérée sans être torturée ni assassinée. Cela parce que les Argentins, dans un nouvel exemple de coopération internationale entre services de renseignement, leur avait fourni une merveilleuse idée pour légitimer sa captivité.

Le groupe qui avait été ramené de Buenos Aires fut entassé dans un camion et emmené à la villa Maravillosa, où il fut rassemblé dans une pièce. Les captifs y demeurèrent, menottes aux poings, tandis que l'armée la remplissait de fusils et de munitions.

Quand les caméras de la télévision arrivèrent, on ôta leur cagoule aux prisonniers et ils furent conduits hors de la villa Maravillosa en file indienne, avec leurs menottes. Puis les équipes de la télévision furent introduites dans la villa, où on leur montra l'énorme cache d'armes des terroristes.

Gloria étant à présent officiellement en prison, son père, l'ambassadeur, fut en mesure d'user de son influence pour la tirer de là. Le psychiatre de la prison, en échange de quelques pots-de-vin, déclara qu'elle avait eu un accès de folie temporaire et subi les effets d'un lavage de cerveau. Elle fut libérée, étant entendu qu'elle quitterait l'Uruguay et que son père assumerait personnellement la responsabilité de sa conduite future.

Sans enfant et sans foyer, Gloria parcourut les pays d'Amérique latine qui l'autorisaient encore à pénétrer sur leur territoire, jusqu'à sa rencontre avec Remedios à Mexico, où celle-ci cherchait à recruter des Monteneros en exil pour son groupe de guérilleros resté sur place. Gloria cessa d'être une communiste théorique qui sympathisait à distance avec les terroristes, et revint avec Remedios pour devenir une communiste en action et une terroriste de fait.

Gloria abandonna ses airs de grande bourgeoise dans les

montagnes, mais son aura de culture et de conviction lui donna une sorte d'assurance concentrée que les autres guérilleros respectaient. Il fut tacitement entendu que, s'il arrivait quelque chose à Remedios, Gloria serait appelée à devenir le chef du goupe. Elle prit Tomas comme amant, mais les séquelles de la torture l'empêchèrent d'avoir un enfant.

Gloria et dona Constanza devinrent amies intimes, ce qui était surprenant par certains côtés et ne l'était pas par d'autres. Car si elles venaient de milieux similaires, elles étaient profondément différentes : alors que Gloria était une intellectuelle et qu'elle avait l'air d'une femme qui ne connaîtrait jamais à nouveau le bonheur, dona Constanza était foncièrement frivole, n'avait aucune envie de parler politique et se montrait en permanence débordante de joie. Peut-être se rapprochèrent-elles parce qu'elles étaient toutes deux d'excellents guerriers, que Tomaso et Gonzago étaient frères, et parce que chacune voyait chez l'autre des qualités enviables.

Dona Constanza était un jour rentrée dans une tenue débraillée, couverte de fientes de martinet, d'une séance particulièrement brillante et enivrante avec Gonzago sur une corniche, derrière une cascade ; elle était assise aux côtés de Gloria à la lisière du camp, et contemplait la longue procession des fourmis coupeuses de feuilles rapportant leurs provisions à la fourmilière. Elles ressemblaient à une troupe de petits guérilleros.

« Est-ce que tu penses quelquefois à ton mari ? demanda soudain Gloria.

— Pas vraiment, répondit Constanza. Ça paraît si loin.

— Ça ne remonte qu'à quelques mois, observa Gloria.

— Je sais, mais quand même. Je me demande ce qu'il fait. Des tremblements de terre pourpres avec une mulâtresse, sans doute.

— Je crois plutôt qu'il s'est rongé les ongles jusqu'aux aisselles à force de s'inquiéter à ton sujet », répliqua Gloria. Il y eut un silence. « Je pense souvent à mon mari. Ne te méprends pas, j'ai beaucoup d'affection pour Tomaso, et je ne pourrais pas revenir en arrière, mais je l'aimais vraiment, surtout au début. On a tant de rêves romantiques dans la tête.

— Comment était-il ? demanda Constanza.

— Oh ! Grand, beau, très riche.

— Un tableau idyllique, remarqua Constanza.

— Oui, mais il n'a jamais su qui j'étais réellement. Il n'a même pas voulu ou essayé de le savoir. J'étais simplement sa jolie femme qu'il embrassait sur le front en rentrant.

— Hugh n'allait même pas jusque-là, constata Constanza. Il ne parlait que de rugby et de polo. Il ne m'a jamais baisée à exploser en éclats orange comme Gonzago.

— Alors il ne doit pas faire de tremblements de terre pourpres avec une mulâtresse à présent, n'est-ce pas ?

— Oh ! rit Constanza, je crois qu'il l'a toujours fait, et que c'est pour ça qu'il ne s'intéressait pas à moi.

— Je me demande si ton mari a rassemblé l'argent qu'il devait déposer sous le pont. Qu'en penses-tu ?

— Je suppose que oui, affirma Constanza. Il faisait toujours ce qu'il fallait, et toujours à temps. On aurait dit un Allemand.

— Pourquoi n'irions-nous pas lui prendre l'argent ? Il l'a sans doute encore, s'il est aussi pointilleux que tu le prétends.

— Il attend probablement un message de notre part, suggéra Constanza.

— Nous n'avons qu'à lui envoyer une nouvelle demande de rançon. Et nous t'échangerons contre l'argent.

— Ensuite, poursuivit dona Constanza, je m'enfuirai de nouveau.

— Malgré tout, c'est un peu vache comme tour, non ? Je veux dire que c'est totalement dénué de scrupules.

— Nous lui rendrons l'argent après la victoire, rétorqua cyniquement Constanza. Allons voir ce qu'en pense Remedios. »

Remedios se montra très sceptique. « D'une part, il semble que l'armée soit en campagne dans le coin. Je ne veux pas perdre des hommes et du matériel pour rien. D'autre part, comment saurais-je si toi, Constanza, tu n'as pas imaginé cela pour nous échapper, et si tu ne vas pas nous trahir ensuite ? »

Constanza fut très froissée et une expression indignée passa sur son visage. « C'est ridicule ! s'exclama-t-elle. Pour commencer, même si je ne reviens pas, vous aurez toujours reçu un demi-million de dollars en échange. Et je serais bien incapable de ramener des soldats ou autres ici, vu que je ne sais pas où nous sommes !

— Nous pourrions lui bander les yeux pendant la route, proposa Gloria, si tu crois que c'est nécessaire.

— J'y consens, riposta Constanza, toujours en colère contre Remedios. Mais je reviendrai de toute façon, à cause de Gonzago et parce que je veux rester ici. »

Remedios soupira, l'air peu convaincu. « J'y penserai, et je vous dirai demain quelle décision j'ai prise. »

Quand Gloria et Constanza s'éloignèrent de la hutte, Gloria demanda : « Au fait, pourquoi n'as-tu jamais été enceinte de Gonzago ? Ne serait-il pas temps ?

— Oh ! répondit Constanza, je trouvais que deux enfants suffisaient. Je me suis fait stériliser à New York. »

Gloria fut étonnée. « Je croyais que tu étais catholique !

— Oui, mais la religion n'a rien à voir avec les détails pratiques de la vie. Pourquoi n'as-tu pas été enceinte de Tomas ? »

Gloria sourit tristement. « Moi aussi, j'ai été stérilisée. A Buenos Aires. »

Le matin, Remedios avait changé d'avis. Elle envoya Federico chercher les deux femmes et celles-ci pénétrèrent dans la hutte pleines d'impatience. « Je me demande ce qu'elle va dire ? » interrogea Constanza.

Remedios leur annonça qu'elle avait vu Aurelio, « le cholo qui a une drôle d'allure » ; il l'avait informée que, lorsqu'il était allé à Chiriguana vendre son maïs, l'armée venait de partir. « Mais il a affirmé, ajouta Remedios, qu'il y avait toujours des patrouilles de gardes de jungle. Il dit qu'ils se sont enfoncés vers l'est et que les Indiens du coin leur donnent du fil à retordre. Nous ne devrions par conséquent pas avoir de problèmes. Nous ne savons pas exactement ce que font les gardes de montagne, mais vous n'aurez pas affaire à eux en descendant vers la savane.

— Est-ce que cela signifie que nous pouvons y aller ? demanda Gloria.

— Oui, vous pouvez partir. Aurelio viendra demain matin pour vous guider à travers la jungle, afin que vous ne tombiez pas dans ses pièges, et il vous guidera également au retour. Quant au moment précis où il vous rejoindra, c'est à vous de vous arranger avec lui. En ce qui te concerne, Constanza... » Remedios la regarda droit dans les yeux. « J'ai décidé de te faire confiance. Si tu nous dénonces, je te promets que nous te retrouverons et que tu seras exécutée. Compris ?

— Bien sûr, répliqua Constanza. Mais, comme je ne vous trahirai pas, vous n'aurez pas à m'exécuter.

— Bien, conclut Remedios. Gloria, tu commanderas cette expédition. Je veux que tu emmènes Federico parce qu'il vient de ce village et qu'il connaît les environs. Vous devriez prendre deux autres hommes avec vous, me semble-t-il. »

Remedios sourit de son idée. Elle savait parfaitement

qu'elles choisiraient Gonzago et Tomas, et que Constanza risquait beaucoup moins de s'échapper si Gonzago montait jalousement la garde près de l'hacienda de don Hugh. « Et au fait, Constanza...

— Remedios ?

— Si ton mari a des fusils, des munitions ou des explosifs dans son hacienda, nous serions enchantés d'en disposer. »

Aurelio les attendait à l'aube et les conduisit sans un mot. Il les mena infailliblement à travers la jungle, bien que par endroits aucun chemin ne fût visible. Il est inutile de décrire ici leur voyage ; signalons toutefois qu'il fut long, que les insectes carnivores le rendirent insupportable, qu'il fut humide et suant, et qu'Aurelio vit Parlanchina les accompagner d'un bout à l'autre, suivant Federico à deux pas. Sa longue chevelure flottait autour de ses hanches et elle bavardait sans interruption, tandis que son ocelot trottait à ses côtés.

Aurelio quitta les guérilleros à la lisière de la jungle, là où elle se transforme en savane, et indiqua avec précision à Federico comment ils allaient arriver au village, bien que le jeune garçon le sût déjà. Ils devaient se rejoindre au même endroit une semaine plus tard. « Si vous n'êtes pas là, ajouta Aurelio, j'attendrai deux jours. »

Après leur départ, Aurelio parla à Parlanchina. « Guyava, est-ce bien d'aimer un homme qui n'est pas un esprit ?

— Papacito, répliqua-t-elle, je sais des choses que tu ignores. »

Ils furent tous surpris lorsqu'ils inspectèrent le village avec les jumelles de Gloria, celles qui avaient autrefois appartenu au général Fuerte. Les champs qui l'entouraient avaient été intégralement rasés et un rempart surmonté de fil barbelé avait été construit de chaque côté de la rue.

« Est-ce qu'il a été pris par l'armée ? demanda Constanza.

— Allons voir ce qu'il en est », répondit Gloria.

Quand ils furent plus près, Gloria tendit les jumelles à Federico. « Dis-moi si tu aperçois des têtes connues. » Federico scruta le village avec une émotion grandissante.

« J'ai vu mon père ! cria-t-il. Il a un nouveau fusil ! J'ai vu Misael et Josef, avec des fusils eux aussi, et j'aperçois Dolores la putain qui fume un puro sur le rempart. Oui ! Ils sont tous armés !

— Ils ont sans doute organisé leur défense contre les soldats, observa Constanza. Ils avaient une double raison pour cela. »

Le groupe s'approcha prudemment du village. Quand ils parvinrent au champ rasé, Federico agita son fusil en hurlant : « Ne tirez pas ! Ne tirez pas ! C'est moi, Federico ! C'est moi ! »

Une silhouette se détacha du petit attroupement qui s'était formé, attiré par les cris, et se mit à marcher à leur rencontre. Il s'arrêta, comme pour s'assurer de ce qu'il voyait, puis s'élança en courant. Federico courut lui aussi.

Le père et le fils se tenaient face à face au milieu du champ. Aucune parole ne fut prononcée, mais chacun souriait. Federico vit que son père n'avait pas changé, sinon qu'il semblait plus petit, et Sergio vit que son fils était devenu un homme. Puis le regard de Sergio tomba sur le Lee Enfield. « Mon fils, articula-t-il. Tu as volé mon fusil. Tu as tué un innocent avec. J'ai eu honte. »

Federico lui tendit le fusil à deux mains. « Père, il a tué depuis des hommes qui n'étaient pas innocents. Le voici, je te le rends. »

Sergio prit l'arme et la soupesa amoureusement. « C'est un beau fusil. » Il ôta de son épaule la carabine M 16 et la présenta à Federico. « Je crois que tu auras besoin d'un fusil, Federico, prends celui-ci. Pedro l'a volé aux soldats. Je n'ai pas besoin de deux carabines. »

Le père et le fils s'étreignirent en pleurant, tandis que le petit groupe de guérilleros attendait discrètement sur le côté.

Puis ils entrèrent ensemble dans le village, suscitant un émoi tel qu'on n'en avait jamais vu auparavant et qu'on n'en vit plus par la suite. Ce n'était pas le retour de Federico qui en était cause ; ils avaient toujours eu la certitude qu'il reviendrait un jour, comme n'importe quel fils.

Ce qui faisait sensation, c'était le spectacle de leur ancienne maîtresse en treillis kaki, mince et hâlée, les cheveux dénoués et flottant en bas du dos, avec deux grenades pendant à sa ceinture et un semi-automatique en bandoulière. Ils ne savaient que dire ni que penser, mais au fur et à mesure qu'ils la reconnaissaient, leurs mâchoires, de stupeur, s'affaissaient.

Dona Constanza posa sa main sur sa hanche et lança : « Bordel de foutre, qu'est-ce que vous regardez comme ça ? », ce qui accrut encore la stupéfaction générale. A un vieil homme qui la suivait bouche bée, en la montrant du doigt, elle annonça : « Si tu ne fermes pas la bouche, je vais la remplir de merde de cheval et botter ton cul noir jusqu'au sang ! »

Elle leva le nez en l'air, comme autrefois, et suivit Federico et les autres pour délibérer avec Pedro, Hectoro, Josef et Misael. Ils écoutèrent gravement l'histoire du village depuis que Federico l'avait quitté, puis informèrent les quatre hommes de leurs projets. Il fut convenu que les guérilleros bénéficieraient de l'hospitalité du village.

« Il me semble, observa Pedro, étant donné que nous combattons la même armée, qu'il y aurait de bonnes raisons pour unir nos forces.

— D'après vous, quand reviendront les soldats ? demanda Gloria.

— Nous l'ignorons. Peut-être pourrions-nous vous envoyer un message quand ils arriveront ; nous les attaquerons avant qu'ils nous attaquent. »

Gloria eut une idée. « Vous connaissez Aurelio, le cholo ?

— Je le connais, répondit Pedro. C'est un bon chasseur. Je lui donne des outils et il me donne des remèdes de la jungle.

— Savez-vous comment le trouver sans marcher dans ses pièges ?

— Bien sûr, affirma Pedro. Il me l'a montré, pour que notre commerce puisse continuer.

— Parfait, repartit Gloria. Vous l'avertirez quand les soldats arriveront et il nous préviendra. »

Le matin suivant, dona Constanza laissa ses armes dans la hutte de Sergio et Gloria lui lia les mains. Le groupe grimpa péniblement les deux kilomètres de piste qui menaient à l'hacienda de don Hugh. Gloria inspecta la maison à la jumelle et déclara : « Nous avons de la chance. Il est là. » Elle envoya Federico et Tomas en reconnaissance autour du bâtiment. A leur retour, la petite bande sortit de l'ombre et descendit hardiment l'allée. Gonzago tira brusquement un couteau qu'il plaqua contre la gorge de Constanza, pour parachever la mise en scène.

Lorsque don Hugh répondit aux coups frénétiques contre la porte, son cœur bondit et se serra en même temps. Il aperçut trois guerriers, Gonzago, Tomas et Gloria, armés jusqu'aux dents, accompagnés d'une femme attachée qui était le portrait de son épouse quand elle était jeune. Il regarda de nouveau et se rendit compte que c'était bien elle. « Constanza ? interrogea-t-il.

— Bonjour, Hugh », répondit-elle, sincèrement

contente de le revoir, comme s'il s'agissait d'un cousin qu'elle n'avait pas rencontré depuis longtemps.

« Ne perdons pas de temps, interrompit Gloria d'un ton brusque. Nous sommes l'Avant-Garde du peuple. Comme vous le voyez, votre femme est saine et sauve ; nous sommes prêts à la libérer dans les conditions originellement proposées. Un demi-million de dollars américains. Nous réclamons également les armes, munitions ou explosifs que vous pouvez détenir dans cette maison.

— Je n'ai rien de tel, répliqua don Hugh.

— Ne mens pas », rétorqua sèchement Constanza, puis, comprenant son erreur, elle ajouta : « Ils fouilleront la maison, de toute façon. Ils me l'ont dit.

— Fouillez la maison », ordonna Gloria aux deux frères. Ils revinrent avec deux carabines, un Browning automatique et plusieurs boîtes de cartouches.

« Nous avons eu la bonté de vous laisser le fusil de chasse, dit Gonzago en décochant son charmant et étincelant sourire, pour que vous puissiez continuer à pratiquer le tir aux pigeons.

— Un demi-million de dollars ! » exigea Gloria.

Don Hugh poussa un profond soupir et rentra avec résignation dans l'hacienda. Il en ressortit rapidement avec une vieille valise marron.

« Emportez-la dans l'enclos du milieu et videz-la. Re-remplissez-la ensuite et rapportez-la. » Don Hugh fit ce qu'on lui demandait et Gloria constata avec satisfaction que la valise n'était pas piégée. Don Hugh revint et Gloria examina minutieusement l'objet, vérifiant qu'il n'était pas équipé de dispositifs permettant de les suivre. Elle poussa dona Constanza vers don Hugh et se retira en compagnie des deux hommes dans l'allée, après avoir confié la valise à Tomas.

« Ont-ils dit où ils allaient ? demanda don Hugh en sortant les clefs de sa Jeep de sa poche.

— Ils vont à Valledupar, mentit dona Constanza, conformément au plan.

— Je leur donne une heure, annonça don Hugh d'un ton résolu, et je vais chez don Pedro. Nous prendrons l'avion pour Valledupar et, quand ces saligauds miteux se pointeront, nous les attendrons avec la moitié de l'armée.

— J'espère que tu ne comptes pas sur moi pour venir avec vous, objecta dona Constanza. Je suis si fatiguée que je pourrais dormir pendant une semaine. »

Don Hugh se rappela soudain que sa femme était revenue, fait qui avait échappé à son attention en raison du chagrin que lui avait causé l'abandon d'un demi-million de dollars. Il passa son bras autour de ses épaules et l'embrassa sur le front. « Pauvre chou, ça a dû être une expérience horrible, horrible. Tu n'imagines pas à quel point j'étais inquiet ! Je tournais en rond en m'arrachant les cheveux !

— N'exagère pas, repartit cruellement Constanza. Je ne pense pas que tu aies fait quoi que ce soit de ce genre. »

Don Hugh parut très surpris ; sa femme, qui avait toujours joué le jeu dans les règles, lui gâchait la partie.

Dona Constanza prit silencieusement son mari par la main et le conduisit dans la chambre. Elle lui fit l'amour lentement et tendrement, pour la dernière fois, en souvenir du passé, pour dire au revoir et pour demander pardon. Don Hugh était plein de méfiance et d'étonnement devant sa nouvelle volupté, sa nouvelle silhouette, sa nouvelle sensualité. « Quand je reviendrai... je crois qu'il me faudra environ une semaine pour payer les policiers et des magistrats... partons pour une seconde lune de miel ! Allons à Rio ou à Paris ! »

Constanza hocha la tête.

Quand don Hugh s'éloigna dans sa Jeep vrombissante, Constanza regarda avec un léger regret, rien qu'un bref serrement de cœur ses larges épaules de joueur de rugby tourner le volant avant de disparaître dans un nuage de poussière. « Quelquefois, songea-t-elle, les choses arrivent trop tard. »

Dona Constanza s'assit et écrivit un billet :

« Mon cher Hugh,

« Nous avons été séparés pendant longtemps, et dans cet intervalle tout a changé pour moi. Il me paraît impossible de reprendre ma vie comme en repartant de zéro. C'est pourquoi je te dis adieu. C'était très gentil de ta part de payer cette grosse somme pour moi et je m'en souviendrai toujours avec gratitude. Je crois cependant que tu aurais pu verser beaucoup plus sans remarquer la différence, et je ne pense pas que tu aies jamais été heureux avec moi. Je n'ai personne d'autre (comment serait-ce possible puisque j'étais en captivité ?) mais j'ai le sentiment que je dois commencer une nouvelle vie. Je vais au Costa Rica, puis en Europe. Embrasse les enfants pour moi. Je te ferai signe un jour, quand je serai fixée. Je suis désolée,

« Constanza. »

Elle monta au premier et trouva son chéquier. Il y avait beaucoup d'argent sur son compte et cela pourrait être utile un jour. Elle prit également une photographie de Hugh et des enfants.

De retour au village, il fut signifié à chacun que don Hugh ne devait pas être informée que Constanza était repartie dans les montagnes, et qu'en aucune circonstance il ne devait apprendre qu'elle avait rejoint la guérilla.

Ils restèrent cinq jours dans le village. Federico découvrit avec surprise que sa petite sœur Francesca était devenue une belle jeune femme, qui lui rit au nez quand il la mit en garde contre les hommes.

« Tu cours plus de dangers avec les armes que moi avec

les hommes, répliqua-t-elle. C'est à toi d'être prudent ! »

Le groupe retrouva Aurelio au moment convenu et rentra au camp. Constanza décida de ne jamais parler à Gonzago de sa dernière heure de tendresse avec don Hugh. Parfois, quand il serait bon de mentir, il vaut encore mieux s'abstenir de dire la vérité.

Aurelio avait vu Parlanchina marchant derrière Federico, comme à l'aller. « Guyava, questionna-t-il, n'as-tu pas épousé un dieu ? » Parlanchina se contenta de rejeter sa chevelure en arrière et de décocher son sourire énigmatique. Federico commença à être hanté de rêves lancinants où apparaissait une belle fille sauvage qui vivait dans la jungle.

25

Les deux vierges

Federico n'était pas entièrement satisfait de son nouveau fusil. Plus moderne que le Lee Enfield et plus court, il exigeait des balles plus petites ; il possédait un chargement automatique, ce qui incitait à gaspiller les munitions alors qu'il importait de les ménager. Cependant, là encore, les balles étaient beaucoup plus faciles à se procurer ; le vieux 303 avait posé des problèmes à cet égard.

Federico reprochait au M 16 son manque de précision à longue distance et la fragilité de son mécanisme automatique, qui se bloquait pour un rien et n'était pas commode à dégager. Il trouvait le premier défaut fort ennuyeux parce que, spécialisé dans le tir à couvert, il était l'un des principaux chasseurs de viande des guérilleros. Il jugeait le second carrément dangereux dans une escarmouche.

Il tenta à maintes reprises de troquer le M 16 contre une Kalashnikov ou un fusil de chasse, mais personne n'avait envie de changer. Tous habitués à leur arme, ils considéraient que cela portait malheur de s'en séparer. Federico voulait une Kalashnikov parce que c'était une arme extrêmement simple, que la boue n'empêchait pas de fonctionner, mais c'était justement pour ces raisons-là que les autres tenaient à conserver la leur. Il dut se résigner à nettoyer et à huiler scrupuleusement son M 16. Remedios lui promit une Kalashnikov au cas où le groupe en acquerrait une.

Federico essayait de surveiller les activités des gardes de montagne. Il s'agissait de soldats alpinistes ayant subi un entraînement intensif, dont la mission originelle était de protéger les Indiens contre les intrusions rapaces des brigands, les bandidos, et autres représentants de la civilisation moderne. C'étaient maintenant des hommes à jumelles, munis de longues-vues de haute définition, de viseurs à infrarouges, chargés de localiser les bandes de guérilleros et de signaler leurs déplacements. Ils avaient l'ordre de ne pas tirer à moins d'y être contraints et de se faire remarquer le moins possible. Remedios et son groupe s'inquiétaient à juste titre de leurs activités. Il entrait dans les attributions de Federico, en raison de son agilité et de sa bonne forme physique, de battre le secteur à leur recherche et de leur tirer dessus à vue.

Par bonheur, la Sierra Nevada de Santa Margarita était vaste, inconnue des services cartographiques et pratiquement inaccessible, sans quoi l'effusion de sang de part et d'autre aurait pris des proportions spectaculaires. Les autorités partaient ordinairement du principe que les gardes de montagne disparus avaient été victimes d'une chute, et ne s'en préoccupaient pas ; Federico prenaient leurs armes et cachait les corps aussi convenablement que possible.

Les gardes de montagne étaient généralement déposés en hélicoptère par groupe de deux à des endroits commodes, où on les récupérait cinq jours plus tard. Entre-temps, ils étaient censés escalader les pics voisins et observer toute activité à portée de leurs appareils. Leur méthode consistait à examiner systématiquement les zones adjacentes : en un an, ils couvraient la Cordillera entière.

C'était un travail extrêmement difficile et éprouvant ; et, à vrai dire, impossible. Pas uniquement parce qu'ils devaient grimper en haut de plusieurs sommets en cinq jours, chargés de provisions, de leurs fusils, de leur matériel d'alpiniste et de leur dispositif de surveillance, mais aussi parce que les montagnes elles-mêmes étaient contre eux. Sur les sommets, à plus de quatre mille mètres, il faisait un froid de loup et le temps ne cessait de changer. Il arrivait qu'ils escaladent une montagne le matin sous un soleil magnifique, qu'ils atteignent la cime, ôtent leurs jumelles, et se trouvent cinq minutes plus tard complètement ensevelis sous les nuages et sous une pluie glaciale mêlée de neige et de graviers cinglants. En outre, les gelées nocturnes fendaient les rochers qui se scindaient à flanc de montagne en plaques schisteuses, de sorte que par temps humide, en pleine ascension, subitement on dévissait.

Les groupes de guérilleros pigèrent rapidement les manœuvres des gardes de montagne. Ils allèrent s'installer plus bas, dans la jungle dense qui protégeait les pentes jusqu'à une hauteur considérable ; dès qu'ils entendaient le bruit des hélicoptères, ils se dirigeaient vers les vallées inspectées la semaine précédente par les gardes. Ils découvrirent aussi que ces derniers étaient assez faciles à exterminer.

Cela pour deux raisons. En premier lieu, les gardes semblaient toujours surpris devant quelqu'un qui n'était pas indien. Les Indiens étaient en effet les seuls individus qu'ils vissent : les guérilleros, eux, se cachaient à l'arrivée des hélicoptères. Cette absence de contact immédiat les rendait imprudents et insouciants ; elle faisait d'eux les victimes faciles d'une embuscade. Deuxièmement, l'existence des gardes aurait été si épuisante et si misérable s'ils avaient effectué le travail escompté qu'assez fréquemment leur activité se réduisait à zéro. Il s'agissait simplement d'arriver, de camper au même endroit pendant cinq jours, avant d'être récupérés par hélicoptère. Ils ne comprenaient pas que le fait de s'en être tirés pendant deux ans ne les garantissait nullement de ne pas avoir la gorge tranchée dans leur sommeil la première semaine de leur troisième année.

Néanmoins, les mouvements des gardes de montagne ne laissaient pas d'inquiéter les guérilleros. Il était toujours possible qu'à un moment quelconque le commandement de l'aéronavale décide de lancer des investigations aléatoires, ou qu'un hélicoptère arrive sans être entendu — l'acoustique en montagne joue parfois de drôles de tours.

C'est pourquoi Federico patrouillait en permanence à la recherche des gardes. Il lui était loisible de traiter sa mission avec désinvolture et, s'il l'avait voulu, il aurait pu se faire accompagner ; mais il ressemblait beaucoup à Pedro le Chasseur, qu'il avait toujours admiré et tenté d'imiter lorsqu'il était enfant. Il prenait sa tâche au sérieux, il aimait traquer seul et il consacrait une grande partie de son temps à affiner son art.

Federico avait tué quatre gardes de montagne. Les deux premiers furent abattus alors qu'ils escaladaient une paroi au-dessus de lui, encordés. Ils étaient tombés très loin et il avait eu du mal à retrouver leurs corps, qu'il enterra sous un morceau de schiste afin de leur éviter la profanation par les condors (une profonde pudeur s'était développée chez lui sur ce plan depuis qu'il n'avait pas réussi à protéger des vautours le cadavre de sa première victime). Federico rapporta triomphalement leur équipement au camp, ce qui l'obligea à faire deux voyages. Remedios le félicita devant le groupe au complet.

Les deux autres, Federico les exécuta lorsque, au détour d'un sentier à flanc de montagne, il aperçut à ses pieds deux gardes en train d'essayer de violer une Indienne qui se débattait frénétiquement. L'un s'efforçait de la soumettre en la frappant avec son fusil, tandis que l'autre, à terre, les bras autour des jambes de la femme, cherchait à la culbuter. Federico abattit le premier d'une balle dans la tête pendant qu'il reprenait son élan, et l'homme s'écroula sur le dos.

L'autre se releva, resta un instant figé sur place, puis s'enfuit. L'Indienne ramassa un caillou et le poursuivit. Federico n'était pas habitué aux cibles qui bougent rapidement ; il lui fallut quatre coups pour faire tomber l'homme d'une balle dans la jambe. Le garde s'assit et agrippa sa cuisse en se tordant de douleur. L'Indienne le rattrapa et lui cogna le crâne avec le caillou. Puis elle se redressa, défroissa ses vêtements, s'essuya le front avec son châle, et alla récupérer son chapeau avant de s'éloigner d'un pas orgueilleux et ferme vers la vallée. Elle ne tourna même pas la tête pour identifier son sauveur, à coup sûr persuadée que c'était un autre Indien qui n'avait fait que son devoir. Federico rapporta l'équipement des soldats à Remedios et fut de nouveau félicité.

Quand Federico ne voyait pas de garde, — ce qui était très rare —, il revenait au camp avec de la viande. La stupide et docile vigogne se laissait tuer si facilement qu'au bout d'un moment il en éprouva de la culpabilité et préféra jeter son dévolu sur les boucs qui erraient à haute altitude. Plus bas, il chassait les cochons sauvages et abattait les chiens atteints de la rage. Ces chiens n'étaient évidemment pas consommés, mais leur destruction constituait un devoir civique que les hors-la-loi eux-mêmes respectaient.

Une nuit, Federico rêva pour la centième fois d'une belle fille aux immenses yeux bruns, dont la chevelure noire descendait jusqu'à la taille et qui vivait dans la jungle. Il s'éveilla en pensant : « Cela signifie que je dois aller dans la jungle tuer des gardes de jungle. » Mais, à n'en pas douter, il espérait y trouver la fille qui rendait ses nuits aussi délirantes.

Il demanda la permission à Remedios qui la refusa catégoriquement. « Je ne te donnerai pas l'autorisation. Tu ne peux pas descendre dans cette zone. D'une part, Aurelio surveille la jungle pour nous, et il est inutile que tu y ailles, les gardes de montagne nous causent plus de souci. En outre, Aurelio a laissé des pièges partout, tu ne sais pas où ils sont. Et, si tu connais la montagne et la savane, tu ne connais pas la jungle qui les sépare, tu te perdrais presque aussitôt et tu n'arriverais jamais à revenir. D'ailleurs il n'y a pas de gardes de jungle dans ce coin actuellement. Je ne te donnerai pas la permission de gaspiller l'énergie de tout le monde, y compris la tienne. »

Federico partit en empruntant sa route habituelle vers les sommets et, quand il fut hors de vue du campement, il contourna les versants de la vallée et commença sa descente dans la jungle. Il estimait qu'il pourrait se repérer d'après le soleil aussi aisément dans la jungle que dans les montagnes.

La végétation devenait progressivement plus luxuriante et plus impénétrable, l'humidité s'accroissait rapidement. Federico dut s'arrêter de plus en plus souvent pour étancher sa soif dans les torrents et s'asperger. Au-dessus de lui, le dais de verdure gagnait inexorablement en épaisseur et la lumière se raréfiait à chaque halte. Il se battait avec les insectes.

Soudain, il interrompit sa marche. Il lui semblait que quelqu'un lui disait intérieurement : « Je ne te donnerai pas la permission. Tu ne peux pas descendre dans cette zone. » C'étaient les paroles de Remedios, mais ce n'était pas sa voix. Il secoua la tête. « Tu ne connais pas la jungle », poursuivait la voix en se servant des mots de Remedios. Federico secoua de nouveau la tête, comme s'il chassait une mouche de son oreille. Il avança d'un pas, mais ses jambes semblaient très lourdes, comme s'il portait un grand poids ou luttait contre une pression sur ses épaules. Il s'assit au bord du sentier pour réfléchir. On l'avait averti des dangers de la jungle. Elle était infestée de marécages, d'Indiens hostiles armés de sarbacanes et de flèches empoisonnées, de serpents, de ténèbres, d'escarpements inattendus et de fossés cachés par les plantes rampantes. On y mourait dans l'oubli, on y devenait fou à force d'errer. Federico resta longtemps assis, son bon sens luttant contre son obstination. Il était à l'âge où l'homme possède cette assurance acharnée et cet orgueil mâle inflexible qui révèlent qu'il n'est pas encore sûr d'en être un. Sa peur alimentait son obstination. Il se leva et marcha, résistant à la force qui le poussait à rebrousser chemin, comme deux mains appuyées sur sa poitrine. Il dompta cette force et pénétra plus avant dans le perpétuel crépuscule de la jungle.

Parlanchina apparut au bord de la clairière et fit signe à son père. Il posa le bâton à planter le maïs qu'il était en train de tailler et suivit son cheminement d'arbre en arbre. Elle s'arrêtait souvent pour le regarder, avec des signes pressants et attristés. Aurelio se hâtait dans son sillage.

En Amérique latine on l'appelle « el tigre », bien que ce ne soit pas un tigre, sinon par la férocité et le courage. Les plus gros jaguars mesurent presque deux mètres de long, sans compter la splendide queue à rayures. C'est un animal semblable au léopard, mais beaucoup plus solidement charpenté, doté d'une tête massive et de membres puissants, dont le pelage, généralement d'un brun doré, est parsemé de taches noires sur les pattes et de rosettes noires sur les flancs. Il existe quelques chats d'un blanc immaculé et de très rares chats de velours noir d'une beauté divine. Dans certaines tribus indiennes, ces derniers, lorsqu'ils ont été tués par un guerrier en combat singulier, lui confèrent le rang de chef ; ils sont dépouillés de leur fourrure, que le guerrier revêt avec fierté. Le jaguar noir, que les Indiens estiment être le plus brave, est inviolable et sacré.

Le jaguar chasse les espèces que lui offre son habitat. En Argentine, dans les pampas, il tue les moutons et le bétail. En bordure des rivières, il attrape du poisson et des tortues. Dans les forêts, il déchiquette la chair du tapir. Dans la jungle, il reste à l'affût dans les arbres, et bondit sur les singes et les oiseaux. Il choisit souvent une branche surplombant un sentier, parce que les animaux, comme les hommes, empruntent de préférence les voies faciles. Cependant, les jaguars attaquent rarement l'homme ; ils ont acquis la sagesse de l'éviter, car l'homme est l'animal le plus dangereux au monde.

Federico poursuivait sa marche ; il entrevoyait dans les arbres les oiseaux chatoyants de couleurs audacieuses, observait les singes qui le fuyaient avec fracas à travers les branchages. La sueur qui dégoulinait sur son front lui piquait férocement les yeux, il avait les bras et le cou dévorés par les moustiques. Il commençait à envisager de rebrousser chemin. Il s'arrêta sur le sentier quand, au-dessus de lui, un « tigre » lança son grognement quinteux.

Federico, surpris, recula brusquement et glissa sur le dos en se tordant la cheville. Il se redressa à demi et tendit désespérément la main pour décrocher son fusil. Le grand « tigre » noir cambra l'échine et ouvrit la gueule ; des sifflements et des grondements sortaient des profondeurs de son poitrail, tandis qu'il cherchait autour de lui un moyen de s'échapper, un endroit où bondir au plus vite. En proie à une peur panique, Federico épaula son M 16, visa maladroitement la tête du chat et appuya sur la détente. Son cœur qui battait déjà la chamade palpita encore plus fort lorsque rien ne se produisit. Il avait oublié d'ôter le cran de sûreté ; il dut examiner l'arme qu'il connaissait mal pour le trouver. Ses yeux, dans son affolement, passèrent dessus par deux fois avant de l'identifier ; il le débloqua de ses doigts trempés de sueur et tremblants, et n'oublia pas d'armer le fusil. Le chat le regarda de nouveau, en sifflant, comme pour lui dire de partir, mais Federico épaula une fois de plus et tira sur la tête du chat. Le fusil n'était ni soutenu ni dirigé comme il aurait fallu. La balle fila hors du canon vacillant, inoffensive, pour venir frapper la branche qui surplombait la tête du chat. Tandis que la balle ricochait plus loin, le chat s'aplatit contre la branche, puis se redressa furieusement et se ramassa pour sauter.

Federico tenta fébrilement de tirer une fois encore. Mais le chargement automatique s'était bloqué et le garçon se débattait toujours avec son arme et son mécanisme mal maîtrisés lorsque le « tigre », les yeux flamboyant de haine et d'un somptueux courage, bondit de la branche. Ses énormes pattes atterrirent droit sur les épaules de Federico et le renversèrent. Le « tigre » enfonça ses griffes et d'un coup de dent lacéra la gorge de Federico.

Federico mourut comme dans un rêve. Un grand silence envahit son âme et il ne ressentit aucune douleur physique. Il pensa un instant à Francesca et à sa beauté nouvelle. Il pensa à Sergio, à la façon dont il avait été pardonné d'avoir volé son propre père. Il pensa avec compassion à l'homme qu'il avait tué, sans le sauver des vautours. Il pensa au vautour qu'il avait tué pour le Profesor Luis. Il pensa à sa mère lorsqu'elle confectionnait des arepas.

« J'ai essayé de te retenir », proféra la voix qui n'était pas celle de Remedios. Federico ouvrit-il les yeux et vit-il Parlanchina, ou ne l'aperçut-il que dans le rêve de sa mort, nul ne le sait. Mais elle était penchée sur lui, ses yeux noirs remplis de larmes, sa longue chevelure encadrant son visage. « Tu es la fille de mes rêves, prononça-t-il. Tu es la belle fille sauvage de la forêt. »

Elle sourit. « Comme moi, tu es mort vierge. J'ai essayé de te retenir. Tu m'as repoussée. Je suis venue te montrer le chemin. »

Federico vit combien elle était belle ; il vit sa peau douce et parfaite, le bourgeon de ses seins, ses jambes longues et droite. Elle tendit la main pour l'aider à se lever et il la suivit, sans se rendre compte que le « tigre » déchiquetait son corps qui avait été aussi exquis et aussi parfait que celui de Parlanchina. Il ne vit ni n'entendit Aurelio parler au chat avec brusquerie pour qu'il s'éloigne. Il ne voyait que Parlanchina qui le conduisait en le tenant par la main et lui lançait des regards obliques, un sourire chargé de secrets malicieux sur les lèvres.

Aurelio déterra les extrémités de la tombe de Parlanchina. Ses os reposaient blancs et propres dans le tunnel du lit de broussailles. Ceux de sont chat bien-aimé étaient propres, eux aussi, et s'étaient mêlés en tombant à ceux de sa maîtressse. Les termites avaient bien accompli leur tâche. Aurelio déposa le corps de Federico à côté de celui de Parlanchina ; il regarda une dernière fois les membres longs et sveltes de l'adolescent, son visage hâlé par le soleil de montagne. Il poussa son corps plus près des autres afin que dans leur chute leurs os s'enchevêtrent.

Il referma la tombe et songea à sa première rencontre avec Federico, lorsqu'il était encore enfant et qu'il avait tué un innocent par accident, puis il songea à la façon dont Parlanchina l'avait suivi dans la jungle.

« Guyava, accusa-t-il, l'as-tu mené à la mort parce que tu l'aimais ?

— Non, Papacito, répondit-elle. J'ai tenté de le retenir.

Mais il y a des choses qu'on ne peut empêcher. Il est allé à la mort parce qu'il m'aimait. »

Aurelio scruta ses yeux noirs, éclatants, pour s'assurer qu'elle ne mentait pas. Elle lui sourit, à la fois triste et heureuse.

« Tu n'as donc pas épousé un dieu ?

— Non, Papacito. »

26

L'épanouissement du colonel Asado

Quand le colonel revint travailler le lendemain matin, il ouvrit la porte de la cellule de l'avocat radical. Il fut épouvanté par la puanteur de vieille urine qui assaillit ses narines. L'avocat était assis sur le bord du matelas, vivante image de l'avilissement, les lèvres et le menton couverts de sang coagulé.

« Sortez ! cria le colonel, et à l'avenir rappelez-vous qui il convient de respecter.

— Respecter ? répéta l'avocat en levant les yeux. Comment est-il possible de respecter ceux qui usent de la violence ?

— Vous êtes le premier individu que j'aie frappé de ma vie, répliqua le colonel, et ce n'est pas le soldat qui a agi, mais l'homme. »

L'avocat radical rit amèrement. « Vous voulez me soutirer des informations sur ceux qui luttent pour un monde meilleur, afin de pouvoir le maintenir tel qu'il est. Vous êtes prêt à tabasser les gens pour arriver à vos fins. Vous êtes un fasciste ! »

Le colonel resta silencieux. Il sortit et verrouilla la porte. Il revint quelques minutes plus tard avec un seau et un balai. « Avant de partir, ordonna-t-il, vous allez nettoyer ces saletés.

— Je refuse, rétorqua l'avocat. Ce n'est pas ma faute si j'ai été enfermé là-dedans sans toilettes. »

Le colonel lui fourra rudement le balai dans les mains et l'avertit : « Nettoyez, sinon vous ne partirez pas. » Puis il quitta la pièce, non sans verrouiller la porte derrière lui, et alla procéder à son premier entretien.

Ce jour-là, il lui parut beaucoup plus facile d'intimider et de malmener les gens effrayés qui se présentèrent. Il gifla une femme, une institutrice, et le soir trois personnes furent enfermées pour avoir refusé de donner des informations, dont l'avocat qui avait essuyé sa cellule mais avait menacé le colonel d'un procès pour emprisonnement arbitraire. Le colonel ne savait que faire de lui, craignant d'être poursuivi en justice et de finir devant un peloton d'exécution.

Il rentra chez lui en songeant : « Cet homme est un ver de terre, un insecte, le genre de crapule qui fomente l'anarchie et la destruction de la patrie. » Il se rappela ce que le général Ramirez lui avait dit au sujet des éléments subversifs à mettre hors circuit « définitivement », et pensa : « Eh bien, ce saligaud est un authentique subversif. » Il décida d'accomplir son devoir patriotique, mais cela l'empêcha de dormir toute la nuit.

Le matin suivant, il abattit l'homme d'une balle dans la poitrine, bien qu'il eût les mains tremblantes et qu'il fût révolté par son propre geste. A la nuit tombée, il transporta le corps flasque jusqu'au vaste coffre de sa Ford Falcon et l'y jeta. Il sortit de la ville et le laissa sur la décharge municipale, où il le recouvrit d'ordures. Pendant la nuit, les animaux errants qui fouillaient régulièrement la décharge dégagèrent le cadavre et, quand les éboueurs le trouvèrent le lendemain matin, il était déjà à moitié dévoré par les chiens. La nouvelle n'eut droit qu'à deux centimètres de colonne dans le journal local ; le corps ne fut pas identifié. Il fut enterré au pied d'une petite croix de bois qui portait l'inscription « Non Nombre ».

Le colonel se sentit personnellement soulagé. Il lui vint une inspiration. Il consulta le fichier du défunt et, s'assurant qu'il avait été recensé comme vivant seul, décida de passer au crible l'appartement de l'avocat afin d'y dénicher des informations sur ses clients subversifs.

Il dut attendre que le voisinage soit désert pour forcer la porte avec une pince-monseigneur, mais il entra sans encombre, et découvrit que l'appartement était un vrai dépotoir. Il y avait des cendriers pleins de mégots, des vêtements sales éparpillés sur le sol, un lit défait dont les draps n'avaient manifestement pas été changés depuis plusieurs semaines. Le colonel se dirigea vers le bureau et, saisi d'une autre inspiration, il introduisit une feuille dans la machine à écrire et tapa : « Je suis à bout. Je m'en vais. »

Le colonel fouilla le bureau et s'empara des papiers qui semblaient pouvoir être utiles. Puis il examina les livres qui garnissaient les rayonnages ; il repéra *Das Kapital, La Psychopathologie de la vie quotidienne* de Freud, et *La Psychologie de masse du fascisme* de Reich. Il pensa : « J'ai eu raison d'exterminer cette vermine. »

Le colonel explora le reste de l'appartement et trouva dans un tiroir de la table de chevet un œil de tigre serti dans un anneau d'or. Il le prit. « Ça doit valoir quelque chose », se dit-il, et il le reposa. Une minute après, il ouvrit le tiroir et le reprit. « Pourquoi pas ? demanda-t-il à voix haute. Ce salaud n'en aura plus besoin. » Il le mit dans sa poche et en éprouva aussitôt des remords. Il le ressortit et le regarda, avec l'intention de le remettre dans le tiroir, au lieu de quoi il le passa à son petit doigt et l'y laissa.

En partant, il remarqua qu'il avait sérieusement endommagé la porte avec la pince-monseigneur et songea : « Du moment qu'elle a l'air d'avoir été fracturée, il faut que l'appartement entier paraisse avoir été cambriolé. » Il revint sur ses pas et répandit soigneusement le contenu des tiroirs sur le sol. Ce n'était cependant pas très convaincant ; il renonça alors à simuler un cambriolage de comédie et jeta les objets aux quatre coins de l'appartement aussi violemment qu'il le put. C'était nettement mieux.

Plus tard dans la journée, le colonel décida qu'il était temps de recruter d'autres enquêteurs : cela prendrait une éternité s'il devait éplucher les dossiers seul. Il engagea trois camarades de son régiment, avec la permission du général qui les promut tous. Le général fit ensuite appeler le colonel.

« Colonel, commença-t-il, je constate avec inquiétude, après avoir lu vos rapports, que les recherches ne sont pas aussi approfondies que je le souhaiterais. Il semble que vous convoquiez les gens en leur envoyant des cartes postales. Je suis conscient de l'économie réalisée, mais je crois aussi que quelqu'un qui se présente après avoir reçu une carte postale ne peut en aucune façon être un véritable contestataire.

— Non, mon général, répliqua le colonel, mais je ne voulais rien négliger, et il m'est apparu que le meilleur moyen de dissimuler qu'on est un élément subversif, c'est de se conduire comme si on n'en était pas un. Je crois qu'il vaut mieux prendre le maximum de précautions, mon général.

— Je vois, répondit le général.

— De plus, poursuivit le colonel, j'ai déjà démasqué un subversif, et, euh... j'ai mis un point final à l'affaire, mon général.

— Très bien, repartit le général. Il me semble toutefois que vous devriez vous concentrer davantage sur ceux qui ne se présentent pas. Ah, autre chose...

— Oui, mon général ?

— Si vous mettez un “ point final ” à ce genre d'affaires, comme vous dites, l'idée que les gens reçoivent des cartes postales qui peuvent être découvertes par des parents ne me plaît pas. Vous me suivez ?

— Oui, mon général.

— Il serait à mon sens préférable que vous arriviez chez eux en civil et que vous les escortiez jusqu'à l'École d'ingénieurs électriciens et mécaniciens. Je vous suggère de leur bander les yeux pour qu'ils ignorent où ils sont emmenés. » Le général ajouta d'un ton confidentiel et entendu : « Entre vous et moi, colonel, c'est un moyen psychologique efficace, parce que, si vos interlocuteurs ont un peu peur, ils vous donneront plus facilement des informations. Quelquefois, colonel, si désagréable cela soit-il, nos responsabilités nous obligent à effrayer les gens.

— Oui, mon général, acquiesça le colonel.

— Encore un mot. Vous devez donner une réelle extension à cette opération. Je veux que vous formiez des détachements spéciaux. Ne vous inquiétez pas du coût. » Le général Ramirez agita un doigt. « Envoyez-moi simplement toutes les factures, et je me chargerai de les régler sur les fonds bénévoles de l'armée et le plan de placement des pensions de veuves de militaires. »

Le colonel donna à ses trois camarades l'ordre de recruter quatre autre personnes idéologiquement sûres, et son centre se trouva bientôt en pleine activité. Les douze hommes recrutés par ses camarades allaient chercher les subversifs par groupe de quatre, généralement après la tombée de la nuit, et le colonel les interrogeait avec ses trois camarades. Le colonel remarqua que les suspects arrivaient souvent en état de choc, portant de sévères marques de coups ; les hommes lui expliquaient qu'ils s'étaient violemment opposés à être emmenés sous escorte et qu'ils n'avaient pas eu le choix. « Très bien », concluait le colonel, qui commençait à adopter certains des tics et des tours de phrase du général Ramirez.

Il était hors de question de renvoyer chez eux des gens qui avaient été roués de coups pour qu'ils se plaignent d'avoir été arrêtés et brutalisés par la police secrète. Le colonel les gardait au centre, qui fut vite gravement surpeuplé. Ses nerfs étaient mis à rude épreuve : il fallait organiser des rotations pour les repas, pour les douches, pour les passages aux toilettes, rédiger des factures, procéder à des interrogatoires qui ne menaient nulle part et, pis encore, subir toute la journée des gens qui cognaient à leurs portes, hurlaient à propos de leurs droits et pleuraient. Parfois, quand il était à bout, il allait dans les cellules et les frappait tous à coups de pied jusqu'à ce qu'ils se taisent.

Un jour, les hommes amenèrent une jeune femme, très élégamment habillée, admirablement maquillée et très sûre d'elle. Elle lança au colonel un sourire entendu avant de s'asseoir. « Que puis-je faire pour vous ? » demanda-t-elle.

Elle avait une façon de regarder le colonel qui le rendait nerveux. Il se mit à lui poser des questions sur la subversion, mais elle se contentait de le dévisager en conservant son sourire entendu.

« Que dois-je faire pour sortir d'ici ? interrogea-t-elle. Je ferais à peu près n'importe quoi. » Elle avait pris un accent traînant et aguicheur, et prononcé « n'importe quoi » d'une manière si séductrice que le colonel tressaillit.

« N'importe quoi ? répéta-t-il.

— Oh, oui ! N'importe quoi. »

Ils se regardèrent quelques instants, puis elle se leva, se dirigea vers la porte et tourna la clef. Elle revint vers le colonel et se coula près de lui. Elle lui effleura l'oreille du bout des lèvres, murmura avec fougue : « Dites-moi ce que je peux faire pour vous et laissez-moi partir. » Elle se renversa en arrière et lui décocha un sourire radieux. Elle se mit à jouer avec les boutons de sa chemise ; il se sentait gagné par l'excitation. Elle portait un parfum musqué et lourd. Elle se détourna et lui lança une œillade par-dessus l'épaule. Puis elle ôta ses talons hauts d'un mouvement du pied, et se déshabilla avec une lenteur provocante. Il la contemplait, fasciné, horrifié et embarrassé. Son cœur battit plus vite, une faiblesse le prit. Quand elle fut nue, elle se retourna et s'exhiba, les bras levés, en exécutant une petite pirouette. « Ça vous plaît ? demanda-t-elle.

— Madame, je dois vous prier de vous rhabiller, rétorqua le colonel avec raideur.

— Allons, ne jouez pas les rabat-joie », s'écria-t-elle ; elle s'approcha tout près de lui et commença à défaire les boutons de sa chemise, la bouche en cœur.

« Madame, je dois vous avertir...

— Oh ! Chut », interrompit-elle, lui scellant les lèvres avec son index. Elle défit sa braguette, et y glissa une main fraîche et soignée. Malgré lui, il se sentait durcir et gonfler ; sa respiration devenait haletante. La femme s'allongea sur le bureau et lui ouvrit les bras. « Madame...

— Allons, minauda-t-elle, cessez d'être sage, pour une fois. »

Il grimpa péniblement sur elle, mais en éprouvant une telle sensation de gaucherie et de ridicule que son érection s'évanouit. En dépit de ses efforts, il dut rapidement redescendre, envahi par le dégoût et l'humiliation. « Partez d'ici, ordonna-t-il d'un ton irrité.

— Oh ! Ne vous fâchez pas, répondit-elle, avec une voix de mère qui réconforte un enfant après une égratignure. J'essayais simplement de vous offrir un moment agréable. »

Elle commença à se rhabiller sans perdre de temps, et à

la pensée de ce qu'il allait manquer, l'érection du colonel lui revint. Il s'approcha de la femme par-derrière, la fit pivoter, lui arracha son slip et la souleva sur le bord du bureau. Il la pénétra et jouit en quelques brèves secousses tandis qu'elle s'accrochait à lui, les bras serrés autour de son cou et les jambes nouées derrière son dos.

Après son départ, il regarda sa fiche ; elle mentionnait : « Call-girl ; fréquente des responsables syndicaux dans l'exercice de son commerce. »

Il n'avait donc eu qu'une passe gratuite avec une pute. Il s'en sentit profondément furieux et humilié. C'était une histoire complètement sordide.

Le regard qu'il portait sur ses prisonnières en fut néanmoins modifié. Quand il les interrogeait, il se sentait un pouvoir sur elles, son pénis durcissait et les poils de ses jambes le picotaient. Il avait l'impression d'être un dieu et il en vint à considérer que les femmes étaient bonnes à jeter après usage, à être écrasées comme des mouches. Mais aucune femme ne s'offrit plus à lui et son impatience croissait. Un jour, il céda à ses impulsions.

C'était une jolie étudiante en sociologie de dix-neuf ans, aux yeux bleus et vifs et aux boucles châtains. Elle déclara qu'elle ne savait rien ; il se mit en colère comme cela lui arrivait toujours désormais. Il la frappa sur la tempe et l'envoya valdinguer par terre. Il la regarda sangloter, gémissante et sans défense, puis il sortit sa ceinture des passants de son pantalon et la fouetta tandis qu'elle se tordait et hurlait sur le tapis. « Parle, bon sang ! criait-il. Parle !

— Mais, articula-t-elle entre deux sanglots, je ne sais rien ! »

Il s'agenouilla et la retourna. Son mascara avait coulé sur son visage. Il déchira sa chemise et tira son soutien-gorge. « Tu ferais mieux de parler, menaça-t-il en pétrissant ses seins entre ses doigts.

— Oh ! Mon Dieu », geignit-elle dans son désarroi, et elle continua à sangloter désespérément lorsqu'il ouvrit la fermeture de son jean et le lui ôta, puis abaissa sa culotte. Elle demeura immobile, sans cesser de pleurer pendant le viol.

A partir de ce moment-là, le colonel viola presque toutes les femmes qui passaient par son bureau, de préférence celles qui étaient jeunes et belles. Après quoi il les enfermait. Quelquefois, il violait les plus jolies à plusieurs reprises avant de les laisser à sa main-d'œuvre, qui avait contracté les mêmes habitudes que lui. Le colonel ne s'en souciait plus. Il avait le pouvoir absolu. Il savait qu'il pouvait tout se permettre.

Le colonel se mit à tabasser systématiquement ses prisonniers. Ceux-ci inventaient des histoires pour avoir quelque chose à lui dire, mais il ne s'en souciait pas plus que du reste. Il se contentait d'arrêter ceux qui étaient compromis et de les tabasser à leur tour. Il découvrit que les gens redoutaient particulièrement d'être défigurés, surtout les femmes, et il conservait en permanence un tisonnier dans son radiateur à gaz. Il apprit que les prisonniers l'appelaient « Asado » — ce qui signifie à la fois « en colère » et « barbecue ». Ce nom lui procura une satisfaction macabre et il ne s'offusqua pas d'être ouvertement affublé de ce sobriquet par ses collègues. Dans la bouche des prisonniers, c'était une preuve de son pouvoir et, dans celle de ses collègues, un témoignage de confiance et de familiarité. Ses trois camarades portaient déjà le surnom d' « El Electricista », pour celui qui usait volontiers d'un aiguillon dans les interrogatoires, d' « El Verdugo » (le bourreau) pour celui qui employait le strappado, et d' « El Bano », pour celui qui procédait par immersions.

Il était impossible de renvoyer les gens dans leur famille après ces traitements, et ceux qui ne mouraient pas sous la torture étaient ordinairement tués d'une balle dans les vertèbres cervicales — une méthode relativement propre. Le stade de l'École militaire d'ingénieurs électriciens et mécaniciens finit par ne plus pouvoir contenir davantage de cadavres ; le colonel dut chercher des solutions de rechange. Il fit construire un crématorium, déposer quelques corps dans des cimetières, où ils furent enterrés comme « Non Nombre ». Il réquisitionna un avion de transport militaire qui éjecta des cadavres au-dessus de la jungle ; ces morts, baptisés « chutes libres », furent imputés aux terroristes. D'autres furent jetés à la mer, mais il y renonça lorsque la marée les rabattit sur les plages de vacanciers en quantités embarrassantes.

Très rapidement, les journaux se remplirent de récits où il était question de gens enlevés dans des Ford Falcon par des voyous armés, de gens qui disparaissaient et qu'on ne revoyait jamais. Les parents commencèrent à délivrer des ordres d'habeas corpus à la police, qui ne comprenait rien à ce qui se passait. « Nous ne pouvons pas honorer vos ordres, objectaient les policiers, car nous n'avons aucun procès-verbal de leur arrestation. » Le colonel mit un terme à tout cela en arrêtant les journalistes qui signalaient les disparitions et les parents encombrants, lesquels saisirent vite le message, en particulier quand la marine et l'aviation entrèrent dans le jeu elles aussi. Une terreur muette s'abattit sur la capitale du pays.

Le colonel Asado ouvrit quatre autres centres avec soixante personnes à son service. Il s'enrichit considérablement en vendant les biens des disparus ; il s'aperçut de surcroît que le général Ramirez ne prenait jamais la peine de vérifier les factures qu'il lui envoyait et il acceptait de l'argent, avant de les supprimer, de ceux qui tentaient d'acheter leur liberté.

27

Des remèdes, des chats et du rire

« La Estancia

« Ma chère maman,

« J'ai tant de nouvelles à t'annoncer depuis que je t'ai écrit, que je ne sais par où commencer ! J'espère que ma dernière lettre ne t'a pas trop déprimée ; j'étais moi-même formidablement déprimé à ce moment-là, mais la situation s'est beaucoup améliorée depuis, surtout parce que j'ai maintenant un peu d'espoir au sujet de Françoise.

« Te souviens-tu du brujo (une espèce de sorcier) nommé Pedro, dont je t'ai parlé ? Certains l'appellent " el Legatero ", parce qu'il sait attraper des alligators vivants. Tu te rappelles peut-être qu'il avait conseillé à Françoise de manger des serpents-corail crus pour son cancer, mais elle a refusé d'en manger plus d'un, et sa rémission s'est transformée en aggravation.

« Eh bien, il est revenu il y a quelques jours et m'a dit qu'il tenait avec un Indien une session spéciale de guérison dans le village dont il est originaire ; il nous a invités à l'accompagner. Il a ajouté : " Vous devriez venir ensemble, parce que vous êtes à moitié responsable de la maladie de la senora. " Très intrigué, je me suis demandé si je devais me sentir insulté ou trouver cela ridicule. Cependant, je n'ai pas osé dire quoi que ce soit parce qu'il avait l'air très sérieux et qu'il dégage une sorte de mysticisme extrêmement impressionnant. Il est très grand et maigre, et il a les bras musclés d'un instructeur de la Légion étrangère. Il s'habille de vêtements qu'il confectionne lui-même avec les dépouilles des animaux qu'il attrape. Il a pris une fois un jaguar solitaire pour don Pedro (le propriétaire de l'avion) et l'a abattu d'une balle dans l'œil pour ne pas abîmer sa peau. Comment peut-on tirer si bien avec un vieux mousquet, je n'arrive pas à le comprendre. D'ailleurs, il a les cheveux entièrement gris et une allure très digne, et j'avoue que son invitation m'est apparue plutôt comme un ordre.

« Françoise était dans un état de grande faiblesse et j'ai failli ne pas l'emmener le soir en question. Mais finalement nous avons parcouru quinze kilomètres de piste épouvantable et, quand nous sommes arrivés, nous avons trouvé le village en état de siège, bien que sans assiégeants. Des remparts tendus de fil barbelé barraient la rue et chacun, y compris les femmes et les enfants, était armé jusqu'aux dents. J'ai demandé à une femme ce qui se passait et elle m'a répondu : " Nous attendons les soldats. " Je lui ai demandé s'ils étaient des insurgés communistes ou autres, et elle m'a regardé comme si j'étais fou avant d'éclater de rire. Mais au moins, elle m'a indiqué comment aller à la session de guérison.

« C'était dans une horrible petite choza miteuse (l'espèce de hutte qu'on voit dans les Andes). Quand nous sommes entrés, je n'ai rien pu distinguer, à part le feu qui brûlait au milieu. Une voix a prononcé " Asseyez-vous ", et je me suis rendu compte que c'était Pedro, le sorcier. Il n'était vêtu que d'un pagne et avait l'air particulièrement sinistre, avec son visage à moitié dans l'ombre et son corps éclairé par les flammes rougeoyantes. Il s'est enquis : " Avez-vous mangé de la viande, du sucre et du sel ? " Je lui ai confirmé que nous n'en avions pas pris.

« Il nous a dit de lui raconter nos maladies. La femme assise à côté de moi a expliqué qu'elle était prostituée (pardonne-moi de mentionner ce détail) et qu'en exerçant son métier elle s'était abîmé le dos. Elle a dit qu'elle s'appelait Dolores. Puis ç'a été le tour d'un homme du nom de Misael, qui ressemblait un peu à Pedro, grand et musclé, à peu près du même âge. Il a expliqué qu'il était là à la place de son bébé qui avait de terribles cicatrices de brûlure. J'ai trouvé ça un peu bizarre, mais personne ne semblait surpris qu'on puisse se faire soigner pour le compte de quelqu'un d'autre. Il y avait un Indien nommé Aurelio, un personnage d'allure très étrange, singulièrement petit et trapu, avec un visage mongoloïde et une longue natte. Il a annoncé qu'il était là pour aider Pedro à évoquer les esprits. Il n'a pas cessé de poursuivre des bribes de conversation avec un être totalement invisible qu'il appelait " Guyava ". J'ai pensé qu'il devait être à moitié fou, sinon complètement.

« Pedro et l'Indien ont allumé d'énormes cigares, puis ont rempli une gourde d'une substance qu'ils désignaient du nom d' " ayahuasca " ; je crois que c'est un mot quechua, mais j'ignore ce qu'il signifie. Ils nous en ont fait boire à chacun une gourde entière pendant que Pedro psalmodiait et que l'Indien agitait la queue d'un serpent à sonnette. Le thé avait un goût infect et j'ai failli m'étouffer ; il était gras et amer, et piquait le fond de la gorge.

« Nous sommes restés assis pendant une heure à écouter leurs psalmodies et leurs tintements. Soudain, Aurelio a déclaré : " Les esprits sont là. " C'est précisément à cet instant que j'ai commencé à avoir une forte envie de vomir, et Françoise aussi. Mon cœur battait la chamade et je me suis senti brutalement complètement désorienté. Je ne pouvais plus me tenir droit parce que je ne savais plus où se trouvaient le sol, ou le plafond, ou les murs. Je ne voyais plus rien non plus, parce que des zébrures et des taches de couleurs vives, avec une dominante de bleu, flottaient constamment devant mes yeux, et que de grosses boules de lumière pourpre et duveteuse fondaient sur moi avant de s'éloigner en flèche. L'espace d'une seconde, les murs de la hutte se sont rapprochés à tel point que je ne pouvais plus respirer, et l'instant suivant ils étaient à des kilomètres. J'avais l'impression d'être aussi petit qu'une fourmi. Je dégoulinais de transpiration, mes poumons refusaient de coopérer. Ensuite, je me suis retrouvé à la maison, assis sous les bougainvillées, admirant la lune, puis en France, redevenu enfant, essayant d'attraper une figue trop haute pour moi, puis de nouveau dans la hutte, où je n'arrivais pas à apercevoir les autres. J'essayais de ramper pour les trouver, mais comme le sol ne cessait de s'incliner je ne faisais que glisser ; à un moment tout s'est retourné, et je me suis mis à ramper sur le plafond. Cependant, je me sentais si lourd que je pouvais à peine bouger, et quand j'ai crié " au secours ", je n'ai émis qu'un glapissement étranglé.

« Les choses ont fini par se calmer. Ils étaient là, toujours absorbés dans leurs chants et leurs crécelles. " Dieu merci c'est terminé ", me disais-je, quand ils ont commencé à se transformer en animaux. En bœufs, en lamas, en vizcachas, en jaguars, en ocelots, en toucans, en caïmans, et ils passaient de l'un à l'autre avec une rapidité et une brusquerie telles que j'en oubliais mon inquiétude pour les regarder, dans une sorte de fascination hypnotisée. A un moment j'ai aperçu une belle jeune fille dont les cheveux pendaient jusqu'à la taille, debout derrière l'Indien, les mains posées sur ses épaules.

« Après ces transes, Pedro s'est dirigé vers Françoise,

qui était allongée sur le dos. Il a ouvert sa blouse et dénudé ses seins, un spectacle si horrible que je ne supporte pas d'y penser. Pedro a introduit un sein dans sa bouche et en a sucé la chair avec force. Puis il s'est éloigné, et il a craché dans le feu. Crois-moi, maman, sa salive s'est transformée en un scorpion qui a atterri sur les braises, s'est mis à courir en tous sens, puis s'est réduit en cendres. Il a réitéré l'opération sur l'autre sein, et figure-toi qu'il a craché un serpent d'un mètre de long dans le feu, où il s'est consumé dans des convulsions. Il est ensuite venu vers moi et m'as aspiré du ventre des épines de cactus !

« J'ai perdu connaissance et, lorsque je me suis réveillé, Aurelio et Pedro recommençaient le même cérémonial. Il a fallu reboire de l'ayahuasca, et j'ai eu le vertige. C'est alors que je me suis rendu compte que je voyais ce qui se passait dans mon dos. Je me suis délibérément retourné pour observer. Aurelio m'a dit quelque chose d'une voix si profonde et si macabre que je me suis évanoui de terreur. Je n'ai repris mes sens que le lendemain matin ; j'avais la bouche comme une vieille botte remplie de parmesan.

« Les autres étaient déjà réveillés et Pedro m'a proposé : “ Veux-tu prendre une copa ? ” en me tendant une petite tasse de chacta, un breuvage très puissant. Ça m'a troué l'estomac, mais je me suis immédiatement senti mieux. J'ai demandé à Pedro : “ Alors, est-ce que le cancer de ma femme était d'origine naturelle, ou vas-tu me dire qu'il était causé par des esprits malfaisants ? ”

« Il m'a répondu d'un ton solennel : “ Si on y réfléchit un tant soit peu, tout est naturel, et tout est esprits. ”

« Maman ! Je te vois en train de te signer, et plutôt deux fois qu'une, en lisant ces mots ! Mais voici la merveilleuse nouvelle : dans la semaine qui a suivi, le cancer de Françoise a connu une rémission très rapide, et elle a l'œil vif et l'humeur joyeuse pour la première fois depuis des mois ! Elle m'a raconté qu'elle avait vu les mêmes choses que moi, mais, pendant que j'étais sans connaissance, elle a aperçu un ange, un ange hermaphrodite ! Elle prétend qu'il avait une lance et une balance, et qu'il l'a embrassée sur la bouche d'une façon telle que son corps entier a frémi. Elle est convaincue qu'il s'agissait de l'archange Raphaël, bien qu'elle ne sache pas pourquoi. Françoise et moi, nous baignons dans une béatitude complète depuis que son état s'améliore, comme tu peux l'imaginer. Je m'attendais à ce qu'elle meure dans quelques semaines, et je me traînais comme une âme en peine, tandis qu'à présent je me sens plus léger qu'un moineau !

« La liste des prodiges ne s'arrête pas là ; nous avons été frappés aussitôt après par un fléau tout à fait extraordinaire dans la région — bien qu'il soit, je m'empresse de l'ajouter, de nature bénigne. Tu as sans doute remarqué (le contraire serait surprenant) qu'il y a des marques de pattes boueuses sur le papier, et que mon écriture est d'une irrégularité inaccoutumée. C'est parce qu'un gros chat noir essaye de s'asseoir sur la feuille et d'attraper mon stylo pendant que j'écris. “ Qu'y a-t-il d'étrange à cela ? dois-tu te dire. Mon fils aime les chats. ” Ce qui est étrange, maman, c'est que nous sommes absolument inondés d'un déluge de chats de proportions bibliques. Je ne puis te donner une idée du nombre de ces animaux surgis de nulle part ! Ils s'assoient sur les poteaux des palissades, sur les portails. Ils se vautrent voluptueusement sur les toits et les branches, ils sont dans ma Jeep, dans la maison, dans l'écurie, dans les champs. Impossible de m'installer au frais le soir comme d'habitude, parce que trois ou quatre chats bondissent instantanément sur mes genoux et mes épaules. Ils occupent également le hamac de Françoise sur la véranda. Je suis obligé de les chasser de l'évier pour me laver les mains et de la douche le soir. Le matin, Françoise et moi nous éveillons en sueur, suffoquant sous le poids des chats installés sur le lit. Il arrive qu'ils me réveillent en fourrant leurs petites langues râpeuses dans mes oreilles et en ronronnant. Tu ne peux pas savoir à quel point ça chatouille !

« Bien que je fasse constamment le tour de la maison pour fermer portes et fenêtres, ils continuent à entrer et ils s'enroulent autour de mes jambes. On dirait qu'ils traversent les murs.

« Autre fait curieux, jusqu'ici, en dépit de leur omniprésence, ils ne m'ont nullement dérangé. Ce n'est pas le genre de petits chats galeux, dévorés par les puces, affamés et chapardeurs qu'on voit généralement dans le coin ; ils sont grands, ils ont le poil soyeux, des têtes charmantes et des manières exquises. Ils ne volent pas de nourriture, ne défoncent pas le jardin et ne laissent pas d'entrailles de souris par terre. Ils passent le plus clair de leur temps assis, comme s'ils étaient là pour attendre quelque chose, patiemment. Ils sont très affectueux, et ronronnent immanquablement quand on leur gratte les oreilles et les joues. Ils sont confiants et satisfaits. La nuit, le son des grillons est maintenant entièrement couvert par leur ronronnement, qui ressemble à un rugissement voilé. On croirait entendre le grondement de la mer dans le lointain. C'est un bruit bien plus apaisant que celui des grillons, et pour ma part j'aime à l'écouter. Françoise, étant allergique aux chats, craignait au début d'attraper le rhume des foins ; mais pour l'instant, Dieu soit loué, elle n'a souffert de rien, sinon qu'elle a trébuché sur un chat dans le couloir en allant à la salle de bains, dans le noir. Par bonheur, le chat et elle en sont sortis indemnes.

« Ce n'est pas qu'ici, à l'estancia, qu'on trouve ces chats ; apparemment, ils ont envahi la région entière. Dans un rayon de vingt kilomètres, chaque village en est infesté.

Les chiens, semble-t-il, ont peur de sortir. J'ai vu de petits chats noir et blanc à l'air joyeux, des roux, des blancs avec un œil bleu et l'autre vert, des tigrés à poil ras bleu fumée, prodigieusement duveteux, mais les plus frappants, ce sont les grands noirs. Je me suis pris d'une immense affection pour celui qui est assis sur mon buvard et qui essaie de m'empêcher d'écrire.

« Je dois ajouter qu'il s'est produit des événements encore plus bizarres. Le pont de Chiriguana a récemment sauté, de façon spectaculaire, en tuant quatre soldats. La poussière de l'explosion est arrivée jusqu'ici, tout est devenu blanc. L'armée a campé dans la région pendant un mois, puis elle est partie. Ensuite est survenu ce que je ne puis appeler qu'une épidémie de rire. Il m'a été impossible d'obtenir des réponses raisonnables de la part des gens du pays pendant quelque temps : ils n'avaient qu'à vous regarder pour se mettre à pouffer. Ma laveuse, qui était en train de boire quand je suis venu lui parler, m'a arrosé de bière de chicha par inadvertance, à cause de son hilarité perpétuelle. Au lieu de s'excuser, elle est partie dans de nouveaux accès de gaieté hystérique, jusqu'à ce que j'en sois moi aussi contaminé. Françoise est entrée, curieuse de connaître la plaisanterie, et très vite nous nous sommes mis tous les trois à hurler de rire, le visage ruisselant de larmes, nous tenant le ventre tant les contractions musculaires nous faisaient mal. Je ne suis parvenu à m'arrêter qu'en me traînant hors de la pièce pour aller me plonger la tête dans la citerne. J'ai eu la gorge terriblement irritée après cela, et Françoise aussi, ce qui ne nous empêche pas de rire chaque fois en y repensant.

« Ici, tout le monde est à présent paralysé par une hilarité féroce et le travail a complètement cessé. Je crains sérieusement que, bientôt, quelqu'un n'en meure. Personne ne semble croire que des phénomènes aussi extraordinaires qu'une invasion de chats ou une épidémie de rire aient une importance quelconque — on m'a raconté qu'avant mon arrivée dans ce pays il y a eu, en divers endroits, un déluge de feuilles d'arbres, une épidémie de sommeil, un déluge de grêlons invisibles, une épidémie d'amnésie et, une autre fois, une pluie torrentielle de plusieurs années, après quoi rien n'a échappé à la rouille et à la moisissure.

« Je suis heureux de t'annoncer que, depuis ma dernière lettre, la Force de libération du peuple paraît avoir oublié mon existence et que je vais ramener les enfants. J'ai aussi entendu dire que dona Constanza Evans a été rachetée par son mari contre une rançon d'un demi-million de dollars, puis s'est immédiatement enfuie au Costa Rica. Je la trouvais affreusement arrogante et guindée, et je crois que son mari a de la chance d'en être débarrassé, même pour une telle somme.

« Pourrais-tu te renseigner sur la possibilité de m'envoyer un moteur de Land-Rover neuf? Le mien a maintenant trente ans, et il a été réparé tant de fois que les pistons ou les joints de grande taille sont devenus introuvables. Le taux de change est si effroyablement défavorable de nos jours qu'il serait moins onéreux d'en expédier un de France, et je te rembourserai avec l'argent qui me reste sur mon compte du Crédit Lyonnais.

« J'espère que cette lettre te paraîtra plus réjouissante que la précédente. C'est étrange qu'on puisse toucher le fond un instant et se sentir au paroxysme du bonheur l'instant d'après (et vice versa, bien entendu).

« En conclusion, maman, pour illustrer à quel point ma vie s'est transformée, je te dirai que, dehors, un petit chat noir et blanc aux yeux jaunes a appris à marcher en funambule sur la corde à linge — il est tombé à trois reprises — et que j'entends Françoise et Farides la cuisinière rire à gorge déployée.

« Je t'embrasse bien fort,

« Ton fils affectionné,

« Antoine. »

28

La bataille de Chiriguana

Après une cour prolongée, discrète et tendre, comprenant deux ans de fiançailles ferventes, le Profesor Luis, natif de Medellin, éducateur dévoué des paysans, allait épouser Farides, native de Chiriguana, cuisinière du couple de Français récemment soignés par Pedro et Aurelio. Ils devaient être mariés dans une petite église d'adobe de Chiriguana, par le prêtre itinérant avec lequel le Profesor Luis avait coutume de discuter des idées de Camillo Torres et d'Oscar Romero.

Josef fut enchanté de revoir le prêtre parce qu'il pouvait à présent, lui ayant versé l'argent nécessaire à un enterrement digne de ce nom, lui offrir de quoi payer trois messes pour le repos de son âme et s'assurer un passage rapide par le purgatoire. Une fois en sûreté au ciel, croyait Josef, il aurait l'occasion de forniquer sans limites avec un plaisir inépuisable, et c'était la raison secrète pour laquelle il avait si consciencieusement dépensé des sommes considérables en vue de sa mort et de sa résurrection. Le prêtre lui avait déjà expliqué qu'il n'y avait pas de sexe au paradis, mais Josef répliquait que c'était contradictoire dans les termes, et que par conséquent « ... Dieu lui-même ne pouvait croire une chose pareille ». Le prêtre soupirait et le laissait à sa logique simple de paysan.

Le curé, don Ramon, avait quarante-cinq ans. Il exerçait toujours son ministère dans la vaste paroisse qui lui était échue à l'âge de vingt-trois ans, au sortir du séminaire, et continuait à parcourir les mêmes chemins au pas sempiternellement mesuré de son mulet. Il devait parfois se passer d'abri parce qu'il n'y a pas de tambos dans la savane comme dans les montagnes, et il s'endormait fréquemment à la belle étoile, emmitouflé dans sa gara — son tapis de selle de cuir —, sans nourriture et sans eau pour se laver. Il arrivait dans un village, son habit noir couvert de poussière blanche, et bénissait les unions, procédait aux baptêmes, célébrait les enterrements et les messes de ceux qui étaient morts depuis sa dernière visite. Il acceptait avec reconnaissance l'hospitalité de ses paroissiens et ne rechignait pas à dormir avec les animaux pour épargner toute peine à ses hôtes. Il était petit, grisonnant, un peu corpulent et arborait une expression d'accablement infini, de lassitude et de résignation. Quand il faisait le signe de croix, on sentait qu'il en comprenait la signification profonde ; sa propre vie était une suite de souffrances et de sacrifices. Maintenant que ses yeux le trahissaient, il se fiait à sa mémoire pour les offices, et à celle de son mulet pour suivre les trajets coutumiers.

Don Ramon était un curé de conscience, mais beaucoup de ses semblables acceptaient sans scrupule les offrandes que laissaient leurs paroissiens dans l'église en l'honneur de la Vierge et des morts, et s'en servaient pour leur usage personnel. En échange de l'absolution, les curés avaient droit aux plus jolies femmes et engendraient de nombreux bâtards, qu'on appelait, curieusement, des « anti-cristos » ; ils concluaient avec les mourants des marchés par lesquels ils leur facilitaient l'accession au paradis, moyennant leur patrimoine. De nombreux prêtres devinrent de très riches propriétaires terriens. La hiérarchie ecclésiastique des grandes villes était composée aux deux tiers de ploutocrates et d'oligarques dont les aspirations se résumaient à un gouvernement militaire, de somptueux habits sacerdotaux et l'extermination des radicaux ; ils éprouvaient une méfiance et un mépris complets à l'égard des prêtres comme don Ramon, qui croyaient que l'amour du prochain comportait la nécessité de veiller sur ses intérêts. Don Ramon avait été une fois menacé d'être défroqué pour cause d'« engagement politique », et depuis lors sa vocation était devenue une source d'affliction.

La petite église d'adobe de Chiriguana avait un toit de tôle ondulée, des murs bombés et gauchis peints en rose, et aucune espèce de siège sur son sol de terre battue. Les fidèles l'avaient remplie de guirlandes, de miroirs sales et de tapageuses statues de la Vierge confectionnées par leurs soins. Au-dessus de la caisse peinte qui servait d'autel pendait un Christ grotesque, au visage hagard crispé par l'agonie, dont le corps lacéré, d'un jaune blême, se tordait, la tête ceinte d'une couronne d'épines faite de pointes de citronnier, et qui était entièrement recouvert d'énormes caillots de sang écarlate, méticuleusement moulés pour plus de réalisme. Sur la porte en vis-à-vis se trouvait un Christ Martyre identique, et bien des fois, quand il s'arrêtait dans l'église, le prêtre s'était senti déprimé devant tant de mauvais goût et aurait souhaité voir sur les croix de radieux Christs couronnés en vêtements eucharistiques, le Christus Rex qu'il adorait et qui correspondait à son image personnelle du Sauveur. Néanmoins, le curé s'était accoutumé à tolérer, en la comprenant, la piété élastique de ses ouailles, et il assistait même sans réticence aux seconds baptêmes, les yacucheos, où les brujos exorcisaient les mauvais esprits dans des nuages de fumée de cigare, au son de mélopées païennes. Il assistait à la Lanta Tipina, le rite de la première coupe de cheveux, mais il ne participait pas à l'Ispa, parce que l'obligation de boire l'urine du bébé présentait à son sens un insurmontable inconvénient.

Farides avait les yeux et une chevelure noirs, et toujours le sourire aux lèvres. Avec ses airs d'Haïtienne, elle n'aurait pas déparé une toile de Gauguin. Elle serait un jour grassouillette, mais pour le moment elle avait des formes douces et girondes, et une allure friponne qu'elle accentuait en portant une fleur blanche sur l'oreille gauche. Elle avait emprunté pour le mariage les habits les plus éclatants et les plus colorés qu'elle avait pu trouver dans la région, y compris les bas rouges de Felicidad et sa jupe à paillettes dorées. Elle regretta d'être si lourdement vêtue lorsque vers l'heure de la sieste le soleil grimpa ; à force de transpirer sous son maquillage, elle avait l'impression de mijoter comme un poulet dans son jus.

Le Profesor Luis était vêtu de son unique costume, reliquat de son adolescence à Medellin au sein d'une famille respectable. Il avait pris quelques centimètres depuis, et le costume était à présent trop serré et trop court aux manches et aux jambes. Afin de dissimuler l'insuffisance des manches, il s'était fabriqué une belle paire de manchettes blanches en carton, et il avait résolu le problème des jambes en se procurant des bottines noires bien cirées munies de prodigieux éperons à molette d'argent, qui lui donnaient un air aussi macho et aussi fringant que Pancho Villa en personne. Il portait une cravate noire de cow-boy et un sombrero guarapon noir qu'il avait acheté à un Indien, à Cochabamba.

Le couple jouissait d'une vive sympathie dans la région ; leur jeunesse, leur grâce, leur tendre attachement avaient touché une corde sensible jusque dans le cœur d'Hectoro, qui n'émit qu'une remarque au cours de la journée. D'ordinaire, il se contentait d'une seule remarque par jour à cause de son orgueil hyperbolique, mais en l'occurrence c'était par crainte que le sanglot sentimental tapi au fond de sa gorge ne se manifeste inopinément. « Les Indiens campas consomment leurs mariages au centre d'un cercle tribal qui les stimule. Pourquoi n'en ferions-nous pas autant ? » observa-t-il.

Les jeunes promis quittèrent le village sur deux des plus beaux chevaux de don Emmanuel, ornés de guirlandes et de fleurs entrelacées à leur licou et à leur croupière. Ils cheminaient côte à côte et les habitants les obligeaient à s'embrasser à chaque carrefour, au milieu des cris d'encouragement. Derrière le couple venait le reste du village à cheval, à âne et à dos de mulet, dans une belle pagaille causée par l'étalon gris de don Emmanuel. Misael parvenait à peine à l'empêcher de monter les femelles et de mordre le postérieur de ceux qui l'insultaient en le doublant. Les chats qui leur emboîtaient le pas se mettaient entre les sabots des animaux, tandis que d'autres regardaient la procession du bas-côté, en agitant la queue et en ronronnant.

Derrière les villageois, juché sur son tracteur, se profilait don Emmanuel, avec son gros ventre saillant entre ses boutons et sa barbe rousse luisant au soleil. Il déversait comme à l'accoutumée un torrent de commentaires et d'imprécations grivoises aux femmes du groupe, qui répliquaient sur le même ton, et tirait sa plus vaste remorque, pleine à craquer d'enfants et de chats, au point que deux chats s'étaient perchés sur les garde-boue et s'y cramponnaient avec un aplomb stoïque.

Le cortège soulevait un joyeux nuage de poussière blanche en se dirigeant vers Chiriguana, ce qui n'occasionna pas seulement un changement d'aspect, mais aussi une soif considérable, qu'on étancha à l'arrivée avec de la chicha, de la chacta, du pisco, de l'aguardiente, du ron cana, du guarapo, de la bière Aguila, et une abondance de jus de fruits ; de leur côté, les sobres chats se mirent en rang pour laper les eaux de la Mula. Le mariage civil devait avoir lieu ensuite sur la plaza, étant donné qu'il n'existait pas encore d'hôtel de ville.

Le maire remplissait également les fonctions de policier, ce qui engendrait une enviable réduction de la bureaucratie locale et signifiait qu'il n'y avait qu'un seul homme à soudoyer au lieu de deux ; pour cette raison, les gens de la région essayaient également de le faire nommer magistrat et gobernador. Ce jour-là, il était, exceptionnellement, vêtu de son uniforme et portait son écharpe aux couleurs nationales en travers de la poitrine — rouge pour le sang des martyrs de la patrie, jaune pour le sable et le soleil, bleu pour la mer et le ciel, vert pour la jungle. Il s'était coiffé et rasé et, par extraordinaire, n'était pas accompagné de sa chèvre. Il bombait le torse et rentrait le ventre ; la communauté était fière de l'avoir comme maire et comme policier en dépit de son strabisme, de la cicatrice qui lui barrait le nez et du fait qu'il avait vendu sa nièce de douze ans, originaire de Valledupar, à Pedro l'Épicier pour cent vingt-deux mots.

Le maire n'avait pu dénicher le texte officiel de la cérémonie civile ; il avait été contraint d'en improviser un de son cru, qui fut bref et alla droit au fait. Puis il annonça : « Je vous déclare présentement mariés légalement selon les lois et les procédures de la République ! Vive la République ! » Le policier coupa court aux applaudissements et aux vivats de la foule en tirant un coup en l'air, à la suite de quoi de nombreux chats coururent se mettre à l'abri. Il rentra son pistolet dans son étui et ajouta : « Je n'ai pas encore terminé. En tant que maire, j'ai qualité pour prononcer un discours, et c'est ce que j'ai l'intention de faire. »

Il regarda le ciel en quête d'inspiration, toussa pour s'éclaircir la gorge.

« Une bonne épouse, commença-t-il, c'est comme une bonne chèvre. Elle est belle, gracieuse, indulgente, abondante et fertile. C'est une compagne fidèle qui abolit la solitude. Farides est belle, gracieuse, indulgente, et elle a déjà aboli la solitude du Profesor Luis. Seuls le temps et l'action diront si elle est fertile. » Il cligna de l'œil avec malice et la foule lança des acclamations paillardes. Le policier leva la main pour obtenir le silence. « Et un bon mari, poursuivit-il, c'est comme un bon bouc. Il est beau, noble, protecteur, et fertile. C'est aussi un compagnon fidèle qui abolit la solitude. Le Profesor Luis est tout cela, mais seul le temps dira si lui aussi est fertile ! Permettez-moi de saisir cette occasion pour vous souhaiter toute l'énergie dont vous aurez besoin afin de voir s'il en est ainsi ! » La foule applaudit de nouveau, et une fois de plus le policier leva la main.

« Un bon couple, c'est de la bonne musique. Pour que la musique soit bonne, il faut qu'elle soit féminine, pleine de grâce et de tendresse, mais aussi mâle, pleine de force et de volonté. Alors vous aurez de la vraie duende et de la vraie saudade. Il y a du machismo chez le Profesor Luis, et de la gracia chez Farides. Puissent-ils toujours rendre à eux deux une douce musique ! »

A ce signal, le petit orchestre que le maire avait fait venir de Valledupar entama une mélodie sentimentale de Vilcanota, et amorça une retreta qui dura jusqu'à la fin de la journée. L'orchestre comportait un joueur de tiple qui produisait d'ahurissants trémolos, un gros homme avec un sousaphone antique rendu presque méconnaissable par le vert-de-gris, une collection de batteurs, un trompettiste de Mexico, et un petit Indien qui jouait de la quena et de la flûte de Pan. Ils jouèrent d'abord au centre de la plaza, puis ils continuèrent en déambulant parmi la foule de chats et d'officiants jusqu'à ce que les effets de l'alcool et l'impossibilité de jouer sans marcher sur les chats finissent par les obliger à se retirer.

On ne put entasser tout le monde dans l'église pour la cérémonie religieuse. Don Ramon et le couple lui-même ne parvinrent que difficilement à se frayer un chemin vers le chœur. Don Ramon ôta les chats de l'autel et du crucifix où ils s'étaient perchés, puis célébra l'office avec une dignité simple, sans missel. Il prononça une courte allocution dans laquelle il rappela à l'Assemblée que don Luis était un véritable fils du Christ en ce qu'il vouait sa vie et ses efforts aux autres, et que Farides était une véritable enfant de la Vierge parce qu'elle aussi avait passé sa vie au service d'autrui. Il recommanda aux fidèles de veiller sur le couple comme il le méritait, et de toujours s'efforcer de leur assurer bonheur et estime. Il termina avec la bénédiction ; Aurelio se leva alors et s'avança précautionneusement jusqu'au chœur. « Moi aussi, j'ai une bénédiction », annonça-t-il, et il quêta d'un regard la permission de don Ramon. Don Ramon acquiesça. Aurelio posa les mains sur les épaules de Farides. Elle lui sourit lorsqu'il déclara, d'abord en aymara, puis en quechua : « Je consacre cette femme vierge à la Lune. » Il s'approcha de Luis et posa les mains sur ses épaules. Il déclara, d'abord en aymara, puis en quechua : « Cet homme vierge, je le consacre au Soleil. » Il recula d'un pas et joignit leurs mains ; au-dessus d'eux, il traça des signes qui symbolisaient le Soleil, la Lune, le Poisson et le Serpent. Aurelio était maintenant satisfait : le couple était vraiment marié selon les rites. « Merci », dit Luis, qui ne les comprenait pas plus que les autres. Aurelio hocha la tête et revint à sa place, dont il délogea le grand chat noir qui l'avait occupée. Le policier annonça du fond de l'église : « Le carnaval est proclamé !

Vous les hommes, vous avez intérêt à rester sur vos gardes — les filles sont bien armées, et on ne peut se fier à aucune d'entre elles ! »

Tout le monde quitta l'église dans un brouhaha d'excitation et partit s'attrouper sur la plaza. Une fois là-bas, ils élurent Farides regiadore. Hissée sur des épaules, elle salua, sourit et donna des tapes sur les mains qui parvenaient jusqu'à ses jambes, poussant des cris de feinte indignation. Elle demanda à être portée le long de l'étroite rue, et à mi-chemin leva les mains et les noua au-dessus de sa tête.

Au signal, les filles, que personne n'avait vu s'esquiver, surgirent aux fenêtres des premiers étages, aux balcons et sur les toits ; elles lâchèrent une avalanche de farine, d'œufs et d'eau sur les hommes et les chats, qui dans le même élan se dispersèrent pour se replier sous les balcons. L'avalanche cessant, Misael sortit la tête et leva les yeux. Un sac de farine au bout d'une corde s'abattit brusquement sur son crâne et Felicidad poussa un gloussement ravi en le remontant. « Ouh ! Ouh ! » applaudirent les filles du haut de leur forteresse ; Misael montra de nouveau la tête et un ballon rempli d'eau le heurta en plein visage. Il émergea de sa cachette en dansant jusqu'au milieu de la rue et fut enseveli sous une cascade si dense qu'on aurait dit un homme grossièrement sculpté dans la chaux. Il leva les bras et cria : « Es yo solo que tiene cojones ? » Les hommes répondirent à ce défi à leur virilité en accourant en masse au milieu de la rue pour se joindre à la bataille.

Les hommes jetaient des œufs, des arepas, des goyaves, des mangues, des papayes, des canchas, et les femmes ripostaient avec leur farine, leurs jarres d'eau et leurs œufs jusqu'à ce qu'une vaste mêlée frénétique, riante, hurlante, transpirante, trempée et enfarinée occupe la ville entière et la transforme en joyeuse et inextricable patinoire d'une blancheur de neige, où les félins fuyaient à la débandade. Après une demi-heure de combat furieux, Felicidad souffla dans le sifflet du policier qu'elle avait emprunté pour l'occasion ; à la sonnerie aiguë, chacun s'immobilisa et leva le nez. Le policier, qui avait protégé sa dignité et son uniforme sous le balcon de Felicidad, s'avança et déclara : « La bataille est terminée, les filles ont gagné ! » Les jolies filles rieuses qui dominaient les rues battirent des mains en poussant des hourras, les hommes huèrent : « Abajo las muchachas ! » Felicidad lança au policier : « Senor Jefe ! Nous voulons négocier la trêve ! » Il la regarda et elle lui lança un seau d'eau. Il poussa un braillement outré et elle vida sur lui un sac de farine, suivi d'un globo pour faire bonne mesure. « Ne vous fiez jamais à une femme au carnaval ! » hurla Felicidad et les hommes sans défense furent de nouveau bombardés.

La bataille se poursuivit avec la même intensité jusqu'à ce que quelques âmes intrépides enfoncent les portes et pénètrent dans les maisons afin d'engager un combat au corps à corps. Les meubles volaient, les gens tombaient sur les chats, les pièces étaient dévastées, les filles criaient et se débattaient tandis qu'on s'emparait d'elles pour les jeter à la rivière avec leur parure de fête. Beaucoup d'hommes y étaient déloyalement plongés lorsqu'ils tendaient une main galante aux jeunes filles débraillées pour les aider à se hisser hors de l'eau, et beaucoup d'amitiés profondes furent nouées, qui s'approfondirent encore au fur et à mesure que le soir approchait, l'alcool et la danse aidant. Bientôt il y aurait d'autres mariages et d'autres carnavals, puis encore des mariages et encore des carnavals, et la population s'enrichirait gaiement, en nombre et en allégresse.

Le lendemain matin, Farides mit une fleur rouge très canaille sur son oreille gauche et se promena le long de la rue avec un air de supériorité entendu. Les réjouissances continuèrent inlassablement et ne furent interrompues en trois jours que par la siesta, durant laquelle la ville retentissait de ronronnements et de ronflements. Les chats, qui avaient conservé leur allure digne et sereine, marchaient à pas feutrés parmi les fêtards en mangeant les œufs cassés, la fourrure négligemment zébrée de pâte coagulée. Une sérieuse toilette les attendait, eux aussi.

Dolores la putain donna à Farides une petite boîte remplie de crème blanche. « S'il arrive à Luis de vagabonder, ou si sa virilité a une défaillance, murmura-t-elle, tu frottes ta chucha avec ceci et, sans faute, il frétillera et tremblera de désir pour toi. Je l'ai achetée à une canoeira quand j'étais à Iquitos, c'est une préparation à base d'organes génitaux de bufeo. » Dolores cligna de l'œil et tira une bouffée de son cigare. « C'est une crème puissante. Garde-la soigneusement. »

Farides rougit et sourit. « Merci, Dolores. Je la garderai en espérant n'en avoir jamais besoin. »

29

Le colonel Asado commet une petite erreur

Olaf Olsen, Norvégien, était un industriel très puissant, qui supervisait les opérations locales d'une société américaine produisant des véhicules tout terrain à usage civil et militaire. Il ne s'était jamais soucié des histoires de gens qui disparaissaient, parce que c'était un conservateur intègre, que personne de sa connaissance n'avait disparu et que, comme beaucoup d'autres, il pensait que ne disparaissaient que ceux qui le méritaient.

M. Olsen avait une fille prénommée Regina, une jolie blonde, qui s'était accordé un an de liberté entre le lycée et l'université, et qui vivait avec son père. M. Olsen estimait nécessaire que Regina sût ce que c'était de travailler ; il lui donnait très peu d'argent de poche et il voyait avec plaisir sa fille offrir ses services comme baby-sitter. L'une des femmes dont elle gardait l'enfant, et dont elle devint une amie assez proche, était blonde elle aussi, avait environ vingt-six ans et s'appelait Esmeralda.

Esmeralda était une mère célibataire. Plus jeune, elle avait fait partie de ces terroristes urbains qui jettent des briques à travers les fenêtres des commissariats de police et mettent le feu aux pavillons des clubs de golf réservés à l'élite. Naturellement, elle avait dépassé cette étape et travaillait à présent comme caissière de banque, mais elle avait conservé quelques amis de son époque gauchiste. Elle figurait sur la liste du colonel Asado, qui ignorait cependant son adresse. Il arrêta l'une des amies d'Esmeralda et, pour une raison obscure, s'abstint de la torturer et de la violer; dans un accès de générosité inaccoutumé, il lui laissa la vie sauve et le corps indemne en échange de l'adresse d'Esmeralda. L'amie d'Esmeralda écouta les cris provoqués par El Electricista et donna à Asado l'adresse d'Esmeralda.

Elle se hâta de rentrer chez elle pour téléphoner à son amie, mais celle-ci n'était pas là. Elle décida donc d'appeler le lendemain matin à la première heure.

Le lendemain matin à la première heure, Regina arriva pour garder le bébé, sans savoir qu'Esmeralda avait passé la nuit avec son enfant chez son petit ami.

Regina ouvrit le portail et commença à remonter l'allée. Elle leva les yeux et aperçut quatre hommes surgis des ombres de la véranda qui se dirigeaient vers elle. Regina avait entendu parler des histoires d'enlèvement, de viol, de torture et de meurtre, et, contrairement à son distingué père, elle y croyait. Au lieu d'attendre qu'on lui demande sa carte d'identité, elle franchit vivement le portail en sens inverse et, une fois dans la rue, prit ses jambes à son cou. Le colonel Asado s'élança à sa poursuite, tomba sur un genou, braqua son pistolet sur elle et tira. Regina s'affaissa sur la chaussée; elle fut jetée dans le coffre spacieux de la Ford Falcon de la Compagnie nationale du téléphone et emmenée en vue d'un interrogatoire.

El Electricista possédait une grande grille de métal, branchée à une prise de terre. Quand elle ne servait pas aux interrogatoires, les officiers la recouvraient d'un dessus de table et l'utilisaient pour prendre leurs repas. El Electricista aimait beaucoup sa grille de métal, qu'il avait baptisée

« Susana ». En fait, ce n'était pas seulement leurs outils que les tortionnaires s'étaient mis à aimer, mais aussi leur travail, qu'ils accomplissaient avec un zèle et une efficacité exemplaires.

Ils rentraient à peine chez eux de peur de manquer quelque chose. Ils quittaient leurs postes tard, s'y remettaient tôt et il leur arrivait de ne pas dormir pendant vingt-quatre heures d'affilée. Ils mangeaient à l'école, en engouffrant leur nourriture, dormaient sur place, oublieux des cris, des pleurs hystériques et de la musique tonitruante qu'ils passaient pour essayer de les étouffer. Ils étaient devenus obsessionnels, compulsifs, drogués.

Dans le cas de Regina, ce fut à El Electricista que revint la primeur du devoir patriotique. En lui arrachant ses vêtements, il eut l'impression d'une anomalie ; il la retourna et découvrit la blessure causée par la balle à la base de sa colonne vertébrale. Asado entra et observa : « Eh bien ? Jolie, n'est-ce pas ? » et il fouilla dans ses affaires pour y dénicher la carte d'identité qu'il épinglerait au formulaire « Cas réglé ». Regina reprit alors connaissance et se rendit compte qu'elle ne pouvait pas remuer les jambes. Elle inspecta la pièce en se demandant où elle était, et vit qu'elle était nue et que deux hommes lisaient sa carte d'identité.

« Ce n'est pas elle, dit Asado, sentant la panique lui nouer l'estomac.

— Et alors ? répliqua El Electricista. On peut s'amuser avec elle quand même.

— Non, rétorqua Asado. C'est une étrangère. Regarde son adresse. Elle a un papa riche. Il a peut-être de l'influence. Un ambassadeur, qui sait. Ça va nous attirer des ennuis, j'en ai peur. » Il se tourna vers Regina. « Qui est votre père, et que fait-il ?

— Est-ce que je pourrais récupérer mes vêtements, s'il vous plaît ? demanda-t-elle.

— Oh ! pardon, répondit-il, devenant courtois. Il a fallu vous déshabiller pour vous examiner. Vous avez été blessée.

— Je ne peux pas remuer les jambes, remarqua-t-elle.

— Ne vous inquiétez pas, nous allons nous occuper de vous », affirma Asado en partant lui chercher une couverture. El Electricista le suivit. « Pour l'amour du ciel, implora-t-il, débarrassons-nous d'elle. Personne n'en saura rien. Une chute libre fera l'affaire.

— Attends, on verra », répondit Asado. Ils revinrent avec la couverture. « Maintenant, dites-nous qui vous êtes, et qui est votre famille. Pour le dossier médical. »

Quand ils eurent obtenu l'information souhaitée, Asado téléphona au service de sûreté intérieure de l'armée et donna son nom de code. Il découvrit qu'Olsen et sa fille étaient formellement classés « intouchables ». Asado pensa qu'il ferait mieux d'adopter la suggestion d'El Electricista, mais quelque chose, peut-être son intinct de conservation, lui souffla ce que n'importe quel militaire sensé aurait fait en pareille circonstance. Il transmit le problème au commandant du service des renseignements, qui arriva très vite et emmena Regina dans l'aile confidentielle de l'hôpital militaire. La balle fut extraite mais la jeune fille resterait néanmoins définitivement paralysée des deux jambes. On la renvoya chez Asado avec ordre de la garder en attendant une décision de la hiérarchie. Cependant, le problème était insoluble ; les autorités étaient prises entre l'embarras de la laisser partir, au risque de déclencher un tollé contre la sauvagerie de l'armée et d'affronter les demandes d'explication de la part de l'ambassadeur norvégien, ou l'élimination, qui pouvait se révéler encore plus embarrassante s'il y avait eu des témoins de son enlèvement. Ce qui était le cas.

Le voisin d'Esmeralda l'en informa et Esmeralda téléphona à M. Olsen. Celui-ci agit avec une célérité et une fermeté extraordinaires. Il appela un de ses amis, un très scrupuleux et très honorable général de l'armée nationale, Esteban Correra, qui commandait les divisions de chars blindés.

Ils se rendirent ensemble au siège central de la police et demandèrent à voir le chef de police de la ville. Un agent revêche et trop gras frappa à la porte du chef de police, entra et ressortit en déclarant : « Il est occupé, il ne peut pas vous recevoir maintenant. » Le général Correra tendit sa carte d'identité à l'agent. « Montrez ceci au chef, et dites-lui que, s'il ne se présente pas dans vingt-cinq secondes, je le ferai arrêter et fusiller. »

Irradiant l'affabilité et la sollicitude, le chef de police se présenta cinq secondes plus tard. Ce qu'il expliqua au général Correra bouleversa celui-ci jusqu'au tréfonds avant de le mettre en fureur.

« Général, dit le chef, les mains écartées en signe d'impuissance, nous avons quarante à cinquante personnes qui arrivent chaque jour, sans compter celles qui viennent depuis plusieurs mois. Ils brandissent des ordres d'habeas corpus, mais nous sommes incapables de les aider, parce que nous ne détenons pas ces disparus et que nous ne savons pas où ils se trouvent. Le nombre de cas est tel qu'il nous est impossible de faire des enquêtes. Nous sommes obligés de les ignorer. Je suis surpris, mon général, que vous soyez venu nous voir.

— Pourquoi donc ? interrogea le général. C'est à la police qu'on s'adresse pour les affaires d'enlèvement.

— Je suis surpris que vous soyez venu nous voir, répéta le chef de police, parce qu'il semble que tout le monde, vous excepté, sache que ce sont les forces armées qui sont responsables des enlèvements. »

Le général Correra fut abasourdi. « Impossible ! » décréta-t-il. Le chef de police de la ville le prit par le bras et lui murmura en confidence, de façon à ne pas être entendu d'Olsen : « Je connais personnellement, et dans l'exercice de mes fonctions, tous les chefs des services de sûreté de ce pays, et je puis vous assurer sans l'ombre d'un doute que ce sont les forces armées. C'est une information top secret, qui vous est strictement réservée. Entre nous, vous devriez aller voir le général Ramirez pour régler cette affaire. »

Le général Correra se tourna vers Olsen. « Rentrez chez vous et laissez-moi m'en occuper. J'ai quelqu'un à voir. »

Le général Correra était un homme droit et courageux qui n'hésitait jamais à faire ce qu'il fallait. Très grand, en excellente forme physique, plein de dignité et très intransigeant sur les questions de morale, il passait pour être politiquement « modéré », ce qui, en langage militaire, signifie un subversif potentiel et, pour le reste de l'humanité, un conservateur.

Il alla voir le général Ramirez, exigeant que les enlèvements fassent l'objet d'une enquête exhaustive au sein de l'armée. Il affirma même que tant que lui, Correra, commanderait les blindés, il se trouverait toujours quelqu'un pour faire respecter l'honneur de l'institution. Le général Ramirez lui répondit qu'il était déjà au courant de la situation et qu'il avait commencé à prendre des dispositions pour y remédier. Déjà informé de l'affaire Olsen, il affirma que la fille allait être relâchée sur-le-champ et que les officiers qui l'avaient illégalement enlevée seraient traduits en cour martiale. Il félicita Correra pour sa prompte réaction et son intégrité, puis déclara : « L'armée a besoin d'hommes comme vous, mon général. »

Après le départ de Correra, le général Ramirez donna un coup de téléphone et le général Correra ne reparut pas pendant une semaine, au terme de laquelle son corps torturé et criblé de balles fut retrouvé dans la même décharge municipale que celui de l'avocat gauchiste.

Le général Ramirez pleura ostensiblement aux obsèques de Correra en prononçant son panégyrique, et l'assortit d'un discours éloquent contre le terrorisme qui avait une fois de plus frappé un homme irréprochable. Le discours fut entièrement retranscrit par la presse, laquelle avait développé de meilleurs instincts de survie que le brave et naïf général Correra.

Olsen n'en refusa pas moins de céder au désespoir. Ayant entendu la première remarque du chef de police de la ville attribuant aux forces armées la responsabilité des enlèvements, il se rendit à l'ambassade de Norvège. L'ambassadeur était déjà au courant ; comme ses collègues du Mexique, de Suède et des États-Unis, il était inondé de demandes d'assistance et d'asile provenant de gens désespérés, dont aucun, jusque-là, n'était citoyen norvégien. Les suppliants lui indiquaient que seules deux grandes ambassades refusaient systématiquement leur aide, la britannique et la soviétique, pour d'obscures raisons qui leur étaient propres, peut-être pas sans rapport avec des contrats d'importation qu'elles ne souhaitaient pas compromettre.

L'ambassadeur de Norvège se rendit au palais présidentiel après avoir, par l'intermédiaire de son ministère des Affaires étrangères et de son ambassade, effectué des démarches restées sans réponse.

En pénétrant dans le bureau du Président, il vit que la femme de celui-ci était assise sur ses genoux. Le Président l'avait rencontrée, au cours d'un de ses exils, dans un club de strip-tease de Panama, où elle travaillait comme « actrice ». Elle avait quarante ans de moins que lui et elle était très jolie dans un genre déplaisant. L'ancien directeur du club, qui devait un jour devenir président, était à présent ministre des Affaires étrangères ; il avait publié aux frais de son ministère de nombreux livres sur les sciences occultes. Le fait que les livres lui fussent dictés par l'archange Gabriel en personne justifiait, d'après lui, la dépense. Les deux videurs, ou plutôt les portiers du club, étaient respectivement ministre de l'Agriculture et ministre de la Santé publique.

La femme du Président était en train de le repaître de loukoums, sa friandise préférée. « Allez, mon gros nounours, gazouillait-elle, tu n'en auras pas tant que tu ne signeras pas ce tout petit bout de papier pour ta pitchounette.

— Je ne peux pas, ma choute, répondait-il, ça coûte trop cher. »

Elle fit la moue et frétilla sur ses genoux. « Plus de louloukoum ! » s'exclama-t-elle en plaçant contre ses lèvres un morceau qu'elle retira quand il ouvrit la bouche pour le recevoir.

« Oh ! bon, d'accord, concéda-t-il en tapotant son postérieur richement pailleté. Rien que pour toi, mon minou. » Il se pencha sur le papier et y apposa sa signature d'une main tremblante. Son épouse, roucoulante, sauta de ses genoux et l'embrassa sur le front, où elle laissa en rouge vif l'empreinte de ses lèvres. Elle prit le papier et quitta la pièce à petits pas minaudiers, non sans lancer à l'ambassadeur une œillade séductrice.

Le Président regarda l'ambassadeur d'un air d'impuissance et commenta : « Ma femme », comme si c'était une explication. « Que puis-je pour vous ? »

L'ambassadeur présenta son affaire au Président, qui demeura impassible, tout en travaillant à engloutir la boîte de loukoums. Quand l'ambassadeur eut terminé, le Président répliqua : « Cher ambassadeur, je viens d'entendre de votre bouche des récits strictement identiques à ceux que m'ont faits six autres ambassadeurs ce mois-ci, et je dois avouer que je ne sais rien là-dessus, absolument rien. J'ai eu un entretien avec le général Ramirez, l'amiral Fleta, le général d'aviation Sanchis et tous les chefs de nos services de sûreté. Ils se déclarent aussi perplexes que moi devant ces événements. Nous sommes tous d'avis qu'il s'agit d'un complot sioniste pour déstabiliser le pays, en vue d'une invasion israélienne dans nos États du Sud. »

L'ambassadeur manifesta son incrédulité. « Je vous prie d'être sérieux, Votre Excellence, implora-t-il.

— Oh ! repartit le Président, je puis vous assurer que je parle sérieusement. Le service intérieur de la Sûreté navale et l'Agence de la sûreté intérieure de l'aviation nous ont fourni des preuves indiscutables ; j'ai leurs rapports dans mon bureau. »

L'ambassadeur fut tenté de le ridiculiser. Il lui sembla cependant plus opportun de rétorquer : « Votre Excellence, je n'arrive pas à croire qu'un homme de votre expérience politique et de votre intelligence puisse prendre au sérieux de tels rapports. Ils sont trop absurdes et trop invraisemblables. A votre place, je ferai interner ceux qui vous les ont soumis dans un asile de fous. »

Le Président sourit et hocha la tête. « Monsieur l'ambassadeur, je dois vous dire que je possède là-dessus des informations que vous ignorez, et que je les ai prises suffisamment au sérieux pour autoriser la détention de certains Juifs et sionistes, sur le rôle desquels les services de sûreté sont formels. »

La colère gagna l'ambassadeur. « Votre Excellence, cela prouve seulement qu'il y a des nazis dans vos services de sûreté ! »

Le Président se mit en colère à son tour. « Monsieur l'ambassadeur, permettez-moi de vous rappeler que l'immunité diplomatique a des limites. »

L'ambassadeur se leva et déclara d'un ton ferme : « Votre Excellence, s'il y a des pogroms dans ce pays, aucune nation civilisée ne gardera le moindre contact avec vous ! Permettez-moi de vous rappeler, à titre d'exemple, que c'est la Norvège qui réalise entièrement votre programme d'installations hydro-électriques. Je dois également vous avertir, Votre Excellence, que mon gouvernement attend des résultats immédiats de votre enquête sur la disparition de Regina Olsen ! C'est l'armée qui la détient, monsieur le Président, comme il ressort à l'évidence des derniers éléments que nous possédions. Je vous suggère de commencer par elle. »

Le Président ferma les yeux et exhala un profond soupir. « Monsieur l'ambassadeur, je ferai ce que je pourrai, mais sachez qu'il faut prendre des gants avec l'armée quand on est dans ma position. Je pense que vous en avez pleinement conscience.

— Oui, Votre Excellence, j'en ai conscience, mais en tant qu'ambassadeur de la Norvège je suis responsable des citoyens norvégiens. Vous aurez l'occasion de vous en rendre compte. »

Le Président ouvrit un tiroir et en sortit un revolver. Il le tint dans la paume de sa main et le soupesa. Il le montra à l'ambassadeur. « Je n'en ai qu'un. L'armée en a des milliers. »

Au moment de partir, déçu et furieux, l'ambassadeur de Norvège décida de ne pas informer le vieil époux gâteux qu'il avait toujours des traces de rouge à lèvres sur le front.

30

Le retour de Maria et celui des soldats

L'absence du général Fuerte se prolongeant, le travail s'interrompit presque dans le bureau du gouverneur. Sans ses directives, le personnel, désorienté, perdait tout dynamisme ; les secrétaires se limaient les ongles, faisaient de la broderie sous leurs bureaux, parlaient de leurs idylles et jouaient aux charades. Le Capitan Rojas, l'aide de camp de Fuerte, fut dépité et humilié de découvrir qu'aucun membre du personnel n'était disposé à lui obéir ni à prendre ses diatribes au sérieux ; on lui tapotait la tête, on lui glissait des murmures apaisants comme à un enfant et on lui offrait du jus de citron sucré à la chancaca. D'abord exaspéré, puis amer, il sombra dans une dépression apathique qu'il ne secouait que pour adresser des suppliques désespérées au général de brigade afin qu'il retrouve le gouverneur.

« Malheureusement, répondit le général de brigade, il s'est lui-même accordé une permission sans remplir les formulaires. Personne ne sait où il est allé, ni dans quel but, ni pour combien de temps. Je n'ai aucune preuve tangible qu'il ait disparu ! »

Le général de brigade était cependant inquiet ; il savait, par des rumeurs qui circulaient dans l'armée, qu'un certain nombre d'officiers supérieurs disparaissaient et des allusions saisies au passage l'avaient éclairé sur la raison de ce phénomène. Il avait le souci bien compréhensible de ne pas causer sa propre disparition en lançant une enquête et il était tenté de classer l'affaire comme désertion, le Capitan Rojas lui ayant déclaré que le général était parti avec son âne, déguisé en péon. Il décida de ne rien faire, sinon de prendre en charge l'administration civile en attendant le retour du général.

Un matin, le Capitan Rojas, rouge et haletant d'avoir couru dans l'escalier, fit irruption dans le bureau du général de brigade et salua avant d'annoncer : « Mon général, Maria est revenue, mais sans le général !

— Maria ? demanda le général. Qui est-ce ?

— La burra du général Fuerte, répondit le Capitan. Elle a descendu la route de Chiriguana sous mes propres yeux, et elle a rejoint ses quartiers.

— L'ânesse du général, reprit son interlocuteur d'un air songeur. Comme c'est étrange. Est-elle en bonne forme ?

— Oui, répliqua Rojas. Sauf qu'elle est couverte de poussière à cause du voyage et manifestement enceinte. »

Le général de brigade ouvrit un tiroir et en sortit un formulaire de rapport qu'il remplit consciencieusement, en interrogeant le Capitan pour avoir des précisions. « Chiriguana, observa-t-il, est un foyer révolutionnaire. Nous pouvons, me semble-t-il, supposer sans risque d'erreur que le général Fuerte est mort aux mains des terroristes. J'informerai le général Ramirez de mon opinion et j'attendrai ses ordres. Entre-temps, je vous prie de n'en souffler mot à personne.

— Non, mon général. Que dois-je faire de Maria ? »

Le général leva les yeux vers lui et haussa les sourcils d'un air narquois. « Occupez-vous-en personnellement, Capitan. »

Le Capitan salua et partit. Il revint à l'écurie et y trouva Maria allongée sur le flanc ; sur la paille gisaient, à côté du placenta, quatre petites boules de fourrure noires. Maria se hissa sur ses pattes et se mit à lécher sa progéniture. Le Capitan regardait, sans que son esprit de militaire pût croire le témoignage de ses sens, les chatons noirs inhabituellement grands qui poussaient de pitoyables miaulements de faim. Puis il prit conscience du caractère pressant de la situation : étant donné que les chats tètent allongés et que les ânesses allaitent debout, les chatons n'avaient aucune chance d'atteindre les mamelles de Maria. Soulagé d'être enfin face à un problème qu'une décision rapide et une action énergique résoudraient aisément, il se rendit dans un magasin et revint avec un biberon. Il s'agenouilla précautionneusement afin de ne pas salir son uniforme et tenta de traire Maria. Elle s'ébroua et le repoussa. Il marmonna d'un ton rassurant et imita les claquements de langue du général ; Maria consentit à donner son lait. Avec une scrupuleuse équité, Rojas en accorda une part égale aux chatons, et il fut charmé par leurs yeux clos, leur vulnérabilité, leurs petits bouts de queue, leur miaulement pathétique et leurs grandes oreilles soyeuses. Il eut le sentiment qu'il ne pouvait en conscience les laisser aux seuls soins de Maria et il déménagea son lit de camp dans l'écurie afin d'être en mesure de les nourrir toutes les deux heures, jour et nuit. Il s'enticha tant de ses petits protégés que les filles du bureau le surnommèrent Capitan Papagato, et furent obligées de descendre à l'écurie lui apporter sa citronnade à la chancaca et les documents à signer. A sa dépression apathique succéda une béatitude séraphique et, lorsque par la suite les chats noirs atteignirent la taille de pumas, il se promena partout avec eux, qui déambulaient silencieusement à ses côtés, comme des chiens. Dans leurs ébats et leurs luttes, ils ravagèrent son logis. Le Capitan

Rojas leur fit construire un lit à quatre places. Il obtint de l'état civil l'autorisation de changer son nom en Papagato et se fit dorénavant fièrement appeler du nom qui lui avait été originellement attribué par dérision. Il acquit sur les filles une autorité incontestée grâce à la terreur irrationnelle que leur inspiraient les gigantesques chats à l'œil jaune, et ses rapports mystérieux avec eux fascinaient les autres femmes de Valledupar. Le Capitan Papagato commanda une place supplémentaire pour son énorme lit. Il se croyait le plus heureux des hommes.

Figueras fut moins favorisé par le sort ; après trois mois de traitement pour gonorrhée commune et syphilis de Barranquilla, sa brigade et lui furent renvoyés sur le terrain, dûment avertis que des résultats spectaculaires et précis étaient escomptés. Avec anxiété et plus de lenteur que ne l'exigeait la prudence militaire, la colonne de camions se dirigea de nouveau vers le théâtre de ses défaites passées. Ils établirent leur campement aussi discrètement que possible dans la savane, à trois kilomètres de Chiriguana. Les patrouilles que Figueras se sentit obligé de dépêcher revinrent sans information, sinon que la population locale semblait convulsée d'un rire inextinguible et que la région grouillait de chats. « Je le sais déjà, commenta Figueras. Ils sont constamment dans mes pieds et leur odieux ronronnement m'empêche de dormir. »

Pedro fit part du retour des soldats à Aurelio, qui transmit à son tour le message à Remedios. Il les conduisit, elle et ses guérilleros, à travers la jungle par des chemins sûrs et ils arrivèrent dans le pueblo deux jours avant l'avance prévue de Figueras. Remedios rendit à Sergio les maigres possessions de Federico et l'étreignit. « Ton fils était très bien, dit-elle. Il nous manque. » Sergio soupira. « Il me manque à moi aussi, mais il me parle dans mes rêves ; Aurelio affirme qu'il est très heureux et qu'il est marié. »

Remedios, fièrement athée, marxiste et matérialiste, s'apitoya en son for intérieur devant une telle superstition, et répondit : « Je suis très contente de l'apprendre. »

Le général Fuerte avait été emmené au bout d'une corde attachée à sa taille. Son abattement avait pris des proportions telles qu'il n'avait ni parlé ni bougé sans nécessité depuis deux mois. Il dormait assis, par à-coups, et le père Garcia, convaincu que le général était en fait déjà mort, récitait sur lui le service funèbre, bien que son corps continuât manifestement à fonctionner. Il était devenu une sorte de mascotte muette ou de vieux tableau que personne ne prend la peine d'examiner. Lorsque Franco s'irrita d'avoir à traîner le général et la corde avec, il l'enroula tout bonnement autour de la taille de Fuerte à qui il mit le bout de la corde dans la main. Le général marchait derrière Franco comme un automate, en se menant lui-même. Quand la bande de guérilleros arriva dans le pueblo, Franco enfonça dans le sol un lourd poteau et y attacha la corde du général. Celui-ci tourna lentement autour du poteau, jusqu'au moment où il se retrouva complètement entortillé. Il demeura durant tous les événements ultérieurs assis contre le piquet, dans un état cataleptique, avec deux chats ronronnant sur ses genoux et un autre lové sur ses épaules.

Ce soir-là, chacun remarqua la soudaine fébrilité des chats ; ils marchaient nerveusement, griffaient les troncs d'arbre, grimpaient sur les toits des huttes. Les chiens se réfugiaient sous les tables ; les chevaux, les ânes et les mulets, hennissant et brayant dans les champs, galopaient sans raison d'un bout à l'autre des enclos.

« Il va se passer quelque chose, dit Pedro à Remedios.

— Oui, répliqua-t-elle, nous allons mener une bataille

que nul n'oubliera jamais. Les animaux sentent la mort dans l'air. »

Remedios, Pedro, Misael, Hectoro et Josef se réunirent pour délibérer de la stratégie et de la tactique à adopter. Remedios voulait harceler l'armée de courtes attaques surprise, selon la méthode habituelle de la guérilla. Misael suggérait un combat défensif à partir des remparts et des fortifications du pueblo. Hectoro était en faveur d'une charge de cavalerie à l'aube dans le camp ennemi, charge dont la machette constituerait l'arme principale. Misael soulignait que, puisqu'ils possédaient désormais deux mitrailleuses, ce serait un jeu d'enfants de faucher les soldats au moment où ils traverseraient les terrains découverts. Remedios soutenait que son plan permettait de semer perpétuellement le désordre et la confusion chez l'ennemi, et d'user sa résistance sans encourir de pertes. Hectoro affirmait qu'il était plus simple de massacrer les soldats pendant leur sommeil, en les prenant au dépourvu. Aucun n'était disposé à changer d'avis et il s'ensuivit une vive controverse qui menaça de détruire la nouvelle alliance avant qu'elle n'ait dépassé le stade des balbutiements. Josef demanda alors à être entendu.

« Écoutez, commença-t-il. Ce sont tous de bons plans. Nous devrions tous les appliquer.

— Comment ? questionnèrent simultanément Remedios et Hectoro.

— Comme ceci », répondit Josef, et il fit signe aux autres de le suivre dans la rue. Il saisit un bâton et se mit à tracer un croquis dans la poussière, opération que les assauts foudroyants des chats sur l'extrémité mobile du bâton rendirent difficile.

« Le pueblo, reprit Josef, est ici, et voilà le rempart. Sur le rempart se trouvent nos deux mitrailleuses ; les deux mitrailleurs et les chargeurs sont les seules personnes présentes dans tout le village. » Il traça une autre ligne, et Remedios se pencha pour enlever le chat qui bondissait sur la pointe du bâton. « Là, poursuivit Josef, juste à l'extérieur, sur le côté, sont postés les guérilleros de Remedios, qui créeront un feu croisé en balayant l'espace découvert, et qui lanceront de petites attaques sur le flanc pendant qu'il faudra recharger les mitrailleuses. Toi, ajouta-t-il en se tournant vers Hectoro, tu devras emmener chaque cheval, chaque mulet, chaque âne valides, même s'il n'y a pas suffisamment de monde pour les monter, et avec ta cavalerie tu contourneras les soldats par-derrière, en les suivant de loin pour qu'ils ne vous voient pas. Quand nous aurons massacré la plupart des soldats et que les derniers survivants seront en train de se cacher ou de battre en retraite, les mitrailleuses cesseront le feu, Remedios également ; tu chargeras par-derrière et tu tailleras l'ennemi en pièces !

— Bravo ! s'exclama Hectoro.

— Excellentissimo ! renchérit Remedios, en donnant à Josef une tape sur l'épaule. Mais pourquoi supposes-tu qu'ils vont se contenter d'un simple assaut frontal ? Ils pourraient choisir une tactique plus compliquée.

— Certainement pas, rétorqua Josef. Ils sont toujours commandés par l'officier adipeux qui était là avant. C'est un lâche et un imbécile qui choisit toujours la solution la plus simple. Par-dessus le marché, il ignore que les guérilleros sont avec nous et que nous avons des mitrailleuses. Il s'attend à envahir un petit pueblo simplement armé de fusils et de machettes, et je suis sûr qu'il n'a pas pensé que nous avons prévu son arrivée. Ils emploieront le moyen le plus rapide et le plus facile pour nous attaquer, c'est évident.

— Si ça marche, répondit Remedios d'un ton admiratif, tu devrais prendre le nom de Bolivar.

— Ça va marcher, affirma Josef. Qui plus est, je connais une petite astuce avec les mitrailleuses ; je l'ai apprise en Bolivie, elle date de la guerre du Chaco contre le Paraguay. »

Le lendemain, Hectoro partit avec sa cavalerie et fit un long détour dans la savane afin de se mettre en position derrière l'armée. Il interdit les feux de camp et les lumières, quelles qu'elles soient, et alla lui-même observer le campement. Le matin, il vit Figueras haranguer ses officiers, puis les officiers transmettre les instructions aux soldats. Il resta assez longtemps pour assister au départ de la brigade, disposée en flèche, et à son déploiement. Il revint en courant auprès de sa cavalerie et expédia un des enfants au galop à travers la savane, avec la mission d'avertir le pueblo que l'attaque était imminente.

Après leur marche, éprouvante nerveusement mais sans incidents, les soldats, suffoqués par la poussière, transpiraient des torrents d'eau sous leurs casques, tout en chassant à coups furieux les chats qui les faisaient trébucher en jouant avec leurs lacets.

Ils s'arrêtèrent au bord des champs rasés. Le colonel Figueras s'avança pour examiner le village à la jumelle. Il fut effrayé par la présence de remparts et de fortifications, puis il s'aperçut non sans soulagement que le village était entièrement déserté, sauf par les chats. Il estima qu'avec deux mille hommes et sans défenseurs il avait pas mal de chances de survivre à l'engagement. Il se retira à l'arrière de sa brigade pour plus de sûreté et donna l'ordre d'avancer, baïonnette au canon. La brigade traversait nonchalamment les champs brûlés quand Josef émergea subitement du rempart et actionna une mitrailleuse. Il ouvrit une brèche dans la ligne d'infanterie et regarda les hommes se jeter à terre. Il cessa de tirer et cria à tue-tête : « Vite, quelqu'un ! La mitrailleuse s'est enrayée. »

Les soldats se levèrent d'un bond et chargèrent ; au même instant, la seconde mitrailleuse fit feu, Josef fit feu et les guérilleros en position latérale tirèrent à volonté. Pris dans l'incompréhensible ouragan de balles, les soldats tournoyèrent et tombèrent une demi-heure durant. Ceux qui n'étaient pas morts feignirent de l'être, y compris Figueras, qui plongea dans un canal d'irrigation où il demeura immobile avant de s'éloigner en rampant aussi vite qu'il en était capable.

Les mitrailleuses se turent, les guérilleros s'arrêtèrent. Deux cents soldats jetaient leurs armes et couraient se mettre à l'abri quand une ruée de mulets et d'ânes s'abattit sur eux ; ils furent précipités à terre et piétinés. Les deux cents fantassins se redressaient lorsque les hommes et les femmes du village, menés par Hectoro, fondirent sur eux pour décharger leurs revolvers dans leurs poitrines à bout portant, et leur taillader la tête et les membres à la machette. Hectoro descendit froidement de cheval, déambula au milieu du carnage et trancha la gorge à ceux qui vivaient encore. Sur chacun d'eux, il crachait et marmonnait : « Hijo de puta. »

Seuls cinquante hommes de la brigade, Figueras inclus, parvinrent à regagner le camp. Ils abandonnèrent tout leur équipement et filèrent en camion à Valledupar. Figueras, à son grand soulagement, observa qu'il était l'unique officier survivant et que le commandant Kandinski était, lui aussi, porté disparu. Il commença à répéter mentalement l'histoire de ses exploits héroïques contre une force écrasante, telle qu'il l'écrirait dans son rapport.

Sur le lieu du massacre, les vainqueurs oscillaient entre la jubilation et la consternation. Ils s'étreignaient, bouleversés, pâles et tremblants, et erraient au milieu des corps, muets de stupeur.

« C'étaient des innocents, dit Misael. Regardez-les, c'étaient des enfants.

— Oui, ajouta Pedro. Des enfants apeurés, commandés par des fous.

— Ils se sont presque tous pissé dessus, remarqua Josef. Il n'y a qu'à voir leurs pantalons. »

Les cadavres jonchaient la terre comme des épouvantails brisés, tordus, ensanglantés et irréels. Sur leurs visages se lisait encore leur dernière expression : la terreur, la souffrance, l'incompréhension. Les guerriers victorieux, dont pas un n'avait une simple égratignure, restaient sans voix ; ils étaient trop rongés par une honte horrifiée, par le remords et la pitié, pour décréter une fiesta ou des réjouissances. Ils demeurèrent parmi les morts, à caresser négligemment les chats et à murmurer des prières.

« Nous ne pouvons pas les enterrer tous, observa Remedios.

— Nous ne pouvons pas les brûler, répliqua Josef. Ce serait sacrilège.

— Enterrons-les avec le tracteur de don Emmanuel, suggéra Pedro.

— Je dirai une messe, annonça Garcia. Ils ont droit à des obsèques convenables.

— Va chercher le tracteur, Pedro, ordonna Josef. On va ramasser les corps avant l'arrivée des vautours. »

Les rebelles victorieux travaillèrent deux par deux à ôter les anneaux, les plaques d'identité et les papiers personnels ; avant de prendre les cadavres par les chevilles et les épaules pour les transporter en bordure du champ. « Je crois que la meilleure solution, intervint dona Constanza, ce serait de les enterrer dans le canal que j'ai fait creuser avant mon départ. La terre dégagée servirait à les recouvrir, et on pourrait les poser côte à côte au lieu de les entasser. Ce serait plus digne. »

Remedios travaillait avec Tomas. Elle retournait son vingtième corps pour l'emporter, mais le désarroi lui coupa le souffle quand elle aperçut son visage. Elle se pencha précipitamment et fouilla dans la chemise de l'homme à la recherche de sa plaque d'identité. Elle l'examina, l'œil fixe, la retourna comme s'il devait y avoir plus d'indications au dos. Puis elle s'assit à côté du corps et enfouit son visage dans ses genoux. Elle se mit à sangloter ; Tomas lui posa la main sur l'épaule. « Que se passe-t-il, Medio ? Tu le connaissais ? »

Remedios leva vers lui un regard pitoyable, noyé de larmes. « C'est mon petit frère, Alfredo. Je ne l'ai pas vu depuis ses douze ans. C'est peut-être ma balle qui l'a tué. Je ne savais pas qu'il était sous les drapeaux. »

Tomas s'assit à côté d'elle, lui passa le bras autour du cou et pleura avec elle. « Medio, dit-il, nous avons tous tué nos frères aujourd'hui. » Elle se ressaisit et se redressa. « Je le connaissais à peine. »

Remedios s'opposa à ce qu'Alfredo soit enterré séparément. Les cadavres furent transportés dans la remorque jusqu'au canal de dona Constanza. L'opération prit presque toute la nuit et le matin suivant. Tandis que la pelle du tracteur les ensevelissait sous les déblais du canal, le père Garcia récita le service funèbre et le nom des morts, puis dit une messe pour leur salut. Seul Hectoro refusa d'y assister, et Aurelio hésita longuement, avant de les bénir en aymara et en quechua. Les chats, rassemblés sur l'autre rive du canal, suivirent intégralement la cérémonie.

Remedios remplit plusieurs mochilas de plaques d'identité et les passa autour du cou du général Fuerte. « Allez à Valledupar, commanda-t-elle, parmi les vôtres. »

Sans un mot, le général Fuerte sortit du pueblo, avec ses sacs qui tintaient et cliquetaient. Les guérilleros prirent congé de lui à Chiriguana, où ils lui souhaitèrent bonne chance, burent des copas à sa santé et hélèrent un camion pour qu'il l'emmène. Le général partit sans commentaire, le visage figé, mais il se pencha et ramassa un chat qu'il prit avec lui.

L'épidémie de rire était terminée.

31

Les efforts persistants d'Olaf Olsen, du colonel Asado et de Son Excellence le Président

Olaf Olsen était l'archétype du prospère industriel norvégien : blond, quarante-cinq ans, paraissant beaucoup plus jeune que son âge, fidèle à la passion nationale pour le ski et la forme physique, et très lucide. Il avait divorcé précisément au moment où c'était devenu la grande mode en Scandinavie. Il était originaire d'Oslo, où il possédait toujours une maison, à peu près à mi-chemin entre le musée Munch et le parc Vigland. Il était entré très jeune dans sa société en Scandinavie et y avait fait une ascension fulgurante, entièrement due à son mérite.

En qualité d'important homme d'affaires étranger, il connaissait presque tous les gens en place ; il exerça sur eux une influence systématique et commença à remarquer qu'il était constamment suivi à distance par quatre hommes portant d'insolites feutres abaissés sur les yeux. Il ne leur prêta aucune attention, mis à part le bonjour dont il les gratifiait quand il revenait sur ses pas et les croisait. Leur confusion et leur embarras à cette occasion lui procuraient une légère satisfaction qui contrebalançait son désespoir et son indignation grandissants.

Olsen retourna d'abord à la police, qui confirma avoir été informée par l'armée qu'une opération officielle avait eu lieu à l'endroit et au moment où Regina avait été enlevée. La police avait conclu un accord officieux avec les forces armées afin d'être avertie de toutes les opérations ; elle avait en effet été appelée à diverses reprises par des témoins d'enlèvements, et plusieurs batailles à coups de revolver entre policiers et militaires s'en étaient suivies. Le policier chargé de consigner les messages radio fut au début trop terrorisé pour dire à Olsen ce qu'il voulait savoir, mais sa crainte fut vaincue par une poignée de dollars américains et par l'affirmation qu'Olsen connaissait un supérieur en mesure de le faire fusiller. Le policier parcourut furtivement le registre et confia à Olsen que sa fille avait été emmenée par un détachement spécial de l'École militaire d'ingénieurs électriciens et mécaniciens.

Après avoir quitté les bureaux de la police, Olsen visita chaque hôpital de la capitale, à cent cinquante kilomètres à la ronde. Il n'y en avait pas beaucoup, mais à chacun il devait « verser une donation pour l'établissement » avant de consulter la liste des admissions. Ces efforts se révélèrent assez vains, étant donné que les patients amenés par les militaires étaient enregistrés sous un sexe, une nationalité et un nom falsifiés. Il trouva même un « Donald Canard » et un « Miguel Souris ».

Olsen écrivit au Président par l'intermédiaire de l'ambassadeur norvégien, en lui annonçant que, si sa fille n'était pas relâchée d'ici dix jours, il informerait la presse nationale, la presse norvégienne et la presse américaine. Le bureau du Président répondit immédiatement que les chefs de tous les services de sûreté avaient reçu l'ordre de la retrouver, en accordant à son cas une priorité absolue. Olsen n'y comprenait rien, car il avait déjà communiqué au bureau du Président le lieu exact de la détention de Regina et le nom de ceux qui l'avaient emmenée. Dans les dix jours qui suivirent, il reçut les lettres ci-dessous :

[a]
De : École militaire d'ingénieurs électriciens et mécaniciens.

« Cher monsieur Olsen,
« C'est avec regret que nous apprenons la disparition de votre fille. Nous sommes néanmoins surpris que vous ayez informé le Président qu'elle était dans nos locaux. Comme vous le savez, nous sommes une école militaire et n'accueillons pas de prisonniers, même en temps de guerre. Bonne chance pour votre recherche. »

[b]
De : Service de sûreté intérieure de l'armée.

« Cher monsieur Olsen,
« Nous avons le regret de vous apprendre que notre enquête a révélé que votre fille Regina s'était enfuie en Thaïlande avec son amant. Elle était persuadée que vous vous seriez opposé à leur mariage, étant donné que le monsieur est un Noir, de quarante ans son aîné, qui a milité dans une organisation anarchiste après avoir purgé une peine de vingt ans de prison pour attentat à la pudeur sur des mineurs.
« Nous sommes désolés d'avoir à vous annoncer cette désagréable nouvelle. »

[c]
De : Chef de la police urbaine.

« Cher monsieur Olsen,
« Cette lettre donne suite à celle que j'ai récemment reçue du cabinet du Président, et à votre visite en

compagnie du regretté général Correra. Si vous voulez retrouver votre fille, il me faut vous rappeler ce que je vous ai expliqué à cette occasion.

« Ce pays connaît ces temps-ci une très sale guerre entre des factions d'extrême droite et des factions d'extrême gauche. Tous les témoignages montrent que votre fille Regina a été le victime de ce conflit en raison d'une méprise sur son identité, et qu'elle est à présent aux mains des *extrémistes de droite*, dont je ne suis pas en mesure de vous révéler l'identité actuellement, pour diverses raisons que vous comprendrez.

« Je vous souhaite sincèrement de réussir dans votre recherche, et je vous conseille d'apporter autant de prudence et de discrétion que l'amour paternel le permettra dans vos négociations avec ces dangereux individus.

[d]
De : Service de renseignements de l'État.

« Cher monsieur Olsen,

« Nous avons procédé à des investigations approfondies au sujet de Regina Olsen, votre fille. D'après nos informations, votre fille était secrètement membre de l'extrême gauche et se livrait à des activités terroristes. Nous pensons qu'elle est entrée dans la clandestinité. »

[e]
De : Division de renseignements du ministère des Affaires étrangères.

« Cher monsieur Olsen,

« Nos recherches sur la disparition de votre fille Regina révèlent qu'elle était membre d'une organisation clandestine d'extrême droite, le “ Double C ”, et qu'elle a été tuée au cours d'un combat contre une bande gauchiste en Colombie. Nous sommes au regret d'être porteurs de cette triste nouvelle. »

[f]
De : Bureau national de la sûreté du ministère de l'Intérieur.

« Cher monsieur Olsen,
« Nous avons été très peinés d'apprendre la soudaine disparition de votre fille Regina et nous avons fait tout ce qui était en notre pouvoir pour la retrouver, sans ménager nos efforts.
« Nous avons été informés qu'elle a été aperçue pour la dernière fois sur les pentes de la Sierra Nevada de Santa Margarita, et les rapports suggèrent qu'elle a succombé à une chute dans un puits de mine désaffecté que nous n'avons pas pu localiser jusqu'ici. Nous sommes désolés d'avoir à vous transmettre cette mauvaise nouvelle. »

Olsen quitta le pays sans prévenir quiconque et se rendit aux États-Unis où, avant de repartir pour la Norvège, il reçut une aide et des conseils précieux de la part des sénateurs et des députés du parti démocratique. Quelques jours après, une nombreuse équipe d'hommes à feutres insolites envahirent son appartement de la banlieue chic et, ne trouvant pas Olsen, tuèrent la femme de ménage à sa place.

De retour en Europe, Olsen fit campagne inlassablement. Sa Sainteté le pape écrivit trois fois pour demander où était Regina ; le secrétaire d'État américain réclama la même information lors d'une visite officielle ; le Comité international suisse de l'Église libre exigea des éclaircissements ; les partis travaillistes et conservateurs de Grande-

Bretagne s'en mêlèrent, ainsi que les socialistes français. A eux tous, le Président répondit qu'il cherchait toujours.

Pendant ce temps, la mort suivait son cours normal dans l'École militaire d'ingénieurs électriciens et mécaniciens. Le colonel Asado avait eu une idée de génie qui lui permettait d'éviter la paperasserie ; il sillonnait la ville avec ses hommes en Ford Falcon, à la recherche des gens qui avaient l'air subversif, conduisaient le genre de voitures affectionné par les subversifs, vivaient dans les quartiers de prédilection des subversifs. Si c'étaient de belles femmes, tant mieux, sauf pour El Verdugo, qui aimait aussi sodomiser les jeunes garçons.

Un jour, le colonel Asado dit à El Bano : « Je parie que je peux ramener une plus jolie femme que toi !

— Combien ? répliqua El Bano, piqué au vif par ce défi.

— Mille pesos ! s'exclama Asado.

— Pari accepté ! » cria El Bano.

Quand El Bano revint avec sa prise, Asado était déjà en train de violer à tour de rôle deux adolescentes de seize ans aux bras liés dans le dos, dont le visage ruisselait de larmes. El Bano les regarda sangloter et concéda à Asado : « D'accord, tu as gagné. »

Entre-temps, le scepticisme des ambassades des nations étrangères, devant la réponse toute faite du Président à leurs requêtes au sujet des disparus, croissait ; le Président affirmait toujours qu'il s'agissait de victimes des dissensions internes de la gauche. Puis un membre de l'ambassade américaine se mit à tenir des statistiques et se rendit compte que les gens disparaissaient pas fournées : quatorze chrétiens libéraux, quatre catholiques progressistes, sept religieuses du Mouvement du tiers monde, vingt prostituées, quarante et un Rose-Croix, cinquante-trois syndicalistes, vingt-cinq homosexuels, dix-neuf hippies, cinq artistes, onze journalistes, quatre producteurs de cinéma, quatre directeurs de magazines, sept écrivains, huit évangélistes, trois anglicans, onze mormons, trente-cinq Témoins de Jéhovah, huit adeptes d'Haré Krishna, deux de la Mission de la Lumière divine, quatre-vingt-cinq socialistes, soixante démocrates, quarante membres du parti d'avant-garde, trente-trois du Parti national, vingt du Parti libéral-démocrate, quarante et un du Parti radical, dix-huit démocrates-chrétiens, quarante-trois sociaux-démocrates, deux mille cent quatorze communistes, soixante-six militants du Mouvement des droits de l'homme, mille cinq cent soixante-trois militantes d'organisations pour les droits des femmes, cent pacifistes, cent membres de la Ligue antinucléaire, vingt-deux membres du Rotary Club, neuf cent trois du Front marxiste, vingt chefs scouts, et presque deux mille Juifs et sionistes. Il existait une dernière catégorie, qui disparaissait régulièrement, et pas par fournées, celle des « jeunes femmes ».

L'ambassade des États-Unis envoya des copies de cette liste aux ambassades les plus importantes, qui en expédièrent des copies à leurs ministères des Affaires étrangères respectifs, et le Président se trouva un matin inondé de protestations officielles émanant de tous les pays au sujet de la « répression totalitaire organisée ». L'Union soviétique elle-même protesta, maintenant qu'elle avait importé les denrées alimentaires qu'elle cherchait, et seule la Grande-Bretagne n'émit aucune protestation, comme à l'accoutumée.

Cependant, le Président avait d'autres soucis plus graves. Dans un pays qui n'est pas en guerre, où la vie des individus est une offense à la manie de l'ordre des militaires, où le gouvernement est si chaotique et si corrompu que la plupart des civils préféreraient une dictature militaire, il est rigoureusement indispensable d'occuper l'armée afin de l'empêcher de concocter un coup d'État. Le Président travaillait à découvrir un ennemi extérieur et lisait à cette fin des piles de livres d'histoire. L'archiviste d'État passait son temps à compulser les vieux traités qui n'avaient pas été détruits par les termites ou la moisissure, et n'avaient ni servi à allumer le gaz ni été vendus à des universités américaines. Le Président découvrit qu'en 1611 son pays possédait un rocher au milieu de l'océan Pacifique, dont s'étaient emparés des corsaires anglais au profit du roi Jacques Ier, et qui était depuis lors resté propriété britannique. Le Président consulta la collection de *National Geographic* de la bibliothèque universitaire d'État ; il apprit ainsi que l'île était inhabitée — abstraction faite des tortues, lézards, chèvres et cochons sauvages, phoques, passereaux, colonies d'oiseaux de mer, et du marin naufragé néo-zélandais qui y vivait désormais en ermite.

Le Président consulta son astrologue, son cartomancien et les chefs d'état-major, qui approuvèrent le plan à l'unanimité. Le Président transmit alors à la presse sa « Carta historica », qui figure toujours intégralement et orgueilleusement dans les manuels d'histoire de la nation.

« Compatriotes !

« Sur la conscience nationale pèsent une infamie et une honte si anciennes qu'elles ternissent l'éclat par ailleurs si vif de notre honneur ! Il est de mon devoir comme du vôtre, mes chers concitoyens, d'effacer cette cicatrice, de guérir enfin cette plaie suppurante !

« Comme vous le comprendrez tous, je fais ici allusion à l'île de Los Puercos, dans le Pacifique, qui, bien qu'elle nous appartînt à l'origine, nous a été volée pour être colonisée par une ignoble puissance coloniale dont je ne puis me résoudre à prononcer le nom tant il laisse un goût répugnant sur mes lèvres ! Vous voyez tous à quel empire colonial je pense, et je sais que vous le haïssez du fond du cœur !

« En conséquence, j'ai ordonné à notre noble armée de reconquérir cette île, sans regarder au sacrifice, pour sauver notre honneur et pour la gloire de notre chère et sainte patrie ! Los Puercos son los nuestros ! Patria o muerte ! »

Les Britanniques, ignorant que l'île de l'Effort portait en espagnol le nom d' « île aux Cochons », ne comprirent pas qu'une possession de la Couronne était sur le point d'être envahie. Les forces armées et la nation n'en communièrent pas moins dans une fièvre belliqueuse. Partout surgirent des graffiti et des affiches proclamant : « Los Puercos son los nuestros ! », des foules se rassemblèrent sur la place du Palais présidentiel en hurlant et en scandant des slogans, rouges d'ardeur patriotique. Peu importait que nul ne sût où se trouvait l'île ; c'étaient l'euphorie et l'ivresse qu'on recherchait, au point d'étreindre policiers et soldats. Jamais une nation n'avait été aussi unie et le colonel Asado lui-même accorda une journée de répit à ses victimes.

Le Président informa les chefs d'état-major que l'île serait massivement défendue et qu'il faudrait une force très nombreuse pour réussir. La marine, qui ne possédait que deux croiseurs cuirassés (américains, rescapés de la Seconde Guerre mondiale) et quatre frégates (à charbon, britanniques, construites dans les années 20), réquisitionna cinq navires marchands pour le transport des soldats et du charbon nécessaire aux frégates. L'aviation se rendit compte que l'île était hors de portée de ses appareils et fit monter sous chaque aile de ses avions de gigantesques réservoirs de carburant qui pouvaient être largués une fois vides. L'armée se rendit compte que ses énormes magasins de vivres étaient vides à cause du marché noir et s'en remit aux ressources de l'île, qu'elle espérait suffisantes pour nourrir cinq mille conscrits (le général Ramirez ne voulait pas risquer la vie de ses soldats de métier).

Dans la glorieuse bataille qui suivit, l'aviation perdit dix avions. Deux au décollage, parce que les pilotes n'étaient pas habitués à manœuvrer un appareil chargé de bombes et lesté de réservoirs supplémentaires ; trois parce que la petite quantité d'explosifs qui devait permettre de larguer les réservoirs supplémentaires se révéla excessive et souffla les ailes ; trois parce que les pilotes n'étaient pas accoutumés aux longs parcours sur la mer et qu'ils s'égarèrent, tombèrent en panne de carburant avant de s'abîmer honteusement dans les flots. Les deux derniers omirent de signaler leur identité en survolant à basse altitude la trajectoire du navire américain *New California*. Ils furent abattus par des missiles guidés. Les dix appareils qui atteignirent l'île de Los Puercos lâchèrent leur emport avec une précision irréprochable et tuèrent un nombre de tortues considérable.

La marine arriva et bombarda l'île pendant que les soldats, épuisés par le mal de mer et la faim, couverts de poussière des pieds à la tête, débarquaient. Ils investirent l'île de chaque côté avec l'intention d'enfermer l'ennemi dans un cercle d'assaillants infranchissable. Ils avançaient hardiment, précédés — et parfois au milieu — des tirs d'obus de la marine, jusqu'au moment où les soldats de la côte est aperçurent en haut de la crête les soldats de la côte ouest qui marchaient dans leur direction. Enfin, l'ennemi ! Une bataille féroce s'engagea ; elle fit rage quatre heures durant, jusqu'à ce que les opérateurs radio des commandants parviennent à communiquer pendant une accalmie. Un cessez-le-feu fut ordonné, une victoire proclamée et les soldats s'embrassèrent en pleurant et en poussant des vivats. Le drapeau national fut hissé au sommet de la colline tandis que les nombreux couplets de l'hymne national furent chantés avec un enthousiasme inhabituel, et l'armée installa son campement.

Il y eut neuf cent quarante tués et à peu près deux mille blessés. Les soldats demeurèrent sur l'île aussi longtemps qu'il resta des animaux à manger, puis la marine les ramena sur le continent. Ils arrivèrent épuisés par le mal de mer et la faim, une fois de plus couverts de poussière des pieds à la tête, et furent accueillis en héros. Ils mangèrent gratuitement dans les restaurants, bénéficièrent des services gracieusement offerts des prostituées et des foules exaltées les fêtèrent avec prodigalité au cours d'un congé national d'une semaine. La presse publia des manchettes : « Ahora Los Puercos son verdaderamente los nuestros ! (Maintenant les Cochons nous appartiennent pour de bon !) » et neuf cent quarante noms de soldats furent cités lors du service national du Souvenir, plus dix noms d'aviateurs et le nom d'un marin qui avait péri dans une explosion de chaudière sur une frégate. On promit à neuf cent cinquante familles de généreuses pensions d'État qu'elles ne purent, pour des raisons qui leur échappèrent toujours, soutirer à la bureaucratie.

Quand les Britanniques comprirent enfin ce qui s'était passé et qu'un détachement spécial de la marine royale arriva sur les lieux, il ne restait qu'un grand nombre de squelettes d'animaux et un vieil ermite néo-zélandais qui utilisait un drapeau latino-américain inconnu en guise de houppelande.

Le Président estima, non sans quelque arbitraire, qu'il avait réduit de 10 pour cent les risques d'un coup d'État. Il décida de convoquer les électeurs à l'improviste et il l'aurait emporté grâce au « vote de la victoire de Los

Puercos » même s'il n'avait pas pris la précaution de remplir les urnes d'avance. Les rares démographes du pays observèrent avec cynisme et lassitude que la population semblait encore avoir doublé en cinq ans depuis les dernières élections.

32

Exode

Les citoyens de Lima venaient de célébrer, le 28 octobre 1746, la fête de saint Simon et de saint Jude. C'était une belle nuit de pleine lune, et le tremblement de terre détruisit entièrement la ville en trois minutes, causant la mort de six mille personnes. L'océan recula de trois kilomètres, et le raz de marée qui suivit engouffra Callao. En 1647, le 13 mai, deux mille personnes périrent dans un tremblement de terre à Santiago. Le 31 mars 1650, un tremblement de terre d'un quart d'heure effaça la ville de Cuzco, et un prêtre resta cinq jours suspendu au-dessus d'un précipice par les basques de ses vêtements ecclésiastiques. Dans l'église de San Francisco, les fragments d'une image de la Vierge se rassemblèrent miraculeusement et, à Lima, une statue de saint Pierre pivota sur son piédestal. Dans le village de Chapi-Chapi, une image de la Vierge sortit de sa niche et s'avança jusqu'à la porte de la chapelle. Quand le prêtre tenta de la mettre à l'abri dans le village, il en fut empêché par une tempête de grêle qui cessa lorsqu'il replaça la Vierge dans sa niche.

Les montagnes sises sur le flanc occidental des Amériques s'enfantent journellement dans des affres héroïques, des convulsions et des contractions. Dans la dérive des continents vers l'ouest, les grandes plaques de la planète grincent, glissent et dérapent, écrasant la côte Pacifique et comprimant ses montagnes qui s'élèvent d'année en année. Elles gagnent de vitesse les gelées qui les effritent et les fendent, les glaciers, le vent poussiéreux et les bourrasques de grêle qui les érodent. La grande chaîne que forment sur huit mille kilomètres les Andes en travail est comme un Léviathan déchiré par les flatulences, en proie aux tourments de la constipation. La pression titanesque exercée sur les entrailles et les sphincters de la terre provoque les hémorroïdes les plus gargantuesques, les fistules les plus prodigieuses et les plus formidables ptôses du côlon créées par l'imagination humaine ou divine. Des vallées disparaissent sous des torrents de boue, des crevasses s'ouvrent et se ferment, des fleuves changent de lit et les montagnes sont projetées toujours plus haut. Les cols sont à une altitude telle que jadis la seule façon raisonnable d'aller de Lima à Iquitos consistait à prendre le vapeur plusieurs mois, via Liverpool, pour un prix de soixante livres sterling.

Si les Andes sont les excréments bilieux d'une indigestion de la planète, quel palais de pure beauté ne sont-elles pas aussi ! Elles vous attirent par des promesses de paix et de solitude, par des murmures d'or, d'argent, de plomb, de cuivre, d'eaux claires, d'air aphrodisiaque, de civilisations perdues et de jardins d'innocence d'avant la chute.

Après le massacre de Chiriguana, Remedios et la population du village surent qu'elles ne pourraient jamais connaître à nouveau la paix et l'isolement. Elles savaient que tôt ou tard des armées entières s'abattraient sur elles pour se livrer au pillage et au viol, et que leur vengeance réduirait leur victoire à néant. Elles savaient que la prochaine fois il y aurait des tanks et des hélicoptères de combat, des avions hurlants ; et non pas des conscrits démoralisés, mais les soldats d'élite qui gardaient les portachuelos aux frontières.

Chacun savait qu'il était temps de partir et de commencer une nouvelle vie ailleurs. Beaucoup allèrent retrouver des parents dans d'autres régions, mais deux mille personnes se joignirent à la petite armée de ceux qui avaient l'intention de s'exiler dans les montagnes, de traverser la frontière, et de recommencer dans une vallée oubliée et protégée. Remedios et ses guérilleros, ayant vu, entendu, senti et mené la guerre de première main, renoncèrent à leur rêve de victoire armée et rallièrent celui d'une nouvelle création, d'un monde nouveau et d'une vie meilleure. Ils emportèrent toutefois leurs armes ainsi que celles des soldats, en cas de menace extérieure, et par habitude. Don Emmanuel alla voir don Hugh, don Pedro et le couple de Français pour leur conseiller de partir avant que l'invasion ne déferle sur eux avec la violence d'un holocauste. Don Hugh et don Pedro prirent l'avion pour la capitale ; Antoine et Françoise se mêlèrent aux réfugiés avec leurs enfants, mais sans savoir pourquoi, sinon en vertu de leur vision élyséenne et à cause de l'enthousiasme de don Emmanuel. Si la tentative échouait, ils pourraient toujours retourner en France.

Il leur fallut deux semaines pour se préparer au départ. Tous les aliments, outils, ustensiles, articles de ménage et objets possédant une valeur sentimentale furent enveloppés dans des ballots prêts à être chargés sur les animaux. Don Emmanuel et Hectoro organisèrent des escouades de vaqueros afin de rassembler les troupeaux. Ils volèrent sans vergogne les chevaux et le bétail de don Hugh et de don Pedro, sachant que ceux-ci reconstitueraient leurs troupeaux grâce à l'argent des assurances et aux indemnités gouvernementales.

La région devint un chantier chaotique où alternaient emballages et déballages, abandons et récupérations de dernière minute, le tout entravé par les cabrioles des chats qui ne voyaient dans ces activités qu'un jeu destiné à leur distraction. Hectoro fut si exaspéré par leurs incursions dans ses bagages qu'il tira sur l'un d'eux à bout portant ; l'animal lui décocha un clin d'œil, puis tapota les pompons du fourreau de sa machette et les cordons de cuir de ses bombachos. Comprenant que les animaux étaient indestructibles, Hectoro rangea son revolver et se résigna à subir leurs capricieuses attentions.

Don Emmanuel et ses hommes attachèrent l'ensemble des chevaux au licou en ordre hiérarchique, l'étalon gris en tête. Il procéda de façon identique avec les mulets et les ânes. Devant chaque file de bétail il plaça un taureau, et en tête de la première file il installa Cacho Mocho, le taureau à la corne brisée, le roi incontesté des taureaux de la région, un véritable géant, aussi doux qu'une caresse de vierge, qui était le seul autorisé à manger les fleurs du jardin de don Emmanuel. Les poulets devaient être transportés dans des caisses sur les bêtes de somme, et les chèvres, trop têtues et trop excitables pour être attachées ensemble, seraient menées en troupeaux. Quant aux chiens, on savait qu'ils suivraient spontanément.

Le jour du départ, à l'aube, on chargea les milliers d'animaux des impedimenta de l'exil et aux environs de midi le travail fut achevé. A chacun avait été assignée la responsabilité d'une section égale de l'équipage ; lorsque la chaleur et l'humidité devinrent trop oppressantes, et qu'ils furent gagnés par l'irritation et l'énervement, ils se retirèrent pour la sieste, excepté dona Constanza et Gonzago qui partirent faire l'amour frénétiquement au bord de la Mula, et le Profesor Luis et Farides qui s'aimèrent avec plus de douceur et de dignité sur la table de l'école.

Quand ils réapparurent au début de la soirée, les chats étaient à nouveau fébriles et nerveux, et les autres animaux manifestement proches de la panique. Il fut difficile de les mettre en mouvement et à peu près impossible de les contrôler. D'asphyxiantes brumes de poussière s'élevaient, des chargements tombaient, qu'on replaçait avec des jurons, les sabots écrasaient les pieds, les mulets se couchaient et refusaient de bouger, les chats filaient entre leurs pattes ou s'accrochaient aux autres bêtes, les griffes enfoncées pour ne pas perdre l'équilibre, et les animaux s'ébrouaient, se cabraient, roulaient des yeux inquiets sous l'aiguillon qui leur transperçait l'encolure.

Ce soir-là, les pèlerins établirent leur camp en bordure de la savane, tandis qu'à Valledupar les camions, les véhicules blindés et les chars commençaient à s'ébranler, colonne par colonne. Dans l'un des camions, en compagnie de sa section de vingt hommes, se trouvait Figueras, rétrogradé au rang de lieutenant, dépouillé de ses décorations bien qu'il eût personnellement arrêté un terroriste fou chargé de sacs remplis de plaques d'identité, qui avait franchi les portes des quartiers généraux avec un chat dans les bras.

Le lendemain matin, à l'aube, les animaux étaient de nouveau proches de la panique tandis qu'Aurelio conduisait le cortège à travers la jungle. Dans les arbres, les singes poussaient des cris en s'ébattant de branche en branche ; les toucans et leurs cousins tapageurs hurlaient et volaient en cercles. « Il y a quelque chose qui ne va pas du tout, déclara Aurelio, les animaux n'aiment pas ce chemin. Si vous le voulez bien, nous allons grimper en haut de cette colline et longer les corniches.

— Ça m'est égal », répondit Pedro, et le cortège s'engagea vers la gauche, sur la longue et douce pente à travers l'extravagante végétation.

Don Emmanuel eut une idée. Il vint en tête de la file et suggéra : « Nous devrions couper quelques arbres pour barrer le sentier et qu'on ait du mal à nous suivre. Celui-ci, par exemple. » Il désigna un grand arbre touffu au bord du chemin.

« Dans ce cas c'est toi qui commences », répliqua Aurelio ; Pedro et lui se poussèrent du coude et échangèrent un clin d'œil. Ils regardèrent avec une impatience amusée don Emmanuel brandir sa machette. La lame heurta l'écorce dans un fracas métallique et rebondit avec un tremblement sonore. Don Emmanuel la laissa tomber à terre afin d'attraper son poing et ses doigts secoués par le choc. Il se mit à sautiller en grimaçant. Lorsqu'il se pencha, il constata qu'il n'y avait aucune marque sur l'arbre et, quand il releva les yeux, il vit qu'Aurelio et Pedro souriaient.

« Cet arbre est un quebracha, expliqua Aurelio. Son bois est assez dur pour paver des routes. Essayez-en un autre.

— Un quebracha ? questionna don Emmanuel. Un briseur de hache ?

— Et aussi un briseur de machette, ajouta Pedro, en tendant à don Emmanuel son instrument dont il montra le tranchant écaillé.

— Vous êtes des fils de putes, rétorqua amèrement don Emmanuel. C'était ma machette préférée. »

Don Emmanuel refusa de s'avouer vaincu. Il marchait aux côtés d'Aurelio en désignant des arbres susceptibles d'être abattus, et Aurelio répondait : « Non, c'est un caoutchouc ; ce serait du gaspillage. Non, c'est un noyer du Brésil ; ce serait du temps perdu. Non, c'est un arbre sacré ; ce serait une offense à Pachacamac.

— Je renonce, lâcha don Emmanuel. Bien que les animaux laissent des piles d'excréments qu'un aveugle pourrait suivre à la trace.

— Essaie celui-ci, suggéra Pedro. Mais attends que tout le monde soit passé. »

Don Emmanuel abattit un balsa en quelques minutes et rejoignit le cortège, l'honneur sauf.

Ils montaient sans faiblir le flanc de l'escarpement, un

haut mamelon qui émergeait à une altitude de trois cents mètres loin dans la jungle. Au sommet, les gens, les chats et les autres animaux s'assirent au soleil pour souffler, profitant du vent frais et de l'air plus pur. Ils apercevaient sous eux la mince bande de jungle entre les montagnes et la savane, et au nord la vaste forêt, ondulante et verte, qui se déployait à l'horizon. A leur gauche se dressait la chaîne montagneuse, attirante mais imposante, et à leur droite, à la jumelle, se devinaient le pueblo abandonné, Chiriguana désertée, et le mince ruban de la scintillante Mula. Ils regardaient avec nostalgie la terre où ils étaient nés, la terre de leur labeur et de leurs fiestas, et chacun se disait : « Un jour nous reviendrons. »

Le groupe assis sur l'herbe commençait à se relever lorsque la raison de la récente fébrilité des chats et des refus capricieux des bêtes de somme apparut soudain avec une évidente clarté. Un grondement lointain se fit entendre et la terre trembla sous leurs pieds, vacillant de part en part comme un vaste morceau de gelée de goyave. Bêtes et gens furent projetés, sur les genoux ou sur le dos ; les chats bondirent dans les bras des humains et s'y agrippèrent. Les deux mille personnes rassemblées s'agenouillèrent, ballottées par les secousses et la terreur, récitèrent simultanément la litanie de leurs péchés que le père Garcia dut entendre tous à la fois et absoudre en masse au milieu des grondements et des balbutiements. Garcia calcula que le séisme avait duré exactement deux *Ave Maria* et un *Tota pulchra est.*

Le tremblement de terre s'acheva dans des rots et des gargouillis discrets au sein des entrailles de la terre, et les gens, qui continuaient à se signer et à invoquer des anges et des esprits, se redressèrent en chancelant. Ils examinèrent le paysage et virent que leurs anciens foyers disparaissaient sous une mer chatoyante et tourbillonnante d'argent lumineux, car le soleil faisait étinceler la pâle poussière blanche soulevée par les vibrations. Leurs maisons demeuraient intactes sous la poussière, mais ils l'ignoraient. « Aïe ! Aïe ! Aïe ! », s'exclamèrent les pèlerins, pétrifiés de crainte et saisis par la beauté de la mer scintillante sur la plaine. Ils étaient là depuis longtemps, à contempler l'océan de poussière qui retombait doucement, quand ils perçurent un nouveau bruit de course rugissante. A un kilomètre, au-dessus de la vallée dans laquelle ils venaient de voyager, un formidable mur d'eau d'une centaine de mètres jaillit d'une crevasse entre deux montagnes et s'élança en un arc gigantesque avant de s'écraser sur la jungle qu'il réduisit en miettes tandis qu'il se précipitait sur le bassin de la Mula, apocalyptique, avançant avec une inexorabilité majestueuse et divine, projetant vers le ciel une brume de gouttelettes, mugissant comme un troupeau de taureaux herculéens engagés dans d'inconcevables combats préhistoriques.

Frappée de stupeur, la foule assista au puissant déferlement d'eau écumante qui continuait sans trêve à fuser d'entre les montagnes. Elle regarda la plaine se transformer en mer brillante, boueuse et anonyme, qui se répandait toujours plus loin, gagnant les horizons. Très lentement, le jet colossal commença à se réduire ; deux heures plus tard, c'était une chute d'eau qui se déversait dans un lac.

Avec une grande économie de mots, les gens établirent leur camp sur l'escarpement. Pendant que la nuit tombait, ils allèrent d'un campement à l'autre en serrant les chats dans leurs bras pour se rassurer ; ceux qui s'étaient causé du tort autrefois et s'en gardaient rancune se présentèrent des excuses et s'embrassèrent. Les vieux amis se serraient la main, et ceux qui ne s'étaient jamais adressé la parole auparavant échangeaient des confidences. Ce n'est pas la peur qui déclenche ce genre de réactions, mais la révélation que rien de stable n'existe dans l'univers, qu'en fin de compte tout est une question de chance et que la vie des hommes peut être brutalement plongée dans le chaos. Les êtres se découvrent privés de protection, blessure qui atteint au cœur ceux qui n'avaient jamais eu l'occasion d'éprouver leur fragilité et leur impuissance, et leur montre l'exact prix du temporaire et du terrestre. En présence d'une force aussi considérable, d'une dureté aussi froide, d'un cataclysme aussi indifférent et aussi irrésistible, on sait avec une certitude absolue quel est le statut d'une fourmi dans une fourmilière écrasée par le pas négligent d'un homme.

Les véhicules de tête de la colonne d'envahisseurs avançaient au milieu d'une inondation dont le niveau montait rapidement. La colonne dut s'arrêter ; le général de division des gardes de Portachuelo vint examiner la situation du haut d'un camion. « J'ai déjà vu ça, dit le général. La secousse a ébranlé quelque chose dans les montagnes et voilà le résultat. Nous serons obligés de faire demi-tour. »

Les véhicules manœuvrèrent à grand-peine dans une boue croissante, jusqu'à ce qu'il fût enfin possible de revenir à Valledupar en devançant l'eau, qui arriva à moins de cinquante kilomètres de la ville, puis se retira doucement.

Le gouvernement ne décréta pas l'état d'urgence et aucune opération de sauvetage ne fut tentée. Il considéra que la révolution était enterrée et oubliée comme elle le méritait.

Au sommet de l'escarpement, Pedro se tourna vers Aurelio. « Est-ce que Carmen est là-dessous ?

— Non, répondit Aurelio. Nous habitons sur ce terrain en hauteur, de l'autre côté. Il n'a pas été touché. Elle va me croire mort, mais quand je reviendrai elle verra que je ne le suis pas. »

Pedro contempla l'énorme lac qui s'étalait maintenant sereinement sous la lune, et chatouilla les oreilles du chat qui frottait sa joue contre la sienne.

« Nous avons eu de la chance d'y échapper.

— Vous avez eu de la chance que je sois là pour écouter les animaux », rétorqua Aurelio, impatienté.

Josef les rejoignit et resta un moment avec eux. « Quand je pense à tout l'argent que j'ai gaspillé, observa-t-il, à payer don Ramon pour un enterrement décent et trois messes.

— Ne t'inquiète pas, répliqua Pedro. Je crois que le père Garcia le fera pour rien. Tu auras toujours l'enterrement et les trois messes que tu as achetés, ni plus ni moins. »

Josef hocha la tête et s'imprégna de la logique des paroles de Pedro.

« Quand même, ajouta Pedro, tu serais plus utile au monde en servant de pâtée à mes chiens, eh, cabron ? »

33

Le miracle économique et le parc Incarama

Il arrive parfois que, dans des pays relativement peu développés et pauvres, surgissent des visionnaires qui se sentent frustrés et froissés par les limites de leur vie, et qui cherchent à atteindre au zénith pour leur propre compte et pour celui de leur nation. Comme s'ils désiraient crier du sommet des montagnes : « Regardez ! Nous avons des rêves grandioses ! Contemplez la naissance de la gloire ! » Il se peut également que deux hommes de cette sorte surgissent au même moment et, quand cela se produit, le monde doit suspendre craintivement son souffle. Dans le cas qui nous occupe, les deux hommes étaient respectivement le ministre de l'Économie, le Dr Jorge Badajoz, et le maire de la capitale, Raoul Buenanoce, dont les activités, sans être directement liées, suivaient curieusement un cours parallèle.

Le Président commençait à peine à avoir quelques raisons d'optimisme dans le domaine économique ; les guérilleros urbains semblaient avoir miraculeusement disparu. Il avait entendu des rumeurs au sujet de leur extermination par les forces armées ; néanmoins, il était soulagé de constater que chaque pont qu'il inaugurait ne sautait pas dès le lendemain et que les coupures de courant n'étaient plus causées par les bombes, mais par la bonne vieille incompétence d'autrefois. Il était également satisfait que tant de dirigeants syndicaux se fussent mystérieusement volatilisés pendant la dernière grève générale, car leurs successeurs formulaient des revendications salariales plus modérées en vue de compenser les 200 pour cent d'inflation. Il avait lancé des campagnes d'arrestation par centaines contre les grévistes pour violation de l'ordre public et entrave à la circulation ; le général Ramirez avait obligeamment envoyé un bon nombre de soldats en civil dans les rangs des grévistes afin de les inciter à la violence. Dès qu'ils parvenaient à leurs fins, la police arrivait avec matraques et lances à eau, lâchait des nuages de gaz émétique, qui provoquaient de forts vomissements chez les grévistes pendant qu'on les arrosait et les frappait à la tête. Les travailleurs, après avoir fait l'expérience de se débattre à terre dans un lac de vomissures, devinrent naturellement plus accommodants quant à l'inexorable baisse de leur niveau de vie et l'harmonie industrielle fut massivement rétablie.

Les guérillas rurales des montagnes et de la jungle ne posaient pas de problème personnel au Président. Il n'allait jamais lui-même à l'intérieur des terres, ne voulait pas y mettre les pieds et se moquait de ce que ces paysans sales et illettrés pouvaient trafiquer tant qu'ils restaient hors de la capitale. Ceux qui venaient s'installer dans des bidonvilles et des favelas, il les dissuadait en donnant ordre à la police urbaine de brûler leurs cabanes en carton, d'embarquer les gens dans des camions et de les débarquer aussi loin que possible dans la campagne.

Maintenant que le progrès économique était envisageable, le Président désigna le Dr Badajoz pour accomplir le miracle. Président de la Société nationale du pétrole, il était également à la tête du Conseil du libre échange. Il avait d'importants contacts avec le monde de la banque internationale ; ancien élève d'Eton, il était snob et anglophile. Il avait obtenu sa licence d'économie à Harvard, où il avait été entièrement converti au monétarisme friedmanien, dont il tirait la conviction que les forces du marché sont capables de stabiliser les prix et l'inflation dans une atmosphère de concurrence.

Le Dr Badajoz entra en fonctions et examina l'état de l'économie dès le premier jour ; la dette extérieure s'élevait à quinze milliards de dollars, le déficit de la balance des paiements à cinq milliards de dollars, il n'y avait à peu près aucune réserve de devises étrangères et le taux de croissance, négatif, était désormais baptisé « taux-décroissance ». Il découvrit que le gouvernement avait depuis quinze ans adopté une politique de nationalisation des industries en perte de vitesse et que l'État employait à présent près de la moitié des travailleurs des villes. Le gouvernement avait également voté des lois protectionnistes draconiennes contre les importations, contribuant ainsi à maintenir à flot beaucoup d'entreprises inefficaces. Le Dr Badajoz décida de vendre les industries nationales et de supprimer les tarifs douaniers prohibitifs, mais il reçut l'interdiction de créer du chômage, de la part du Président qui croyait que les chômeurs se transformaient automatiquement en terroristes. Le Dr Badajoz se rendit compte très vite que ce ne serait pas aussi simple qu'il l'avait imaginé ; il ne restait qu'une issue : parier sur la capacité de comprimer le niveau de vie tout en augmentant la productivité, de façon à garantir l'emploi avec des salaires de plus en plus bas.

Le Dr Badajoz laissa hardiment les prix atteindre leur niveau naturel sur le marché libre : celui du tabac doubla sur-le-champ et le pétrole grimpa de 40 pour cent. Une hausse des prix générale de 50 pour cent par mois ne tarda pas à suivre et il constata qu'il alimentait l'inflation qu'il avait pour mission de juguler ; il bloqua les salaires et réduisit effectivement le pouvoir d'achat des salariés de plus de la moitié par rapport à ce qu'il était avant sa prise de fonctions.

Le Dr Badajoz vit qu'il ne pouvait pas augmenter les revenus du pays par les ressources fiscales ; personne ne payait d'impôts excepté les employés de l'État et, maintenant qu'il dénationalisait, il y avait encore moins de recettes fiscales qu'auparavant. Ceux qui n'étaient pas fonctionnaires soudoyaient les employés du fisc, et d'ailleurs les transactions s'effectuaient toujours en dollars américains illégaux, dont la valeur au marché noir était cotée quotidiennement dans les journaux.

Quelques années plus tôt, le gouvernement avait émis des obligations et des bons du Trésor indexés, que les gens achetaient avec leurs salaires afin de contrebalancer les effets de l'inflation ; ils ne les encaissaient que pour faire des achats lorsqu'il était impossible de recourir au troc. Plus personne n'utilisait de chèques parce que, dans le délai de trois jours nécessaire à leur compensation, ils perdaient une grande partie de leur valeur.

Le Dr Badajoz décida de mettre ses espoirs dans le pétrole, le café et les fruits tropicaux, la base traditionnelle de l'économie, et commença une campagne d'incitation massive à la production dans le domaine agricole ; pendant ce temps, la déréglementation des importations obligea l'industrie de fabrication à se montrer plus compétitive. Le pays se désindustrialisa complètement : les produits étrangers bon marché remplacèrent les produits locaux, et le capital étranger vint cannibaliser l'infrastructure industrielle laissée à l'abandon.

Après avoir observé ces effets inattendus, le Dr Badajoz décida de stabiliser la monnaie en attirant des investisseurs étrangers ; il libéra les taux d'intérêt et fixa la valeur officielle du peso à deux cents pour un dollar (alors qu'il aurait dû être à quatre cents), afin de réduire l'inflation. Cependant, il ferma les yeux sur les échanges qui s'effectuaient au taux réel. Quand il se rendit compte que son père, l'un des hommes les plus riches d'Amérique latine, était sur le point de mourir, il alla jusqu'au bout de sa logique non interventionniste et abolit les droits de succession.

Le meilleur atout du grand économiste, c'était sa crédibilité auprès des figures majeures de la banque mondiale. Peut-être était-ce grâce à sa maigre et cadavérique gravité, à la précision de son anglais, à ses costumes de Savile Row et à son air d'aristocratique assurance ; quoi qu'il en fût, il obtenait ce qu'il voulait des banques étrangères. Il reçut six cents millions de dollars d'un groupe de banques américaines, trois cents millions des banques européennes et, du FMI, trois cents millions assortis de facilités de remboursement. Il ouvrit même une succursale de la Banque nationale à Paris.

C'était pour lui une tâche aisée parce que la chute spectaculaire du niveau de vie et l'afflux d'importations bon marché avaient réduit l'inflation à 100 pour cent, et que la concurrence accrue à l'intérieur avait élevé le taux de croissance à 5 pour cent. Une bonne récolte de café permit à la balance des paiements et aux réserves de devises un sain rééquilibrage.

S'il avait eu la sagacité que lui attribuait sa réputation, il se serait retiré à ce moment-là afin de laisser à un autre le soin de payer les pots cassés ; mais, convaincu qu'il dominait la situation, il s'accrocha bêtement. Le Président lui interdisait toujours de créer du chômage en dénationalisant ; les sociétés étrangères qui achetaient les industries ne se souciaient toutefois pas de les administrer : elles se contentaient de déménager les installations dans leurs propres pays, en abandonnant des armées de chômeurs. Badajoz devait les réemployer, bien qu'il n'eût rien à leur proposer, de sorte que le nombre de fonctionnaires resta le même qu'autrefois et que la part de l'État dans les dépenses nationales se mit à augmenter rapidement.

Le docteur découvrit également qu'il existait un secteur capital de l'économie qui échappait à son contrôle, dont le Président refusait de lui révéler l'ampleur. « Vous en seriez malade, avait-il argué, je ne supporte pas moi-même d'y penser. » Badajoz comprit qu'il ne vaincrait jamais l'inflation tant que les forces armées disposeraient d'un budget illimité. Elles possédaient leurs propres industries chimiques, leurs chantiers navals, leurs usines de textiles, leurs aciéries et leurs constructions aéronautiques, et dépensaient des sommes considérables à l'étranger pour acquérir des chars allemands, des chasseurs américains, des radars britanniques, des hélicoptères français et des missiles du monde entier. En outre, elles s'opposaient au veto du ministre de l'Économie concernant l'achat de six avions de ligne par la compagnie aérienne nationale, sous prétexte qu'ils pourraient être utiles en cas de guerre. Ils étaient censés permettre de nouvelles liaisons vers le Japon et Singapour, mais ces destinations n'intéressaient personne et les avions restaient au sol. Badajoz découvrit une autre pratique courante dans les affaires, qui consistait à verser aux militaires jusqu'à 5 pour cent d'un contrat, comme « récompense de leur bonne volonté » ; il n'était pas en mesure d'empêcher la marine d'investir massivement dans la recherche nucléaire et l'équipement hydro-électrique. Bref, les militaires voyaient dans l'amélioration de la situation économique une occasion de réclamer encore plus d'argent.

On aurait dit que toutes les catastrophes survenaient en

même temps ; les constructeurs de tracteurs et d'automobiles, qui constituaient cinq grandes sociétés, s'effondrèrent en l'espace d'un mois à cause des importations plus avantageuses et du peso surévalué. La nouvelle révolution agricole, destinée à sauver l'économie, dut se faire sur du matériel étranger. Le Dr Badajoz avait libéré les taux d'intérêt pour empêcher la spéculation sur le dollar ; ils dépassèrent soudain le taux de l'inflation, provoquant la faillite des cultivateurs et tarissant tout investissement dans ce secteur. Les gens vendaient leurs biens pour spéculer sur les marchés financiers. Le capital étranger afflua, attiré par les nouveaux taux d'intérêt, et se retira un mois plus tard, en emportant l'argent du gouvernement sous forme de remboursement de l'intérêt. Trois banques déposèrent leur bilan parce qu'il leur était impossible de recouvrer leurs créances ; dans le cas contraire, la propriété des usines et des exploitations endettées serait tombée entre leurs mains, sans qu'elles aient la moindre chance d'en tirer un profit.

Les spéculateurs qui avaient prospéré grâce aux fluctuations délirantes des marchés financiers s'offraient de somptueuses vacances à l'étranger ; ils dépensèrent 41 000 000 000 de dollars en deux ans, essentiellement aux États-Unis, parce que le peso bénéficiait toujours d'un cours très avantageux par rapport au dollar. Pour une raison obscure, les importations augmentèrent de cinquante pour cent en un an.

Après trois ans de miracle économique, le Dr Jorge Badajoz fut confronté à l'information suivante, parue dans le rapport annuel de son ministère : depuis son entrée en fonctions, 90 pour cent du crédit et de la masse monétaire étaient entre les mains de l'État, le niveau de vie avait chuté de 50 pour cent, ainsi que la production des industries de fabrication. La dette extérieure s'élevait à 60 000 000 de dollars, et l'inflation, multipliée par deux, à 400 pour cent. La Monnaie avait imprimé son premier billet d'un million de pesos. Le Dr Badajoz vendit tous ses biens avant de disparaître subitement, triste, amer et désillusionné, avec des valises de dollars ; le bruit courut ensuite qu'il vivait en Uruguay.

Raoul Buenanoce était un homme cultivé qui prévoyait sous sa houlette un grand avenir à la capitale. Voici le discours qu'il prononça en accédant à son poste la même année que le Dr Badajoz :

« Nous possédons une superbe cité, avec ses splendides bâtiments coloniaux, ses quatre tours ultra-modernes, ses parcs et ses boulevards ! Nous avons même une succursale de Selfridges où l'on vend de la maroquinerie et de la bijouterie ! Nos hommes et nos femmes sont aussi élégants que les Parisiens. Nos quatre théâtres ont à l'affiche les meilleurs spectacles de Buenos Aires et de Madrid ! En 1944, Segovia a donné un concert dans nos murs, et il est revenu en 1963 !

« Mais nous n'avons pas le droit de nous endormir sur nos lauriers ! Je veux qu'au terme de mon mandat notre capitale bien-aimée ne soit pas simplement la capitale d'une fière nation, mais aussi la capitale culturelle du monde civilisé ! Je raserai les favelas, ces “ villas miserias ” qui cernent nos faubourgs, et à leur place je construirai un parc tel qu'on n'en a jamais vu nulle part au monde ! Ce sera un parc où nos concitoyens pourront aller se délasser et se distraire après avoir essuyé de leur front la sueur du labeur quotidien ! »

Cette noble harangue, suivie de bruyants applaudissements, précéda le programme de construction le plus extraordinairement ambitieux de l'histoire du monde.

Le premier projet fut une autoroute géante vers l'aéroport qui coupait la ville en plein centre. Buenanoce rassembla 1 000 millions de dollars sur les marchés internationaux et perça une brèche à travers les quartiers historiques les plus anciens de la ville — l'autoroute devait comporter quinze voies. Elle était rigoureusement droite, à l'exception d'un crochet qui contournait l'ambassade norvégienne, laquelle avait refusé de se déplacer avant qu'on ne relâche Regina Olsen. Buenanoce priva trois mille personnes de foyer et le projet ne fut jamais achevé parce qu'il était impatient de passer à la réalisation du parc. La dernière section de l'autoroute se terminait sur un pont à moitié construit et tout le monde continuait à emprunter la vieille route pour se rendre à l'aéroport.

Buenanoce détruisit les bidonvilles et expulsa trois cent mille personnes. Quand elles se réinstallèrent au même endroit, il créa un service secret à usage privé, qu'il chargea en premier lieu d'intimider les habitants des bidonvilles pour les faire déguerpir définitivement. Après quoi il l'embaucha pour surveiller ses propres employés et pour éradiquer l'opposition dans la capitale.

Pour construire son autoroute, Buenanoce avait utilisé 200 000 tonnes d'asphalte, 4 000 supports métalliques, et 700 000 mètres cubes de béton, mais ce n'était rien en comparaison du parc de loisirs, où allaient être recréées les grandes merveilles du monde. « Je connais à fond ce genre d'affaires, déclara-t-il, en souriant de ses nombreux mentons. J'ai suffisamment d'expérience pour savoir qu'il est nécessaire d'avoir de très nombreux projets et de ne pas s'arrêter en cours de route. »

L'immense programme ne devait rien coûter au Trésor public, car les investissements seraient fournis par adjudications au secteur privé et les pertes éventuelles dans le cours des activités normales resteraient à la charge des investisseurs. La société sélectionnée bénéficierait d'un prêt de 50 millions de dollars sur des fonds publics, qu'elle devrait rembourser avec une partie de ses profits. Si les travaux n'étaient pas terminés à temps, la société aurait à payer une amende de 20 000 dollars par jour.

Le procédé semblait parfaitement régulier, à un détail près : la société qui décrocha le contrat était dirigée par un général de l'armée de l'air, un général de brigade et un contre-amiral. Buenanoce rassembla 20 millions de dollars supplémentaires pour eux dans un geste de bonne volonté et, afin que la totalité du parc soit construite à temps, ils entamèrent tous les projets simultanément. Voici ce qu'ils se mirent à construire :

Un jardin zoologique, un aquarium, un parc d'attractions géant, un cinéma, une tour de cent quatre-vingts mètres qui pivotait sur sa base, des fontaines multicolores, un dancing pour quinze mille personnes et un parc écologique. En outre, des reproductions exactes : de toutes les ruines mayas de Chichen Itza, des jardins suspendus de Babylone, de la tour de Babel, des pyramides, de la tour de Pise, de la statue de la Liberté, de la cathédrale Saint-Paul, de l'église Basile-le-Bienheureux, de Saint-Pierre, du Sphinx, du château de Cartagène en Colombie, du David de Michel-Ange (deux fois plus grand que l'original), du Machu Picchu, du Temple d'or d'Amritsar, de la forteresse de Cuzco, du Taj Mahal, de l'Empire State Building, de l'observatoire d'Intihuatana, de la cité de Petra, de la tour Eiffel, de l'opéra abandonné de Manaos, de Notre-Dame, des menhirs de Carnac et de Stonehenge, du temple du Soleil de Teotihuacan, du temple de Conde de Palenque, de la Cité interdite de Pékin, de l'Escorial, de la sirène de Copenhague (deux fois plus grande que nature), du temple de Viracocha, de la Tour de Londres, du palais du sultan de Brunéi, de Huanaco Viejo, d'une maquette des montagnes de l'Oural, du palais de Huayna-Capac, et une version miniaturisée du canal de Panama, enjambée par un modèle réduit au quart du Golden Gate Bridge.

Le projet, baptisé Incarama, suscita vite des rumeurs : tout n'allait pas pour le mieux, en partie parce que les services douaniers avaient consenti, moyennant finances, à ne pas inspecter les vastes conteneurs qui arrivaient par les ports de mer. Le bruit courait que, au lieu de grandes roues et de tables roulantes, ces conteneurs transportaient des chars, des véhicules blindés, des pièces détachées pour avions, des missiles, des contraceptifs, des pantalons de flanelle, des drapeaux nationaux, des pointes électrifiées pour bétail, du dentifrice, du papier hygiénique, des calculettes et des œuvres d'art étrangères. De surcroît, les factures semblaient singulièrement gonflées et l'essentiel de l'argent atterrissait inexplicablement dans des comptes de dépôt à taux fixe en Suisse, au Luxembourg et à Jersey, où il était crédité aux actionnaires d'Incarama.

La date d'échéance arriva et passa ; aucune amende ne fut exigée. Le consortium se vit accorder un délai supplémentaire de six mois pour terminer les travaux et un autre prêt de soudure de vingt millions de dollars sur fonds municipaux. Puis Incarama s'effondra et déposa son bilan sans avoir achevé un seul projet. Les dettes étaient si énormes que la principale banque créditrice fit faillite à son tour et dut être reprise par la Banque nationale, ce qui anéantit les projections financières du Dr Badajoz pour l'année.

La capitale était en faillite, et Raoul Buenanoce ferma les hôpitaux et les services sociaux avant de s'enfuir en Uruguay avec des valises remplies de billets de cent dollars. La ville est désormais célèbre en Amérique latine pour ses favelas situées au milieu des ruines classiques les plus pittoresques, et pour son approvisionnement en eau fourni par une réplique du canal de Panama.

34

Le général Fuerte bénéficie de l'hospitalité du service de la Sûreté militaire intérieure

Le général de brigade prit connaissance du rapport du colonel Figueras avec une stupeur incrédule ; les seuls passages véridiques, où l'invasion des chats et l'épidémie de rire étaient minutieusement décrites, lui parurent les plus incroyables. Il lut le récit des attaques et des contre-attaques héroïques de Figueras face à des forces inimaginables, le récit du vaillant combat d'arrière-garde au cours duquel Figueras avait tenu seul un pont pendant vingt minutes afin de permettre à ses hommes de fuir. Il fit appeler tous les survivants et les interrogea un par un. Puis il convoqua Figueras.

La diatribe du général retentissait encore aux oreilles de Figueras, dont les épaules ployaient sous le coup de sa rétrogradation au rang de lieutenant, lorsqu'il croisa sur le terrain de manœuvres le général Fuerte, marchant comme un mort vivant. Figueras s'arrêta et regarda la créature dépenaillée, aux joues mal rasées, à la démarche traînante et à l'œil vague, avec sa mochila lui battant le flanc et son chat dans les bras. « Qui es-tu ? » demanda Figueras.

Le général réfléchit quelques instants et répondit avec hauteur : « Je suis désolé d'avoir été aussi long. J'étais avec les guérilleros.

— Avec les guérilleros ! » s'exclama Figueras. Il plongea la main dans une mochila avec l'espoir d'y trouver de l'argent, et en retira plusieurs plaques d'identité. Il les examina soigneusement. « Tu viens de Chiriguana avec ça ? » Le général réfléchit encore. « Quelqu'un nous a amenés ici en camion, le chat et moi. Je suis désolé d'avoir été aussi long.

— Viens », dit Figueras en sortant son pistolet. Il le lui enfonça dans le creux des reins et l'escorta jusqu'au corps de garde, le poussa à l'intérieur et verrouilla la porte. Il retourna voir le général de brigade.

« Encore vous, ce n'est pas possible, commenta celui-ci en guise d'accueil.

— Oui, mon général, répondit Figueras. J'ai une nouvelle importante à vous annoncer. Je viens d'arrêter au péril de ma vie un guérillero armé qui portait sur lui les plaques d'identité des hommes tués à Chiriguana. »

Le général soupira d'un air las. « Lieutenant, énonça-t-il avec lenteur, en accentuant le mot, vous oubliez que ma fenêtre donne sur le terrain de manœuvres. Vous venez d'arrêter un vieux clochard avec un chat et des quantités de sacs sur le dos.

— Les sacs contiennent des plaques, mon général, et il m'a dit qu'il était avec les guérilleros. C'est la vérité, ajouta-t-il.

— Très bien, lieutenant, avertissez le service de la Sûreté militaire intérieure pour qu'ils s'occupent de l'interrogatoire. Ayez l'obligeance de disparaître de ma vue pendant un bon bout de temps. Rompez. »

Figueras salua, partit et alla immédiatement trouver l'opérateur radio pour lui donner un message à transmettre. « Ne le mettez pas par écrit », recommanda l'opérateur, sachant que Figueras était analphabète et indéchiffrable. « Dictez-le. »

Le général resta deux jours dans sa cellule avec son chat, sans remarquer que personne ne lui apportait de quoi manger. Il avait depuis longtemps acquis la faculté d'être complètement endormi tout en demeurant éveillé ; des rêves lucides et des souvenirs d'enfance le distrayaient. Il ne remarqua pas davantage l'absence de nourriture dans le coffre de la Ford Falcon pendant les trois jours que prit le trajet cahoteux vers la capitale, mais il regretta le chat qu'on lui avait arraché des bras avant de le jeter brutalement sur le terrain de manœuvres. « C'était mon chat », observa-t-il tristement.

Quand il arriva à l'École militaire d'ingénieurs électriciens et mécaniciens, les deux « pyragues » le remirent à El Verdugo, qui lut le rapport qu'on lui fourra dans les mains.

« Nom inconnu — sujet dément — soupçonné d'appartenir à la guérilla de l'Avant-Garde du peuple de Chiriguana — à soumettre à un interrogatoire serré — questions habituelles. »

El Verdugo poussa sa victime sans ménagement dans les couloirs, le long des cellules, remplies de prisonniers en larmes, où régnait une odeur pestilentielle d'excréments. Le général ne vit pas l'avis affiché sur le mur qui précisait : « Nous continuerons à tuer jusqu'à ce que les gens comprennent. » Il ne vit pas les ampoules nues ni la fille hurlante, couverte d'ecchymoses et de brûlures, qu'on tirait par les cheveux sur son passage. Il ne vit pas les mares de sang séchées sur le sol ni les filets qui en maculaient les murs, et il ne sentit pas la chair calcinée et putréfiée. Il voyait un paon de nuit sur une fleur d'acacia et un colibri dans un lupin bleu.

El Verdugo poussa le général dans la salle de pendaison et lui lia les poignets derrière le dos. Il attacha une carabine à une corde qui passait à travers une poulie fixée au plafond, et la tendit. El Verdugo, avec un détachement et une adresse de spécialiste, tira la corde d'un coup sec et remarqua non sans surprise que, en dépit du craquement des jointures de l'épaule, le général ne criait pas. « Qui es-tu ? demanda-t-il, en tirant de nouveau la corde.

— Paon, prononça le général, qui rêvait toujours.

— Pan quoi ? reprit El Verdugo en lui imprimant une nouvelle secousse.

— Chat », dit le général. El Verdugo alla s'asseoir à son bureau et écrivit : « Le sujet se prend pour le shah d'Iran. »

« Si tu essaies de faire le malin, proféra El Verdugo en serrant les dents, on va voir qui rira le dernier. » Il hissa le général au plafond et le laissa retomber, en actionnant brutalement le frein à tambour fixé au sol sous son pied. Les épaules du général craquèrent dans un bruit de branche brisée. « Dis-moi qui tu es, vieux coucou.

— On a pris mon chat, murmura le général, dont les yeux s'emplirent de larmes. Où est mon chat ? »

El Verdugo revint à son bureau. « Le sujet est manifestement fou, écrivit-il, et insensible à la douleur. »

Il redescendit le général et coupa ses liens ; ses bras pendaient inutilement à ses côtés comme ceux d'une poupée de bois articulée. El Verdugo abandonnait la partie à contrecœur, mais des victimes plus animées et plus satisfaisantes l'attendaient. Il attacha le général à la grille contre le mur, la tête en bas et les bras en croix. Ce dernier resta suspendu là toute la nuit, rêvant de chats, sans voir ni entendre les vingt personnes dont El Verdugo détruisait le corps et la santé mentale pendant que la capitale dormait.

Le lendemain matin, El Verdugo remit le général entre les mains d'El Bano, qui examina en connaisseur les yeux vides de sa victime. « Je le ferai parler », déclara-t-il, et il conduisit le général dans sa salle de bains particulière. Il le jeta dans une cuve et le maintint sous l'eau. Le général rêvait qu'il était dans le sein maternel ; il cessa de respirer. Ses fonctions corporelles s'étaient ralenties à tel point qu'El Bano aurait pu le maintenir sous l'eau une heure durant sans résultat. Quand El Bano retira ses mains, le général ne se dressa pas en s'étranglant et en suffoquant comme les autres. Il gisait sous l'eau, le sourire aux lèvres, avec un chapelet de bulles qui lui sortait de la bouche. El Bano le traîna hors de la cuve et le plongea dans un bain d'urines et de fèces, où il l'immobilisa pendant quatre minutes. Il renonça et fit enlever le général afin de pouvoir torturer des gens qui rampaient, suppliaient et reconnaissaient son entière domination.

Ce fut El Electricista qui ramena le général à la santé mentale et à la réalité de la douleur. Il enchaîna le général à Susana, sa grille de métal, et lui passa aux doigts des anneaux reliés à la grille par des fils. Il versa un seau d'eau sur le corps sans mouvement pour obtenir une meilleure conductivité, et brancha sa « picana ». Il la promena sur la jambe du général, dont le corps fut secoué de convulsions. Le général sentit un éclair lui déchirer les muscles et il sortit sur-le-champ de sa longue rêverie. Il dressa brusquement la tête et découvrit qu'il lui était impossible de bouger. « Qui êtes-vous, bon sang ? questionna-t-il.

— El Electricista, répondit le tortionnaire, à votre service. » Enchanté de son succès, il appliqua l'aiguillon sur l'autre jambe. Le général sursauta et cria. « Voilà qui est mieux, commenta El Electricista. Qui êtes-vous donc ?

— Le général Carlo Maria Fuerte. Gouverneur militaire de Cesar. Je vous ferai fusiller quand je sortirai d'ici.

— Mais tu n'en sortiras pas, répliqua El Electricista.

Alors tu es le Shah d'Iran et un général, hein ? » Il posa quelques secondes la picana sur le nombril de sa victime. Le général se tordit derechef dans des convulsions incontrôlables et poussa un hurlement. Le souffle coupé, au supplice, il répéta : « Je suis le général Fuerte.

— Tu es un guérillero de Chiriguana », rétorqua El Electricista, en effleurant la bouche du général avec la picana. Quand les cris se furent dissipés, le général cracha le sang qui coulait de ses gencives et déclara : « Je suis le général Fuerte. J'ai été kidnappé par les guérilleros il y a plusieurs mois, puis ils m'ont libéré.

— Menteur ! » s'exclama El Electricista, et il enfonça la picana dans le mamelon gauche du général ; il souriait en savourant les hurlements, l'odeur de chair brûlée et les spasmes. Son pénis commençait à se dilater.

« Tu sais à quoi je veux en venir, hein ? railla-t-il. Parle-moi des guérilleros et de la racaille que tu fréquentes.

Le général s'apprêtait à parler lorsque El Electricista lui enfonça la pointe de l'aiguillon dans le mamelon droit. Il s'apprêtait à parler quand il l'effleura à la naissance de la verge avec son instrument, du côté droit. Quand le général eut terminé d'uriner, de sangloter et de hoqueter, El Electricista suggéra : « Vous alliez me dire quelque chose, je crois ? »

Le général se mit à parler de sa captivité, du malentendu dont il était victime, lorsque l'aiguillon se plaça à la naissance de sa verge, du côté gauche cette fois. Quand il reprit connaissance, El Electricista reversa de l'eau sur lui et poursuivit : « Nous n'avons pas encore goûté au meilleur, n'est-ce pas ? » et il passa la pointe sur les testicules du général, puis le long de son pénis, jusqu'à l'extrémité. Le général sentit son corps se déchiqueter mille fois en minuscules fragments, comme s'il était travaillé par des tenailles, et ne se réveilla pas avant le lendemain matin, où il s'aperçut qu'il était incapable de se servir de ses bras, et il se souvint de la torture endurée la veille.

El Electricista vint le chercher et le jeta à terre d'un coup de pied. « J'ai une petite gâterie pour toi », annonça-t-il, et il tira le général par les cheveux jusqu'à la chambre électrique. Sur la grille était étendue une jeune fille d'environ seize ans, nue, couverte de contusions et de brûlures, le corps marbré. El Electricista prit un revolver d'une main et un fouet de l'autre. Il mit la picana dans la main du général et l'alluma. « Torture-la », ordonna-t-il.

Le général était abasourdi. « Non », répondit-il.

Le fouet s'enroula autour de son corps et les éclats de métal enchâssés dans les lanières lui tailladèrent des lambeaux de chair. « Torture-la ! hurla El Electricista, ou c'est elle qui te torturera !

— J'ai perdu l'usage de mes bras, riposta le général. Sinon, je te romprais le cou, quitte à mourir.

— Courageuses paroles, communiste ! Tu as fait ton choix. »

La fille torturée et terrorisée leva vers lui des yeux remplis d'horreur et de supplication quand il feignit d'approcher la picana de ses seins et de ses organes génitaux.

« Non, non, non ! répétait-elle. Je vous en prie.

— Tu sais comment ça marche, hein, petite ? Alors, je joue avec toi ou tu joues avec le gentil monsieur ?

— Je ne peux pas, répondit-elle, au désespoir.

— Moi si, persifla El Electricista, qui la lorgnait en abaissant très lentement la picana vers ses seins.

— D'accord, dit-elle. Je vous en prie, je vais le faire. »

La fille sanglotait, aveuglée par les larmes, tandis qu'elle obéissait aux ordres du tortionnaire. « Oh ! Pardon, pardon », ne cessait-elle de répéter en appliquant la picana au général, qui tremblait et hurlait. El Electricista commandait : « Sur les couilles, sale garce. Non ! Plus longtemps que ça ! Plus fort ! Mets plus d'eau ! » et il la cinglait de son fouet quand elle s'arrêtait ou hésitait. Son excitation atteignit un degré tel que, n'y tenant plus, il viola frénétiquement la fille sur le corps inconscient du général, avant de lui tirer une balle dans la gorge. Il laissa le général sur Susana pour la nuit et bourra de coups de pied le cadavre de la fille en hurlant : « Garce ! Garce ! Putain ! » Puis il se ressaisit et partit à leur rendez-vous rejoindre sa petite amie, avec qui il vit *O Lucky Man* sous-titré en espagnol.

« Mon pauvre querido, le plaignit-elle. Tu as l'air bien fatigué. Tu ne devrais pas te surmener autant. »

Il émit un rire doucereux. « Le devoir avant tout. »

Deux jours plus tard, quand Asado revint de sa mission spéciale de liquidation, il entra d'un pas nonchalant dans le bureau d'El Electricista et demanda : « Comment ça va ? Quoi de neuf ?

— Pas grand-chose. On a reçu un fou. Il m'est venu une nouvelle idée.

— Une nouvelle idée ?

— Oui, reprit El Electricista. On leur fait avaler un chapelet de petites électrodes et on leur enfonce la picana dans les fesses. »

Asado rit. « Très jolie trouvaille ! Tu l'as essayée ?

— Oui, répliqua El Electricista. Sur le fou. C'est un ravissement.

— Qui est le fou ? interrogea Asado. Est-ce que ça vaut le peine de le griller un peu ?

— Il est arrivé en disant qu'il était le shah d'Iran, mais en fait c'est un guérillero de Chiriguana. Il prétend maintenant qu'il est le “ général Fuerte ”. Il est cinglé, mais résistant. »

Asado fut décontenancé. « Le général Fuerte était

Comandante de l'École militaire quand j'étais élève officier. Le général Ramirez m'a ordonné il y a trois semaines de mener une enquête sur sa disparition de Valledupar. Dans quelle cellule est-il, ce fou ?

— La troisième à gauche. Je l'ai laissé debout pendant deux jours dans le placard à crampes. A ta place, je ne me tracasserais pas ; ce n'est pas un général, rien qu'un clochard communiste. »

Le général Fuerte, à l'article de la mort, fut précipitamment transporté à l'hôpital des Soldats-malades et, après y avoir séjourné quatre mois, fut transféré à la maison de convalescence des militaires, la villa Maravillosa, où il recouvra progressivement l'usage de ses bras à l'aide d'une habile kinésithérapie. Il partageait une salle avec une jeune Norvégienne en fauteuil roulant qui disait s'appeler Regina Olsen et racontait qu'après avoir reçu une balle elle avait été enlevée par l'armée dans un centre de torture. Il y avait aussi dans la salle un jeune Capitan d'aviation qui avait perdu la raison et ne cessait de répéter, « C'étaient des cholos. C'est moi qui l'ai fait, moi le coupable. » Regina expliqua à Fuerte que le jeune homme avait accidentellement massacré une tribu d'Indiens et que l'armée était trop embarrassée pour le laisser sortir. « Ils ne me laisseront pas sortir non plus, ajouta-t-elle. Je resterai probablement ici jusqu'à la fin de mes jours. Je ne sais pas ce qui vous est arrivé, mais je suppose que vous ne partirez jamais, vous non plus. Personne ne sort. Vous avez de la chance, observa-t-elle. La dernière erreur qui était ici a eu les dents brisées à coups de marteau. »

La semaine suivante, Regina Olsen et le Capitan fou partirent dans la nuit. Le général ne savait s'il devait se réjouir qu'ils soient en sécurité, ou craindre qu'une solution cynique n'ait prévalu. Un matin, il revêtit son uniforme, alla se promener dans les jardins bordés de hauts murs et remarqua un arbre auquel il était possible de grimper et dont une branche surplombait le mur.

Il se tordit la cheville en tombant sur le sol et se dirigea en boîtant vers le bas-côté. Il héla un autobus déjà bondé et montra sa carte d'identité au conducteur qui, trop effrayé et trop impressionné pour lui demander de payer son ticket, alla jusqu'à faire un détour pour le déposer à l'aérodrome militaire. Fuerte menaça trois officiers de la cour martiale s'ils continuaient à s'opposer à ses ordres, exigeant qu'on lui affecte un pilote et un avion léger pour l'emmener à Valledupar. Il obtint très rapidement gain de cause.

Quand il pénétra dans le bureau du général de brigade, il ne se donna pas la peine de dire bonjour ni de répondre au salut de l'officier.

« Pas de questions ! intima Fuerte. J'étais en mission ultra-secrète et je n'ai pas le temps de parler. Quels sont nos meilleurs soldats ? Allez, répondez-moi ! »

Le général de brigade, stupéfait, repartit : « Nous avons toujours une compagnie de gardes de Portachuelo, mon général.

— Bien, reprit le général d'un ton décidé. Ils doivent être prêts à combattre, approvisionnés pour trois jours ; je veux que le transport soit organisé d'ici une heure exactement, avec deux camions vides en plus. Il me faudra également trois infirmiers. Veillez-y. J'ai une question urgente à régler.

— Oui, mon général, répondit l'officier en saluant, et permettez-moi de vous dire, mon général, que je suis heureux de vous voir de retour. Je suis grandement soulagé. J'ai craint pour votre vie.

— Merci, répliqua le général. Moi aussi. » Et il partit en direction de son propre bureau, puis changea d'avis et retourna chez le général de brigade, qu'il trouva au téléphone avec l'intendant. Il lui fit signe qu'il pouvait attendre la fin de l'appel. Quand les ordres eurent été transmis, le général recommanda ceci à son subordonné : « Ne racontez à personne, pas même au général Ramirez, et sous aucun prétexte, que je suis passé ici ou que je suis parti avec les troupes. Je suis toujours officiellement porté disparu et j'agis sous une autorité supérieure. Est-ce clair ?

— Supérieure au général Ramirez ? demanda le général de brigade. Il n'y a assurément pas d'autorité plus haute ?

— Vous trahissez là votre ignorance, riposta le général. Il y a une autorité bien plus haute. Veuillez envoyer quelqu'un chercher la clef de rechange de mon domicile, et qu'on l'apporte ici. A seize heures les hommes doivent être dans les camions sur le terrain de manœuvres. Je m'arrêterai en route pour leur donner les instructions. »

Quand le général entra chez lui, il retrouva son logement tel qu'il l'avait quitté, à la poussière et à l'odeur d'humidité près. Il entendit un bruit à la porte et la vit s'entrouvrir. Un mince rayon de lumière apparut. Sa main se posa sur l'étui qui pendait à son ceinturon ; puis il avança d'un pas et se pencha. Il lui caressa l'échine tandis qu'il faisait le gros dos et s'enroulait à ses jambes. « Petit gato, murmura-t-il, tu m'as manqué. Et comment as-tu su où j'habitais ? Comment as-tu survécu ? »

Le chat poussa un miaulement suppliant et le général lui ouvrit une petite boîte de corned-beef qu'il versa dans une soucoupe. Il alla endosser sa tenue de combat et passa les quarante minutes précédant son départ à pratiquer dans la porte une trappe pour le chat, rudimentaire mais fonctionnelle. Il laissa une note dans la corbeille du général de brigade : « Veillez à ce que mon chat soit nourri chaque jour à dix-huit heures. »

35

Le Président découvre les vertus aphrodisiaques de la réduction du budget militaire

Au moment où Asado concluait son premier contrat illicite dans le but de vendre les orphelins de ses œuvres à des couples sans enfant en Europe et aux États-Unis, les trois chefs d'état-major étaient en pleine discussion à la loge des officiers supérieurs.

« Je vous assure que c'est le bon moment ! s'exclama l'amiral Fleta. Le peuple nous adore à cause de Los Puercos !

— Il adore le Président également, repartit le général Ramirez. L'idée était de lui, et c'est surtout lui qui en a bénéficié, avec à la clef une énorme majorité aux élections.

— Il l'aurait eue de toute façon, observa le général de l'armée de l'air Sanchis. Tout le monde sait que l'élection était truquée.

— Il n'avait pourtant pas besoin de truquer pour gagner, ajouta Ramirez. C'est évident.

— Quand même, reprit Fleta, la capitale est en faillite, les services sociaux sont démantelés, l'inflation dépasse les 400 pour cent et les salaires sont gelés. Le peuple est sérieusement mécontent. Je crois qu'il nous soutiendrait.

— Mais ils mettent ça sur le compte de Buenanoce et de

Badajoz, pas sur celui du Président ! rétorqua Ramirez. Sa position est invulnérable.

— Et pourquoi se préoccuper de l'opinion publique ? demanda Fleta. C'est un ramassis de préjugés, de propos irrationnels et oiseux. On peut très bien se passer du consentement populaire pour gouverner, non ?

— Je suppose que oui, répondit Sanchis, mais nous devons nous assurer le soutien tacite des classes moyennes, qui admirent l'ordre et la discipline, et qui détestent la politique. Nous pouvons sans danger négliger les travailleurs : les syndicats sont d'ores et déjà écrasés et la gauche a éclaté en près de quarante factions en guerre. C'est devenu une vaste blague. Saviez-vous qu'il existe cinq partis communistes dont chacun prétend être le véritable, l'historique ?

— Ils sont six à présent, précisa Fleta.

— Comment ça ? demanda Ramirez.

— L'un des partis a exclu un militant pour homosexualité, et une partie de l'organisation l'a suivi. Ils ont été baptisés " Maricommunistas " par le parti qui les a exclus ; quant à eux, ils appellent les autres des " Machocommunistas ". C'est d'un comique achevé.

— En effet, acquiesça Sanchis. Et j'ai entendu dire que les trotskistes, les marxistes et les anarchistes sont en guerre ouverte. La gauche n'est nullement à craindre ; quand ils forment un peloton d'exécution, ils se rangent en cercle.

— Dans ce cas, pourquoi les exterminer ? questionna Fleta, sincèrement étonné.

— Parce qu'ils causent beaucoup de ravages, malgré tout, répliqua Ramirez ; ce sont les déjections du diable.

— Nous nous égarons, lança Sanchis. Allons-nous oui ou non prendre le pouvoir ?

— Dans l'ensemble, j'y suis favorable, déclara Fleta.

— Bon, poursuivit Ramirez. Après mûre réflexion, moi

aussi, mais uniquement parce que c'est pour le bien du pays. Le pouvoir ne m'intéresse pas en soi. »

Fleta leva un sourcil cynique. « Cela signifie-t-il que tu n'as pas l'intention d'occuper la présidence ?

— Oh non ! s'exclama le général Ramirez. Absolument pas. Après tout, l'armée de terre est l'institution la plus haute et la plus nombreuse ; il est naturel que la présidence me revienne.

— Puis-je te rappeler que lors des quinze derniers coups d'État qui ont précédé la Violencia, c'est le chef de l'armée de terre qui a toujours eu la présidence ? fit remarquer Fleta d'un ton glacial. Ce ne serait que justice de donner sa chance à la marine, pour une fois. »

Le général de l'armée de l'air Sanchis les interrompit. « Je dois vous rappeler à tous deux que l'armée est profondément impopulaire et que la marine est très restreinte. L'aviation est de loin l'arme favorite de l'opinion, grâce à son image romantique. Je me permettrais également de vous rappeler que vous avez soixante-trois ans chacun, et que vous devrez vous retirer du service actif dans deux ans. Je n'ai que cinquante-sept ans.

— Regarde Stroessner au Paraguay ! s'exclama Ramirez. Et Pinochet au Chili ! Gomez au Venezuela ! La vieillesse ne les a pas empêchés de continuer !

— Peut-être, riposta Sanchis. Mais dans ce pays les militaires présidents ont toujours respecté la tradition de la retraite à soixante-cinq ans. Quand on enfreint les traditions de ce genre, on se fait rapidement traiter de mégalomane. » Sanchis posa sur eux un regard éloquent.

« Je me moque des qualificatifs dont on me gratifie, rétorqua Ramirez avec humeur, et plus encore quand ils émanent des représentants d'armes subalternes.

— Les vieux militaires présidents souffrent toujours de leurs fautes de jugement, repartit Sanchis. Voyez Pinochet.

Il a été assez fou pour appeler les Chiliens aux urnes. Voyez Galtieri ; il est entré en guerre contre la Grande-Bretagne.

— Mais nous aussi ! s'écria Fleta.

— Oui, évidemment, mais nous ne l'avons pas déclarée, et les Britanniques ont mis plusieurs mois à s'en rendre compte ; à ce moment-là la guerre était finie.

— Je n'apprécie pas tes insinuations à propos de ma prétendue sénilité, trancha Ramirez. Si tu appartenais à mon arme, je te ferais fusiller.

— Moi aussi, ajouta Fleta. L'honneur m'obligerait à te provoquer en duel, mais, étant un homme civilisé, je m'en abstiendrai.

— J'essayais simplement de dire qu'en bafouant une honorable tradition, nous créerions un mauvais précédent, expliqua patiemment Sanchis. Je sais qu'aucun de vous n'est sénile.

— Que penseriez-vous d'un quatrième homme ?

— Un président potiche ? demanda Ramirez. Nous en avons déjà un !

— Il s'agit du bien-être du pays, contre-attaqua Sanchis. Un président potiche ne conviendrait pas. »

La conversation se poursuivit sur ce ton jusqu'au petit matin dans le salon de la loge, et rien ne fut officiellement décidé, sinon qu'ils devaient en rediscuter dans des termes identiques le lundi suivant. Un enregistrement de la conversation fut transmis par le service de renseignements de l'État au Président qui se montra, les jours suivants, pensif et préoccupé. Pour leur part, les chefs d'état-major quittèrent la réunion avec chacun la conviction qu'il fallait réduire la puissance des deux autres. Un brouillard tangible de conspiration se mit à envahir les coulisses du pouvoir.

Les militaires de carrière manifestent une grande homogénéité dans leur mode de pensée ; la seule exception notoire étant le gouvernement militaire radical du Pérou, qui institua des réformes agraires au milieu d'un fatras bureaucratique digne du gouvernement civil le plus éminent. Considérons-les comme des civils honoraires et revenons à notre pays, où le général Ramirez, l'amiral Fleta et le général d'armée aérienne Sanchis entamèrent des campagnes de déstabilisation mutuelle similaires.

Une force armée présente trois zones de vulnérabilité majeures : les troupes, l'équipement et la structure du commandement ; il suffit d'en attaquer une pour amoindrir l'efficacité des trois.

Les hostilités débutèrent assez innocemment, avec quatre hélicoptères qui s'écrasèrent dans les montagnes au cours de la même semaine. Ramirez, sans preuve réelle, estima la coïncidence par trop troublante et conclut qu'il s'agissait d'un sabotage où la marine et l'aviation étaient de mèche. Il donna l'ordre de poser une mine-ventouse dans une frégate et de faire sauter une cache de missiles de l'aviation. Sanchis et Fleta supposèrent aussitôt chacun de leur côté que les deux autres armes s'étaient liguées contre eux et, dans la quinzaine qui suivit, l'armée de terre perdit deux chars dans des attaques de missiles sol-sol, la marine un hélicoptère de reconnaissance et un patrouilleur côtier, et l'aviation un chasseur français flambant neuf.

Les commandants étaient furieux ; ils convoquèrent leurs chefs d'opérations d'élimination clandestine respectifs, les exhortèrent à remplir leur devoir patriotique à l'aide de fortes sommes et leur désignèrent clairement les « traîtres » à supprimer de façon ultra-prioritaire.

La bombe placée sous la tribune du général Ramirez au défilé de promotion des officiers éclata après la cérémonie, sans faire de victime. La balle destinée à l'amiral Fleta traversa son chapeau sans atteindre sa cible et la grenade introduite dans la serviette du général Sanchis n'explosa pas. Une vive nervosité s'empara des trois hommes, qui n'en continuèrent pas moins à comploter ensemble comme s'ils ne se soupçonnaient pas mutuellement. Le Président continua à examiner les transcriptions de leurs conversations et se demandait s'il allait oser braver la fureur de l'armée en les faisant arrêter et fusiller pour haute trahison. Il décida d'attendre son heure et de voir jusqu'où il pouvait encourager les trois commandants à s'entre-détruire. Il les convoqua à tour de rôle au palais présidentiel et les avertit en termes assez vagues des conspirations que le service de renseignements de l'État lui avait signalées. Ces machinations, leur dit-il, étaient ourdies par « certains membres » des deux autres armes ; l'information, bien entendu hautement confidentielle, ne devait être divulguée sous aucun prétexte.

Les chefs d'état-major se lancèrent dans des opérations d'infiltration à l'intérieur de leurs services de sûreté réciproques. Elles étaient presque irréalisables parce qu'il est impossible de faire pénétrer, par exemple, un membre de l'armée dans une organisation navale sans que sa candidature soit minutieusement examinée par le bureau d'inspection de la marine. Il fallut par conséquent offrir d'énormes pots-de-vin à des membres connus de l'arme visée, et l'on finit par ne plus savoir qui était agent double ou triple. Il en résulta une atmosphère de suspicion et de paranoïa qui paralysa presque entièrement les opérations contre les contestataires civils : la recherche, la torture et la liquidation des espions militaires ennemis mobilisaient la quasi-totalité de leur temps et de leur énergie. Par un ironique retour des choses, bien que les assassinats, les enlèvements, les disparitions et les explosions fussent systématiquement imputés au terrorisme gauchiste, la gauche, découvrant soudain qu'elle cessait d'être persécutée, sortit prudemment de sa retraite.

Les communistes furent à nouveau libres de distribuer des feuilles condamnant leurs organisations réciproques et appelant à l'unité ; les anarchistes purent à loisir peindre des slogans sur les ponts et les commissariats de police ; les trotskistes accuser les communistes de stalinisme ; les maoïstes prêcher la révolution permanente et recueillir des centavos pour les guérilleros péruviens du Sentier lumineux. Ils parlaient tous avec enthousiasme comme si la révolution était déjà accomplie, discutaient de pureté idéologique et regrettaient en secret les jours où ils étaient contraints d'opérer dans une clandestinité compliquée, avec des mots de passe et des cachettes, des lieux de rencontre mystérieux dans des caves infestées de rats. Le relâchement des persécutions les diminuait à leurs propres yeux ; ils en étaient insultés dans leur amour-propre. Les maoïstes et les anarchistes déposaient des bombes à proximité de cibles militaires, sans savoir qu'officieusement ils n'en seraient jamais tenus responsables. S'ils l'avaient su, ils n'auraient probablement pas pris la peine de continuer, car rien ne contrarie plus un révolutionnaire que d'être considéré comme quantité négligeable.

Les hostilités entre militaires gagnèrent en intensité et en brutalité ; des officiers de carrière disparurent, eux aussi, dans les coffres des Ford Falcon, et leurs corps réapparaissaient dans les cimetières où ils étaient enterrés sous l'inscription « Non Nombre ». Des cadavres étaient précipités par avion dans la jungle, à telle enseigne que les Indiens aneshuas, jibaros et bracamoros durent intégrer dans leur mythologie l'idée que les anges peuvent perdre les ailes et s'écraser à terre. La marine découvrit un courant qui ne ramenait pas les corps sur les plages de vacanciers ; les requins s'accoutumèrent au bruit des vedettes qui leur apportaient leur dîner et tournoyaient sur place en attendant leur arrivée. La surface de la mer, soudain rouge vif, écumait et se soulevait sous les furieux soubresauts des squales qui se disputaient les morceaux. Les malheureux qui n'avaient pas perdu connaissance tentaient de s'éloigner à la nage avant d'être entraînés vers le fond comme des flotteurs de liège, de rebondir à la surface, puis d'être de nouveau happés sous les flots. L'armée expérimenta une méthode similaire avec une grande citerne remplie de piranhas et constata que la réputation de voracité de ces poissons était quelque peu usurpée, ce qui laissait aux soldats la désagréable corvée de repêcher les cadavres partiellement déchiquetés. Le procédé fut abandonné ; un militaire eut l'idée de jeter les piranhas dans la piscine de l'amiral Fleta. Cette piscine servait exclusivement à afficher le statut social de son propriétaire et personne ne s'y baignait, de sorte que l'amiral n'en sut rien jusqu'au jour où, se promenant dans son immense domaine, il aperçut les poissons morts de faim qui flottaient à la surface. Il interpréta l'événement comme une plaisanterie d'un goût douteux et ne comprit jamais qu'il s'agissait d'un attentat à sa vie particulièrement inepte ; aussi peu susceptible de réussir, en fait, que la célèbre tentative de la CIA pour accréditer une seconde arrivée du Christ à Cuba, dans le but de renverser Castro l'athée.

Il est impossible de connaître avec exactitude le nombre des victimes de cette lutte fratricide, car tous les rapports furent détruits avant qu'on puisse enquêter sur le scandale. Cela en devint effectivement un, parce que les familles dont les officiers étaient issus avaient les moyens de faire un esclandre quand leurs fils disparaissaient. Quelques-unes des familles protestataires se mirent à disparaître à leur tour, et le scandale prit rapidement des proportions épiques, au point que les journaux publièrent sur ce thème des bribes d'information. Les forces armées et le Président mettaient ces méfaits sur le compte des terroristes, mais nul n'ignorait à présent que seuls les militaires, la Compagnie nationale du téléphone et la Société nationale du pétrole possédaient un parc de Ford Falcon suffisant pour réaliser des enlèvements sur une aussi vaste échelle. Quand les terroristes enlevaient quelqu'un, c'était généralement dans un vieux tacot des années cinquante ; leurs finances ne leur permettaient guère mieux.

Le Président ordonna aux chefs d'état-major d'en finir avec la terreur, sans leur dire expressément qu'il était au courant de leurs agissements. Néanmoins, lorsqu'il constata qu'elle ne faiblissait pas d'un iota, il en éprouva un secret soulagement. Les subventions allouées à l'armée étaient calculées sur la base des effectifs employés, et la réduction du personnel favorisait sa politique anti-inflationniste. Par ailleurs, la perspective de voir diminuer le nombre de putschistes en puissance était loin de lui déplaire.

La sale guerre s'étendit aux sous-officiers, puis aux soldats de métier et enfin aux conscrits. Le ministère de la Défense recevait des demandes de rachat d'engagement, dont le Président apprit qu'elles étaient toutes refusées. Il signala, au cours d'un entretien télévisé, que le droit coutumier permettait au personnel des armées d'en appeler directement au chef de l'État pour les questions de justice militaire, et signa sans les lire les requêtes de rachat qui submergèrent aussitôt ses services.

Ceux qui n'avaient pas les moyens de racheter leur engagement désertaient pour rentrer dans leurs villes ou leurs villages, et on dépensa vainement une énergie considérable à tenter de les reprendre. En un an, la force de frappe connut une réduction catastrophique, aussi bien en hommes qu'en équipement. Le Président était extrêmement satisfait. Il n'y avait qu'un point noir à l'horizon : Sanchis, Ramirez et Felta étaient indemnes et continuaient à conspirer, comme le révélaient les écoutes ; de surcroît, ils semblaient insinuer que la terreur allait se relâcher. Le Président, d'après la transcription, vit que Ramirez avait déclaré : « Je crois qu'il est grand temps d'écraser le terrorisme. Ne pensez-vous pas que nous devrions prendre des mesures énergiques ? » Et les deux autres auraient émis des « grognements approbateurs ». Il lut qu'aucune date n'avait encore été décidée pour le coup d'État et qu'aucun chef n'avait été clairement désigné pour l'instant.

D'un cœur léger, le Président pénétra dans le boudoir au luxe tapageur de son épouse. Elle minauda à son entrée et lui tendit les bras.

« Gros Nounours est venu jouer avec sa coquine de petite écolière », annonça Son Excellence.

36

De tu casa a la agena, sal con la barrigada llena !

Jadis, un peintre s'aventura dans la Cordillera afin d'exécuter un portrait invisible du Christ. Quand il eut achevé son œuvre, les Indiens escaladèrent les rochers pour l'examiner et découvrirent le portrait de Viracocha. Un Chinois qui passait par là grimpa voir ce qui causait une si vive effervescence et découvrit avec étonnement un portrait du Bouddha sur le rocher. Le peintre maintint que c'était une représentation invisible du Christ ; une âpre et bruyante discussion s'éleva. Au milieu de l'altercation, un Indien s'aperçut que le portrait s'était effacé.

La vérité, c'est qu'il suffit de regarder pour trouver ce qu'on veut dans les montagnes, à condition de ne pas oublier qu'elles n'aiment pas les imbéciles et que les idées préconçues leur inspirent une aversion particulière.

« Il y a longtemps que j'ai eu envie de te demander, dit Pedro, pourquoi tu n'es pas resté dans les montagnes où tu sais comment subsister, au lieu d'aller t'installer dans la jungle où tu as été obligé de tout apprendre.

— Parce que, répondit Aurelio, si j'avais vécu dans des montagnes qui n'étaient pas les miennes, j'aurais eu le mal du pays. Dans la jungle, je suis moins prisonnier de mes souvenirs.

— Dans ce cas, reprit Pedro, consentirais-tu à nous guider et à nous enseigner ce que tu sais avant de rentrer chez toi ?

— Il le faut bien ; je m'y suis déjà décidé, sinon, vous péririez en quelques jours. Mais je dois prévenir Carmen. Il y a un tunday là-haut, je vais lui envoyer un message. »

Le convoi d'hommes et d'animaux arrivait au sommet de l'escarpement, d'où ils avaient assisté au raz-de-marée, et montait vers un petit plateau, un puna, qui se séparait en deux vallées. Aurelio s'avança en tête et trouva l'énorme rondin creux, dans lequel le feu avait pratiqué des trous, posé sur des cairns. Il s'empara du gourdin à l'intérieur et se mit à battre le rondin si fort qu'il résonna en mugissant. L'une des extrémités produisait des notes aiguës, tandis que le milieu émettait des notes graves. En variant le rythme et le ton, il ajoutait au code simple des accents et des connotations, et pouvait dire à Carmen qu'il serait longtemps absent à cause d'une tâche très importante. Il attendit de voir la fumée qui montait des feuilles humides brûlées par Carmen en guise de réponse, puis remit le gourdin dans le tunday, avant de rejoindre la multitude.

« As-tu remarqué, demanda Gloria, que ces chats ne cessent de grandir ?

— Je ne peux plus les soulever, répliqua Constanza, pourtant ils continuent à jouer comme des chatons. »

Le père Garcia, qui marchait à leurs côtés, ne fit aucune observation à ce sujet parce qu'il commençait à élaborer une nouvelle théologie qui devenait avec l'altitude de plus en plus intéressante et convaincante — plus hérétique aussi.

Les guérilleros marchaient avec une aisance et une économie de moyens dues à l'habitude, mais les villageois étaient déjà hors d'haleine, les mollets et les cuisses courbatus. Quant aux animaux, ils cheminaient dans un rêve herbivore; arrachant au passage des bouchées de végétation, ils semblaient affublés de moustaches d'herbe et de fleurs inégales et mouvantes.

Une fois au bas des montagnes, ils s'aperçurent que personne ne savait où ils allaient ni ce qu'ils feraient quand ils seraient parvenus à destination. Étant donné les circonstances, tous les choix se valaient et, lorsque Sergio dit à Pedro et Hectoro que Federico lui avait suggéré en rêve de trouver la source du déluge, ils acquiescèrent d'un haussement d'épaules, malgré la mise en garde d'Aurelio qui leur déclara qu'il serait impossible de se procurer des vivres dans les vallées balayées par le raz de marée.

« Nous marcherons chaque jour, répliqua Sergio, et avec un peu de chance Federico m'indiquera au cours de la nuit la direction à prendre le jour suivant.

— Pardonne-moi, insista Aurelio, mais Federico n'est pas un Indien. Dans les montagnes, les Indiens ne se déplacent qu'en ligne droite, quoi qu'ils trouvent sur leur chemin. C'est le seul moyen d'éviter de se perdre. Demande à Federico de nous mener en ligne droite et d'avouer franchement son embarras s'il s'égare.

— C'est un esprit, repartit Sergio avec indignation. Les esprits ne se perdent pas.

— Tu ne connais pas les esprits, riposta Aurelio. Ils n'en savent pas beaucoup plus que pendant leur vie et ils ont les mêmes défauts, entre autres la faculté de perdre leur chemin. »

Le cortège s'arrêta sur la puna afin de ramasser de l'alfafa et de l'ichu pour les animaux, déjà lourdement chargés, qui durent supporter de nouvelles bottes. Car, dans les montagnes, il est une règle d'or : « Ne quitte jamais une maison le ventre vide ! » Les Indiens n'y sont pas astreints, parce qu'ils arrivent à tenir plusieurs jours grâce à la coca, qui réduit miraculeusement la faim et la soif et donne de l'énergie, mais dont ils meurent souvent à un âge prématuré, le corps consumé.

Pendant que les autres ramassaient du fourrage, Pedro et Misael allèrent ensemble traquer un petit troupeau de vigognes qui paissait sur les hauteurs. Les deux hommes, décrivant un cercle, dépassèrent les animaux, puis redescendirent furtivement sous le vent. Lorsqu'ils furent à leur portée, ils parvinrent à en abattre quatre en pleine course, et le troupeau s'élança à vive allure dans les rochers. Quand les deux hommes repartirent demander de l'aide afin de transporter les cadavres, Misael demanda : « Comment allons-nous nourrir deux mille personnes avec quatre vigognes ?

— C'est impossible, répliqua Pedro. Mais les ballots sont remplis de provisions. Pour l'instant ceux qui ne chassent pas vivront de plantes. »

Sur la puna, les animaux furent dépouillés et démembrés ; Pedro et Misael abandonnèrent ce qu'ils ne pouvaient porter eux-mêmes. Aurelio prit les peaux parce qu'il savait en faire des vêtements chauds et des écharpes, qui seraient nécessaires sous peu si l'on décidait d'emprunter un portachuelo dans la zone des neiges éternelles.

Au bout du plateau, les voyageurs prirent le ravin à main droite et durent escalader la lloclia alluviale, constituée de tas de rochers éparpillés et d'ossements d'animaux, qui semble toujours s'accumuler à l'entrée des vallées ou des ravins.

Ils apercevaient autour d'eux les traces de la vie d'autrefois, qui avait fait de ces montagnes une véritable fourmilière humaine. Sur les pentes se trouvaient les andenes, les terrasses construites sur des murs de pierre qui nourrissaient jadis la vieille civilisation. Au fond de la vallée se dressaient les vestiges des petites maisons de tapiales — une version en boue des briques de don Emmanuel, en treillage de planches. Les contours des murs révélaient que sur ces emplacements les fermiers vivaient de leurs chacaras, et gardaient des lamas et des alpagas dont ils exploitaient la viande et la laine ; on n'y voyait plus à présent qu'un ou deux tambos, des huttes de voyageurs grossièrement confectionnées en bottes de fibre de maguey liées ensemble.

Au fur et à mesure que le sentier s'élevait, la flore se modifiait. Rien de ce qui poussait là n'aurait pu être identifié dans la luxuriance d'émeraude de la jungle ou dans le bassin de la Mula. Il y avait de longues herbes, des acacias, des « guinuals » et des « quishuas », de délicats arbustes tordus à fleurs blanches et à feuilles argentées, veloutées, qui dégagent un arôme délicieux quand on les brûle. Çà et là, à l'abri du vent mais non du soleil, se dressaient des buissons de feu, dont certains atteignaient douze mètres de hauteur, piquetés d'éclatantes fleurs écarlates qui flamboyaient dans d'exubérants drapés. A mille cinq cents mètres, c'étaient des bouquets de cèdres parfumés, qui formaient les petits bois que les Indiens appellent des « jaguey ». Haut dans le ciel tournoyaient des vautours noirs qu'ils prirent pour des condors (jusqu'à ce qu'ils en voient un) et à flanc de montagne, au milieu des rochers, voletaient des alcamarinis blancs.

Ces spectacles inaccoutumés, cette végétation insolite, les petits viscaches qui les fuyaient en pépiant leur semblaient des miracles d'une autre création. Et l'eau des torrents, si froide que lorsqu'on en buvait on avait instantanément mal à la tête — on se frottait les tempes en s'exclamant « Aïe ! aïe ! aïe ! » de douleur, et on décidait d'attendre qu'elle se réchauffe un peu avant de s'en servir pour laver les parties les plus intimes de son anatomie.

Ils s'étonnèrent des troupeaux sauvages rôdant librement dans la vallée, si différents des immenses ceibus qu'ils connaissaient, et qui poussaient un mugissement constant comme s'ils se transmettaient des messages. Parfois un de leurs animaux glissait sur les sentiers caillouteux, ou en traversant une rivière ; il fallait alors refixer son chargement éparpillé ou trempé et le contraindre à rejoindre la troupe, l'équipage. Sans cesse retentissaient des « ay, mula ! », des « Vamos, bribon ! », et des « Tscha-a-a-ah ! » traînants qui empêchaient les bêtes de s'arrêter. Un jeune taureau sauvage suivit pendant quelque temps le cortège. Ceux qui fermaient la marche le surnommèrent « Nicolito » et tentèrent de le persuader de s'approcher davantage, mais il était méfiant ; il se détourna et, perché sur un tertre, les regarda s'éloigner. Ils en éprouvèrent la nostalgie qui vous frappe quand on dit adieu à un être qui, en des circonstances plus favorables, aurait pu devenir un ami.

Les chats, toujours plus gros, gambadaient parmi les rochers en se tendant des embuscades et dans leurs luttes roulaient en bas des pentes. Certains marchaient à pas feutrés, l'air grave, derrière ceux qu'ils avaient adoptés ; d'autres s'efforçaient de surprendre les chèvres sauvages et les oiseaux, trop malins pour se laisser attraper. Les chats détestaient se mouiller les pattes dans les torrents et les rivières, et ils redoutaient particulièrement les pongos, les rapides aux eaux blanches. Ils restaient à gronder face à l'eau tandis que l'équipage franchissait le pongo, puis arpentaient la rive avec anxiété en le voyant disparaître dans le lointain. Quand enfin la hantise de le perdre devenait trop pressante, ils passaient précautionneusement de l'autre côté, en levant les pattes pour secouer l'eau glaciale à chaque pas et en poussant des grognements de gorge.

La procession biblique traversa un petit village de huttes dont les habitants se cachaient derrière leur porte en risquant un coup d'œil furtif, troublés et inquiets. « Shami, lança Aurelio à l'un d'entre eux en quechua, viens ici. » En entendant sa langue, l'homme sortit à pas prudents. Aurelio échangea des salutations avec lui et lui demanda où l'on pouvait camper pour la nuit. L'homme, dont la gorge était hideusement boursouflée par le coto — une déficience d'iode — paraissait arriéré et Aurelio n'en tira pas grand-chose ; il fit cependant un geste vague en direction de la vallée et dit : « Au-delà de la campina, au-delà des champs. »

Ils franchirent la campina, où les cholos faisaient pousser des pommes de terre, de l'orge et de petits carrés d'alfalfa, tandis que des moutons broutaient sur les pentes en surplomb. Ils se retrouvèrent dans un monde lunaire de tuf volcanique et de cendre tourbillonnante qui les suffoquait à chaque rafale d'un vent que l'altitude rendait toujours plus fort et plus froid.

Déjà les couronnes de neige coiffaient les montagnes environnantes ; les condors portés par les courants ascendants déployaient leurs immenses ailes et décrivaient des cercles à des hauteurs impressionnantes dans l'espoir d'une charogne. Un berger jouait de la musique sur les sommets ; c'était la musique obsédante et mélancolique des Incas, qui fabriquent leur flûte quena avec les grands fémurs creux du condor, et jouent du yavari en soufflant à l'intérieur de l'olla, le vase de terre cuite qui fait longuement résonner les notes avec une douloureuse langueur, une nostalgie sans borne.

La petite fille de Dolores, Raimunda, fut cruellement piquée par un scorpion de montagne, l'omniprésent alacran, et son pied enfla. L'enfant poussait des cris de surprise et d'angoisse. Dolores lui maintint le pied dans le cours d'eau glacé, puis Sergio la prit sur son dos, où elle demeura cramponnée en continuant à hurler, les bras autour de son cou, le pied parcouru d'élancements et de palpitations si violents qu'on l'aurait cru habité par un soleil en explosion.

Ils longèrent de vieilles installations minières qui produisaient de l'or, de l'argent, du mercure et du plomb bien avant l'arrivée des conquistadors, ces hommes avides à l'âme de silex et de verre brisé qui asservirent les mineurs après avoir appris leurs secrets, ce qu'ils payèrent de leurs os. Ceux qui savaient regarder pouvaient encore découvrir les magnifiques poteries incas qu'on enterrait avec les morts, et qu'on appelle des « huacos ». Il s'agit de deux vases attachés, soigneusement ornés de moulages compliqués, habiles et grotesques. Ils sont parfois en forme d'animal et ont été dotés de propriétés singulières : lorsqu'on verse de l'eau de l'un dans l'autre, il en sort un cri d'imitation ; un huaco en forme de canard émet le bruit de deux canards qui se battent, ce qui provoque les clameurs affolées des véritables volatiles. L'art de fabriquer ces poteries fantasques et enchanteresses s'est perdu, et elles ne se trouvent que dans les tombes, à l'état de tessons, parmi les ruines de cette civilisation ésotérique.

On apercevait aussi près des cours d'eau des porongos abandonnés depuis longtemps — les batées au-dessus desquelles on s'accroupissait pour tamiser inlassablement la vase jusqu'à ce que seules surnagent les brillantes parcelles d'or. Sur l'emplacement des anciens filons, les farallons, on discernait encore des étroites entrées des mines, ou les traces des géantes veines verticales ouvertes à flanc de montagne, et peut-être les ruines des grands kimbaletes, d'énormes machines dinosauresques en granit où une pierre en mouvement broyait le minerai avec de l'eau et du vif-argent. Partout gisaient de vastes piles de minerai au rebut, qui attendait les mains rapaces de nouveaux conquistadors.

Les rivières recélaient encore les déviations et les canaux

ingénieux des chercheurs d'or, qui savaient extraire les paillettes du sédiment grâce à la force du courant. Peut-être y avait-il à proximité des fragments de fours d'argile destinés à l'affinage, qui fonctionnaient sans soufflet, car leur forme permettait de capter le vent.

Mais les aventuriers étaient partis depuis longtemps ; désormais, les riches gagnaient de l'argent par la spéculation, sans avoir à travailler. Depuis longtemps on n'entendait plus l'avide question en quechua : « Ori cancha ? », et on ne risquait plus la desconfianza des Indiens soupçonneux ni les attaques fatales des ladrones armés qui vivaient en parasites du travail des autres et s'entre-tuaient sournoisement pour s'approprier les gains du voisin. De nos jours, personne n'arrivait à dos de mulet avec une pioche pour revendiquer sa « pertenencia » et se ruiner la santé, avant de mourir d'épuisement ou de rentrer chez soi fortune faite. De nos jours, on profanait les vieilles tombes, on plaçait des herbes sous sa tête le soir afin de voir en rêve où se terrait l'or, et il n'existait plus d'aventuriers fous dont la cupidité se rehaussait d'endurance et d'héroïsme.

Quand la multitude établit son campement, le soir venu, Aurelio montra aux autres comment attraper des crevettes d'eau douce. Il fallait créer un barrage en enfonçant dans le lit de la rivière des pieux autour desquels on enroulait des brindilles d'osier ; on laissait un trou au milieu, auquel était fixé un panier. L'eau passait à travers, les crustacés restant au fond, et il n'y avait plus qu'à les décortiquer patiemment avant de les dévorer.

Les animaux furent entravés et nourris avec le fourrage qu'ils transportaient ; les hommes firent cuire des aliments sur de petits feux, en regrettant de n'avoir ni tentes ni ponchos. Les uns s'amusaient à imprimer des motifs dans leurs gourdes à l'aide de couteaux chauffés à blanc, les autres racontaient des histoires ou chantaient. Beaucoup commençaient déjà à trembler, à suer et à frissonner, atteints de tercianas, une fièvre des montagnes qui est aussi inévitable qu'inexplicable ; elle vous terrasse si violemment qu'on se croit à l'article de la mort, mais une heure après on ne s'est jamais senti mieux, on marche avec un entrain nouveau, pour sombrer ensuite dans un abattement tel qu'on pense n'avoir jamais été aussi « raquitico » de sa vie.

Pendant qu'on allumait les feux et que le soleil déclinant lançait des flammes écarlates sur les neiges des cimes, le ciel prit une teinte turquoise, avant de virer au noir. Les chats, nocturnes invétérés, partirent chasser, et lorsque les étoiles scintillèrent comme des diamants dans le coussin cobalt et indigo de la nuit, ils revinrent, chargés de cui et de canards, de viscaches et de chèvres sauvages pour les hommes.

« C'est quelque chose, ces gatos », disaient les gens en mangeant, un bras passé autour des animaux dont ils caressaient les oreilles et les joues veloutées. Le matin suivant, les chats deviendraient aussi grands que des pumas ; cependant, ce soir-là, chats et humains se blotissaient les uns contre les autres pour se tenir chaud, et dans la vallée résonnait le tendre écho sifflant de leurs ronronnements.

37

Nemesis : le général Fuerte rend visite à l'escuadron de la muerte

Le général Ramirez avait depuis peu repris l'habitude qui était sienne à l'adolescence de se ronger les ongles. Il venait d'arracher l'ongle de son pouce avec les dents, ce qui faisait saigner la racine d'un côté. Il mastiquait l'ongle avec délectation, tout en soulageant sa blessure, le pouce replié sous les doigts.

Il était inquiet. Il avait perdu une quantité d'hommes et de matériel ahurissante dans la sale guerre de destruction réciproque, et sentait diminuer régulièrement son pouvoir et son influence. Il se rendait compte que le Président lui-même ne le prenait plus au sérieux et il avait à présent l'affaire du général Fuerte sur les bras, en plus du souci que lui causait l'indécision persistante autour de la désignation du Président après le coup d'État.

Si Asado l'avait consulté, il l'aurait sommé de « disparaître » le général Fuerte, mais Asado avait de sa propre autorité emmené le général directement à l'hôpital. Chaque jour que Fuerte passait vivant rendait sa liquidation plus difficile ; il fallait cependant prendre une initiative, car le général était connu pour son équité et ses principes inflexibles. S'il était relâché, ce serait sans aucun doute plus qu'une source de tracas. Ramirez savait fort bien que

Fuerte disposait d'une immense loyauté au sein de ses propres forces qui, en cas de conflit, lui obéiraient plutôt que de se soumettre au haut commandement. Ramirez s'était assuré que le général Fuerte serait libéré la semaine suivante, puis supprimé dans un accident de voiture. Malheureusement, le général avait trouvé le moyen de s'échapper de la villa Maravillosa et personne ne savait où il était allé. Ramirez télégraphia à Valledupar, mais on lui répondit que non, le général n'était pas encore rentré en permission, oui, on ne manquerait pas de lui faire part de son retour.

Le général Fuerte ne mit que deux jours à gagner la capitale en venant de Valledupar et, dans le campement du premier soir, s'était adressé en ces termes aux officiers :

« Messieurs, nous sommes chargés d'une mission dans laquelle la rapidité et l'efficacité seront déterminantes, et où la surprise jouera un rôle clef. Les plus hautes autorités se sont aperçues que certains officiers renégats agissant sans ordres avaient établi un camp de concentration, de torture et d'extermination dans l'ancienne aile de l'École militaire d'ingénieurs électriciens et mécaniciens. L'établissement contient à la fois des civils et des militaires de toutes les armes, qu'on torture à mort, comme vous pourrez hélas le constater par vous-mêmes. Nous avons ordre d'arrêter les officiers renégats et de faire sortir les prisonniers. Nous pouvons heureusement compter sur une résistance armée faible ou inexistante, mais personne ne devrait hésiter à tirer pour tuer si c'est nécessaire.

« L'opération n'exige pas de tactique particulière ; nous pénétrerons simplement dans les bâtiments et nous écraserons les tortionnaires par le nombre. Je conduirai les hommes ; votre tâche consistera à reconnaître les lieux aussi vite que possible, à neutraliser toute opposition avec le minimum d'effusion de sang et à commencer l'évacuation.

« Messieurs, vous avez été choisis pour cette mission parce que vous êtes considérés comme les troupes les meilleures, les plus sûres et les plus honorables de ce pays. L'importance de cette mission devrait vous apparaître clairement, du fait qu'elle est menée par un général et non pas un Comandante ou un lieutenant-colonel.

« Messieurs, je suis navré de n'avoir pas plus de détails à vous fournir. Le plan du bâtiment n'a malheureusement pas pu être obtenu. Je veux que la section numéro un soit responsable de la garde des renégats en état d'arrestation. La section numéro deux s'occupera de faire sortir les prisonniers incapables de se déplacer et les déposera aussi soigneusement que possible dans les camions vides. La section numéro trois rassemblera ceux qui peuvent encore marcher et les préparera pour le retour à Valledupar ; j'entends par là qu'il faudra les laver, les habiller et les nourrir, avec ce qu'on trouvera là-bas. Les prisonniers seront terrorisés et désorientés, vous devrez vous assurer qu'ils sont traités avec calme, douceur et courtoisie. La section numéro quatre se chargera d'empêcher tout individu qui ne sera pas au volant d'une Ford Falcon de franchir le portail. Ceux-là seront autorisés à entrer, puis arrêtés, en employant la force si besoin est. Inutile de préciser que la section devra également s'assurer que personne ne s'enfuit.

« Messieurs, vous pouvez aller transmettre les instructions à vos sections. Dites à vos hommes que l'honneur de l'armée nationale est en jeu et que j'ai dans les gardes de Portachuelo une confiance absolue. »

Le soir suivant, le convoi fit une halte dans le désert du parc Incarama et campa dans les lugubres ruines de l'Escorial, à côté du temple de Viracocha. Le général communiqua aux officiers les modifications et les améliorations apportées à son plan, puis sortit fumer un puro à la belle étoile. Il avait contracté l'habitude de fumer des puros chez les guérilleros et se mit à songer aux mois qu'il avait passés avec eux. Il se rappela, en esquissant un sourire, les ardentes controverses qui l'opposaient au père Garcia et pensa à ce qu'il aurait dû lui dire. Il se revit en train de déclarer : « Il n'y a rien à reprocher à nos lois, à nos institutions et à notre constitution, qui sont démocratiques et éclairées. Le problème, c'est qu'elles sont violées par des gens qui ne se sentent pas liés par elles. » Le général envoya d'un coup de pied un caillou dans un arbuste et regarda les chauves-souris, aussi grandes que des faucons, virer et tournoyer dans les ruines. Il rit en lui-même : « Je suis devenu une sorte de guérillero. J'ai emmené des soldats qui formellement ne sont pas sous mon commandement, j'agis sans la permission du général Ramirez. » Il se représenta le commandant en chef et observa : « Je n'ai d'ailleurs jamais estimé cet homme. Ce n'est pas un soldat, c'est un politicien. Je me demande si Remedios aurait loué mon initiative. Ou m'en voudrait-elle d'usurper son pouvoir ? » Il revint à son matelas et retourna son plan dans sa tête, jusqu'à ce qu'il fût gagné par un sommeil peuplé de papillons Heliconius.

Le lendemain matin, à onze heures, le convoi de camions s'arrêta devant les portes de l'aile des ex-officiers de l'École militaire d'ingénieurs électriciens et mécaniciens. Le premier véhicule déversa la section numéro quatre qui maîtrisa les deux gardes stupéfaits devant leurs guérites. Les portes furent ouvertes et le convoi pénétra dans la cour. Pendant que les gardes de Portachuelo investissaient les bâtiments au pas de course, les camions, un par un, effectuèrent leur demi-tour en trois manœuvres, afin de se trouver face aux portes, prêts à partir.

Comme prévu, il n'y eut aucune résistance. Les tortionnaires travaillaient en manches de chemise lorsque les commandants de section les surprirent avec leurs hommes, les désarmèrent et les obligèrent à s'allonger face contre terre. Asado, terrifié et en nage, dut remettre toutes les clefs, et accompagner un sergent pour ouvrir chaque porte et chaque placard de l'aile.

Les gardes furent choqués jusqu'à l'écœurement par ce qu'ils découvrirent. La puanteur de la chair brûlée, des fèces, de la sueur, de l'urine et de la peur rendait la seule présence dans ces lieux presque insupportable ; partout traînaient des mares fétides de sang et d'excréments putréfiés. Quelques soldats, passant leurs crosses à travers les barreaux de fenêtre des cellules, brisèrent les vitres pour laisser entrer un peu d'air frais ; ils ne savaient que faire des prisonniers nus et squelettiques qui se blottissaient pitoyablement contre les murs et les regardaient d'un air absent, avec des yeux d'hommes déjà morts. Certains étaient déjà effectivement morts ; le général Fuerte put identifier les corps de Regina Olsen et du Capitan fou dans une pièce remplie de cadavres enchevêtrés attendant d'être enlevés. « Il n'y a pas grand-chose à faire pour eux, déclara le général, laissez-les. »

Les prisonniers souffraient d'atroces blessures ; la plupart des hommes avaient été grossièrement castrés et leur scrotum pendait en lambeaux pourris. Ils étaient tous couverts d'une bigarrure d'ecchymoses, de brûlures, de traces de fouet. Certains avaient les dents brisées, les yeux et les oreilles arrachés, à d'autres c'étaient les doigts et les orteils qui manquaient. Les soldats les trouvèrent faciles à conduire ; ils croyaient pourtant qu'on les emmenait encore à la torture. « Je ne sais rien, répétaient-ils, tandis que les hommes de service les lavaient dans les baignoires, je ne sais rien. »

Le caporal de la section numéro trois ouvrit une porte sur laquelle figurait l'inscription « Caisse de guerre » ; la pièce était remplie de vêtements jusqu'au plafond et, avec quatre hommes, il en rapporta par brassées aux vestiaires des salles de bains. Pendant ce temps, les autres hommes de la section habillaient les prisonniers passifs en piochant dans le tas les habits qui étaient à peu près à leur taille.

A l'entrée, les soldats de la section numéro quatre arrêtèrent El Verdugo, qui revenait des magasins ; les soldats de la section numéro deux transportaient les prisonniers invalides dans les camions. Les prisonniers croyaient que c'était pour les éliminer, et ceux qui le pouvaient encore pleuraient et criaient.

De l'aile de l'électricité, deux instructeurs observaient la scène d'une fenêtre. « Je me demande ce qui se passe à présent, dit l'un.

— Inutile de poser la question, répliqua l'autre. Ce n'est même pas la peine d'y penser. »

Le général Fuerte entra dans la salle de conférence où étaient détenus les tortionnaires. Il y avait en tout quinze hommes, et le général reconnut Asado, qui le reconnut également.

« Général ! s'exclama Asado, qui se leva d'un bond pour le saluer.

— Je me souviens de vous, répondit le général. Vous avez gagné la médaille d'honneur à l'École militaire. »

Le général se tourna vers un caporal. « Emmenez deux hommes et vérifiez que tous les téléphones sont débranchés. Ensuite, déléguez six hommes pour transporter les classeurs dans les camions. » Il se tourna de nouveau vers Asado. « Asseyez-vous. Je ne rends pas leur salut aux barbares. »

Le général laissa le Comandante de la compagnie à la tête des troupes et partit avec trois camions chargés de blessés. Après avoir découvert que tous les hôpitaux civils étaient fermés, il se rendit à l'hôpital des Soldats-malades et ordonna aux aides qui se trouvaient dans les parages de sortir les patients des véhicules. Il se dirigea vers le bureau de la réception et s'adressa à une jeune femme du régiment médical. Elle lui tendit une pile de formulaires. Il en prit un et vit qu'il comportait trois pages. « Vous devez en remplir un pour chaque patient », lui annonça-t-elle. Le général laissa lourdement tomber la pile de papier sur son bureau. « Non, riposta-t-il. Remplissez-les si ça vous chante. J'ai trop de malades pour le faire.

— J'insiste, répliqua la jeune femme. Combien en avez-vous ?

— A peu près soixante », répondit-il avant d'ajouter : « Et vous n'êtes pas en position d'insister. » Il tapota l'insigne cousu sur l'épaule de sa veste de combat. « Vous savez ce que ça veut dire ? »

La fille regarda l'insigne. « Ça veut dire que vous êtes officier.

— Ça veut dire que je suis général ! rétorqua-t-il d'un ton féroce. Et que si vous ou votre hôpital ne vous mettez pas en branle immédiatement, j'amène mes gardes et je vous fais tous arrêter. Maintenant, au travail ! »

La fille intimidée appela le service des accidentés et l'hôpital devint le théâtre d'une activité frénétique. A côté du général, la fille contemplait les épaves humaines qui défilaient sur les brancards, avec une expression étonnée et consternée. « Qui était-ce ? demanda-t-elle, parlant comme s'ils étaient déjà morts.

— Des victimes du terrorisme, répondit le général.

— Je suis désolée de ne pas avoir reconnu votre insigne, poursuivit la fille. C'est la première fois que je vois un général en tenue de combat. »

Le général revint à l'École militaire d'ingénieurs électriciens et mécaniciens. Peu après, le convoi repartait en direction de Valledupar, non sans avoir verrouillé les portes de l'école.

Ce soir-là, en essayant d'appeler Asado, le général Ramirez s'aperçut que la ligne ne fonctionnait pas. Il envoya aux nouvelles un coursier à motocyclette, qui lui rapporta que l'école était fermée et non gardée. Ramirez y expédia un petit corps d'éclaireurs, qui l'informa que les lieux étaient aussi déserts que la *Marie-Céleste*. « A l'exception de quelques cadavres. » Ramirez sentait plus que jamais son pouvoir lui échapper et il arracha l'ongle de son index qu'il mastiqua d'un air méditatif pendant que les peaux saignaient.

En dépit des soins prodigués par les infirmiers, trois des prisonniers en état de marcher moururent des suites d'une hémorragie interne au cours du long voyage cahoteux. Fuerte déposa les survivants à l'hôpital militaire de Valledupar, avec des consignes strictes quant au caractère confidentiel de leur admission, « en vertu de la plus haute autorité ». Il consacra une semaine à l'interrogatoire des tortionnaires et au dépouillement des classeurs. Les filles du bureau furent ravies de son retour, jusqu'à ce qu'elles se rendent compte de l'ampleur du travail qu'elles avaient maintenant à abattre. Leur tâche consistait à photocopier chaque document deux fois et à mettre la copie sous une enveloppe adressée à chaque « parent le plus proche » mentionné dans les formulaires. Elles devaient constituer avec les deuxièmes copies des liasses par ordre aphalbétique et écrire sur chaque paquet l'adresse du *New York Herald Tribune*. Le général Fuerte mit les originaux au coffre dans une banque d'Asuncion.

Il prit un avion pour Merida et posta ses liasses et ses copies pour les parents, puis revint à Valledupar afin d'organiser le conseil de guerre secret mais légal des tortionnaires, présidé par le général de brigade et lui-même. Afin de gagner du temps et de l'énergie, il décida de les juger simultanément ; les preuves, les témoignages et les justifications étant les mêmes pour tous, le verdict devait être identique.

Fuerte et le général de brigade introduisirent l'un après l'autre les témoins venant de l'hôpital militaire de Valledupar. Le général cita de longs passages qu'il avait recopiés des dossiers.

Il dut fréquemment rappeler au Comandante son obligation de défendre les prisonniers du mieux qu'il pouvait, mais celui-ci y répugnait et se bornait à répéter ce que les prisonniers avaient déjà répété à de nombreuses reprises. « Ils obéissaient aux ordres. » Le général confirma très rapidement ses certitudes, à savoir que les ordres émanaient du général Ramirez. Asado déclara : « Mais cela ne pourra jamais être prouvé. Le service était officieux. »

Le général frappa la table de son stylo. « C'est extrêmement facile à prouver, rétorqua-t-il. Vous n'avez pas détruit tous ses ordres comme vous le deviez. J'en ai, écrits de sa propre main, que vous avez laissés dans vos classeurs.

— Vous n'ignorez donc pas, mon général, que nous n'étions pas responsables. Nous avons fait notre devoir en exécutant les ordres. »

Après plusieurs jours d'audience, le général Fuerte et le général de brigade décidèrent de mettre un terme à ce qui était devenu une fastidieuse charade. Ils firent entrer les quinze prisonniers pour leur communiquer le verdict. Ce fut le général de brigade qui parla.

« Pendant les procès de Nuremberg, il a été établi comme principe de loi internationale que le fait d' " obéir à des ordres " ne constitue pas une excuse pour le genre d'atrocités que vous avez commises quotidiennement, de votre propre aveu et selon les dépositions sous serment des témoins. La cour vous déclare coupables de tous les chefs d'accusation : de meurtre, d'emprisonnement arbitraire, d'enlèvement illégal, de voies de fait, de blessures avec préméditation, de vol, de cambriolage, d'effraction, de viol, d'arrestation arbitraire, d'obéissance à des ordres illicites, et cetera. Le général Fuerte va maintenant prononcer le verdict. »

Le général Fuerte posa son stylo et lança aux tortionnaires un regard solennel. « La sentence habituelle pour des crimes de cette espèce, selon le code pénal militaire, c'est le peloton d'exécution. »

Les tortionnaires avaient les genoux tremblants et les lèvres frémissantes. Asado sentait monter la panique dans ses entrailles et pouvait à peine se retenir de déféquer.

« Néanmoins, poursuivit le général, je vais user avec vous de méthodes similaires à celles que vous avez employées sur d'autres. »

Le général s'arrêta encore une fois, puis reprit : « Vos méthodes me font penser au Moyen Age. C'est pourquoi je prononcerai une sentence moyenâgeuse conforme à vos crimes. Vous avez certainement entendu parler de l'ordalie ; on obligeait les gens à plonger leurs mains dans l'eau bouillante ou à marcher sur des charbons ardents. Je vous condamne à subir l'ordalie. »

Quand les quinze hommes eurent été emmenés, le général de brigade se tourna vers Fuerte. « Qu'allons-nous faire de Ramirez ?

— Rien pour l'instant. J'ai transmis les documents à la presse étrangère. Il va remettre sa démission, puis il sera arrêté et jugé légalement. Sinon, nous devrons l'arrêter nous-mêmes et le traduire en conseil de guerre.

— Un putsch interne ?

— Exactement. »

Le général revint chez lui et donna à manger à son chat,

qui en un laps de temps étonnamment court avait atteint la taille d'un puma. Il se rendit à l'écurie pour offrir à Maria des feuilles de canne, puis alla se promener avec le chat en compagnie de Papagato et des autres animaux.

Ce soir-là, les tortionnaires furent transportés en avion à plusieurs centaines de kilomètres à l'intérieur de la jungle et lâchés en plein vol. Ils flottèrent dans les airs en parachute, avant de s'empêtrer dans les arbres du territoire de la tribu chuncho, un peuple néolithique qui pratiquait encore, outre le cannibalisme, le mariage à l'essai de six mois.

38

Jours d'émerveillements, jours de découragement

L'aube surprit les nomades tremblants de froid et de fièvre. Ils se serraient autour de leurs petits feux, abattus, mâchant de la gelée de goyave et des morceaux de panela pour se soutenir, et se plaignaient de maux de tête. L'air était si glacé et si pur qu'il était douloureux d'inspirer, mais la plupart des gens de la plaine n'avaient encore jamais vu leur souffle se condenser en vapeur ; ils respiraient profondément et gonflaient leurs joues pour admirer le brouillard qu'ils créaient, en s'exclamant « Ouh là ! » et en riant au spectacle de leurs voisins enveloppés de leur propre brume. Les bêtes n'avaient jamais vu cela non plus et sursautaient nerveusement à chaque exhalation, tandis que les chats tentaient de jouer avec, assis sur leur derrière, battant l'air de leurs pattes. Il y avait aussi à ras du sol, jusqu'à la hauteur des genoux, une brume basse qui leur donnait l'air de marcher sur un nuage, comme de noires ombres d'anges, ou des esprits égarés en attente aux portes de la vie. Quand le soleil se leva rapidement sous eux à l'est de la vallée, ils restèrent bouche bée : jamais ils n'avaient ainsi dominé l'astre. La brume qui baignait leurs pieds leur monta jusqu'aux cuisses, puis à la taille ; les enfants étaient engloutis dans l'air opaque, et les adultes coupés en deux.

Quand la brume atteignit leur tête, ceux qui étaient restés debout s'assirent pour tenter de discerner quelque chose, et ce fut comme s'ils avaient plongé dans un crépuscule : le ciel avait disparu et une semi-obscurité régnait.

Soudain le brouillard s'évanouit et le jour parut. Alors que le soleil commençait à leur dégeler les os, les gens frissonnèrent de nouveau, comme au réveil, et durent se forcer à réagir. Ils préparèrent du café, emballèrent leurs possessions, remplirent bidons et gourdes au torrent et attachèrent les animaux en file. Les chevaux et les mulets paraissaient en excellente forme, mais les gros ceibus souffraient manifestement de leur nuit dans un froid inaccoutumé ; ils avaient les yeux chassieux, le poitrail haletant et les naseaux qui coulaient. Don Emmanuel les examina d'un œil soucieux, car la plupart lui appartenaient, et il éprouvait à leur endroit un attachement sentimental. Il décida de les protéger des gelées nocturnes. Sinon, ils risquaient de mourir massivement, d'autant plus qu'ils allaient perdre leur graisse dans la randonnée.

Don Emmanuel avait été très surpris d'apprendre que dona Constanza se trouvait parmi les guérilleros et il le fut encore davantage lorsque en conversant avec elle il découvrit qu'elle avait abandonné ses manières oligarchiques, qu'elle était devenue l'amante d'un campesino et s'amusait maintenant de ses paillardises, qui lui donnaient prétexte à badinage. Ses premières paroles en l'apercevant furent : « Holà cabron ! Et comment vont vos bardanes ? Est-ce qu'elles ornent toujours vos parties inférieures ?

— Certes oui, répliqua-t-il, et je cherche des volontaires pour les enlever.

— Eh bien, riposta Constanza, vous trouverez ici beaucoup de vos vieilles amies des bordels prêtes à vous obliger.

— Je vois, repartit don Emmanuel, que vous avez déniché un beau jeune homme pour ôter les vôtres.

— Vos yeux ne vous trompent pas, don Emmanuel, bien que, contrairement à votre honorable personne, je me lave assez souvent pour les empêcher de s'accumuler. »

Dans cette foule, seuls Antoine et Françoise Le Moing se sentaient perdus au milieu d'étrangers : ils ne connaissaient que Farides, qui était leur cuisinière. Avec le changement imposé par l'exode, il paraissait incongru d'avoir des domestiques ; Antoine et Françoise ne quittaient pas le Profesor Luis et Farides, et ils faisaient leur part de travail pour éviter l'isolement. Le Profesor Luis trouvant le couple de Français instruit et intéressant, Farides et lui consacrèrent beaucoup de temps à converser avec eux afin d'améliorer leur espagnol et leur connaissance de l'histoire locale.

Ils avaient franchi deux quebradas au cours de leur ascension, lorsque Pedro discerna une caverne en hauteur sur leur droite, vers le nord. Aurelio et lui montèrent l'examiner, car Aurelio prétendait avoir une idée de ce que c'était. Ils furent, pratiquement dès l'entrée, plongés dans l'obscurité ; Pedro partit chercher sa lampe.

Ils pénétrèrent profondément dans les ténèbres, à la faible lueur de la lampe jaune, et aperçurent des niches, régulièrement creusées dans les parois. Sculptés dans le roc, jaillissaient des poissons, des serpents, des symboles du soleil et de la lune, des jaguars et des gardiens grimaçants. Pedro approcha la lampe d'une niche et recula, saisi. Il l'approcha d'une autre niche et fit signe à Aurelio de regarder.

Ils étaient dans une catacombe. En position fœtale, les antiques momies, la peau anguleusement tirée sur leurs os, les lèvres ratatinées au-dessus des dents, les cheveux encore dressés en touffes désordonnées sur leur crâne poussiéreux, offraient une parodie de vie, les mâchoires béantes, affaissées par une éternelle surprise. Des araignées et des insectes aveugles vivaient parmi eux, et dans une des niches un serpent sans yeux d'un blanc argenté se délova et disparut, affolé, dans les profondeurs de son logis où il poussa des sifflements dans l'espoir d'être laissé en paix.

« Il ne faut pas en parler aux autres, déclara Aurelio. C'est un endroit sacré et, du reste, ils penseraient que c'est un mauvais augure.

— C'est de bon augure au contraire, répliqua Pedro, qu'on puisse être mort depuis si longtemps sans être dérangé dans son repos. Crois-tu qu'il y ait de l'or ici ?

— S'il y en a, riposta Aurelio d'un ton réprobateur, il n'est pas à nous et ne nous servirait à rien. Laisse-les.

— Je n'ai jamais vu autant de morts, remarqua Pedro tandis qu'ils descendaient sur le gravier glissant.

— Bien sûr que si, repartit Aurelio. A la bataille de Chiriguana.

— Peut-être qu'un jour on trouvera ces garçons, observa Pedro, et que les gens diront : " On n'a jamais vu autant de morts ", et qu'ils se demanderont pourquoi ils sont là.

— Il y aura des balles au milieu des os brisés, rétorqua Aurelio. Ce sera très clair.

— Mais personne ne saura jamais la véritable histoire, insista Pedro.

— Il faut demander au Profesor Luis de l'écrire, conclut Aurelio, puis enterrer le papier dans une boîte auprès des corps. »

Ils rejoignirent le lent cortège qui, après avoir gravi une basse corniche, déboucha sur un de ces longs hauts plateaux qu'on appelle des « pajonales », dont la platitude anormale et les herbes hautes surprennent les voyageurs en montagne. Il fut décidé que les animaux pourraient y paître, afin de permettre aux hommes de ramasser du fourrage et de se reposer.

Ils étaient maintenant à proximité des neiges éternelles, à

l'altitude précise où la plupart des gens sont violemment atteints par le soroche. Aurelio et Don Emmanuel étaient les seuls sur deux mille à s'être déjà trouvés à pareille hauteur, et ils connaissaient les symptômes de la maladie.

« On devrait rester là au moins trois jours, peut-être davantage, suggéra don Emmanuel ; autrement, on risque d'avoir beaucoup d'ennuis. »

Aurelio acquiesça. Don Emmanuel et lui se mirent en devoir d'expliquer à leurs compagnons ce qu'était le soroche, et ce qu'il fallait faire pour l'atténuer.

Presque tous souffraient d'effroyables maux de tête, quelques-uns de diarrhée et de vomissements. C'était un exploit surhumain de soulever un pied et de le poser devant l'autre, et il fallait s'arrêter tous les quinze pas pour respirer à fond. Une fatigue insurmontable, assortie d'irritabilité et d'apathie, s'abattit sur les bêtes et les gens, et les chats eux-mêmes étaient trop maussades pour se poursuivre dans l'herbe.

Don Emmanuel donna des éclaircissements. « Vous serez malades pendant quelque temps parce que l'air se raréfie à cette altitude. Si vous avez l'impression que vous êtes en train de mourir, ne vous y trompez pas, vous irez mieux bientôt. Chacun de vous doit trouver le type de remède qui lui convient. Il y a des gens qui mangent beaucoup et qui boivent des quantités d'alcool, mais pour d'autres ça ne fait qu'aggraver le soroche, et ceux-là mangent et boivent très peu. Il y a des gens qui s'y habituent en s'activant constamment, alors que d'autres restent allongés dans le noir sans rien faire. Je vous conseille de manger beaucoup de panela, de mâcher de la coca si vous en avez et de baiser autant que vous pouvez. Vous avez peut-être déjà remarqué que les montagnes vous donnent dans les reins des démangeaisons plus fortes qu'une blanchisseuse d'Iquitos ! »

La plupart des gens se sentaient trop mal pour réagir gaiement à ces propos, mais Farides regarda le Profesor Luis avec coquetterie et sourit ; quant à Gonzago et Constanza, ils suivaient déjà ces conseils et ils étaient en pleine forme. Felicidad, qui ne connaissait plus la chasteté depuis le début de sa puberté, n'avait jamais eu moins envie de faire des tremblements de terre pourpres. Elle était affalée comme une masse, les tempes battantes, le souffle grinçant, une mochila sur les yeux pour se protéger de la lumière, et gémissait. Les animaux, que nul conseil ne pouvait toucher, mastiquaient laborieusement, étendus dans l'herbe, aussi mal en point que les humains qu'ils accompagnaient, mais plus stoïques dans la souffrance : quand on n'a pas de mots pour exprimer son angoisse, elle se réduit en proportion.

Misael sentit une douleur naissante à la cheville et annonça qu'il allait pleuvoir. Ceux qui connaissaient l'infaillibilité de sa cheville partirent s'installer sur les pentes et bricolèrent des abris rudimentaires entre les rochers. Les autres scrutèrent le brillant ciel clair et virent qu'il n'y avait même pas un nuage sur les cimes ; ils rirent avec scepticisme et restèrent sur le pajonale où, au milieu de la nuit, ils se firent brutalement tremper par une pluie d'un froid paralysant, sur un terrain qui tournait rapidement au marécage. Jurant et pleurant sur leur infortune, ils rassemblèrent leurs possessions inondées et pataugèrent jusqu'aux pentes. Les chats, qui le matin suivant seraient aussi gros que des jaguars, rôdaient à flanc de montagne, à la recherche de grottes, où ils léchaient l'eau glaciale ruisselant de leur fourrure et se blottissaient les uns contre les autres, voluptueusement enchevêtrés pour se tenir chaud en compagnie.

Le matin apporta peu de réconfort aux malheureux serrés en groupes compacts, trempés jusqu'aux os, dévorés par les fièvres des tercianas et du soroche. Pour la première fois, ils étaient démoralisés, submergés par le désarroi, la nostalgie et le désespoir ; ils regrettaient éperdument la plaine poussiéreuse dont ils maudissaient auparavant la chaleur et l'humidité ; la peur les gagnait à la perspective d'une destination inconnue et d'une vie d'exil. Peu d'entre eux avaient dormi, et ils n'aimaient pas que la pluie fût glaciale et engourdissante, quand ils se la rappelaient chaude, bienvenue, amicale et sensuelle.

Avec la première lueur grise du jour apparut un nouveau miracle qui aurait causé un grand émerveillement s'il n'avait causé plus de misère encore. Un nuage roulant et tourbillonnant arriva sur eux en longeant le « pajonale », et au même instant un autre nuage descendit vivement du ciel ; une conspiration de brume humide les entoura, qui semblait émaner d'une volonté animée d'une malveillance gratuite, et personnellement dirigée contre eux. Il était impossible de voir plus loin que la longueur de son bras, les gens tombaient sur des pierres en s'appelant mutuellement ou en essayant de rassembler leurs possessions, dans un vain effort pour les sécher. En outre, les chats étaient introuvables et, comme les hommes s'étaient habitués à considérer leur présence comme un bon présage, un signe de faveur surnaturelle, il semblait, maintenant qu'ils avaient disparu, que la bonne fortune s'était évanouie avec eux. Ce ne fut que lorsque d'âpres rafales, qui accrurent encore la détresse générale, eurent balayé la mer de nuages qu'on aperçut les chats sortant des grottes et des anfractuosités pour s'étirer et bâiller dans un faible soleil, et qu'ils entreprirent de se laver. Non seulement ils étaient aussi gros que des jaguars, mais à présent, à la place des immenses chats tigrés, des bleus et blancs duveteux, des noir et blanc, des blancs frappés de surdité aux yeux d'une teinte étrange, il n'y avait plus que des jaguars, d'un noir soyeux pour la plupart, et quelques-uns au pelage fauve à rosettes noires. Pour la première fois, ils inspirèrent de la crainte aux hommes, car le jaguar est le plus féroce des chats d'Amérique ; mais ils jouaient comme auparavant, apportaient aux voyageurs du guanaco à manger et continuaient à ronronner quand ils étaient contents — il semblait que la faveur surnaturelle fût revenue.

Ce jour-là et le jour suivant, les gens restèrent sur le pajonale pour s'acclimater et laisser les animaux se repaître. Le soir, ils rejoignaient les chats dans leurs grottes et leurs anfractuosités, se réchauffaient à la chaleur féline et musquée, et se rétablissaient de leur maladie bercés par les ronronnements, avant d'être éveillés le matin par les langues râpeuses des chats, qui avaient pris l'habitude de nettoyer leurs compagnons humains quand ils en avaient terminé avec leur propre toilette.

« Je me rappelle quand elle se contentait de me chatouiller les oreilles, dit Antoine à Françoise. Maintenant elle m'écorche tout le visage !

— Nous sommes ses petits, répondit Françoise, qui frissonnait depuis que la chatte était partie, appelée par d'autres tâches. J'espère au moins qu'elle ne va pas essayer de nous attraper par le collier pour nous promener ! »

Quand l'épidémie de soroche et de dépression fut terminée, et qu'un beau matin clair propice au départ se leva, les voyageurs rassemblèrent leurs bêtes dans un accord tacite et se mirent en route vers l'ouest, une fois de plus. A l'extrémité du plateau qui se divisait en trois quebradas, une montante, une descendante, et une plane, ils se retrouvèrent face à une ruine.

Même Aurelio ne savait pas au juste ce que c'était. Il ne restait que quatre murs massifs formant un monticule carré. Ils s'assemblèrent autour, étonnés de sa présence dans ce désert éthéré, qui semblait avoir pour seul but de signaler qu'il n'existe nul espace vierge au monde. Les pierres s'imbriquaient avec une précision telle que Francesca, sortant un couteau, ne parvint à l'insérer dans aucun interstice, malgré les formes polygonales et rhomboïdales extrêmement variées des blocs.

« Comment ont-ils fait ça, avec une perfection pareille ? demanda don Emmanuel. Sans outils de fer pour les tailler ? »

Aurelio sourit. « Ils n'utilisaient pas d'outils. Les pierres s'ajustaient déjà parfaitement.

— Comment ? questionna Pedro. Des pierres de cette forme, on n'en trouve nulle part.

— Nous avions des herbes pour amollir les pierres, ce qui permettait de les façonner comme de l'argile, expliqua Aurelio, et nous avions des herbes pour les redurcir ensuite. C'est pour cette raison, et celle-là seule, qu'elles sont parfaites.

— Je ne te crois pas, intervint don Emmanuel. C'est impossible. »

Aurelio écrasa ses feuilles de coca dans sa gourde et suça le pilon quelques instants, comme un vieux Français qui fume sa pipe. « Si vous croyez que c'est impossible, ajouta-t-il, vous ne découvrirez jamais le secret et vous devrez toujours peiner avec le fer sans parvenir à un résultat aussi achevé. » Il posa la main sur la pierre et la tapota avec amour. « Nous connaissions le secret de la Pierre, affirma-t-il fièrement et vous ne le connaîtrez jamais.

— Nous fabriquons de bonnes maisons en tapiales, riposta Sergio. Quel est l'intérêt de transformer la pierre en argile, quand on a déjà de l'argile ?

— Ça dure plus longtemps, répliqua Aurelio, assez longtemps pour survivre à ceux qui l'ont construit.

— Mais alors, interrogea Hectoro, pourquoi les cholos habitent-ils de sales petites chozas ?

— Parce que le secret est perdu. Il était gardé par nos prêtres et notre noblesse, lesquels ont été tués au nom du dieu qui voulait notre or et notre argent. La civilisation nous a tout enlevé. Ces pierres sont comme un cadavre qui se décompose lentement quand l'esprit s'est envolé, et ceux d'entre nous qui restent sont pareils aux cheveux qui continuent à pousser après la mort.

— Je ne crois pas cela non plus, dit don Emmanuel en tapant dans le dos du mélancolique Indien. Ceux d'entre vous qui restent sont pareils aux dernières graines d'un grand arbre abattu. Les graines se transformeront en grands arbres, nourries par la cendre du vieil arbre calciné.

— Quand les graines sont trop disséminées, rétorqua Aurelio, elles poussent, mais elles ne font pas une forêt.

— Quand ces arbres répandront leurs graines à leur tour, les intervalles se rempliront, poursuivit don Emmanuel, et elles deviendront forêt. »

Aurelio parut plus confiant. « C'est à espérer. Mais, malgré tout, nous ne saurons jamais le secret des pierres, forêt ou pas.

— Vous serez obligés d'utiliser les tapiales », observa Sergio, et chacun rit de sa logique facile.

Au bout de la vallée il fallut choisir entre les trois routes : continuer tout droit dans l'embranchement du milieu, descendre par celui de gauche ou monter dans les neiges par celui de droite.

« Federico dit de prendre vers le haut, déclara Sergio à ceux qui se trouvaient en tête.

— Alors il se trompe, riposta don Emmanuel. Ce chemin mène à un glacier et ne débouche visiblement sur rien d'autre. »

La discussion qui s'ensuivit se termina par la décision d'envoyer don Emmanuel et Aurelio en reconnaissance sur le glacier ; ils essaieraient de repérer une route praticable, et, s'ils arrivaient jusqu'au sommet, examineraient le terrain au-delà.

Les deux hommes s'encordèrent et don Emmanuel prit la gara de cuir d'un mulet, au grand étonnement de son compagnon. Ils pensaient tous deux que l'ascension était à la fois extrêmement dangereuse et inutile, car il était hors de question d'emmener le bétail là-haut ; en outre, il était clair que le glacier aboutissait à une longue corniche, probablement fort étroite, qui reliait les deux cimes et que bordait sans doute un précipice de l'autre côté.

Convaincus qu'ils allaient explorer un périlleux cul-de-sac, les deux hommes s'approchèrent du glacier et se hissèrent sur la moraine de rochers qu'il poussait paresseusement devant lui depuis des siècles. La neige était sale et tassée en glace à la base, mais au fur et à mesure qu'ils progressaient, la carapace de neige fraîche se mit à briller d'un vif éclat au soleil, les obligeant à plisser les yeux et à grimacer. Néanmoins, la carapace était mince et don Emmanuel disparut brusquement jusqu'aux aisselles. Il avança en pataugeant afin de regagner la surface et ils continuèrent à lutter, en nage malgré la neige glaciale, où ils s'enfonçaient souvent profondément. Aurelio allait en tête parce qu'il était le plus léger, et sa politique se trouva justifiée lorsque son poids brisa le pont de neige qui franchissait une étroite crevasse. Sa chute entraîna celle de don Emmanuel à plat ventre, et Aurelio entrevit des murs de glace bleus, sans fond, tandis que son compagnon le tirait de là. Ils firent un détour pour arriver à traverser ; Aurelio tomba cependant dans quatre crevasses, don Emmanuel dans deux en se frayant un passage dans son sillage.

Il leur fallut cinq exténuantes heures pour atteindre la corniche. Ils s'assirent au sommet dans l'air mince. Un vent mordant fouettait la neige autour d'eux. Aurelio avait effectué l'ascension pieds nus, selon la tradition indienne, et se frictionnait avec de la neige. La vue qui s'étendait de l'autre côté de la corniche était saisissante ; loin au-dessous d'eux serpentait une verte vallée abondamment arrosée et, au-delà, s'élevaient des pics de plus en plus hauts, scintillants, couronnés de blanc, grandioses. Ils n'aperçurent aucun col en deçà des neiges et chacun d'eux comprit que le voyage devrait bientôt s'arrêter : la plupart des gens mourraient s'ils essayaient de traverser la chaîne en face d'eux.

Ils contemplaient encore le toit dentelé du monde lorsqu'un grondement sourd surgit derrière eux. Ils se retournèrent et virent une vaste avalanche qui glissait, de plus en plus rapide, du sommet à leur droite. Le flanc de la montagne semblait se détacher et patiner gracieusement, dans un rugissement de stentor, en direction du glacier. Les deux hommes regardèrent avec un respect fasciné les milliers de tonnes de glace, de neige et de roc tonner en projetant une brume de neige qui arrivait jusqu'à eux.

Dans la vallée, les exilés abasourdis assistaient à l'irruption du puissant torrent blanc, qui charriait des roches géantes le long du glacier et faisait trembler la terre sous lui. Ils tombèrent à genoux et se signèrent, invoquant les esprits et les anges, persuadés qu'Aurelio et don Emmanuel étaient morts et enterrés sous la formidable cascade.

Une fois l'avalanche terminée et la brume de neige stabilisée, quelques âmes intrépides grimpèrent prudemment jusqu'au bord du glacier pour tâcher de repérer les deux hommes. Ils en virent quatre cent cinquante. Parfaitement congelés et aussi frais que le jour où ils avaient été pris dans la glace, gisaient le comte Pompeyo Xavier de Estremadura, cinquante soldats espagnols armés de pied en cap, et quatre cent cinquante et un esclaves indiens qui avaient trouvé la mort dans une expédition dépêchée par le conscienciеux Pizarro afin de localiser la cité inca légendaire de Vilcabamba. Enfin libérés par la montagne qui les avait engloutis, eux, leurs mulets et leurs bagages, se trouvaient déposés là par les vagues de la mer houleuse qui les avait noyés en l'an 1533, le jour de la Sainte-Cécile.

Les témoins stupéfaits de ce phénomène de réfrigération naturelle furent tirés de leur étonnement par les interjections de don Emmanuel qui dévalait la pente avec Aurelio assis en tandem sur la gara de cuir. Ils enfoncèrent les talons dans le sol pour arrêter la course de leur luge de fortune et se promenèrent parmi les antiques cadavres, dans un ébahissement muet. Devant le corps du comte, dans sa riche armure, Aurelio commenta : « C'est le portrait d'Hectoro. »

Aurelio demanda que les corps fussent laissés sur place et recouverts de neige afin de les maintenir dans leur état de congélation. « J'ai des projets », annonça-t-il, et les gens lui obéirent, marquant chaque tombe de glace d'un long bâton coupé dans la vallée. Aurelio s'adressa ensuite à Sergio : « Il n'y a rien là-haut, à part le ciel et une longue pente. J'avais raison de dire que les esprits peuvent se perdre. »

Sergio lui opposa une dénégation farouche en affirmant : « Il voulait nous montrer ces hommes morts.

— Nous irons où j'ai dit, répondit Aurelio, si mon gendre ne trouve pas le bon chemin. »

Aurelio, fier d'avoir vu juste, conduisit la caravane le long de la vallée centrale qui allait tout droit. Après une pénible marche, ils parvinrent au bord du même précipice, mais un peu plus bas. Quand ils y plongèrent les yeux, ils aperçurent une mer de nuages à leurs pieds, qui roulait et se brisait contre des promontoires rocheux comme un vaste et lent océan, aux contours nettement dessinés, agitée de remous. Bien que ce fût un grand prodige, Sergio vint se poster près d'Aurelio. « Alors, lança-t-il avec un air de supériorité blessé, c'est ça la jugeote des vivants ? » Au-dessous d'eux, la mer de nuages s'élevait en tourbillonnant et ils suivirent la courbe du gouffre vers la gauche, avec le soleil dans le dos. Quand le nuage parvint à leur hauteur, un nouveau prodige survint : chacun se trouva face à face dans la brume avec son propre esprit ombreux. Chaque esprit avait la tête nimbée de lumières éclatantes et de couleurs arc-en-ciel, et, lorsque les voyageurs tombèrent à genoux en se signant, saisis de respect et de crainte, les esprits tombèrent eux aussi à terre et firent le signe de croix. Quand ils se levèrent d'un bond, les esprits les imitèrent ; ils singeaient chacun de leurs gestes, jusqu'à ce qu'enfin les hommes, leur terreur s'apaisant, se hasardent à jouer avec les esprits, et tentent de les surprendre par des mouvements brusques. Puis le nuage tournoya et bascula au-dessus du gouffre, les engloutissant, et leurs ombres baignées de halos éclatants disparurent.

La multitude s'employa à faire rebrousser chemin aux bêtes, et ils revinrent sur leurs pas jusqu'au pied du glacier, suivis par le nuage ; une fois arrivés là, ils prirent la dernière route possible.

La pente descendait en une courbe légère mais rapide, loin du mur imposant du précipice dont les strates verticales visibles à cette distance étaient teintées de rouge par le minerai de fer. Une large rivière aux rapides écumants et aux chutes étincelantes coulait, parallèle à leur chemin, et tonnait d'entre les mamelons jumeaux d'une vallée, orientée au sud, qui s'étendait derrière eux.

Ils sentaient l'air se réchauffer et gagner en épaisseur au fur et à mesure qu'ils descendaient, parcourant en quelques heures ce qu'ils avaient mis plusieurs jours à gravir. La pente contournait en spirale la base d'une montagne dont le faîte se situait à l'extrémité nord de la corniche sur laquelle Aurelio et don Emmanuel avaient grimpé, à présent dissimulée par le nuage qui leur avait dévoilé leurs esprits, auréolés de grâce et de gloire.

Ils continuèrent leur route, suivirent les méandres de la pente et se retrouvèrent face à une merveille qui surpassait toutes les autres, devant laquelle ils s'arrêtèrent, pétrifiés par l'étonnement.

39

Son Excellence devient un adepte et engendre un enfant magique

Son Excellence le Président contemplait avec satisfaction les résultats de sa politique de division ; les forces armées étaient plongées dans le chaos et la peur, et les chefs d'état-major n'étaient toujours pas parvenus à une décision à propos du putsch, indéfiniment repoussé. En outre, un scandale alléchant grandissait autour de la déplaisante personne du général Ramirez. Le Président ne savait pas comment c'était arrivé mais, d'après des articles publiés dans la presse étrangère, le général était mêlé à des pratiques abominables ayant entraîné la disparition de beaucoup de gens, et il semblait hautement probable que Ramirez, le plus puissant et le plus dangereux des chefs d'état-major, serait bientôt obligé de donner sa démission.

Tandis que le général Ramirez mastiquait ses ongles et que son malaise allait croissant, Son Excellence, au contraire, étant de moins en moins tracassée par les périls et les difficultés de sa charge, trouvait le temps long. Le Président en vint à se préoccuper de la crise économique persistante du pays et de la capitale — en d'autres termes, de l'héritage de Raoul Buenanoce et du Dr Jorge Badajoz.

C'était surtout la dette extérieure de 60 000 000 de dollars qui lui causait du souci, car le pays était à peine capable d'en supporter les intérêts et moins encore de la rembourser. Par conséquent, il devenait presque impossible d'obtenir des crédits étrangers, et le Fonds monétaire international ne serait d'aucun secours à cause des problèmes auxquels il était déjà confronté avec le Mexique, le Brésil et l'Argentine, comme l'étaient la Banque mondiale et toutes les grandes institutions financières, en particulier la Lloyds. Il s'efforça de faire rééchelonner la dette, avant de se rendre compte qu'une solution plus radicale s'imposait.

Il envisagea de saboter la production des autres pays producteurs de café dans le monde afin de hausser les prix en vue de la prochaine récolte, mais fut averti que toute maladie introduite, par exemple en Colombie et au Brésil, reviendrait rapidement à sa terre d'origine ; quant au Kenya, c'était un pays trop éloigné pour être saboté aisément. Il s'aperçut que ce serait peine perdue d'augmenter les prix de l'étain : les gens se rabattraient sur le plastique. Et avec une Opep en perpétuel désarroi, il ne pouvait pas davantage augmenter les prix du pétrole.

Il chercha en vain d'autres issues ; ses idées finirent par quitter le domaine du possible. Il envoya des missions parrainées par l'État à la découverte de l'Eldorado, en dépit des légendes qui le plaçaient au Pérou, en Guyane, en Équateur ou en Colombie, ou peut-être encore en Bolivie. Il fit venir des chefs indiens afin de les questionner minutieusement sur la provenance de l'or inca, et ne reçut que des réponses d'une utilité restreinte, comme : « Il venait d'ici et il est parti en Espagne. » Il donna à son ambassadeur à Londres l'ordre de réclamer le contenu des galions pris par sir Francis Drake et pensa même à déclarer la guerre au Chili pour s'emparer des gisements de nitrate que les Chiliens avaient volés aux Péruviens. Il ressassait sans fin le fameux adage selon lequel « ce pays est un mendiant en haillons assis sur un tas d'or » et se demandait : « Où est le tas d'or ? » Ses recherches révélaient que toutes les concessions d'or, d'argent, de plomb, de mercure, de cuivre, de sulfates, de fer, d'étain et d'émeraudes étaient aux mains de sociétés étrangères qui avaient eu les fonds nécessaires pour y investir ; il songea à nationaliser ces industries. Puis il se rappela ce qui était arrivé à Salvador Allende, et la réaction des États-Unis quand Castro avait expulsé les magnats américains : autant inviter la CIA à le renverser.

Il se souvint alors d'un article sur l'alchimie, qui affirmait que certains sages avaient découvert le secret de la transformation des métaux vils en or, et qu'elle avait été effectuée une fois en public par l'Imperator des Rose-Croix. Il ordonna à l'archiviste de l'État de se rendre à la bibliothèque de l'université et de photocopier tous les livres qu'elle contenait sur l'alchimie, puis il commanda aux États-Unis un laboratoire qu'il avait l'intention d'installer dans l'aile désaffectée du palais présidentiel.

Le Président trouva ses nouvelles lectures ampoulées, incompréhensibles et contradictoires. La plupart étaient rédigées en latin ou en grec, et il dut engager un érudit pour les traduire. Les ouvrages en espagnol parlaient d'antimoine, de mercure philosophique, du lion blanc, d'eau, d'auripigment, de citrine, de rougeur méridienne, d'argente vive, de dissolution, de coagulation, de précipitation, du Blanc du Noir, du Rouge du Blanc, du Citrin du Rouge, de feu humide, du Corbeau, du Vautour, du Lion rouge, du volatile volant, de colcotar, de l'Œuf de la Poule, des corps fugitifs, des corps albumineux, de fèces, du Dragon, du Perscrutinator des Eaux, de la Pierre philosophale, de Magnésie, de soufre folié, de lait de vierge, d'Efficient rationnel, de Botri, de vert-de-gris, de tragacanthe, d'Ixir, de la Quintessence métapsychique et de l'Essence intellectuelle.

Le cerveau chancelant, pris dans un tourbillon de confusion et d'incompréhension, il s'efforça de déchiffrer les ouvrages de Basile Valentin, Cornélius Agrippa, Paracelse, Vaughan, Ficino, Roger Bacon, Geber, Kirchringius, Héliodore, Synesius, Athenagoras, Zozimus, Archelaus, Olympiodore, Sendivogius, Eirenaeus, Albert le Grand, Hermès Trismégiste, et la plupart des grands auteurs de l'art hermétique.

Après avoir rempli son laboratoire de cornues, de tubes à essai, de fours, de placards d'évacuation pour le gaz, de pieds à cornue, de brûleurs, de creusets et de rangées de substances chimiques aux couleurs vives, il entreprit de créer de l'or à partir du plomb. Plutôt que de s'embrouiller l'esprit en essayant de collationner des dizaines de traités alchimiques abscons assortis de diagrammes mystiques, il décida de passer au crible chaque traité un par un, en commençant par la table d'or d'Hermès Trismégiste.

Au cinquième paragraphe, il était déjà perdu : « Prenez de l'Humidité une once et demie, et de la Rougeur méridienne qui est l'Ame de Dieu un quart, c'est-à-dire une demi-once ; de l'auripigment, un demi — qui sont huit —, à savoir trois onces ; et sache que la vigne du sage se tire en trois, et que la vigne d'icelui est parachevée en trente. »

C'était assez désespérant ; il était impossible de comprendre ce que ces sages, adeptes et mages voulaient dire, car tous s'exprimaient avec une égale obscurité.

Le Président devint ce qu'on appelait à l'époque de la Renaissance un « Puffer » — un expérimentateur livré à lui-même et au hasard. Après une ou deux vilaines brûlures, après s'être étranglé en inhalant du chlore et avoir respiré la repoussante odeur de l'acide sulfhydrique, après avoir eu le bout d'un soulier dissous par une éclaboussure d'acide nitrique et avoir perdu ses cheveux, le Président s'était fait confectionner un ensemble en caoutchouc muni d'un masque à gaz incorporé, et une torche électrique pour se retrouver dans les nuages de fumée et les vapeurs délétères.

Au bout de six mois d'expériences assidues, Son Excellence n'avait pas transmué le plomb en or. Elle avait causé quatre incendies importants, trois explosions et d'innombrables émissions de gaz toxiques qui rendaient l'atmosphère du laboratoire fétide, même avec un masque à gaz.

Le Président réussit, néanmoins, à inventer par erreur un explosif capable de tout détruire dans un rayon de deux mètres, mais dont les effets s'arrêtaient brusquement et inexplicablement, passé cette distance. Il reproduisit l'expérience à de nombreuses reprises, avec une grande fierté paternelle, et nota la recette dans l'intention de la faire breveter aux États-Unis.

Son attention fut cependant détournée par une conversation qu'il eut avec le ministre des Affaires étrangères, qui était versé dans l'occultisme et qui, comme nous l'avons signalé plus haut, connaissait personnellement l'archange Gabriel. Il informa le Président que la littérature alchimique était une suite de métaphores élaborées décrivant des techniques sexuelles destinées à réaliser ses désirs et à unir son âme à Dieu, dans un bel ensemble.

Le Président revint précipitamment à ses livres et, commençant par *Le Char d'antimoine* de Basile Valentin, se mit à les traduire en guides du coït pour magiciens, avec un succès qui dépassait largement les résultats qu'il avait obtenus en les traitant comme des manuels de chimie ésotérique. Enflammé par l'exaltation intellectuelle, le Président passa ses nuits à travailler d'arrache-pied, au détriment de sa santé (déjà détériorée par ses expériences malencontreuses), persuadé qu'il tenait enfin le moyen de réaliser ses désirs et de jouir par la même occasion des délices les plus tentatrices de la concupiscence.

Il compulsa un glossaire d'alchimie, dont voici quelques termes :

L'Aigle Mère = muqueuses
Cucurbite = organes génitaux féminins
L'Aigle blanc = le fluide lubrifiant de la femme
Le Dissolvant = synonyme du précédent
Cornue d'alambic = muqueuses pendant le rapport
L'Aigle = la femme
Le Lion = l'homme
Le Lion rouge = la semence
Elixir = semence
Quintessence = semence transmuée
Sublimé = extase physique transmuée en béatitude spirituelle.

Après avoir traduit ces termes et des dizaines d'autres, Son Excellence décida de solliciter la collaboration de sa femme, afin de voir jusqu'à quel point les instructions pouvaient être interprétées comme une métaphore sexuelle et ce qui en résulterait. Son épouse, ayant exercé le métier d'« actrice » dans un club de strip-tease, fut enchantée de mettre ses talents panaméens au service d'une tentative aussi neuve, et ils procédèrent comme suit.

Pendant la journée, ils pratiquaient la chasteté magique ; c'est-à-dire qu'ils essayaient de s'interdire toute pensée érotique. Ils chassaient impitoyablement de leur esprit les représentations de copulation ou de nudité afin de se concentrer sur des sujets anodins et strictement dénués de vertus titillantes. Ils découvrirent que c'était loin d'être facile et confirmèrent la croyance populaire selon laquelle la plupart des gens passent leur temps à penser aux choses de l'amour, y compris les présidents. Cet exercice difficile et inhumain avait pour but de conserver leur énergie sexuelle intacte jusqu'au soir.

Le soir, ils prenaient un bain ensemble et se lavaient mutuellement avec beaucoup d'application et de minutie, mais non sans quelque hilarité. Puis ils se séchaient et se retiraient dans la chambre présidentielle, où ils accomplissaient un petit rite de l'invention du Président, au cours duquel ce dernier posait ses mains sur les épaules de sa femme, la regardait dans les yeux et psalmodiait : « Tu es ma Reine, tu es la vivante Isis, tu es ma Prêtresse. » Elle posait alors les mains sur ses épaules à lui, le regardait dans les yeux et récitait : « Tu es mon Roi, tu es Osiris Ressuscité, tu es mon Prêtre. »

Ils échangeaient ensuite des caresses, allongés sur le lit, jusqu'à ce qu'il soit possible de passer à la phase suivante : elle enfourchait les genoux du Président, les bras noués autour de son cou, en s'efforçant de le stimuler par des contractions volontaires du vagin. Elle finit par y devenir très experte, et ils continuaient ainsi pendant deux ou trois heures, les yeux dans les yeux, dans un silence complet, presque hynoptique, en communion avec leur Moi supérieur, atteignant des paroxysmes d'extase, recueillant la connaissance divine, se figurant qu'ils étaient Isis et Osiris et se représentant intensément la réduction de la dette nationale.

Dans cette version du rite, ils s'interdisaient de parvenir à la jouissance ou de la désirer, parce que cela leur permettait de prolonger indéfiniment le rituel, parce que cela favorisait l'accumulation d'énergie magique et parce qu'on pouvait de la sorte répéter sans fin la cérémonie sans perdre sa vigueur.

Ce procédé leur fit éprouver une extraordinaire sensation

de force et de bien-être ; c'était si délicieux et si exaltant que le Président se mit à négliger entièrement les affaires de l'État et à peindre les anges qu'il rencontrait dans ses visions hypnagogiques. Il était également très satisfait de lui-même parce que l'obligation de ne pas atteindre l'orgasme l'avait guéri de l'impuissance causée par la terreur du vieillard de ne jamais éjaculer. A présent, il lui fallait un signal convenu de sa femme pour empêcher les adroites contractions de celle-ci de l'emporter sur la crête de la vague.

Après avoir accompli ce rite mystique, ils passaient au troisième degré, qui était jusqu'à un certain point identique au second. Il différait en ce qu'au bout de deux ou trois heures, le couple laissait exploser simultanément ses désirs contenus en un orgasme cataclysmique au cours duquel chacun devait se représenter le plus fortement possible la réduction de la dette nationale.

Cependant, la pratique n'était pas aussi aisée que la théorie. La première fois, ils parvinrent à s'embraser simultanément d'un feu divin, mais la sensation fut si irrésistible qu'ils en oublièrent de se représenter l' « enfant magique » de la réduction de la dette.

La deuxième fois, le Président arriva à destination avant sa femme et il en fut trop contrarié pour visualiser convenablement. La troisième fois, il n'y arriva pas du tout, parce qu'il dissipa sa concentration et son état de félicité enflammée en essayant de ne pas reproduire le fiasco de la deuxième tentative.

A la troisième, néanmoins, tout se déroula conformément au dessein alchimique et ils demeurèrent enlacés, frémissants, tremblants, électrisés par une extase mystique pendant ce qui leur parut des heures, suspendus entre une exquise douleur et un plaisir déchirant. Ils virent des anges les éventer de leurs ailes, le lit s'éleva par lévitation dans les airs et se retourna en voltigeant, une fenêtre vola en éclats dans un bruit de détonation aigu, la porte s'ouvrit et se referma d'elle-même, ils sentirent le baiser de Dieu sur leurs fronts enfiévrés et se représentèrent avec une grande netteté les coffres-forts de la trésorerie débordants d'or.

Quand ce fut terminé, le lit se remit doucement en place et le couple épuisé et inspiré s'effondra sur le côté, dans les bras l'un de l'autre, au milieu de glapissements et de halètements tourmentés. « Gros nounours ! s'exclama la femme du Président. Ô gros nounours ! » Et ils sombrèrent dans un bienheureux sommeil qui précéda une longue période de création, où s'épanouirent les esprits frappeurs, les états de sainte Béatitude, et de vivantes images de la solvabilité nationale.

Chaque jour, Son Excellence demandait un rapport des Finances qu'il épluchait, guettant les signes de la naissance de l'enfant magique. Il constata avec satisfaction que, grâce à un ouragan dans les Caraïbes, le prix des bananes et des fruits tropicaux avait augmenté, et que la récolte de café n'avait pas été gâtée par les pluies comme l'année précédente. Il vit la dette se réduire graduellement à 50 000 000 de dollars.

Il n'était néanmoins pas convaincu que l'alchimie était à l'origine de ce résultat limité, et sa foi, en dépit des assurances du ministre des Affaires étrangères, commençait à diminuer. C'est alors que l'expédition qu'il avait envoyée découvrir l'Eldorado revint avec une agréable nouvelle : l'ingénieur, en ramassant des œufs d'oiseaux, avait trouvé un nouveau gisement d'émeraudes dans la Sierra.

Les leçons de l'histoire n'ayant pas été vaines, le Président ne vendit pas la concession aux Américains, mais créa une Compagnie minière nationale subventionnée par des fonds gouvernementaux. Afin de parer à la corruption et à l'inefficacité effroyables qui s'associeraient infailliblement à un tel projet, il décida de nommer à sa tête un officier d'une intégrité et d'un patriotisme irréprochables. Il venait d'envoyer le télégramme au général Fuerte dans la province de Cesar quand il reçut un câble de Valledupar l'informant que le général avait été assassiné pendant la nuit.

Déprimé et frustré, il alla rendre visite à sa femme, qui avait passé la journée au lit, souffrant de crampes d'estomac qu'il pensait causées par leurs surnaturels exercices alchimiques. Il croisa dans le couloir la dame d'honneur de son épouse, qui poussait des cris hystériques et se signait à la rapidité d'une mitrailleuse, avec la ferveur de sainte Catherine. Comme il ne pouvait lui tirer la moindre parole sensée, même en la frappant et en la secouant, il pénétra dans la chambre de sa femme. Elle roucoulait au-dessus d'une petite boule de poils noirs qui lui tétait le sein tout en y appuyant ses pattes dans un mouvement rythmé.

Elle leva les yeux à son entrée et lui lança un sourire minaudier. « Regarde, gros nounours, roucoula-t-elle, je ne savais même pas que j'étais enceinte et je viens d'avoir un petit bébé. N'est-il pas mignon ? »

Les mains derrière le dos, il se pencha et examina le nouvel arrivant. Il se redressa et pinça les lèvres.

« Es-tu sûre que je sois le père ? demanda-t-il. On dirait un chat. »

40

Le triple assassinat du général Carlo Maria Fuerte

Le général Carlo Maria Fuerte avait pris le maximum de précautions ; il avait immédiatement renvoyé les gardes de Portachuelo à leurs bases sur les frontières éloignées de la montagne et s'était assuré que le général de brigade, et lui seul, signait les ordres et les directives émanant de Valledupar. Nonobstant, le général Ramirez ne manqua naturellement pas d'apprendre, par les rumeurs qui circulaient au sein de l'armée, que le général Fuerte était réapparu dans Cesar et qu'il avait repris ses fonctions. Il expédia au général Fuerte un télégramme de félicitations pour sa guérison, en ajoutant qu'il s'était personnellement occupé des officiers renégats qui l'avaient incarcéré et maltraité. Puis il organisa un assassinat qu'on imputerait à la gauche et écrivit au *New York Herald* une lettre qui dénonçait comme faux les documents publiés par le journal. Il rédigea un brouillon de lettre de démission au Président, le relut à maintes reprises en s'arrachant les ongles avec les dents, avant de le déchirer.

Le général Fuerte savait à quoi s'attendre et il doubla les mesures de sécurité autour de la base. Cependant, il lui déplaisait de restreindre sa propre liberté de mouvement et il continua ses promenades avec son énorme chat (qui ne pouvait désormais passer qu'une patte à travers la trappe), parfois en compagnie du Capitan Papagato et de ses quatre chats.

Les deux hommes étaient devenus de bons amis, malgré les grandes différences d'âge et de rang qui les séparaient. Ce n'était pas uniquement parce qu'ils s'étaient entichés de leurs animaux, ni parce que Fuerte était reconnaissant envers Papagato d'avoir pris soin de Maria et de son incroyable progéniture. C'était plutôt qu'ils partageaient le même genre de lassitude et de sensibilité.

Le général Fuerte était arrivé au moment critique de l'existence où on se demande ce qu'on a fait de sa vie, et si la direction qu'on a prise vous convient vraiment. Il se demandait ce qu'il avait pu manquer pendant sa longue liaison et son mariage avec l'armée, et s'il n'y avait pas une meilleure façon, plus novatrice, de finir ses jours sur terre.

De son côté, le Capitan Papagato, âgé de vingt-huit ans, avait déjà l'impression que la jeunesse lui avait échappé sans qu'il y prenne garde, consumée par les règlements, les formulaires à remplir, les exercices, les réceptions au mess, les dîners d'officiers, les périodes d'entraînement avec les Américains au Panama, les harangues aux conscrits récalcitrants et illettrés. Il se sentait insatisfait et terrifié à la perspective d'une vie qui tendait implacablement vers un vide peuplé d'ombres.

« Je pense à résilier mon engagement, mon général, annonça-t-il un jour qu'ils se promenaient dans la savane.

— Ah oui ? répondit le général. Moi aussi j'y ai pensé. J'ai envie de disparaître et de recommencer ailleurs.

— Vous me surprenez, mon général ; je croyais que vous vouliez finir vos jours ici, et que vous alliez tenter de me persuader de rester.

— Il y a quelques mois, avant ma mission, c'est ainsi que j'aurais réagi.

— Pardonnez-moi, mon général, mais aucun de nous ne sait en quoi consistait cette mission. Pouvez-vous le révéler ?

— Malheureusement, non, Capitan, c'est ultraconfidentiel. »

Ils marchèrent en silence, les mains derrière le dos, comme des officiers qui passent leurs troupes en revue. « Regardez ! s'exclama le général. Un pécari ! »

Ils observèrent l'animal qui s'éloignait d'un pas nonchalant à leur approche et le général reprit : « J'ai l'intention de partir la semaine prochaine. Je veux entreprendre une longue expédition pour établir une classification des animaux de la Sierra, comme je l'ai fait avec les papillons, et jusqu'à un certain point avec les colibris.

— Une expédition, mon général ? Ah ! » Le Capitan s'arma de courage. « Pardonnez mon impertinence, mon général, mais puis-je vous accompagner ? Cela m'intéresserait énormément. »

Au grand soulagement et à la surprise du Capitan, le général parut enthousiasmé par cette idée. « Vous savez toutefois, Capitan, que dans l'armée il faut donner un préavis de six mois quand on démissionne. Un départ avant ce délai est une désertion. Je ne puis être complice d'un crime.

— Avez-vous donné un préavis de six mois ? s'enquit le Capitan.

— Non, je dois avouer que je ne l'ai pas fait, mais j'ai persuadé le médecin-major de me déclarer inapte au service. Je céderai le commandement mercredi prochain et je recevrai la confirmation de ma cessation d'activité dans six mois. Je suis effectivement un homme libre.

— Général ! s'exclama le Capitan. Pourquoi ne pas me destituer ?

— Vous destituer ? Et pour quelle raison ?

— N'importe laquelle !

— Vous avez le choix entre la démence, l'homosexualité, la conduite déshonorante, l'incompatibilité avec les exigences du service...

— La démence, général, je choisis la démence. Après tout, j'ai quatre chats et j'ai changé mon nom en Papagato !

— Je parlerai au médecin-major, promit le général ; il est dans l'obligation de vous interroger. Je vous conseille d'emmener vos chats et de l'abrutir de galimatias.

— Oh ! merci, mon général ! Je vous remercie de tout cœur !

— Je n'en mérite pas tant, Capitan. Je serais ravi de vous avoir pour compagnon dans mon expédition ; je le fais pour des motifs purement égoïstes et nullement militaires. »

Le Capitan serra vigoureusement la main du général, les yeux pétillants de bonne humeur et de plaisir. « Je serai bien fou pendant une semaine !

— Pas au point, répliqua le général, d'oublier d'acheter un burro et d'emballer les affaires dont vous aurez besoin pour le voyage. Laissez le reste à l'intendant, afin de pouvoir le réclamer plus tard. »

Le soir du mardi suivant, après avoir emballé ses affaires dans des sacs afin d'en charger Maria, le général quitta son domicile pour aller flâner en ville, habillé en civil et arborant un sombrero de paille cabossé. C'était son déguisement pour écouter les conversations dans les bars, où il entendait le peuple se plaindre amèrement de la corruption des fonctionnaires. Il en avait limogé beaucoup grâce à ce simple expédient.

Ce soir-là, cependant, la corruption était loin de ses préoccupations. Il humait d'avance l'air embaumé de la liberté. Il laissait un testament léguant tous ses biens à l'Union patriotique des ex-soldats, marins et aviateurs, et le contenu de son coffre-fort à la banque d'Asuncion à la bibliothèque de l'université de Berkeley, Californie, où il était venu faire un exposé sur la Violencia dans le département d'histoire contemporaine. Il avait la ferme intention de laisser dans sa chambre un mot expliquant son suicide et l'avait déjà composé mentalement : « Je ne peux plus vivre en paix avec moi-même. Je vais me noyer. » Mais plus tard dans la soirée, tandis qu'il rentrait chez lui en longeant un bas-côté, il trébucha sur un objet mou et lourd, et faillit tomber. Il sortit sa lampe de poche et braqua le faisceau sur le corps étendu. C'était El Gandul, un ivrogne du coin dont l'oisiveté et la vie de parasite lui avaient également valu le sobriquet d'« El Cucarachero ». Son vrai nom était inconnu, personne ne savait d'où il venait, et il s'était à deux reprises blessé en s'écroulant sur une route, plongé dans l'hébétude de l'alcool. Cette fois, il avait eu la tête si violemment écrasée que son visage s'était enfoncé dans les pierres ; il n'en restait qu'un amas déplaisant, sanguinolent et méconnaissable. Le général remarqua que l'indigent vagabond avait exactement la taille et la carrure qui convenaient, et il le poussa dans les buissons, en espérant qu'il arriverait à revenir avec une Jeep avant que le corps ne soit découvert par les chiens ou les vautours.

Il transporta le corps chez lui et le dévêtit, en essayant de ne pas regarder l'affreuse face défigurée. Il habilla le corps de ses sous-vêtements de fabrication militaire (vert kaki, coton, pour usage officiers), qu'il ne portait jamais, et le hissa dans son lit. Ce soir-là il dormit dans un lit de camp sur la véranda, préférant les piqûres de moustiques à la compagnie de l'épave alcoolique en train de se raidir.

Le matin, il se rendit au dépôt d'armes et retira, de sa propre autorité, un explosif à retardement. Il remplit le formulaire requis en trois exemplaires. En face de « destination », il écrivit « contre-révolution ». L'engin était équipé d'une simple horloge de vingt-quatre heures munie d'une flèche rouge pour indiquer le « moment de la détonation », et d'une petite aiguille blanche qu'il fallait mettre à l'heure exacte. Il lut attentivement les instructions :

Lisez ces instructions avant *toute manœuvre sur l'appareil.*

1. Vérifiez que le bouton marqué « arrêt » est ENFONCÉ.
2. Mettez la petite aiguille blanche à l'heure exacte.
3. Réglez la flèche rouge à l'heure de détonation voulue.
4. TIREZ le bouton ARRÊT. L'engin est maintenant *activé* et ne peut subir de modification *qu'à* condition d'ENFONCER de nouveau le bouton ARRÊT au préalable.
5. Ne procédez en aucune circonstance dans un ordre ou d'une façon différente de ceux décrits ci-dessus.

Le général régla l'engin pour trois heures du matin, et le déposa sous son lit.

Il se mit à emballer ses possessions dans les sacoches de Maria. Il prit deux vêtements de rechange, deux paires de brodequins de combat, ses médailles, dix paquets de rations de survie de l'armée, des cachets pour stériliser l'eau, des antimoustiques, des jumelles, une boussole, un revolver, des cartes d'état-major, un exemplaire de son livre *Picaflores de la Cordillera y de la Sierra Nevada*, plusieurs calepins, des produits de lavage, des serviettes, un lit de camp, un sac de couchage, un grand bidon, un crucifix offert par sa mère et un nouvel exemplaire de *Jours de paresse en Patagonie*, de W. H. Hudson, qu'il n'avait pas lu la dernière fois parce qu'il n'avait pas pensé à demander au père Garcia de le lui rendre. Persuadé qu'il oubliait l'essentiel, il mit sa chambre sens dessus dessous et ne s'arrêta que lorsqu'il eut ajouté une trousse de premiers secours, une machette, quatre boîtes de munitions et une paire de ciseaux. Debout au milieu de la pièce, il se demandait s'il allait emporter son fusil d'officier ; finalement, il ouvrit le coffre-fort sous son lit et sortit l'arme. Il alla prendre la culasse qui se trouvait dans le coffre-fort du salon et s'assit sur son lit pour les assembler. Il graissa soigneusement le mécanisme et poussa la culasse d'arrière en avant pour en vérifier le fonctionnement. Il prit une baguette, un rouleau d'étoupe et un bidon d'huile de graissage, et les enroula dans un drap qu'il joignit à ses bagages. Il fixa une bretelle à son fusil et s'assura qu'elle était bien réglée.

Il chargea ses paquets dans la Jeep, avec laquelle il parcourut la courte distance qui le séparait de l'étable de Maria, près de son bureau, et les y déposa. Puis il revint chercher son chat et attendit l'arrivée du Capitan Papagato accompagné de son âne et de ses quatre chats.

Le Capitan apparut peu après en costume de paysan, et les deux hommes s'éloignèrent en silence avec leurs ânes en direction de Chiriguana, le sombrero abaissé sur les yeux, tandis que leurs chats rôdaient en bordure de la route dans la savane, en se tendant des embuscades ou en pourchassant leur propre queue.

« J'ai un aveu à vous faire, prononça enfin le général.

— Ah oui ?

— Je vous ai menti, Capitan. Je n'ai pas été réformé. Je déserte. J'espère que cela ne vous choque pas, je me suis senti coupable depuis que je vous l'ai raconté. »

Le Capitan regarda au loin et ôta son chapeau pour s'éventer le visage. « Simuler la folie, c'est une forme de désertion », répondit-il.

Ce soir-là, ils préparèrent du sancocho à la belle étoile et discutèrent tranquillement. Dans les broussailles qui les entouraient, les bêtes bruissaient et les cigales raclaient. Le général fuma un puro avec son café, et le Capitan observa : « Vous avez vraiment l'air d'un campesino à présent !

— Vous devriez en essayer un, répliqua le général. Et vous verrez comme c'est extraordinaire. Il n'y a rien de tel au monde pour balayer les soucis et éclaircir les pensées.

— Vous n'en auriez pas un de trop, par hasard ?

— Bien sûr », répondit le général, qui fouilla dans son sac pour en extraire un cigare.

Le Capitan Papagato l'alluma et la délicate fumée s'échappa dans la nuit, se mêlant à la senteur des bougainvillées.

« Je me sens ivre, déclara le Capitan au bout d'un moment. J'espère que je ne vais pas être malade.

— Vous ne le serez pas, repartit le général. La nuit est trop belle. » Il s'interrompit un instant. « Avez-vous apporté une tente, Capitan ?

— Naturellement.

— Dieu merci. Je savais que j'avais oublié quelque chose d'important. Mais nous ne sommes pas à la saison des pluies et, avec un peu de chance, nous n'en aurons pas besoin. »

Cette nuit-là, juste après minuit, le Comandante Domingo Hugo Galdos, membre de la section officieuse du service de la Sûreté militaire dépendant du général Ramirez, attendait que le garde passe à l'autre bout de sa ronde. Le garde, fatigué, s'ennuyait manifestement et s'était arrêté pour fumer une cigarette interdite dans le creux de la main, en jetant des regards légèrement anxieux autour de lui au cas où l'officier de service surgirait à l'improviste pour un contrôle.

Le Comandante Galdos était arrivé par le train, en civil, avec un attaché-case pour se donner l'allure d'un homme d'affaires ; mais ses lunettes noires trahissaient son identité d'agent secret, comme son complet mal coupé et ses chaussures à bout carré. A l'intérieur de la mallette se trouvait une carte très précise indiquant le domicile du général Fuerte, un plan de la maison, le détail des déplacements des gardes et une arme à canon long, maniable d'une seule main, munie d'un silencieux. Il était accroupi dans les buissons, dans une posture très inconfortable, les pieds blessés par le cuir neuf de ses chaussures, les cuisses endolories. Saigné par les moustiques depuis deux heures, il attendait le moment idéal.

Quand le moment arriva, il s'élança à travers la route et grimpa précipitamment le perron de la maison du général. Il constata, soulagé et surpris, que la porte était ouverte et se glissa à l'intérieur, où il heurta un râtelier dans lequel le général rangeait ses cannes. Horrifié par le vacarme qu'il venait de causer, le cœur battant et l'estomac chaviré, le Comandante Galdos s'immobilisa, à l'écoute de l'effrayant silence.

Quand sa respiration se fut enfin calmée, il sortit une mince lampe de sa poche et l'alluma d'une chiquenaude. Il trouva la poignée de porte de la chambre à coucher, la tourna très lentement. La porte céda avec un claquement aigu ; de nouveau pétrifié par la panique, il songea à s'enfuir. Puis il ouvrit la porte, dont les gonds grinçants le terrifièrent. Il s'immobilisa derechef. Il se faufila dans la chambre, en maudissant le crissement de ses souliers de cuir neuf, et braqua sa lampe sur le lit. Très vite, suant de peur, il troua de quatre coups de feu le dos d'El Gandul, allongé de côté sous le drap. Saisi d'une irrésistible envie d'uriner, le Comandante Galdos regagna promptement le couloir et se cogna une fois de plus aux cannes. Il jura, rassembla ses esprits et jeta un coup d'œil furtif au-dehors. N'apercevant pas de sentinelles, il fonça dans les buissons, prit son élan et tomba la tête la première dans une rigole d'irrigation. Ses mains, dont il s'était servi pour amortir sa chute contre les pierres, étaient en sang ; il resta étendu là, tremblant et en nage, le temps de se calmer un peu. Il revint vers la route et se dirigea droit sur un bar, où il but coup sur coup quatre aguardientes et fuma dix cigarettes. Une putain se glissa vers lui, vit ses mains ensanglantées et ses yeux fous, et s'éloigna discrètement.

Teodoro Mena Machicado, l'assassin le plus expérimenté des socialistes révolutionnaires (Front des Turcos de Lima), connu sous le nom d'El Amolador (l'Immolateur) parce qu'il portait toujours un poignard en mission, arriva peu après le départ du Comandante Galdos. Il avait mis deux jours à faire le trajet depuis Isabel, en stop, dans des camions. Il était fatigué et sale, mais résolu à remplir son devoir révolutionnaire avec une fermeté et une abnégation sans réserve. Il avait jusqu'à présent exécuté sept officiers supérieurs, et le général Fuerte devait être le huitième. Il ignorait qu'il avait jusque-là supprimé pas moins de trois officiers aux sympathies de gauche, antiaméricaines et nationalistes, trois modérés, et un seul de droite. Pour sa part, c'était blanc bonnet et bonnet blanc, et il n'était pas homme à s'embarrasser de préavis et de conditions lorsqu'il s'agissait de liquider des ennemis de classe. Démangé d'une justice révolutionnaire que lui seul distinguait de la férocité sanguinaire, il attendait dans les buissons le passage de la sentinelle.

L'occasion se présenta ; le cœur battant d'excitation, il franchit la route d'un bond, grimpa le perron de la maison du général et s'acharna sur la poignée. Il fit irruption à l'intérieur, emboutit les cannes et, sans s'arrêter pour frotter ses tibias meurtris, courut dans la chambre du général. Tirant de sa ceinture le couteau de boucher aiguisé avec amour, il se jeta sur le corps et lui plongea frénétiquement l'arme dans la poitrine à quatre reprises, fendant les côtes. Puis il la retira et essuya la lame sur le drap.

Instinctivement, il tira l'épaule du cadavre pour le retourner et, dans le brillant clair de lune qui se déversait par la fenêtre, il vit la face mutilée, couverte de sang coagulé d'El Gandul, grouillante de mouches, la bouche pleine de vers. Une puanteur nauséabonde lui assaillit brusquement les narines et il se couvrit le nez de la main.

Stupéfié et écœuré, El Amolador recula et s'enfuit. Dans le couloir, il emboutit une fois de plus les cannes et boita jusqu'à la porte en agrippant son genou. Il attendit le passage de la sentinelle et s'élança dans les buissons de l'autre côté de la route. Il courut quelques mètres, plié en deux, puis regagna la route.

Il pénétra avec gratitude dans le bar le plus proche et s'assit à côté du comandante Galdos, qui avait déjà l'œil vitreux et le propos incohérent. El Amolador commanda une bouteille de ron cana et la but sans l'intermédiaire d'un verre ni adjonction d'Inca-Cola, en regardant la cigarette de Galdos se consumer en mégot entre ses doigts, qu'elle marqua de deux ampoules.

Le Comandante Galdos se dressa en se tordant les mains et en criant : « Mierda ! Que maricon de puta ! Jesus ! » El Amolador posa la main sur le bras de l'officier et l'obligea à se rasseoir sur son tabouret. « Prends encore un verre, cabron. »

Les assassins des deux extrêmes burent avec une soif d'éléphant, se jurèrent une amitié éternelle, s'étreignirent, évoquèrent les souffrances hyperboliques de leurs expériences amoureuses et relatèrent non sans exagération épique leurs exploits sexuels. Ils dormaient profondément, la tête sur le comptoir, lorsque la bombe du général Fuerte éclaira la nuit et fracassa le silence.

Aucun d'eux ne s'éveilla. Dans son inconscience, le Comandante Galdos murmura : « Oh ! Que chucha ! » ;

El Amolador grogna comme un porc, et proféra : « Quoi ? Où ? »

Au général zoologique qui dormait béatement sous les étoiles, le bras sur le cou de son chat ronronnant, était échu un destin unique sur terre : assassiné trois fois dans la nuit en son absence, dont une par lui-même, il était vivant et déserteur.

41

Le début de l'histoire post-diluvienne de Cochadebajo de los Gatos

A peu près depuis le commencement de l'ère géologique, il existait une vallée à cet endroit, créée par le plissement de la Sierra et l'inexorable érosion des eaux. A l'extrémité orientale s'élevaient depuis toujours, de chaque côté, d'imposantes montagnes qui barraient verticalement le ciel de la Cordillera. Il s'était produit là, avant qu'aucun être humain n'y pose le pied, un formidable tremblement de terre qui avait comprimé un peu plus les plissements de l'écorce en travail ; le sommet méridional s'était incliné sur la vallée de telle sorte que son versant surplombait la gorge, que le fleuve traversait en cascades.

Pendant des centaines d'années, les Incas vécurent dans la vallée de la montagne suspendue et y édifièrent une cité de pierre avec des temples et des ziggourats, des terrains de pok-a-tok où les équipes perdantes étaient parfois sacrifiées, et des rues pavées géométriques bordées de maisons basses et de colonnes de pierre gravées. A l'extrémité occidentale, ils érigèrent des effigies de jaguars en pierre le long de l'entrée des voyageurs et, à mi-chemin sur la pente septentrionale, ils construisirent le palais de leurs seigneurs.

Puis, un jour, un grondement furieux se fit entendre ;

une femme qui travaillait dans un champ désigna l'est et cria. Les gens se précipitèrent dans les rues et les cours pour assister au prodige qui s'accomplissait au bord de leur monde : le versant en surplomb se fendait en fragments le long des veines et glissait en s'effritant dans un rugissement, avant d'aller former un gigantesque barrage à la sortie du fleuve. Le dernier tronçon de la montagne se détacha à grand bruit et s'écrasa à terre en projetant dans les airs des nuages de poussière de roche, que dispersèrent d'âpres vents.

Les habitants affolés ne purent dégager le barrage avant la montée des eaux. Ils hissèrent les rochers sur la pente à l'extrémité de la vallée, mais ils étaient souvent trop lourds pour être soulevés, fût-ce par vingt hommes. Ils abandonnèrent cette lutte inégale, craignant que la route du retour ne soit coupée, et partirent pour une longue marche en direction de Cuzco ; ils périrent dans le désert implacablement hostile des portachuelos. Ils étaient morts bien avant que leur vallée ne se transforme en vaste lac submergeant leur cité, exerçant une pression sans relâche contre le barrage, en attendant le moment où les montagnes bougeraient à nouveau, où le barrage se romprait, où les eaux libérées se précipiteraient joyeusement dans les quebradas, envahiraient les jungles et se disperseraient dans le bassin de la Mula, pour s'évaporer une fois de plus dans le giron du ciel de leur naissance.

C'est ainsi que les voyageurs contemplèrent des hauteurs une cité intacte à moitié enfouie dans la boue alluviale que trouaient çà et là des mares d'eau scintillantes. Ils aperçurent les ziggourats et les temples, le palais des seigneurs, les toits des petites maisons et les obélisques de jaguars bordant la route d'entrée.

Remedios s'avança et s'adressa à Pedro. « Comment l'appellerons-nous ? “ La Libertad ” ?

— Nueva Chiriguana, suggéra Misael.

— Non, intervint Aurelio. C'est une cité de chats sous un lac. Elle prendra le nom de "Cochadebajo de los Gatos ". »

Il l'affirma avec une telle certitude que le flot de suggestions se tarit sur-le-champ et le nom circula, consacré comme celui de leur nouvelle patrie. Les gens roulaient les mots dans leur bouche, et ils aimaient leur sonorité.

« Vamos, commanda Hectoro. Nous avons beaucoup de terrassement à faire.

— Je vais partir, annonça Aurelio, mais je reviendrai. J'ai des affaires importantes à régler.

— Reviens chargé de pelles », lança don Emmanuel.

Aurelio fit faire demi-tour à son mulet et regrimpa la pente.

Il retourna dans la jungle pour rejoindre Carmen, et rassembla des sacs de racines et d'herbes. Puis il se rendit dans les montagnes où il jeûna pendant deux semaines, afin de recueillir le pouvoir des esprits. Quand il sentit le voile entre ce monde et l'autre devenir si fin qu'il pouvait le traverser, il revint dans la jungle et chargea les plantes médicinales sur quatre mulets. Il lui fallut trois jours pour atteindre le pied du glacier, et il y resta une semaine pour accomplir sa tâche avec l'aide de Federico et de Parlanchina.

Les habitants de Cochadebajo de los Gatos avaient devant eux un travail herculéen, et beaucoup pensaient qu'il était trop vaste pour être entrepris. Cependant, don Emmanuel, après avoir parcouru la vallée dans sa longueur, découvrit qu'une grande partie de l'eau était retenue par les vestiges du barrage. Une semaine de labeur acharné fut nécessaire pour soulever et pousser les gros rochers sur la pente, puis les envoyer rouler et rebondir dans la vallée au-dessous, où ils s'écrasèrent parmi les souches éclatées de ce qui, avant l'inondation, était une forêt.

Tandis que l'eau s'écoulait, les pourtours de la boue alluviale commencèrent à sécher et Sergio eut une inspiration.

« Escuchame ! s'exclama-t-il un soir dans la cour du palais où campaient la plupart des gens. Nous avons très peu de bêches et de pelles, peut-être deux cents à nous tous, et nous n'avons pas d'espace pour cultiver des aliments. Utilisons la boue séchée pour fabriquer des briques, que nous nous passerons en file : ceux qui seront sur les pentes pourront construire des andenes ! Quand ils seront achevés, nous les remplirons et nous aurons les récoltes les plus riches du monde ! »

Les chefs furent très impressionnés. Hectoro observa : « C'est aussi un excellent moyen de nous débarrasser de toute cette boue. Tu as eu une bonne idée, Sergio.

— Pour éviter les disputes, suggéra Remedios, convenons que personne n'aura le droit d'occuper une maison avant qu'on en ait suffisamment dégagé pour tout le monde.

— Personne n'obéirait, objecta Josef, bien que l'idée soit bonne. Il vaudrait mieux que ceux qui veulent une maison précise procèdent par tirage au sort, comme à la loterie.

— Nous n'avons pas de billets de loterie », remarqua Sergio.

Le nouveau système fut inauguré le jour suivant, et personne ne se dispensa de la tâche, pas même la voluptueuse et sybarite Felicidad, qui retroussa ses jupes et passa des briques avec les autres.

Semaine après semaine, ils maigrissaient et s'épuisaient ; ils vivaient du peu de nourriture qu'il leur restait, de ce que les chats leur apportaient et de ce que dénichaient Misael et son équipage de mulets dans les vallées voisines. Au cours d'une de ses expéditions, il tomba sur un petit village indien et troqua un mulet contre des germes de pommes de terre, du yucca, des graines de maïs, trois brebis et un bélier. De cet humble commencement et d'échanges ultérieurs contre des chèvres, des bananes et des lamas, naquit la vaste entreprise agricole qui serait un jour la source de la prospérité économique de Cochadebajo de los Gatos, en mesure de négocier ses surplus avec la ville d'Ipasueno et les villages des montagnes alentour.

Il fallut plusieurs mois pour déblayer la couche de boue la plus résistante ; ils étaient gênés par les pluies et, au fur et à mesure qu'avançait la construction des terrasses, les briques devaient être transportées plus loin. En fin de compte, des années s'écoulèrent avant que la ville entière ne soit dégagée ; le travail se relâcha en effet pratiquement dès qu'il y eut suffisamment de maisons pour vivre, et les gens ne déblayaient les maisons que durant les deux jours de la semaine consacrés aux projets d'intérêt communautaire, ou lorsqu'ils avaient envie de s'installer dans un endroit plus ensoleillé, ne pouvaient plus supporter leurs voisins, ou qu'un agrandissement de la famille nécessitait une résidence plus spacieuse. Les pierres porteraient toujours les marques noires de leurs siècles d'immersion dans la boue, et de nombreux mois passèrent avant la disparition de l'humidité. Les habitants, vivant parmi les traces d'une paisible inondation séculaire, contractèrent une mentalité de subaquatiques. Ils disaient : « Nage chez moi ce soir, on prendra une copa », et en montrant un chat qui jouait, ils riaient et s'exclamaient : « Regarde-moi ce poisson-chat ! »

Au cours des premières phases du terrassement, la main-d'œuvre s'accrut de façon spectaculaire. Un point brillant sur le versant ouest attira l'attention de Consuelo ; elle leva la main pour se protéger les yeux. « Ouh là là ! Regardez ! » cria-t-elle, et chacun, suivant la direction de son geste, aperçut au loin Aurelio à la tête de quatre cents Indiens des deux sexes et de la troupe de cinquante soldats espagnols en armes.

Ils lâchèrent simultanément leurs briques et leurs outils, et convergèrent vers la colonne historique d'anachronismes décongelés. « Holà ! » hurla Aurelio, et il mena la colonne en direction de la foule. Pedro s'avança et grimpa à la rencontre d'Aurelio pour le saluer. Il jeta les yeux sur la colonne et déclara : « Tu es un grand brujo.

— Non, répliqua Aurelio. Le secret, c'est de s'y prendre avec douceur et aussi vite que possible. »

La foule se rassembla autour des nouveaux arrivants et remarqua qu'ils marchaient comme des morts, les yeux sans vie et le visage inexpressif. « Sont-ils toujours morts ? demanda le père Garcia.

— Non, ils sont en état de somnambulisme. Il leur faudra un certain nombre de semaines pour se réveiller. A ce moment-là... » Il désigna les Espagnols en armure. « Vous risquez d'avoir de gros problèmes avec ceux-ci. Vous devriez les emprisonner, sinon ce seront eux qui vous emprisonneront.

— Comment nourrirons-nous autant de bouches supplémentaires ? interrogea Remedios. Nous avons à peine de quoi manger.

— Ils mangeront peu jusqu'à leur réveil. Je resterai ici pour m'occuper des cholos. Quant à eux... » Il cracha. « J'ai failli ne pas les ressusciter. C'est votre affaire. »

Durant les semaines qui précédèrent leur réveil, les hôtes somnambuliques de l'ère impériale travaillèrent comme des automates aux côtés des habitants. Le soir, ils ne dormaient pas, mais demeuraient immobiles, les mains sur les genoux, gardant ouverts leurs yeux vides qui ne cillaient pas. Les gens leur parlaient d'une voix d'enfant et les nourrissaient de purée de banane et de soupe, qui dégoulinaient sur leurs mentons. Les grands chats leur léchaient le visage et les lavaient comme s'ils étaient leurs petits, et la nuit s'étalaient sur leurs genoux pour dormir.

« Pourquoi as-tu fait ça ? questionna un jour Garcia. Pourquoi les avoir ramenés de la mort ?

— Je voulais demander aux cholos le secret des pierres, répondit Aurelio. Et j'ai ressuscité les Espagnols par vengeance.

— Vengeance ? répéta Garcia. Tu ne vas quand même pas les tuer de nouveau ?

— Non, Garcia. Tu verras. »

Quand les Indiens s'éveillèrent, Aurelio fut mortifié de découvrir que non seulement ils étaient terrorisés par les gens étranges qui les entouraient, mais encore qu'ils parlaient une langue qui n'était ni l'aymara, ni le quechua, ni le guarani, ni aucun idiome de sa connaissance. Ses tentatives pour fraterniser avec eux échouèrent et, la nuit qui suivit leur réveil, ils se sauvèrent en masse de Cochadebajo de los Gatos et disparurent dans les montagnes, persuadés d'avoir échappé à l'esclavage.

Les Espagnols, quant à eux, s'éveillèrent avec la conviction qu'ils tenaient les commandes. Au début, ils étaient complètement désorientés dans cette cité qu'ils ne se rappelaient pas, parmi des gens qu'ils ne reconnaissaient pas. Mais, moins d'une demi-heure après son réveil, l'impérieux comte Pompeyo Xavier de Estremadura frappait Felicidad parce qu'elle n'avait pas fait la révérence en croisant son chemin, et l'un des simples soldats avait publiquement agressé Francesca, puis bourré Josef de coups de poing lorsque ce dernier l'avait écarté.

Après plusieurs effronteries intolérablement antisociales de cet ordre, Hectoro enfourcha son cheval et attacha le comte avec son lasso, alors que celui-ci tentait d'ordonner à Remedios d'aller lui chercher de la nourriture. L'arrogant conquistador, qui jurait rondement dans son castillan suranné, fut traîné vers la colonnade des jaguars et lié à un obélisque. Le restant de la bande d'infâmes Ibères fut rassemblé sous la menace des armes et conduit au même endroit, où ils furent également enchaînés aux obéliques.

« J'exige, tonna le comte avec son étrange accent, d'être relâché sur-le-champ, sans quoi vous allez tâter du fil de l'épée de Sa Majesté catholique ! Votre cité sera rasée, et chacun de vous écartelé et jeté aux chiens ! Comment osez-vous perpétrer ce crime blasphématoire contre la puissance espagnole !

— Tu vas te taire, rétorqua Hectoro, les dents serrées, sinon je t'arrache les cojones et je t'oblige à les avaler. » Il sortit son couteau et le brandit à la face de l'aristocrate.

Hectoro mena son cheval à un endroit d'où il pouvait se faire entendre de tous et annonça : « Vous étiez morts depuis quatre cents ans, et nous avons eu la bonté de vous ramener à la vie. Il n'y a pas de roi d'Espagne ici ! Il n'y a aucune espèce de rois ici, ni de comtes, de marquis ou de princes ! Si vous ne manifestez pas humilité et gratitude, si vous ne vous conduisez pas avec courtoisie, vous serez chassés dans les montagnes pour y périr à nouveau. » Il s'interrompit pour ménager son effet. « Vous valez moins que des chiens à nos yeux, vous n'avez ni rang ni privilège, et vous n'obtiendrez aucune considération avant d'en mériter ! Je vous condamne à une semaine d'humiliation pour barbarie ! »

Hectoro voltigea à bas de son cheval et se dirigea d'un pas nonchalant vers le comte, qui lui lança un regard dédaigneux et rétorqua avec mépris : « Tu mourras, chien, à l'instant où le Roi apprendra ceci ! »

Hectoro cracha par terre, ouvrit sa braguette et pissa copieusement sur les pieds du comte. Ce dernier, de rage, vira au rouge puce, et se débattit dans ses liens, en hurlant des blasphèmes et des imprécations. Au milieu des acclamations et des applaudissements, Hectoro revint à son cheval sans se presser et se remit prestement en selle. Il salua la foule et, d'un geste, demanda le silence. « Ne leur faites pas de mal, cria-t-il. Faites-leur honte. »

Aurelio se tourna vers Pedro. « Vengeance », dit-il, et il s'éloigna en souriant.

Pendant une semaine, les enfants s'amusèrent à imiter l'exploit d'Hectoro et à jeter des boules de boue qui aspergeaient les cuirasses et les casques gravés, et maculaient les chausses écarlates. Felicidad tira la barbe du comte et lui tordit le nez, tandis qu'il la fusillait du regard, en proie à une muette indignation. Francesca abaissa la culotte du soldat qui l'avait agressée et versa de la sauce pimentée sur ses organes génitaux ; Consuelo remplit de crottin le morion de l'homme qui l'avait poussée et le lui remit sur la tête.

Les soldats ne furent libérés qu'après avoir juré un par un de ne plus jamais commettre d'offense, sous peine d'expulsion, et de travailler sans relâche à déblayer la boue. La grossière soldatesque décongelée fut pendant plusieurs mois traitée en ramassis de vils esclaves, enchaînés et contraints à travailler sous la menace du pistolet. L'impénitent et détestable comte resta un mois attaché à l'obélisque, jusqu'au moment il consentit de mauvaise grâce à travailler comme les autres ; cependant, inaccoutumé au mépris goguenard avec lequel il était traité, son furieux orgueil finit par céder à une lamentable désolation, et il dépérissait. Hectoro lui-même prit en pitié le guerrier accablé ; Remedios, sensible à sa souffrance perpétuelle, sa politesse déférente et raffinée, sa profonde mélancolie et son parler désuet, tomba amoureuse de lui et prit l'habitude de lui apporter des nourritures délicates en guise de cadeaux.

Au cours de ces événements et avant eux, le père Garcia

continuait à élaborer en détail sa nouvelle théologie. De ses méditations sur l'incompréhensible mal qui domine le monde, il conclut que ce dernier n'avait pas été créé par Dieu, lequel avait créé des âmes. En réalité, Dieu avait donné naissance au diable par inadvertance cosmique, et c'était au diable qu'on devait l'existence du monde comme l'incarnation des âmes, qu'il avait trompées. Le seul moyen de lutter afin de revenir à Dieu consistait à rejeter en bloc la création du diable, à refuser de consommer de la viande pour ne pas être mêlé au processus de la métempsycose et à réduire le royaume du diable en s'abstenant de procréer.

Quand il prêcha le nouvel évangile sur les places, il s'aperçut qu'il ne convertissait personne, et dut reconnaître qu'il trouvait lui-même ses exigences pratiques rebutantes. Après de nombreuses semaines de réflexion approfondie, il prêcha un évangile identique, auquel il adjoignit une épître précisant que Cochadebajo de los Gatos était le commencement d'une Nouvelle Création, une Nouvelle Phase de l'intervention active de Dieu dans l'univers; il était par conséquent permis de manger de la viande et impératif de procréer le plus possible afin d'augmenter sa taille relativement à celle du royaume du diable. L'hérésie albigeoise révisée du père Garcia obtint un succès immédiat, et il devint un homme serein et comblé exhalant une aura de sainteté et de béatitude. Ses prédications se firent de plus en plus inspirées et obscures; un jour, transporté d'extase mystique, il s'éleva par lévitation spontanée et prêcha du haut d'un obélisque à une assemblée de chats ronronnants.

42

Les obsèques du général Carlo Maria Fuerte

Les divers fragments d'El Gandul furent réunis et placés dans un cercueil militaire, puis déposés dans un camion. On transporta le cercueil jusqu'à la caserne, où il fut enveloppé du drapeau national. Avant son départ pour la capitale, le général de brigade organisa un défilé en son honneur.

Il fut installé sur une prolonge d'artillerie, avec le sabre et le képi du général, et la garnison au complet défila devant lui en marche funèbre, fusil sur l'épaule, en grand uniforme. Presque toute la ville vint assister à l'événement : ce fut la parade militaire la plus grandiose jamais vue dans Cesar. De nombreux soldats avaient les joues ruisselantes de larmes et ceux qui connaissaient le général Fuerte, comme son personnel de bureau, pleuraient tant que la foule entière fut convulsée de sanglots contagieux. Le général Fuerte était le seul gouverneur honnête et honorable qu'ils aient jamais eu ; son cercueil fut orné de guirlandes de fleurs au passage, et quelques-uns lancèrent un « Viva el General ! » incongru, faute d'expression plus appropriée.

Sur la plaza, les soldats effectuèrent une conversion, se mirent en formation et s'arrêtèrent. Les quatre petits chevaux noirs aux plumes oscillantes tirèrent la prolonge d'artillerie jusqu'au centre, et le général de brigade prononça la grandiloquente oraison d'usage. Se tenant au pied de la statue de Simon Bolivar, il proféra ces paroles, qui furent intégralement reproduites dans la *Prensa* de Valledupar le lendemain :

« Citoyens et soldats de Valledupar ! Un bien douloureux devoir nous rassemble sur la plaza devant l'image de notre héros national le plus éminent, Simon Bolivar ! Dans ce cercueil, trop tôt ouvert, gisent les restes mortels de notre malheureux gouverneur bien-aimé, dont l'existence, bien qu'elle ait été prématurément tranchée, s'est enfuie avec une luminosité fulgurante, laissant dans son sillage des reflets illustres et translucides. Comme les diverses et superbes lignes du spectre se transforment à travers une lentille convergente en un scintillant et resplendissant rayon de lumière blanche, de même les détails qu'il compilait, unissait et synthétisait dans sa tâche, surgissaient ensuite de son cerveau magnanime pour produire les beautés de l'ordre public et de l'harmonie dont les mérites placent à eux seuls son sarcophage dans le temple de l'immortalité !

« Si la dissociation de la matière qui constitue l'enveloppe du corps humain n'entraîne pas avec elle la destruction de la personnalité ; si un esprit immortel survit par la transmigration ou en s'élevant en spirales glorieuses et infinies vers le tendre sein du Tout-Puissant Créateur, alors son trépas dans la conflagration d'une bombe subversive n'est ni mort ni anéantissement, mais transfiguration, simple passage d'une existence à une autre ! La chrysalide, il est vrai, a brisé sa carapace, et l'éclatant papillon — la radieuse entité psychique — s'est envolée vers des régions plus heureuses, pour se fondre dans la Cause première de notre Être. Son esprit noble et épuré, se répandant comme les ondulations des vagues océanes, voltige à l'instar des colibris qu'il aimait parmi les captivantes prières parfumées des chœurs dans la hiérarchie céleste des habitants des régions divines !

« Citoyens et soldats de Valledupar ! Disons adieu à l'excellent général Carlo Maria Fuerte ! Prions afin de garder à jamais devant nos yeux larmoyants et nos cœurs tristes et voilés la parfaite image de cet exemple magnifique ! Que nos pleurs n'effacent pas la mémoire de cet irréprochable et consciencieux serviteur du peuple ! Conservons son souvenir avec une gratitude sans bornes, et assurons-nous que ses successeurs suivront ses préceptes ! »

Le général de brigade essuya ses larmes du revers de son gant, dégaina son sabre et le leva. Les soldats présentèrent les armes, avancèrent un pied et portèrent leur fusil à l'épaule. Quand le général de brigade abaissa son sabre, les soldats tirèrent quatre salves en l'air et le grondement des canons de la caserne leur répondit.

La population de Valledupar honora le corps d'une escorte jusqu'à la gare, où il fut porté dans un wagon sur les épaules de six soldats.

Ce soir-là, au cours d'une interview, le général de brigade stupéfia la nation en exprimant l'opinion que l'assassinat du général était l'œuvre de l'extrême droite au sein de l'armée. Chacun présumait que, sans égard à la vérité, le crime serait imputé au terrorisme de gauche. Le général Ramirez réfuta hâtivement l'assertion du général de brigade dans un communiqué de presse un peu trop véhément et donna ainsi involontairement naissance à une rumeur qui l'en accusait. Plus la rumeur se répandait, plus sa position devenait incertaine et intenable ; la presse nationale recouvra assez de témérité pour publier les articles du *New York Herald Tribune*. Saisissant l'occasion,

Son Excellence, le président Enciso Veracruz, nomma le général de brigade gouverneur militaire de Cesar et le promut général sans consulter Ramirez. Quand les socialistes révolutionnaires (Front des Turcos de Lima) tentèrent de revendiquer la responsabilité de l'atrocité, personne ne les crut, et le général Ramirez se couvrit publiquement de ridicule en prétendant que lui les croyait. Le général de brigade, à présent général, stupéfia encore plus la nation en appelant la population de Cesar à un plébiscite pour le confirmer dans ses fonctions. Il l'emporta aisément sans truquer les élections, car seuls les communistes essayèrent d'organiser une opposition. Ils se querellèrent âprement au sujet de la sélection d'un candidat, ce qui eut pour résultat de disperser le vote de gauche sur neuf représentants remplis d'espoir, qui employèrent leurs discours électoraux à se traiter mutuellement de valets du capital, de révisionnistes, de revanchards, de trotskistes et comparses bourgeois. La population, n'étant pas familiarisée avec le vocabulaire technique de la gauche, vota pour le seul candidat dont les allocutions étaient intelligibles et c'est essentiellement pour cette raison que le général de brigade, désormais général, Hernando Montes Sosa, gagna si facilement l'élection.

Les fragments réunis d'El Gandul furent transportés sous escorte militaire au palais présidentiel, et le cercueil placé sur un podium à l'entrée afin que le peuple puisse venir leur rendre hommage. Son Excellence annonça que le corps resterait exposé pendant quatre jours, que les funérailles nationales auraient lieu dans la somptueuse cathédrale de Notre-Dame-de-l'Immaculée-Conception et qu'il veillerait personnellement le cercueil la première nuit.

Les événements qui suivirent, si tragiques, fallacieux et pervers fussent-ils, revêtirent les proportions d'une farce héroïque à la limite du croyable, qui témoigne de la façon dont la vilenie est invariablement payée de retour.

Afin d'accomplir sa veillée funèbre, le président Veracruz fit descendre un lit dans l'entrée du palais. A trois heures du matin, il arrêta la sonnerie de son réveil et introduisit les quatre hommes aux portes des cuisines, chargés d'un cercueil de substitution lesté du poids nécessaire par des sacs de clous. Les hommes du service de renseignements de l'État placèrent dans le cercueil le nouvel explosif alchimique du Président et montèrent un puissant détonateur à distance muni d'une poignée qu'ils tendirent au Président. Il l'enferma soigneusement dans le coffre-fort de son bureau et les quatre hommes repartirent par l'entrée de service en emportant les restes d'El Gandul dans le premier cercueil. Ils conduisirent le camion au cimetière des indigents et laissèrent le cercueil à la fin de la rangée de ceux qui attendaient en plein air d'être enterrés. Le matin, le bedeau compta les cercueils à deux reprises, s'aperçut qu'il y en avait un de trop et, soucieux d'éviter les délais et les complications, enterra le dernier sous l'inscription « Non Nombre », ce qui pour une fois était vrai.

Ce soir-là, c'était au tour de l'amiral Fleta de veiller le cercueil. Il somnola dans un fauteuil jusqu'à deux heures et demie, puis alla déverrouiller la porte d'entrée des fournisseurs. Il introduisit les cinq hommes chargés d'un cercueil de substitution contenant des roulements à bille et deux mines-ventouses à retardement. Les hommes de l'Agence intérieure de renseignements de la marine repartirent avec l'autre cercueil et le déposèrent à l'entrée arrière de l'hôtel particulier de l'amiral Fleta, dans la banlieue ; il n'avait pas l'intention de confier à quiconque le soin de se défaire d'une possession aussi explosive.

Le soir suivant, c'était le tour du général de l'armée de l'air Sanchis. Il dormit par intermittence sur un divan double déplié jusqu'à une heure du matin, puis alla déverrouiller les portes de l'entrée de service et introduisit deux call-girls gloussantes d'âge indéterminé qui l'aidèrent à passer le temps jusqu'à trois heures et demie. Il les congédia à ce moment-là et fit entrer les cinq hommes qui portaient un cercueil de substitution rempli de sacs d'écrous et de boulons, à l'intérieur duquel se trouvaient deux bombes antipersonnel à fléchettes. Les hommes de l'Agence de la sûreté intérieure de l'aviation repartirent avec l'autre cercueil et le déposèrent à l'entrée latérale de la maison du général Sanchis, dans la banlieue, où il fut dissimulé dans la cave en attendant une date plus commode pour s'en débarrasser.

Le dernier soir de la veillée, le général Ramirez arpentait l'entrée de long en large, fumant cigarette sur cigarette, mastiquant ses ongles, s'interrompant pour aller aux cabinets toutes les dix minutes. A trois heures du matin, il se dirigea vers les portes de service qu'il déverrouilla afin d'introduire les quatre hommes du service de la Sûreté militaire intérieure qui apportaient un cercueil de substitution rempli de grenades à fragmentation et de deux mines directionnelles claymore à retardement. Les quatre hommes hissèrent l'autre cercueil sur leurs épaules et le portèrent dans le camion, qu'ils conduisirent à la propriété du général Ramirez et laissèrent au garage.

Tout cela atteste moins la marche ondulatoire du hasard, les impénétrables machinations de la synchronie, que le caractère stéréotypé et homogène des conspirations militaires engagées dans des manœuvres politiques illicites.

Le matin des funérailles nationales, le général Ramirez téléphona au bureau du Président pour annoncer qu'une réapparition de ses douleurs dorsales l'empêchait de tenir les cordons du poêle, et qu'il avait à contrecœur délégué cette tâche à l'un de ses suppléants. L'amiral Fleta appela pour informer le cabinet du Président que sa mère bien-aimée était sur son lit de mort, qu'il lui était par conséquent impossible de tenir les cordons du poêle et qu'il avait confié ce devoir à un commandant. Il s'abstint de préciser que le commandant était un encombrant nationaliste de gauche, responsable d'une mutinerie à la base navale de Maracay, et néanmoins amnistié par le président Veracruz. Le général de l'armée de l'air Sanchis téléphona pour expliquer que le « paludismo » qu'il avait contracté à la Montana pendant son détachement dans l'aviation péruvienne l'obligeait une fois de plus à garder la chambre, et qu'il avait à contrecœur délégué ses devoirs au capitaine Rosario Uceda (un membre de son état-major qu'il soupçonnait en secret d'être à la solde du général Ramirez).

Le Président fut exaspéré par l'échec de son plan destiné à liquider les chefs d'état-major et, quand il fut annoncé par la radio qu'aucun d'eux ne tiendrait les cordons du poêle, leur exaspération respective atteignit un degré identique.

Cependant, chacun attendait l'explosion prochaine dans un état d'excitation intérieure et le Président Veracruz comprit soudain que le public allait à coup sûr l'imputer aux chefs d'état-major absents. Ce serait pousser trop loin la coïncidence que d'expliquer autrement leur absence unanime. Pour des raisons d'opportunité politique, il revint sur sa décision d'épargner les innocents qui tiendraient les cordons du poêle. Il résolut de mettre à exécution son premier projet au moment où le cercueil serait transporté le long des nombreuses marches de la cathédrale, car personne d'autre ne se trouverait alors à proximité de l'explosion.

Par bonheur pour tout le monde ou presque, rien ne se passa conformément au plan. La désorganisation chaotique de la matinée imposa des délais considérables. Le garde d'honneur fut incapable d'aligner les troupes à temps parce que les soldats équatoriens et colombiens qui devaient participer au rassemblement étaient en retard à cause du brouillard sur l'aéroport ; à l'instant où la cérémonie devait avoir lieu et où la bombe de Ramirez était censée exploser, le cortège n'avait pas encore quitté le palais présidentiel. Les hussards colombiens et les dragons équatoriens arrivèrent enfin ; c'est alors que l'essieu de l'antique prolonge d'artillerie se brisa. On retira le cercueil dans une antichambre pendant qu'on cherchait une autre prolonge d'artillerie hâtivement décorée.

Dans l'antichambre vide, les mines claymore du général Ramirez explosèrent avec fracas. Les faibles murs extérieurs de la pièce s'affaissèrent lentement et dignement dans un tourbillon de poussière et de gravats jusqu'au gravier balayé de la cour. Couvert de poussière blanche, le garde d'honneur courut çà et là, éperdu, et Ramirez, qui écoutait la radio en voiture, leva les yeux au ciel.

Le Président, certain qu'il n'avait pas appuyé par mégarde sur le bouton de son détonateur à distance, mit précipitamment la main dans sa poche pour vérifier que l'interrupteur de sûreté n'avait pas bougé.

L'amiral Fleta écoutait dans son salon le commentaire ému du présentateur, de sa radio perchée sur le cercueil contenant l'explosif alchimique. Le Président tripota la commande du détonateur qui semblait doté d'une volonté propre ; le fourbe amiral fut aboli par une explosion qui le consuma avec son fauteuil, mais s'arrêta brusquement à un rayon de deux mètres de l'épicentre, laissant intact le restant de la pièce.

Le général d'armée aérienne Sanchis était en train de pousser le cercueil contenant les mines-ventouses de Fleta hors du vieux Dakota quand il explosa, creusant un énorme trou dans le fuselage, et les projetant, lui et les débris du cercueil, dans la jungle mille mètres plus bas. Lorsque les Cusicaris découvrirent le corps fracassé, ils le réduisirent, le placèrent sur un poteau et le vénèrent, comme un ange de plus dont les ailes étaient inexplicablement tombées. Le Dakota parvint à rentrer à sa base, bien que la carlingue ait été presque entièrement dénudée. Le pilote, confronté à un problème insoluble — comment expliquer l'accident sans s'impliquer lui-même dans la conspiration scélérate de Sanchis —, écrivit dans son rapport qu'il avait essuyé des tirs de missiles sol-air au cours d'un vol de routine. Il ne mentionna pas la présence du général Sanchis à bord ni l'existence de cercueils explosifs.

Le général Ramirez se trouvait au même instant dans l'ex-aile vide des officiers de l'École militaire d'ingénieurs électriciens et mécaniciens. Il avait sorti le cercueil du camion, l'avait placé sur un chariot et poussé dans le crématorium. Il s'appliquait à élever le chariot à la hauteur voulue pour basculer le cercueil contenant les bombes à fléchettes du général Sanchis dans le four, quand leur ravageuse déflagration envoya ricocher les flèches d'acier gémissantes dans l'étroit espace. Le général Ramirez était déjà en lambeaux lorsque les énormes réservoirs de fioul se percèrent. Ils se consumèrent dans un rugissement guttural qui souleva le toit, souffla les murs et incendia l'école entière.

Entre-temps, l'énorme foule massée sur l'itinéraire des funérailles, qui s'ennuyait à force d'attendre, se dispersa afin de profiter de la semaine de deuil national. Les dignitaires attendirent deux heures de plus dans la cathédrale, puis s'excusèrent et partirent. Les soldats furent ramenés aux casernes par leurs commandants ; aux dragons équatoriens et aux hussards colombiens, on montra pour se faire pardonner les attractions de la ville, commentées par un aide présidentiel embarrassé, qui les abandonna finalement à trois heures du matin dans une célèbre puteria de la calle de San Isidro.

Les journaux de la semaine suivante semblèrent presque exclusivement constitués de gros titres : « Explosion du corps du général », « l'École militaire inexplicablement réduite en cendres », « Violents incidents au bordel avec des soldats étrangers », « Combustion spontanée de l'amiral Fleta », « Le Président va s'adresser à la nation ».

Pendant ce temps, la cause de ces événements dramatiques était arrivée saine et sauve en compagnie de son ami Papagato et des cinq chats dans la commune de Chiriguana, enterrée dans la boue séchée à cinquante centimètres de profondeur, et uniquement peuplée de margays, de pumas et d'ocelots. Ils errèrent deux mois durant sur le bassin enfoui de la Mula, avant de se décider à suivre les chats, qui semblaient avoir une destination précise en vue. Ils arrivèrent à Cochadebajo de los Gatos juste à temps pour entendre la fin du sermon du père Garcia aux chats, et pour assister à sa descente de l'obélisque par lévitation, en épiphanie. Au pied du monument, le prêtre devait par la suite graver le fameux « *Et in Arcadia ego* ».

43

Dons de la vie

Carmen bondit hors de son hamac et secoua Aurelio pour le réveiller. « Je connais mon vrai nom, querido, je l'ai rêvé ! C'est “ Matarau ” ! »

Aurelio ouvrit les yeux. « Tu n'aurais pas dû me le dire. J'ai un pouvoir sur toi désormais. »

Carmen se moqua de lui. « Mari, t'imagines-tu que tu n'avais pas de pouvoir sur moi auparavant ? » Elle se pencha et l'embrassa sur la joue. Il sourit gravement. « Ton pouvoir sur moi est semblable au mien sur toi. » Il sortit de son hamac et entreprit de ranimer le feu avec de l'herbe séchée. Carmen le regarda, puis demanda : « Qu'est-ce que ça signifie, querido ? »

Il leva les yeux. « C'est du quechua. Ça veut dire “ front de neige ”.

— Quel paradoxe, observa-t-elle. Me voici, noire comme la nuit et sans un seul cheveu gris !

— Mon nom n'a aucun sens, lui non plus, répliqua Aurelio. Mais c'est mon nom quand même. Il y a des dieux qui n'ont pas plus de cervelle qu'un singe et qui aiment ce genre de blague. »

Quand ils eurent fini leur petit déjeuner de manioc et de cancha, Aurelio alla se couper un bâton de quebracha. Il s'éreinta à le tailler, parce que c'était un bois excessivement dur, mais à ses yeux, l'effort en valait la peine : le bâton lui servirait longtemps. Puis il remplit sa mochila de maïs et se dirigea vers la clairière qu'il avait dégagée à coups de machette. Il tamisa la cendre des végétaux qu'il avait brûlés et constata avec satisfaction qu'elle était bonne et qu'il pleuvrait bientôt. Il pratiqua méthodiquement de petits trous à l'aide de son bâton et jeta une graine à l'intérieur de chacun, qu'il recouvrit du pied pour leur donner une chance contre les oiseaux et les souris. Après avoir terminé ses arepas et nourri les poulets, Carmen vint le rejoindre ; ils travaillèrent côte à côté, avec une adresse concertée, à ensemencer la terre. Ils allèrent ensuite dans la petite plantation de coca récolter suffisamment de feuilles pour confectionner un tambo, le paquet de feuilles comprimées de vingt-cinq kilos qu'ils vendraient aux cocaleros à leur arrivée, ou qu'Aurelio apporterait en cadeau à Cochadebajo de los Gatos. De temps à autre, Aurelio lançait un coup d'œil oblique vers Carmen, avec ses boucles cuivrées et son puro entre les dents, et songeait à ce que cela représentait de vivre avec quelqu'un depuis si longtemps sans en être las, de vieillir en chair mais pas en esprit.

Ils s'arrêtèrent à midi pour boire un jus de citron sucré à la panela et pour manger les arepas, assis côte à côte à l'ombre d'un balsa, sans mot dire, en grimaçant face à la brillante lumière au-delà du cercle d'ombre. Ils étaient endormis lorsque deux explosions sur le chemin miné, suivies d'un grand tumulte, les réveillèrent en sursaut. Aurelio et Carmen rampèrent à travers les arbres afin de voir ce qui s'était passé.

Le lieutenant Figueras ne s'était pas porté volontaire pour cette mission, mais les politiciens avaient décidé de céder, dans une certaine mesure, aux pressions des États-Unis et de détruire quelques plantations de cocaïnes. Les consignes avaient descendu la voie hiérarchique par l'intermédiaire du nouveau commandant, qui estimait que c'était une perte de temps. Il était naturel qu'il pensât à confier cette déplaisante tâche au seul officier dont la présence ne lui manquerait pas le moins du monde, et qui était incapable d'un travail plus astreignant dans le domaine militaire.

Figueras et sa section avaient traversé le bassin déserté de la Mula revenu à présent à l'état de jungle et de broussailles, et ils avaient découvert un sentier. Sans avoir la moindre idée de ce qu'il faisait, Figueras se fraya un chemin à coups de couteau avec ses hommes parmi l'envahissante végétation. Ils transpiraient dans les rivières, le visage et la tête entourés de nuées d'insectes qui les piquaient et les harcelaient au point de les rendre fous. Dans le monde crépusculaire de la jungle, ils étaient empalés par les épines, embourbés jusqu'aux genoux et terrorisés par les serpents-fouets jaunes voluptueusement suspendus aux branches. D'énormes araignées tombaient des fougères et s'accrochaient à leurs uniformes, et ils étaient déroutés par les grognements et les interjections de Parlanchina.

Figueras était avec la section qu'il commandait avant son ascension fulgurante et son tout aussi fulgurant déclin, et ils éprouvaient envers lui un mépris égal au sien. Dans un accès coutumier de vantardise et de machisme gratuit, Figueras se trouvait en tête, en dépit de la règle qui veut que l'officier se tienne toujours à peu près au milieu d'une patrouille en file indienne. Il était plus gras qu'auparavant parce qu'il avait ingurgité beaucoup d'alcool pour digérer sa disgrâce, et il avait des valises sous ses yeux porcins, à force de s'adonner à son goût de moins en moins exigeant pour les putains au rabais ; du reste, il ne signalait plus ses conquêtes sur sa Jeep depuis que le général de brigade lui avait imposé une amende pour dégradation de la propriété de l'armée sans raison valable.

Figueras ne marcha pas sur les deux premières mines ni sur la troisième. Il déclencha le piège qu'Aurelio avait posé tant de mois auparavant. Les pointes durcies au feu jaillirent en arc du tapis de feuilles de la forêt et s'enfoncèrent avec un bruit sourd dans son torse. Cloué sur place, les yeux exorbités, il saisit le châssis et tenta de repousser les barbelures qui lui déchiraient le cœur et les poumons. Le sang écuma en gargouillant dans sa bouche et il se rappela sans raison ses premiers jours de gloire, quand il avait envoyé une grenade rouler au milieu d'un groupe de paysans qui l'avaient empêché de s'amuser un peu. Sa dernière pensée, tandis que ses jambes se dérobaient et qu'il oscillait sur les pointes, fut : « Emmenez la petite putain à l'école et préparez-la », et la dernière image qui se présenta à son esprit, les deux décorations autrefois accrochées à son grand uniforme, la médaille andine d'argent du Condor pour bravoure, et la médaille d'or. Il mourut heureux, s'imaginant qu'il les possédait toujours, et que sa vie avait été telle qu'il l'avait désirée, honorable, héroïque, pleine de splendeur.

Les autres hommes étaient restés pétrifiés d'horreur pendant que Figueras se balançait sur le piège. Puis ils avaient couru à son secours et avaient été pulvérisés par les mines, l'un des leurs, le caporal, tomba la tête la première dans une trappe et fut cruellement transpercé par les pieux empoisonnés. Il mourut en pleurant et en gémissant, avec la pensée de sa femme, à Tolima, qui l'avait quitté pour un autre.

Le restant des soldats s'était déjà enfui lorsque Aurelio et Carmen arrivèrent. Aurelio contempla le carnage avec amertume et s'accusa à voix haute. « J'étais tellement habitué à éviter cette portion du sentier que je l'avais oubliée.

— C'étaient des soldats, lui dit Carmen pour le réconforter. Ils distribuaient la mort, pas la vie. Ils ont mangé le fruit de l'arbre qu'ils avaient semé pour d'autres.

— La guerre est finie, répliqua tristement Aurelio.

— Les gens meurent toujours de guerres qui sont finies. »

Ils laissèrent les corps là où ils étaient et cette nuit-là les chiens d'Aurelio commencèrent à festoyer, jusqu'à ce que le grognement du grand jaguar noir les effraie assez pour qu'ils déguerpissent en poussant des plaintes. Le chat de velours s'installa et gronda en découpant la chair avec ses dents, se souvenant confusément d'avoir perçu un goût identique dans le passé qui constituait l'éternel présent de sa vision du monde. Puis, rassasié, il rapporta un membre à ses petits, dont un seul était noir, et qui serait un jour lui aussi majestueux et redoutable.

Le matin, Aurelio quitta Carmen sans la réveiller. Il prit ses pots d'étain et partit vers son allée de caoutchoucs. Il avait une plantation de trente arbres qui en produisaient suffisamment pour lui rapporter quelques pesos supplémentaires destinés à son usage personnel en cas de nécessité. Mais il se demandait souvent pourquoi il prenait la peine de récolter du caoutchouc : ce n'était pas rentable et ne l'avait jamais été de mémoire d'homme.

A une époque, la jungle grouillait de bandeirantes qui cherchaient fortune ; ils avaient asservi et chassé les Indiens, qu'ils gratifiaient des bienfaits de la civilisation : des chemises pour remplacer leurs « cushmas », et la variole, la grippe et la syphilis pour prévenir le surpeuplement. En ce temps-là, les fleuves étaient encombrés de petits canoës motorisés, baptisés « peke-pekes » par onomatopée, qu'on transportait aux varaderos, les endroits où les fleuves se rencontraient, séparés par d'étroites bandes de terre. Parfois, même les vapeurs étaient démontés et transportés vers un autre fleuve par des Indiens qu'on traitait comme des bêtes de somme, et qui emplissaient à leur tour les cours d'eau sur des radeaux de balsa aux allures égyptiennes. On s'embarquait sur une chaloupe pour aller voir les putains, qu'on appelait des « canoeiras », et que leurs maquereaux, les llevo-llevos, pilotaient d'amont en aval, car la jungle enflamme le désir plus violemment que la cantharide, et chacun, jusqu'aux bonnes sœurs, souffre de l'incessant prurit de l'excitation perpétuelle.

En ce temps-là il existait encore des Indiens inge-inge, dont le langage consistait en « inge-inge » répétés, accompagnés de grimaces, d'intonations et de gesticulations qui exprimaient avec une précision rare des nuances de sens inaccessibles dans des langues plus complexes. Il y avait encore des « cascabeles » entièrement vêtus de queues de serpents à sonnette, et des peuples qui savaient réduire les têtes aux quatre cinquièmes de leur volume originel en les laissant pendant une semaine sur un poteau. Quand elles commençaient à pourrir, ils pratiquaient une entaille verticale dans la boîte crânienne et enlevaient les os. L'intérieur était carbonisé avec des pierres chaudes ; la tête était fumée sur un feu de racines de palmier jusqu'à obtention de la taille exacte, et même alors il était possible de distinguer une tête d'Indien de celle d'un Blanc grâce aux sourcils, plus longs chez les Blancs. Les virtuoses de la tribu cusicari étaient capables de réduire un corps entier, mais les Putamayo et les Yapura, simples amateurs en cet art, conservaient les mains, tandis que les prudents Cashibos se contentaient des dents.

En ce temps-là, les gens édifiaient des fortunes fabuleuses sur l' « or noir », envoyaient leurs vêtements à nettoyer à Paris et rapportaient des immeubles en acier à bâtir dans la jungle, qui s'y trouvent toujours et sont trop chauds pour être habitables.

Mais cette époque est révolue depuis longtemps ; c'était avant que des graines d'hévéa ne soient clandestinement exportées en Malaisie et qu'on n'apprenne à synthétiser le caoutchouc artificiellement ; alors, la jungle redevint silencieuse et les immeubles entrelacés de plantes grimpantes disparurent.

Cependant Aurelio continuait à recueillir le caoutchouc et à le fumer pour confectionner de grandes boules noires, il savait encore le faire couler des arbres en feuilles et il savait aussi l'employer utilement, pour le calfatage des canoës par exemple. Ce jour-là il s'apprêtait à inciser quelques arbres afin que la jungle se souvienne du procédé et que les esprits des « caucheros » et des « shiringueros » morts depuis longtemps reposent en paix, assurés de ne pas avoir gâché leur vie et de ne pas voir leurs talents tomber dans l'oubli. Aurelio agissait ainsi parce que la perte d'une culture lui était odieuse — c'était le sort qu'avait subi la sienne dans la Sierra, comme celle des Navantes.

Il avait coupé la première bandeira sur le premier arbre et regardait le latex suinter dans le petit récipient de ferblanc, quand Parlanchina se faufila avec espièglerie derrière lui et lui posa les mains sur les yeux, comme elle le faisait lorsqu'elle était enfant.

« Je savais que tu étais là, dit Aurelio. J'ai vu le chat passer entre les arbres. »

Parlanchina ôta ses mains et pendit ses bras à son cou. « Papacito, câlina-t-elle, assieds-toi à côté de moi et raconte-moi comment le monde a commencé.

— Guyava, je te l'ai raconté tant de fois que bientôt je ne pourrai plus me le rappeler.

— Encore une fois, implora-t-elle. Assieds-toi avec moi. »

Ils s'assirent, adossés au tronc d'arbre, et Parlanchina ceignit ses genoux de ses bras, prête à écouter, fixant sur son père un regard oblique, en attente. Il broya un peu de coca dans sa gourde et suça le pilon.

« Voici, annonça-t-il. Il tomba du ciel un œuf de cuivre, dont naquirent les Indiens. Puis il tomba un œuf d'argent, d'où sortit la noblesse. Puis, beaucoup plus tard, tomba un œuf d'or, et de cet œuf surgit le peuple inca.

— Et qui a fait les œufs ? dis-le-moi, Papacito.

— Viracocha, le Soleil.

— Et qui a créé Viracocha ?

— Pachacamac.

— Et qui a créé Pachacamac ?

— Personne, Guyava. Pachacamac est l'esprit unique de toute chose. »

Parlanchina médita, la tête sur les genoux ; sa chevelure ondoyait en cascades jusqu'au sol. « Si Pachacamac est l'esprit unique, pourquoi y a-t-il tant de dieux, tant d'hommes, de plantes, d'animaux ?

— Parce que chaque esprit est un morceau de l'esprit unique. Tel esprit peut être l'ongle de Pachacamac, tel autre un de ses cheveux.

— Explique-moi encore, Papacito, pourquoi il y a des peuples différents.

— C'est parce que, lorsque Pachacamac vit naître les peuples, il prépara une grande jatte pour les rincer. Le premier peuple qu'il lava sortit le plus propre, parce que l'eau était claire, et ce furent les Blancs. Puis il lava le peuple suivant, mais l'eau était un peu sale, et quand ils en sortirent, ce furent les Indiens. Puis il plongea le dernier peuple dans l'eau qui n'était plus très propre, et ce furent les Noirs.

— Papacito, protesta Parlanchina avec indignation, cela signifie-t-il que je suis plus sale que toi ?

— Non, répondit Aurelio. Non, Guyava. Ce n'est qu'une histoire d'ignorants. La véritable raison, c'est que Pachacamac ne se répète jamais pour ne pas s'ennuyer, de sorte qu'il n'existe nulle part au monde deux choses identiques. Chaque peuple a été créé différent des autres, et aucun individu ne ressemble à un autre. Voilà la vraie raison.

— Maintenant raconte-moi, Papacito, comment Manco-Capac est devenu le peuple inca.

— Assez d'histoires, répliqua Aurelio, et il suça de nouveau son pilon. Explique-moi pourquoi tu ne m'as pas dit que tu attendais un enfant. »

Parlanchina rit. « Parce que je savais que tu avais déjà vu mon ventre s'arrondir et mes seins gonfler.

— Ce sera un enfant esprit, remarqua Aurelio. Il appartiendra moins au monde des vivants qu'à celui des morts.

— Ce sera ton petit-fils, Papacito. Il tétera mes seins et grandira, et, s'il se trouve un corps prêt à l'accueilir, il vivra dans un corps. Sinon, il vivra avec nous, librement, dans les arbres.

— Federico est-il venu ? demanda Aurelio. Je ne l'ai pas vu. »

Parlanchina sourit avec résignation. « Ce n'est pas ton fils, Papacito, et il aime se promener et faire le guet dans les montagnes, comme moi sur le sentier.

— Tu dois annoncer la nouvelle à ta mère, recommanda Aurelio tandis qu'il se levait et rentrait sa gourde dans sa mochila.

— Avant que tu t'en ailles, reprit Parlanchina, j'ai une surprise pour toi. »

La vieille chienne qui n'était pas partie avec les autres

apparut entre les arbres ; elle portait dans sa gueule, comme un chat son petit, un minuscule chiot. Aurelio se pencha, prit le chiot dans ses bras et lui passa la main dans les oreilles. Le chiot bâilla et essaya de téter le vêtement d'Aurelio.

« C'est un chien qui n'aboiera jamais, ajouta Parlanchina.

— Ce n'est pas pareil, repartit tristement Aurelio. Il a été élevé par un esprit. Je voulais l'élever moi-même.

— C'est toi qui l'as élevé, rétorqua Parlanchina. L'un de tes chiens en est le père. »

Elle lui sourit avec indulgence en le voyant couver d'un regard protecteur le chiot auquel il tendait son doigt à téter.

« Merci pour les histoires », lança-t-elle, en jetant un coup d'œil par-dessus son épaule, un sourire malicieux aux lèvres, avant de s'éloigner. L'ocelot trottait à côté d'elle et Aurelio la regarda partir, élancée et gracieuse, bavardant sans cesse avec son chat, s'inclinant pour lui caresser la tête. Elle sautillait de joie et sa longue chevelure flottait comme une rivière de soie noire autour de sa taille. Chaque fois qu'Aurelio l'apercevait ainsi, radieuse et enchanteresse, sa gorge se serrait et sa beauté le faisait pleurer de pitié.

Quand il revint à la clairière, il vit que les cheveux de Carmen étaient devenus entièrement blancs, et sut qu'enfin le monde avait changé et recommençait.

Les années devaient donner raison à Aurelio, malgré les revirements et les calamités qui s'y produisirent, comme dans toutes les périodes de développement et de progrès.

Ici se termine l'histoire de la guerre des fesses de don Emmanuel, et commence celle de la cité de Cochadebajo de los Gatos ; des amours sans pareilles de Remedios et du comte Pompeyo Xavier de Estremadura, de Francesca et du Capitan Papagato, de l'enfant de Parlanchina, de ceux de Farides, d'Annicca, de Dionisio et des Lettres de Coca ; histoire qui est aussi celle de la Nouvelle Croisade albigeoise et des effroyables crimes de la Nouvelle Inquisition.

Table

DANS LA MÊME COLLECTION
(Extrait du catalogue)

ABÉ KÔBO
La face d'un autre.
La femme des sables.
L'homme-boîte.
Le plan déchiqueté.

ALLENDE ISABEL
Les contes d'Eva Luna.

AMADO JORGE
La bataille du Petit-Trianon.
Cacao.
Les deux morts de Quinquin-la-Flotte.
Le vieux marin.

ANDERSON SHERWOOD
Tar.

ARIYOSHI SAWAKO
Kaé ou les deux rivales.
Les dames de Kimoto.
Les années du crépuscule.

BALDWIN JAMES
Si Beale Street pouvait parler.
Harlem quartet.

BALLARD J.G.
La bonté des femmes.
Fièvre guerrière.

BANG HERMAN
Tine.
Maison blanche. Maison grise.

BARNES JULIAN
Le perroquet de Flaubert.
Le soleil en face.

BERNIÈRES LOUIS DE
Señor Vivo et le baron de la coca.

BLIXEN KAREN
Sept contes gothiques.

BOUNINE IVAN
Le monsieur de San Francisco.
Le village.
Le sacrement de l'amour.

BRINK ANDRÉ
Un turbulent silence.
Le mur de la peste.

ČAPEK KAREL
La vie et l'œuvre du compositeur Foltyn.

CARVER RAYMOND
Les vitamines du bonheur.
Tais-toi, je t'en prie.
Parlez-moi d'amour.

D'ANNUNZIO GABRIELE
Terre vierge.
Triomphe de la mort.

DESAI ANITA
Un héritage exorbitant.

FUJIWARA TOMOMI
Le conducteur de métro *suivi de* Échec au roi.

GARCIA MORALES ADELAÏDA
Le silence des sirènes.

GEISZLER HORST
Cher Augustin.

GORKI MAXIME
Tempête sur la ville.

GOYTISOLO JUAN
Paysages après la bataille.
Chasse gardée.
Les royaumes déchirés.

HACKL ERICH
Le mobile d'Aurora.

HAÏK FARJALLAH
L'envers de Caïn.

HAN SUYIN
Ton ombre est la mienne.

HERLIHY JAMES LEO
Macadam cow-boy.

HESSE HERMANN
Demian.

HOFFMANN E.T.A.
Nouvelles musicales.
Les élixirs du diable.

INOUÉ YASUSHI
Confucius.
Les chemins du désert.
Combat de taureaux.
Le faussaire.
Le fusil de chasse.
Histoire de ma mère.
Le Maître de thé.

JACOBSEN JEN PETER
Niels Lyhne.

JAMES HENRY
L'autel des morts.
Les papiers de Jeffrey Aspern.
Le regard aux aguets.
Daisy Miller.
Le tour d'écrou.
Impressions d'une cousine.
L'Américain.
Roderick Hudson.

JOHNSON EYVIND
Le roman d'Olof.

KADARÉ ISMAIL
Récits d'outre-temps.
Les adieux du mal.
Le firman aveugle.
Concours de beauté masculine.

KANIUK YORAM
Confessions d'un bon Arabe.

KÄSTNER ERICH
Trois hommes dans la neige.

KAZAN ELIA
America, America.

KENZABURO OÉ
Une affaire personnelle.

KESEY KEN
Vol au-dessus d'un nid de coucou.

KHARITONOV MARK
Prokhor Menchoutine.

KIVI ALEKSIS
Les sept frères.

LAGERKVIST PÄR
Le bourreau.
Contes cruels.
La mort d'Ahasverus.
Le nain.
La sibylle.
L'exil de la terre.

LAGERLOF SELMA
L'anneau du pêcheur.
Les écus de messire Arne.
L'empereur du Portugal.
Jérusalem en Dalécarlie.
Jérusalem en Terre sainte.
La légende de Gösta Berling.

LANGE HARTMUT
Une fatigue.

LAWRENCE D.H.
Ile, mon île.
Le renard.
Matinées mexicaines.

LUXUN
Journal d'un fou.

McCARTHY MARY
L'oasis et autres récits.

MALERBA LUIGI
Clopes.
Le feu grégeois.

MANN THOMAS
Tonio Kröger.
La mort à Venise.

Mansfield Katherine
Cahier de notes.
La garden-party.
Lettres.
Pension allemande.
Martinson Harry
Voyages sans but.
McCullers Carson
Le cœur hypothéqué.
Frankie Addams.
Reflets dans un œil d'or.
La ballade du café triste.
L'horloge sans aiguilles.
Meras Icchokas
La partie n'est jamais nulle.
Meyrink Gustav
Le golem.
Miller Henry
Virage à 80.
Max et les phagocytes.
Dimanche après la guerre.
Entretiens de Paris.
Nabokov Vladimir
Don Quichotte.
Nasreen Taslima
Lajja.
Scènes de mariage.
Nicolson Nigel
Portrait d'un mariage.
Nin Anaïs
Les miroirs dans le jardin.
Les enfants de l'Albatros.
Les chambres du cœur.
La séduction du minotaure.
Oates Joyce Carol
Solstice.
O'Brien Edna
Qui étais-tu, Johnny ?
Les grands chemins.
Lanterne magique.
O. Henry
New York tic tac.
Olivia
Olivia par Olivia.
Ozick Cynthia
La galaxie cannibale.
Pa Kin
Le secret de Robespierre.
Penn Warren Robert
La grande forêt.
Les fous du roi.
Perutz Leo
Turlupin.
Pingwa Jia
Le porteur de jeunes mariées.
Prawer Jhabvala Ruth
Chaleur et poussière.
La vie comme à Delhi.
Cette lutte incertaine.
Purdy James
L'oiseau de paradis.
Queiroz Rachel de
L'année de la grande sécheresse.
Radičević Branko
Le trou de la serrure.
Ribeiro Aquilino
Casa Grande.
Sackville-West Vita
Escales sans nom.
Savinio Alberto
La maison hantée.
Schnitzler Arthur
Madame Béate et son fils.
Mademoiselle Else.
Mourir.
La pénombre des âmes.
La ronde.
Vienne au crépuscule.
L'étrangère.
Scott Walter
La fiancée de Lammermoor.
Singer Isaac Bashevis
Amour tardif.
La corne du bélier.
Le domaine.
Le manoir.
Ennemies.
Yentl.
L'esclave.
Le fantôme.
Au tribunal de mon père.
Le blasphémateur.
Spark Muriel
Les demoiselles aux moyens modestes.
Le pisseur de copie.
L'unique problème.
Memento mori.
L'appropriation.
Robinson.
L'abbesse de Crewe.
Stangerup Henrik
Lagoa Santa.
Le séducteur.
Tanizaki Junichiro
Deux amours cruelles.
Tekin Latife
Contes de la montagne d'ordures.
Tevis Walter
La couleur de l'argent.
Thomson Rupert
L'église de Monsieur Eiffel.
Tolstoï Léon
La mort d'Ivan Ilitch.
Un cas de conscience.
Tolstoï Comte Léon L.
La vérité sur mon père.
Tourguenieff Ivan
L'abandonnée.
L'exécution de Troppmann.
Fumée.
Journal d'un homme de trop.
Dimitri Roudine.
Traven B.
Le visiteur du soir.
Tyler Anne
Toujours partir.
Uhlman Fred
Il fait beau à Paris aujourd'hui.
La lettre de Conrad.
Undset Sigrid
L'âge heureux.
Jenny.
Printemps.
Vigdis la farouche.
Vanderbeke Birgit
Le dîner de moules.
Werfel Franz
Le passé ressuscité.
Wiechert Ernst
La servante du passeur.
Wilde Oscar
Intentions.
De profundis.
Nouvelles fantastiques.
Wilson Angus
Saturnales.
Wolf Christa
Cassandre.
Aucun lieu. Nulle part.
Scènes d'été.
Ce qui reste.
Incident.
Trois histoires invraisemblables.
Changement d'optique.
Wolfe Thomas
De la mort au matin.
Woolf Virginia
Orlando.
Yamata Kikou
Masako.
La dame de beauté.
Zweig Stefan
Amok.
La confusion des sentiments.
Le joueur d'échecs.
Vingt-quatre heures de la vie d'une femme.
Nietzsche.

ACHEVÉ D'IMPRIMER
EN OCTOBRE 1998
SUR LES PRESSES DE
L'IMPRIMERIE HÉRISSEY
À ÉVREUX (EURE)
POUR LE COMPTE DES ÉDITIONS STOCK
27, RUE CASSETTE, 75006 PARIS

Imprimé en France

Dépôt légal : Octobre 1998
N° d'édition : 84 – N° d'impression : 80882
54-12-5021-01/8
ISBN 2-234-05021-9